Sophie Oliver

Das HAUS am WALCHENSEE

Neuanfang in Traumlage

Roman

FISCHER Taschenbuch

2. Auflage: Juli 2023

Originalausgabe
Erschienen bei FISCHER Taschenbuch
Frankfurt am Main, Juli 2023

2023 © S. Fischer Verlag GmbH,
Hedderichstr. 114, 60596 Frankfurt am Main

Redaktion: Silke Reutler
Satz: Pinkuin Satz und Datentechnik, Berlin
Druck und Bindung: CPI books GmbH, Leck
Printed in Germany
ISBN 978-3-596-70787-4

Bereits in vorchristlicher Zeit galt der Walchensee als Schicksalssee, als ebenso wunderschön wie unerbittlich. Bis in die Neuzeit glaubten die Menschen, er wäre bodenlos und stünde mit den Weltmeeren in Verbindung. Vermeintlich bewiesen wurde dies durch das schwere Erdbeben von Lissabon am Allerheiligentag des Jahres 1755, denn zeitgleich begann der Walchensee hohe Wellen zu werfen, zu tosen und zu brodeln und brachte manch einen Fischer in Not.

Lange wurde erzählt, dass im Walchensee eine Sintflut entstünde, falls die Bayern ihre Gottesfürchtigkeit verlören. Und diese Welle würde sich über das ganze Land ergießen, auch München mit sich fortreißen und am Fuße der Alpen bliebe an Stelle des Bayernlandes nichts als eine riesige Wasserfläche zurück.

Weil sogar die Münchner davor Angst hatten, wurden viele Jahre lang in der Gruftkirche Messen gelesen, um diesen grausigen Untergang zu verhindern.

Quellen: *Sagen und Legenden um Tölzer Land und Isarwinkel*, Gisela Schinzel-Penth, Ambro Lacus Buch- und Bildverlag 2016 sowie *Sagen aus dem Isarwinkel*, Willibald Schmidt, Bad Tölz, 1936, 1979.

Freya

»Wieso will er alles der Kirche hinterlassen? Die hat ihn doch überhaupt nicht interessiert! Und den Pfarrer konnte er nicht mal leiden.«

Die aufgebrachte Stimme ihres Bruders drang laut an Freya Sieberts Ohr. Niklas saß neben ihr an einem Besprechungstisch im Büro des Anwalts, der das Testament ihres Vaters verlas. Zuvor hatte eine Sekretärin Kaffee gebracht und die Tassen mit einem derart lauten Klirren auf der gläsernen Tischplatte abgestellt, dass es sich anfühlte, als würden Freya Dolche ins Hirn gestoßen. Ihre Kopfschmerzen waren unerträglich. Erst am Vortag war sie aus Stockholm angereist und hatte eine schlaflose Nacht in einem Elternhaus verbracht, das ihr völlig fremd geworden war.

»Du verstehst das falsch, Niklas«, erklärte Dr. Hubert Schneider, Rechtsanwalt und Freund der Familie Siebert, in geduldigem Tonfall. »Schau, euer Vater hat lediglich verfügt, dass sein Erbe dann an die Kirche fällt, wenn du und deine Schwester das Geschäft nicht gemeinsam weiterführt und es innerhalb der nächsten zwei Jahre verkauft. Er möchte also, dass alles in der Familie bleibt. Somit gehört es selbstverständlich euch beiden – vorausgesetzt, ihr betreibt es in seinem Sinne.«

»Das ist unmöglich«, protestierte Niklas. »Freya ist vor

fast zwanzig Jahren weggezogen, sie hat keine Ahnung, was es heißt, einen Gasthof zu leiten. Von der Fischerei auf dem Walchensee fange ich gar nicht erst an.«

»Können Sie mir die Bedingungen bitte noch einmal im Detail erklären, Herr Doktor Schneider?«, bat Freya ruhig. Im Gegensatz zu ihrem Bruder war sie mit dem Anwalt nicht per Du. Sie konnte sich auch nicht daran erinnern, dass er ein Freund ihres Vaters gewesen war. Allerdings hatte sie Walchensee bereits als Neunjährige verlassen, und so war es ihr kaum möglich, Gesichter von damals wiederzuerkennen.

Im Ort am Ufer des gleichnamigen Sees kannte jeder jeden und bei ihrer Ankunft tags zuvor – über die offenbar alle Bescheid wussten –, hatten sie zahlreiche Leute begrüßt, an die sie keinerlei Erinnerung besaß. Sogar der eigene Bruder erschien ihr fremd. Überhaupt kam sie sich in der Kulisse der überwältigend malerischen Bergwelt vor wie eine Statistin in einem kitschigen Heimatfilm. Der Kontrast zum gewohnten schwedischen Minimalismus konnte nicht größer sein. Alles am und in Walchensee war üppig. Das türkise Wasser des Sees, die blühenden Wiesen, das satte Grün der Bäume, die prächtigen Berge, die Lüftlmalereien an den Häusern samt ihren überquellenden Blumenkästen. Freya fühlte sich überfordert. Vielleicht lag es auch an den Kopfschmerzen, dass die bunte Pracht sie derart mitnahm. Oder an der Testamentseröffnung.

Doktor Schneider kam Freyas Bitte um Erklärung nach, und als sie sich nun mit aller Anstrengung auf seine Worte konzentrierte, begriff sie, weshalb Niklas sich aufregte. Über seinen Tod hinaus verlangte der Vater Unmögliches von ihnen. Nicht alles, was zerbrochen war, ließ sich wieder kitten. Wollte der verstorbene Johannes Siebert seine Kinder tatsächlich mit aller Macht jetzt wieder zusammenführen? Weshalb hatte er sich zu Lebzeiten nicht darum bemüht? Freya straffte die Schultern, das mussten sie nicht vor dem Anwalt diskutieren.

Als er mit seinen Ausführungen fertig war, stand Freya auf. »Danke, wir werden alles besprechen und geben Ihnen dann Bescheid. Wir brauchen ein wenig Zeit.«

»Natürlich, das verstehe ich. Überlegt es euch in Ruhe.«

»Da wird es nicht viel zu überlegen geben«, brummte Niklas und erhob sich ebenfalls. »Danke Hubert, wir melden uns wieder bei dir. Den Schock müssen wir erst mal verdauen.«

Draußen sahen sich die Geschwister unschlüssig an.

»Willst du auf den Friedhof?«, fragte Niklas. Die Kanzlei befand sich in einem Haus an der Hauptstraße, die durch den langgestreckten Ort hindurchführte. Ganz in der Nähe jener Sankt-Jakob-Kirche, von der im Testament die Rede war.

»Ja«, sagte Freya. »Es gibt keinen Grund, es noch länger hinauszuschieben. Irgendwann muss ich es hinter mich bringen. Nachdem ich es nicht rechtzeitig zur Beerdigung geschafft habe ...«

»Sei froh, dass dir das erspart geblieben ist. Es hat geregnet wie aus Kübeln, trotzdem ist das ganze Dorf aufmarschiert.«

»Tut mir leid, dass du da allein durchmusstest.«

Er zuckte mit den Schultern.

Die ringsum steil aufragenden Berge erlaubten keine große Ausdehnung der Siedlungen vom Ufer weg, daher lag das Dorf Walchensee lang und schmal entlang des Wassers. Getrennt durch die Uferstraße, lagen zur einen Seite Bootshäuser und Badestrände, zur anderen Gasthöfe, Läden, Pensionen und, leicht erhöht, die alte Ortskirche mit ihrem kleinen Friedhof.

Längst gab es eine neue Kirche etwas außerhalb. Aber die alteingesessenen Familien wurden nach wie vor hier beigesetzt, so wie es immer schon gewesen war. Das schmiedeeiserne Tor quietschte in den Angeln und der Kies knirschte unter ihren Schuhen, als die Geschwister den Friedhof betraten und vorbei an Granitplatten und Holzkreuzen den Weg bis zum Ende entlangliefen. Die Sieberts hatten ihr Familiengrab an der Friedhofsmauer. Ein schlichter, ins Mauerwerk eingelassener Stein, auf dem die frisch angebrachten Lettern golden schimmerten. Johannes Siebert. Freya schluckte. Den Namen des Vaters dort zu lesen, bedeutete eine Endgültigkeit, die schmerzte. Sie blinzelte und betrachtete die Blumenkränze auf der frisch aufgeschütteten Erde. *Unserem langjährigen Mitglied, in stillem Gedenken* und *Abschied in Dankbarkeit*, las sie die letzten Grüße von Feuerwehr, Stockschützen und Blaskapelle auf den Trauerschleifen. Wie die meisten Männer im Ort war der Vater in mehreren Vereinen gewesen. *Deine Kinder*, stand auf der von Niklas und Freya.

»Es tut mir wirklich leid, dass ich zu spät gekommen bin«, murmelte sie mit erstickter Stimme.

»Dein Flug wurde gecancelt. Da kann man eben nichts machen. Ich glaube, es hat sowieso keiner wirklich mit dir gerechnet.«

Diese Spitze tat weh.

»Wie war Papa in seinen letzten Tagen? Ging es ihm schlecht?«

»Überhaupt nicht, das ist ja das Seltsame. Er war aktiv wie immer, ist zum Fischen auf den See rausgefahren und hat sich sogar im Stand-up-Paddling versucht, was bei den Touristen momentan der Renner ist. Der Arzt hat gesagt, es war ein heftiger Herzinfarkt, mitten in der Nacht. Papa ist wohl nicht mal aufgewacht und hat nichts gemerkt. Das rede ich mir jedenfalls ein.«

Niklas, ihr großer, breitschultriger Bruder, der ihr als Kind immer vorgekommen war wie der stärkste Junge der Welt, wischte sich mit dem Handrücken über die Augen. Auch Freya konnte die Tränen nicht zurückhalten, was sie überraschte. Sie hatte nicht erwartet, dass ihr das so nahegehen würde, und überhaupt hatte sie sich vorgenommen, der Situation erwachsen und distanziert zu begegnen. Aber der Tod des Vaters berührte sie in diesem Augenblick zutiefst. Entfremdet oder nicht, sie war seine Tochter, und er würde immer ein Teil von ihr sein. Zumindest die Erinnerungen an ihn, die sie aus Kindertagen herübergerettet hatte. Die wichtigen. Wie er in der Küche stand, ihr etwas kochte und dabei Geschichten erzählte. Oder wie er sie auf seinen Schultern trug, weil sie nicht mehr laufen wollte – was in den Bergen oftmals der Fall gewesen war. Nie war er bei Wanderungen ungeduldig geworden, er hatte sie einfach hochgehoben und getragen. Ganz bestimmt hatte er sie geliebt. So wie sie ihn auch, vor langer Zeit.

Als ein frischer Wind aufkam, räusperte sie sich und kramte ein Taschentuch hervor.

»Der hatte anscheinend drei Frauen«, konstatierte Freya und deutete auf das Grab daneben, um das Thema zu wechseln.

»Stimmt. Der Rossbauer und seine drei Bäuerinnen. Das ist interessant.« Niklas richtete seinen Blick auf den Namen des Mannes. »Eine alte Familie, mit einem großen Hof. Die erste Frau ist im Kindbett gestorben, ihre Nachfolgerin auch, sogar zusammen mit dem Kind, und die dritte hat den Bauern um zwanzig Jahre überlebt.«

»Wie unberechenbar das Leben ist«, sinnierte Freya.

Freyas Elternhaus befand sich auf halbem Weg zwischen dem Ortsrand von Walchensee und der weit in den See hineinragenden Halbinsel Zwergern. Es war ein hübsches altes Holzhaus mit Fensterläden, umlaufendem Balkon, großem Garten, Seezugang sowie einem eigenen Anlegesteg. Schon als sie noch Kinder gewesen waren, hatte der Vater ihnen immer wieder eingeschärft: »Egal was passiert, unser Grundstück wird auf keinen Fall verkauft. So was kriegt man niemals wieder.« Freya war so lange nicht mehr hier gewesen, und nun holten sie all die Erinnerungen ein.

»Die Geier kreisen schon«, bemerkte Niklas, als könnte er ihre Gedanken lesen. Er parkte den Wagen auf dem Kiesplatz vor dem Haus, der auch für die Gäste bestimmt war. Weiter hinten gab es einen Schuppen, der sowohl als Werkstatt als auch als Garage diente. »Seitdem Papa gestorben ist, habe ich schon acht Anfragen von Investoren bekommen.« Er schnaubte verächtlich. »Hauptsächlich aus München. Wieso die meinen, hier gäbe es was zu holen, ist mir schleierhaft. Aber sogar bei Onkel Georg haben sie schon angeklopft. Dem gehört die Wiese nebenan, wie du weißt. Unangenehm, diese Immobilienhaie.«

»Unser Grundstück kriegen die niemals, darin sind wir uns zumindest einig. An Onkel Georg erinnere ich mich übrigens gut. Wortkarg, aber lieb. Und an unsere Cousine Lena, die ist doch so alt wie ich. Wie geht es ihr?«

»Gut. Sie feiert bald ihren Dreißigsten. Du ja auch.« Vom Parkplatz aus liefen sie über einen mit Steinplatten ausgelegten Weg zum Haus. Er war auf beiden Seiten von niedrigem Buschwerk gesäumt, das dringend getrimmt werden musste.

Früher hatte es die Geschwister nie gestört, dass sich im Erdgeschoss ihres Zuhauses eine Gaststube und eine große Küche befanden. Dass draußen auf dem Rasen an Tischen und Bänken Gäste bewirtet wurden, während sich das Familienleben im ersten Stockwerk abspielte. So war es eben. Oft hatte Freya auf dem Balkon durch die Aussparungen im hölzernen Brüstungsgeländer geschaut und die Leute unten beobachtet, wie sie trinkend, essend und plaudernd in ihrem Garten saßen. In den Sommermonaten hatte der Vater auf einem Grill Würste, Fleisch und Fisch gebraten, was bei den Gästen gut angekommen war. Mutters Waldmeisterbowle war besonders beliebt gewesen.

Freya verschränkte die Arme vor der Brust und sah hinauf zum Balkon. »Hatten wir es als Kinder nicht gut miteinander? Bis …« Sie verstummte.

»Bis es schlagartig vorbei war und deine Mutter dich mit nach Schweden genommen hat.«

»Hat Papa dir erklärt, warum sie sich getrennt haben?«

Kopfschüttelnd zuckte Niklas mit den Schultern. »Du

weißt doch, wie er war. Er hat nie darüber geredet, wie es in ihm aussah. Er war verstockt. Ich vermute, sie waren zu verschieden und haben irgendwann aufgehört, einander zu lieben.«

»Meinst du nicht, es war wegen …? Du weißt schon.«

»Nein. Erinnerst du dich nicht daran, wie sie dauernd gestritten haben?«

Doch, natürlich, wie sollte sie das jemals vergessen?

»Am Ende konnten sie kein vernünftiges Wort mehr miteinander wechseln«, fuhr Niklas fort. »Was ich nicht verstehe, ist, warum sie uns auseinandergerissen haben. Wie einen Wurf Hunde, bei dem sich jeder einfach einen Welpen aussucht.«

Die Worte trafen Freya in ihrer schonungslosen Offenheit. Tatsächlich hatte damals niemand die Kinder gefragt, bei wem sie gern bleiben würden. Freyas schwedische Mutter war mit der Tochter zurück in ihre Heimatstadt Stockholm gezogen – mit einer Bitterkeit im Herzen, die dem Mädchen Angst gemacht hatte. Niklas war beim Vater geblieben. Er war Freyas Halbbruder, stammte aus der ersten Ehe von Johannes Siebert. Wahrscheinlich hatten die Eltern deshalb keine Skrupel gehabt, sie aufzuteilen.

»Die haben alles über unsere Köpfe hinweg verfügt. Du warst neun und ich zwölf, niemand hat uns ernst genommen. Von wegen, ›ihr könnt euch ja regelmäßig besuchen‹. Papa war jeden Sommer traurig, wenn deine Mutter wieder in allerletzter Minute angerufen hat, um zu sagen, dass du doch nicht kommst. Immer unter irgendeinem Vorwand. Und wenn ich zu dir nach Schweden fahren wollte, hat auch immer irgendwas nicht gepasst.«

In der Tat konnte Freya die gemeinsam verbrachten Ferien an einer Hand abzählen. Kein Wunder, dass sie einander fremd geworden waren. In manchen Jahren hatten sie sich gar nicht gesehen. Trotzdem war Niklas immer in Freyas Herzen geblieben. Mehr noch als am Vater hing sie an ihm. Die Geschwister hatten sich Briefe geschrieben, später E-Mails und auch über Telefon und WhatsApp hielten sie Kontakt. Doch nichts konnte eine persönliche Begegnung ersetzen. Gemeinsame Mahlzeiten am großen Tisch, Spieleabende, Balgen und Kuscheln auf der Couch. Die Innigkeit, die in einer Familie bestand, fehlte. Im Lauf der Jahre hatten sie einander immer weniger zu sagen gehabt, ihre Gespräche waren kürzer geworden, seltener, bis sie kaum noch stattgefunden hatten.

»Wenn man klein ist, hinterfragt man nichts«, meinte Freya leise. »Das kommt erst später.«

Niklas seufzte. »Erst dann, wenn man eigene Interessen entwickelt und selbständiger wird. Was wiederum dazu führt, dass man sich mit der Situation arrangiert und den Mund hält, um möglichst reibungslos mit den Eltern leben zu können, jedenfalls hab ich das so gemacht. Hätten wir aufmüpfiger sein sollen?«

Möglicherweise hätten sie sich weniger entfremdet, wenn sie mehr gemeinsame Zeit eingefordert hätten. Aber was geschehen war, ließ sich nun nicht mehr ändern. Die getrennt verbrachte Zeit, so weit voneinander entfernt und in so unterschiedlichen Umständen, hatte zwischen den Geschwistern einen Graben aufgerissen, der nicht einfach zu überbrücken war. Niklas hatte nach seinem Schulabschluss einige Jahre in München gewohnt. Seine Schwester hatte ihn nie gefragt, warum er sein BWL-Studium nach vier Semestern abgebrochen hatte und wieder an den Walchensee zurückgekehrt war. Ebenso wenig hatte er Freya gefragt, weshalb sie auch nach Erreichen ihrer Volljährigkeit in Stockholm geblieben war, wo sie doch frei gewesen wäre, dorthin zu gehen, wohin sie wollte. Aber wie hätte sie die Mutter verlassen können, die ihre Tochter immer gebraucht hatte? Zuerst, weil sie sich ohne Freya allein gefühlt hatte, später, weil ihre Gesundheit nachließ. So hatten die Geschwister unabhängig voneinander ihre eigenen Leben geführt. Nun mussten sie gemeinsame Entscheidungen treffen. Zumindest verlangte das der verstorbene Vater von ihnen. Das hatten sie beide so nicht erwartet.

Sie gingen hinunter zum See und auf den Steg, setzten sich an dessen Ende und ließen die Beine baumeln.

»Schau uns an. Jetzt stehen wir da, mit einem Testament, das an eine Auflage gebunden ist, die wir beide nicht erfüllen wollen.«

Freya dachte über die Worte des Bruders nach. Stimmte das? Wollte sie wirklich nicht versuchen, gemeinsam mit ihm das Gasthaus zu führen? Wenn sie ehrlich war, war sie sich da nicht so sicher. Niklas hatte beim Anwalt zwar getan, als wäre es gänzlich undenkbar, aber doch nur, weil sie keine Gastronomieerfahrung hatte. Und wie schwierig konnte es sein, ein paar Gäste zu bewirten? Sie warf einen Blick zurück. Der Garten sah nicht gerade ansprechend aus. Unkraut wucherte in den Blumenbeeten, und der Rasen musste dringend gemäht werden. Die Balkonkästen waren leer, obwohl im Ort schon alles blühte und spross. Und von der alten rot lackierten Bestuhlung blätterte die Farbe.

»Es läuft nicht gut, oder?«

Niklas schüttelte den Kopf. »Papa hat seit Jahren nichts mehr renoviert. Aber an mich übergeben wollte er auch nicht, er hat einfach weiter vor sich hin gewurschtelt. Um alles wieder in Schwung zu bringen, müsste man richtig investieren.«

»Und das geht nicht?«

»Viel Bargeld hat er nicht hinterlassen, um es mal vorsichtig auszudrücken.«

Freya blickte auf den See. Auf der rechten Seite am Ufer der Halbinsel standen die Zelte und Wohnwagen eines Campingplatzes. Zahlreiche Paddleboards lagen auf dem Kiesstrand. War das Wasser warm genug, um sich hinauszuwagen? Oder war der Enthusiasmus der Sportler so groß, dass sie sich von den kühlen Temperaturen nicht abschrecken ließen? Wobei man sich beim Walchensee ohnehin damit abfinden musste, dass das Wasser immer kälter war, als die Luft erwarten ließ. Zur Linken sah Freya bunt dahingetupft die Gebäude des Ortes. Eine Reihe hölzerner Bootshäuschen säumte das Ufer. An die erinnerte sie sich gut. Sie waren dunkelbraun gestrichen, mit einer großen Öffnung zum See hin und roten Dächern, und sie beherbergten schlanke Ruderboote, meist zwei bis vier. Neben den Häuschen lagen kleine Segelboote vertäut. Nichts schien sich verändert zu haben. Über die Weite des türkisfarbenen Wassers, das an die Karibik erinnerte, glitt Freyas Blick bis hinüber zum Herzogstand, dem Hausberg des Walchensees, der ihn mit seinen gut 1700 Metern elegant überragte. Es gab kein schöneres Fleckchen auf der Erde. Dieser Gedanke, der ihr so unvermittelt und mit voller Gewissheit in den Sinn gekommen war, überraschte Freya und erschreckte sie gleichermaßen. *Fischerfleck* hatte einer ihrer Vorfahren die Stelle genannt, an der das Haus ihres Vaters stand. Der Gasthof hieß bis heute so. War es möglich, dass sie sich trotz ihrer langen Abwesenheit hier zu Hause fühlte? Die Kopfschmerzen waren jedenfalls wie weggeblasen. Ein warmes Prickeln breitete sich in ihrem Bauch aus. Sie legte die Handflächen auf das raue Holz des Stegs, als müsse sie sich versichern, tatsächlich da zu sein, und nicht in einem Traum.

»Ich persönlich werde alles dafür tun, um den *Fischerfleck* weiterzuführen«, versicherte Niklas bestimmt.

»Aber wie willst du das machen? Alleine darfst du das laut Testament nicht.«

»Ja, das ist ein Problem.«

Vor dem Zubettgehen öffnete Freya beide Flügel des Sprossenfensters in ihrem Zimmer. Es war dasselbe Zimmer, in dem sie als kleines Mädchen gewohnt hatte. Das Bauernbett aus massiver Kiefer mit geschwungenem Kopf- und Fußteil auf ziemlich hohen Beinen stammte von einem Vorfahren der Sieberts. Mit großer Freude hatte sie festgestellt, dass es immer noch da war. Ebenso der bunt bemalte Bauernschrank und die dazu passende Truhe. Sie hatte gar nicht geahnt, wie viel ihr dieses Zimmer bedeutete.

Die Erleichterung war allmählich einem wohligen Gefühl gewichen.

Jetzt stand Freya mit ausgebreiteten Armen da, hielt sich am Fensterrahmen fest und hieß die Stille und die tiefe Dunkelheit willkommen, die es so nur auf dem Land, aber niemals in der Stadt gab. Trotzdem fand sie später wieder nur schwer in den Schlaf. Zuerst grübelte sie über das Gespräch mit Niklas, dann über ihr Leben in Stockholm nach. Groß, blond und blauäugig, verkörperte Freya optisch den perfekten Stereotyp der jungen Schwedin. Sie hatte sich im Norden nie fremd gefühlt, aber auch nicht richtig zu Hause, wie sie jetzt noch einmal deutlicher merkte.

»Glück dauert nur einen kurzen Moment. Mach dich frei von deinem Anspruch, es dauerhaft halten zu wollen, dann wirst du weniger enttäuscht«, hatte ihre Mutter ihr zum Abschied mit auf den Weg gegeben, als sie vor drei Jahren einer wiederkehrenden Krebserkrankung erlegen war. Eine deprimierende letzte Botschaft und hoffentlich keine, die sich bewahrheiten würde. Zur selben Zeit hatte sich Freya selbständig gemacht. Sie übersetzte Romane vom Schwedischen ins Deutsche. Zudem hatte sie Oskar kennengelernt, einen smarten Anwalt, der sie in ihrer Trauer auffing. Der Gedanke, nach Walchensee zurückzukehren, war ihr nie in den Sinn gekommen, derart weit hatte sie sich innerlich von der Familie entfernt.

Bis sich kürzlich mit dem Tod des Vaters alles wieder verändert hatte. Fast zur gleichen Zeit hatte Oskar festgestellt, doch nicht bereit für eine feste Bindung zu sein, erst recht nicht, wo Freya schon wieder eine Trauerphase durchzumachen hätte. Er wollte sich dann doch lieber mit anderen Frauen treffen und an seiner schwindenden Jugend festhalten – sofern man bei einem Mann Mitte dreißig überhaupt noch von Jugend sprechen konnte. Womöglich hatte sich bei ihm eine vorzeitige Midlife-Crisis abgezeichnet. In den letzten Monaten hatten sie sich immer weiter voneinander entfernt, und ihre Gefühle füreinander waren abgekühlt. Während Oskar vergangenen Zeiten nachgejagt war, hatte Freya die Unzufriedenheit beschlichen. Ihre Arbeit als Übersetzerin erfüllte sie ebenso wenig wie Oskars Party-Lifestyle, in den sie sich einzufinden versucht hatte. In ihr war das Gefühl aufgekommen, darüber etwas Wichtiges zu verpassen, aber noch konnte sie nicht ausmachen, was es war. Zu ihrer Unzufriedenheit hatte sich allmählich eine Ratlosigkeit gesellt, und als dann die Trauer noch hinzugekommen war, hatte ihre Beziehung zu Oskar keinen Bestand mehr gehabt. Die Abreise nach Bayern war so ein mehr als willkommener Ortswechsel gewesen, auch wenn der Anlass dafür ein trauriger war. Zu viele Eindrücke stürmten auf Freya ein. Die seltsame Testamentseröffnung, ihr distanziertes Wiedersehen mit Niklas und der Walchensee, der Heimatgefühl und Beklemmung gleichermaßen hervorrief. Bis jetzt hatte sie noch nicht wirklich Zeit gehabt, ihre Situation zu überdenken. Für Freya hatte noch bis heute Morgen festgestanden, dass sie sich ihren Erbteil auszahlen lassen und schnellstmöglich wieder abreisen würde.

Walchensee weckte unaufhaltsam Erinnerungen und damit verbundene Gefühle, die sie jahrelang erfolgreich unterdrückt hatte. Mit Schaudern erinnerte sie sich an ihren letzten längeren Besuch. Fast fünfzehn Jahre war Freya alt gewesen, Niklas beinahe achtzehn. Mehr als zwei Wochen hatte ihre Mutter nicht erlaubt zu bleiben, weil sie danach noch einen Urlaub zu zweit in Spanien gebucht hatte. Aber diese vierzehn Tage waren völlig ausreichend für Freya gewesen, um zu verstehen, dass sie nicht mehr hierhergehörte. Ihr Vater war den ganzen Tag im Gasthaus oder mit der

Fischerei beschäftigt gewesen. Wenn sie allein Zeit mit ihm verbringen wollte, musste sie morgens um vier aufstehen, mit ihm auf den See hinausfahren und beim Einholen der Netze helfen. Selbst dann hatten kaum persönlichen Gespräche stattgefunden, weil Johannes Siebert kein Mann vieler Worte war. Im Nachhinein stellte sich Freya vor, dass er sich bestimmt schwer damit getan hatte, einen Bezug zur pubertierenden Tochter aufzubauen, die er so gut wie nie sah. Auch Niklas war damals nicht gerade der liebenswerte Bruder gewesen. Zusammen mit seinen Freunden war er mit dem Motorrad über die Berge gerast, in die Nachbarorte, in Diskotheken und Bars. Für Freya hatte er sich kaum interessiert. Heute konnte sie das verstehen. Sie waren einfach in unterschiedlichen Entwicklungsstadien gewesen. Damals allerdings hatte sie sich wie das fünfte Rad am Wagen gefühlt. Und als sie schließlich von München aus direkt nach Barcelona geflogen war, hatte sie ihrer Mutter beim Abholen am Flughafen gleich versichert, dass sie im kommenden Sommer nicht mehr an den Walchensee fahren wollte. Die Aneinanderreihung von unerfüllten Erwartungen führte zwangsläufig und immer zu Enttäuschungen, hatte Mama ihr erklärt. Deshalb wäre es besser, Abstand zu wahren und sich mit Personen zu umgeben, denen man wirklich etwas bedeutete. So wie ihr. Natürlich ließ die Distanz zu den lange zurückliegenden Jahren zusammen mit der gewonnenen Lebenserfahrung die Ereignisse der Jugend in einem anderen Licht erscheinen. Es brauchte keine Dramen, um Herzen abkühlen zu lassen. Der Alltag genügte. Diese Erkenntnis hatte sich auch kürzlich mit Oskar wieder einmal bewahrheitet. Aber Freya hatte nicht vor, sich von einem schwermütigen Gedanken zum nächsten zu hangeln. Sie war daheim in ihrem Elternhaus und musste darüber nachdenken, wie und wo es mit ihrer Zukunft weitergehen sollte.

Am folgenden Morgen wurde sie durch lautes Scheppern geweckt.

Schlaftrunken lief sie die Treppe nach unten, um nachzusehen, woher der Lärm kam. Niklas eilte ihr aus der Gasthofküche entgegen.

»Frag nicht«, rief er im Vorbeieilen. »Ich muss schnell einen Eimer holen.«

Freya spähte in die Küche. Ein älterer Herr stand inmitten einer Kaffeepfütze voller Scherben.

»Ah, die Schwester«, rief er herüber. Dabei drehte er nur den Kopf, blieb aber wie angewurzelt im Chaos stehen. »Niklas hat schon erzählt, dass Sie wieder hier sind.«

»Guten Morgen. Kann ich irgendwie helfen?«

»Bloß nicht!«, tönte Niklas' Stimme hinter ihr. »Da sind überall Glassplitter. Darf ich vorstellen, das ist Alfred Berger, unser Koch. Leider ist ihm die Kaffeemaschine runtergefallen. Und sonst auch noch so einiges.« Und leiser, an seine Schwester gewandt, fügte er hinzu: »Wobei mir schleierhaft ist, wie so was passieren kann.«

»Ich kann's aufwischen.«

»Das machen wir schon, gell, Alfred? Geh du dich lieber anziehen.«

Erst jetzt wurde Freya bewusst, dass sie in Schlafshorts und Tanktop in der offenen Küchentür stand. Schnell lief sie hinauf in den oberen Stock und beeilte sich beim Duschen und Ankleiden. Als sie wieder nach unten kam, hatten die beiden bereits alles in Ordnung gebracht und der Koch war schon dabei, Vorbereitungen für die Gäste zu treffen.

»Heute ist Samstag und das Wetter erstklassig. Wir erwarten zu Mittag einen ziemlichen Ansturm«, erklärte Niklas.

»Kann ich jetzt vielleicht irgendwie helfen?«

»Wenn es dir nichts ausmacht, könntest du die Tische und Stühle draußen abwischen, die Sitzkissen auflegen und dann das Besteck verteilen. Wir stecken es in Bierkrüge, die auf die Tische gestellt werden.«

»Alles klar. Wo sind die Tischdecken?«

Mit einem Augenrollen schüttelte Niklas den Kopf. »Haben wir schon lang nicht mehr. Papa meinte, es geht auch ohne.«

Freya schnappte sich einen Lappen und einen leeren Senfeimer, von denen zahlreiche in der Speisekammer gestapelt standen. Sie füllte warmes Wasser mit ein paar Tropfen Spülmittel ein und machte sich im Gastgarten daran, die Tische zu schrubben, die es mehr als nötig hatten. Schnell entstand eine schmutzig dunkle Brühe und sie musste das Wasser im Eimer wechseln. Hier war schon länger nicht mehr richtig sauber gemacht worden.

Kaum dass sie fertig war, trudelten auch schon die ersten Gäste ein.

»Meine Servicekraft hat gerade angerufen. Sie kommt heute nicht«, verkündete Niklas dumpf, stemmte die Hände in die Hüften wie ein erschöpfter Läufer nach einem Sprint. Er seufzte tief.

»Soll ich einspringen?«, fragte Freya sofort.

»Das ist wohl die einzige Möglichkeit, fürchte ich. Leider muss ich dem Alfred erst mal in der Küche zur Hand gehen, sonst wird er nicht rechtzeitig fertig. Aber sobald es möglich ist, komme ich raus und helfe dir.« Mit einem skeptischen Lächeln reichte Niklas seiner Schwester einen Stapel Speisekarten. »Los geht's.«

Von diesem Moment an hatte Freya keine ruhige Minute mehr. Erst am frühen Abend, als die letzten Einkehrer gegangen waren, nahmen sich die Geschwister selbst etwas zu essen und sanken erschöpft an den großen Tisch in der Küche. Freyas Füße fühlten sich an, als hätte sie eine Bergwanderung gemacht. Vom Schleppen der Bierkrüge, Teller und Tabletts würde sie sicher Muskelkater in den Armen bekommen. Ihr ganzer Körper schmerzte. Die Bewirtung der Gäste war Schwerstarbeit gewesen. Wie hatten die Eltern dabei früher ihre gute Laune behalten können?

»Ich bin dann weg«, verabschiedete sich Alfred. »Morgen kann ich nur bis um zwei, aber das hatte ich dir letzte Woche schon gesagt, Niklas.«

»Am Sonntag gibt's nachmittags nichts zu essen?«, hakte Freya nach, sobald der Koch gegangen war. »Gerade morgen werden doch sicher viele Ausflügler unterwegs sein, wenn das Wetter hält.«

Mit einem tiefen Seufzen ließ Niklas die Gabel sinken. Der Wurstsalat schien ihm plötzlich nicht mehr zu schmecken. »Ich weiß. Dir wird es bestimmt schon aufgefallen sein – hier läuft einiges nicht ganz rund. Der Alfred ist ein lieber Kerl, aber weit übers Rentenalter hinaus und leider auch nicht mehr der Schnellste in der Küche. Jeden Monat droht er damit, ganz aufzuhören, weil es ihm zu viel wird und er eigentlich auch eh nicht mehr arbeiten muss. Ich bin froh, dass er überhaupt noch da ist. Am liebsten würde ich die Speisekarte sogar noch erweitern. Aber daran ist nicht zu denken. Das würde Alfred nicht mehr schaffen, wo er schon jetzt ständig was zerdeppert.«

»Was ist mit den Servicekräften?«

»Was heißt hier Kräfte, wir haben nur eine Kraft und die ist unzuverlässig. Jedes Mal spannend, ob sie überhaupt auftaucht.«

Freya wollte etwas sagen, aber Niklas hob abwehrend die Hand. »Dass die Bestuhlung uralt ist und der Garten ungepflegt, das ist mir auch klar.« Er wies auf das dicke schwarze Kellnerportemonnaie auf dem Tisch. »Dazu kommt der maue Umsatz. Mit Radler, Pommes und Wurstsalat ist halt nicht viel zu verdienen. Vor allem nicht, wenn das Essen nur schleppend aus der Küche kommt.« Wieder seufzte er, griff nach der Gabel und stocherte damit auf seinem Teller herum.

»Das tut mir leid.« Freyas Bedauern war ehrlich. Ein Tag hatte ausgereicht, um ihr vor Augen zu führen, wo es im *Fischerfleck* hakte. Eigentlich überall. Ein Wunder, dass überhaupt so viele Leute dort einkehrten. Vermutlich wegen der idyllischen Lage. Einen anderen Grund konnte sie sich beim besten Willen nicht vorstellen. An der Qualität des Essens und am Service lag es gewiss nicht. Man konnte weit mehr aus dem Gasthof machen, wenn man das Konzept veränderte, davon war Freya überzeugt. Auf Anhieb kamen ihr ein paar Vorschläge in den Sinn, aber sie biss sich auf die Zunge. Ganz sicher wollte ihr Bruder im Moment keine schlauen Tipps hören.

»So geht es nicht weiter.« Nun legte Niklas das Besteck endgültig weg und schob den Teller von sich. Ihm schien der Appetit vergangen zu sein.

»Seit Jahren sind die Einnahmen rückläufig. Papa war das egal, der hat nicht viel gebraucht und einfach immer weitergemacht in seinem Trott, ohne sich darum zu scheren. Und ich hab ihn machen lassen, weil – ehrlich gesagt, bin ich mit der Fischerei schon völlig ausgelastet. Wie ich jetzt noch zusätzlich einen maroden Gasthof wieder auf Vordermann bringen soll, ist mir schleierhaft.« Niklas fuhr sich mit den Fingern durchs Haar und seufzte. Dann sah er Freya an. »Ich hatte dir eigentlich vorschlagen wollen, dass ich dir deinen Erbteil ratenweise auszahle. Dann hätte ich die Gastronomie schließen und weiterhin hier wohnen können. Aber unser Herr Vater hat mir da einen ordentlichen Strich durch die Rechnung gemacht. Wenn wir nicht tun, was er verlangt, verliere ich mein Dach über dem Kopf.«

Freya spürte einen Kloß in ihrem Hals. Sie wusste nicht, was sie denken sollte, in ihr wallten widerstreitende Gefühle auf. Aber keinesfalls wollte sie sich aufdrängen. Sie räusperte sich. »Aber ich gehöre nicht mehr hierher. Außerdem habe ich tatsächlich keine Ahnung von Gastronomie, wie du ja beim Anwalt schon richtig festgestellt hast.« Sie hielt kurz inne. »Aber dennoch glaube ich, dass du einfach nur ein neues Konzept brauchst, damit der Laden wieder läuft.«

Niklas kratzte sich am Kopf. Sorge stand in seinen grünen Augen. Das hellbraune Haar war von sonnenblonden Strähnen durchzogen und ein stoppeliger Dreitagebart spross auf Kinn und Wangen. Er sah seinem Vater sehr ähnlich. Zumindest dem jungen Johannes Siebert, an den Freya sich erinnerte.

»Aber wie soll ich das machen? Papa hat ausdrücklich bestimmt, dass wir den *Fischerfleck* gemeinsam führen müssen. Glaub mir, wenn ich könnte, würde ich das alleine durchziehen.«

Jetzt spürte Freya nichts als Enttäuschung. »Sollen wir uns allen Ernstes vorschreiben lassen, wie wir zu leben haben?« Sie sprang auf. Dabei hätte sie fast den Stuhl umgekippt. »Ich jedenfalls nicht. Nicht von einem Mann, der sich nie um mich gekümmert hat.«

»Das kannst du ihm nicht vorwerfen, er hat es weiß Gott versucht. Deine Mutter hat es immer unterbunden.«

»Sie wird schon ihre Gründe dafür gehabt haben.«

»Hast du eigentlich eine Ahnung, wie sehr er dich vermisst hat?«

Aufgebracht starrten die Geschwister einander an. Aber es war sinnlos, sich wegen einer längst vergangenen Zeit gegenseitig zu beschuldigen.

»Tut mir leid, Niklas. Ich bin müde. Mir geht alles Mögliche durch den Kopf und ich kann gerade keinen klaren Gedanken fassen. Bitte versteh mich, das ist nicht mehr mein Zuhause. Aber bis ich abreise, werde ich dir helfen, wo ich kann. Das verspreche ich dir. Und wenn du möchtest, überlege ich auch gerne mit dir, wie hier modernisiert werden könnte.« Sie meinte es ernst. Schon immer war es Freya leichtgefallen, Dinge zu planen. Sie war eine genaue Beobachterin, nahm jedes Detail wahr und analysierte gern. Und sie grübelte viel. Manchmal war das ein Segen, bisweilen ein Fluch. Doch in der derzeitigen Lage könnte es sich als nützlich erweisen. Selbst wenn Niklas ihr einen enttäuschten Blick zuwarf.

»Du kannst nicht immer weglaufen.«

»Wie meinst du das?«

»Du weißt, was ich meine. Freya, es ist doch schon zwanzig Jahre her. Wenn du jetzt wieder abhaust, wirst du nie deinen Frieden mit der Sache finden. Damals hat deine Mutter dir die Entscheidung abgenommen. Heute bekommst du eine zweite Chance. Lass uns wenigstens über das reden, was passiert ist.« Gerade noch wollte er hier lieber alles alleine durchziehen und jetzt warf er ihr vor, sie wolle sich aus der Verantwortung stehlen. Wie sollte sie das verstehen? Ihr war das alles zu viel.

»Ich will aber nicht!«, stieß Freya hervor und rannte nach oben in ihr Zimmer.

2 Niklas

Alles war durcheinander, seitdem sie hier war. Sogar das Haus roch anders. Nach Freyas Parfum, ihrem Shampoo, einfach anders. Niklas empfand ihre Anwesenheit wie den Besuch eines Gastes, eher noch wie das Eindringen eines Fremden, nicht aber wie das Heimkommen einer Schwester. Da war nichts Vertrautes. Er fühlte sich befangen, aber das ließ er sich natürlich nicht anmerken. Es war offensichtlich genug, wie unwohl sie sich fühlte, da durfte er nicht auch noch seine Vorbehalte äußern.

Obwohl er schon einiges zu sagen hätte. Zum Beispiel, wie enttäuscht er gewesen war, als sie nicht zur Beerdigung erschienen war. Gecancelter Flug hin oder her, dafür konnte sie nichts, aber gegen seinen Unmut konnte Niklas auch nichts machen. Ob sie überhaupt eine Vorstellung davon hatte, wie hart es gewesen war, sich der Beisetzung des Vaters im Beisein des gesamten Dorfes alleine zu stellen? Klatschmäuler, die sogar noch im Kirchengestühl tuschelten. Hätte Onkel Georg nicht neben ihm gesessen, hätte Niklas sich vollkommen verlassen gefühlt. Selbst der Onkel hatte gemeint, Freya Fehlen wäre schon allerhand.

Nun war sie hier. Und irgendwie auch nicht. Als würde sie von außen zuschauen, anstatt dazuzugehören.

Niklas saß auf einem wackeligen Klappstuhl hinter dem

Haus und flickte ein Schwebnetz. Seitdem der Kormoran den Walchensee für sich entdeckt hatte, kam es immer öfter vor, dass er die Netze beim Versuch, Fische zu klauen, beschädigte. Die Größe der Maschenöffnungen war gesetzlich genau vorgegeben, damit weniger Jungfische gefangen wurden, daher er musste penibel darauf achten, alles korrekt zu reparieren. Bei dieser fast meditativen Arbeit ließ es sich leider gut grübeln. Und darin war Niklas Siebert ausnehmend gut, ebenso wie seine Schwester – das lag wohl in der Familie.

Der plötzliche Tod des Vaters hatte ihn vollkommen aus der Bahn geworfen.

»Das war bestimmt eine gemütliche Männerwirtschaft hier«, hatte Freya auf Anhieb ganz richtig erkannt. Ein Umstand, der sowohl ihm als auch dem Vater Geborgenheit und Halt gegeben hatte, wie Niklas erst im Nachhinein bewusst geworden war.

Schlagartig war es vorbei damit, von einem Tag auf den anderen. Sein gesamtes Leben lang war Johannes Siebert für seinen Sohn da gewesen. Nicht laut und dominant, sondern mit einer ruhigen, verlässlichen Präsenz. Und umgekehrt hatte Niklas seinen Vater vor der Einsamkeit bewahrt. Zu seinem Trauerschmerz gesellte sich jetzt Ratlosigkeit. Was sollte bitte dieses absolut blödsinnige Testament? Es war mehr als offensichtlich, dass Freya nicht hier sein wollte. Seit zwanzig Jahren schon nicht. So was ließ sich nicht erzwingen. Hatte Papa nicht bedacht, in welche Schwierigkeiten er seine beiden Kinder damit stürzte?

Niklas legte die Ahle weg, mit der er das Nylonnetz flickte, und atmete tief ein.

Er würde den *Fischerfleck* nicht verlieren. Was auch immer notwendig war, um sein Zuhause zu behalten, er würde es tun.

Durch die geöffneten Fenster des Hauses drang das Geräusch des Staubsaugers zu ihm heraus.

Seit sie hier war, war sie ständig am Putzen. Als ob sie sich zwanghaft beschäftigen müsste. Wieso konnte seine Schwester die Dinge nicht einfach lassen, wie sie waren? Das Haus roch nicht nur anders, es sah innerhalb kürzester Zeit auch anders aus. Obwohl sie ständig putzte und wischte, ließ sie selbst überall ihre Sachen rumliegen. Insbesondere im Bad. Und sie las schwedische Bücher, als wäre sie eine ausländische Touristin. Oder als wollte sie ihm vor Augen führen, wie weit sie sich voneinander entfernt hatten. Er schüttelte frustriert den Kopf. Fühlte sie sich hier nicht wenigstens ein kleines bisschen daheim? Was war mit seiner Schwester passiert? Eigentlich wusste er überhaupt nichts von ihr, stellte Niklas mit einem Anflug von schlechtem Gewissen fest. Dabei musste er das doch gar nicht haben. Es war alles die Schuld von Freyas Mutter. Das Kind mit nach Schweden zu nehmen, hatte das Aus für die geschwisterliche Beziehung bedeutet. Wie hätten sie ihre Verbindung aufrechterhalten sollen?

Freya trat aus der Hintertür und lief zur Wäscheleine. Sie sah kurz zu ihm herüber, aber schien derart in Gedanken versunken, als würde sie ihn überhaupt nicht wahrnehmen. Niklas hob eine Hand. Jetzt stellte sie den Wäschekorb ab und winkte zurück. Also hatte sie ihn doch bemerkt.

Wehmut ergriff ihn. Wie sehr hatte er seine kleine Schwester geliebt. Sie waren einander so nahe gewesen.

Wenn er die Augen schloss, konnte er sich noch immer an ihr Kinderlachen erinnern und daran, wie gern sie an seiner Hand gegangen war. Viel lieber als an der ihrer Eltern. Sie war kein zimperliches Mädchen gewesen und hatte sich mit Vorliebe beim Spielen dreckig gemacht. Als Niklas bereits lesen konnte, war Freya abends zu ihm ins Bett gekrochen, und er hatte ihr Geschichten vorgelesen. Meistens waren die Eltern unten im Gasthof beschäftigt gewesen, und Freya war irgendwann in seinem Arm eingeschlafen. In diesen Momenten war er nicht nur der starke, große Bruder gewesen, sondern er selbst hatte sich auch sicher und geborgen gefühlt. Wenn er geahnt hätte, wie schnell ihnen beiden die Nestwärme unwiederbringlich genommen werden sollte, hätte er jeden einzelnen Augenblick noch mehr ausgekostet.

Würden sie einander je wieder so nahekommen wie damals?

Freya machte ein paar Schritte auf ihn zu.

»Ich muss los.« Niklas sprang auf, als könnte er damit die Nostalgie abschütteln. Dabei rutschte das Fischernetz von seinem Schoß auf den Boden.

»Wohin?«

Er machte eine vage Geste in die Ferne. »Ich hab viel zu erledigen heute. Bis später.«

Hoffentlich hatte sie nicht den Eindruck, als würde er vor ihr die Flucht ergreifen.

»Gib ihr Zeit«, sagte Tobias Wolf, Niklas' ältester und bester Freund und seit dem Tod des Vaters der einzige Mensch, dem er sich anvertraute. »Für Freya ist es sicher nicht einfach, hierher zurückzukommen und mit diesem Vermächtnis eures Vaters konfrontiert zu sein.«

Glücklicherweise war Tobias zu Hause bei seinen Eltern gewesen, als Niklas anrief. Er arbeitete in München, und dorthin musste er heute noch zurückfahren.

Sie saßen im Dorfcafé, hinten auf der kleinen windgeschützten Terrasse, wo die Sonne hinschien und es sich auch bei frischeren Temperaturen gut aushalten ließ. Von hier aus hatte man keinen direkten Blick auf den See, und so drängten sich zumeist alle Touristen auf der vorderen Terrasse und diese gehörte den Einheimischen. Niklas drehte seine Kaffeetasse in den Händen und starrte hinein, als könnte er darin die Zukunft lesen.

»Meinst du etwa, für mich ist es leicht? Ich hatte keine Ahnung von dieser schwachsinnigen Testamentsklausel. Ich weiß nicht mal, wann mein Vater sich das hat einfallen lassen. Mir hat er jedenfalls nichts davon gesagt. Obwohl wir unter einem Dach gelebt und uns jeden Tag gesehen haben. Ich hätte gedacht, dass er mir vertraut und so etwas mit mir bespricht.«

Tobias warf ihm einen mitfühlenden Blick zu. »Ich glaube, du siehst das falsch. Dass dein Vater euch beiden den *Fischerfleck* gibt, beweist eher, wie groß sein Vertrauen in dich und deine Schwester ist. Er wusste, gemeinsam macht ihr was draus.«

»Falls du versuchst, diese ganze Misere schönzureden – das klappt nicht.«

»Komm schon, Niklas. Was ist los mit dir? Sonst jammerst du doch auch nicht rum. Überleg doch mal, so musst du dich nicht allein um alles kümmern. Deine Schwester wird ebenso verantwortlich sein wie du. Das ist eine große Chance, keine Bürde.«

»Aber sie hat doch überhaupt keine Ahnung von der Gastronomie.«

Mit zusammengezogenen dunklen Augenbrauen suchte Tobias nach den richtigen Worten. »Na und? Dafür kann sie sicher was anderes, und sie lernt schnell. Ganz ehrlich – ein Geschäftsmann bist du auch nicht gerade. Vielleicht wusste der Johannes das und will dir deswegen Freya zur Seite stellen. Damit ihr euch ergänzt und du dich weiter um die Fischerei kümmern kannst.«

Niklas stöhnte auf und legte den Kopf in den Nacken. Kurz verharrte er so, dann beugte er sich wieder vor, griff nach seiner Tasse und leerte mit einem großen Schluck den Kaffee. »Als ob meine Schwester plötzlich zur Kellnerin, Köchin und Wirtin mutieren würde. Sie übersetzt Bücher vom Schwedischen ins Deutsche, Liebesschnulzen und Frauenromane, soviel ich weiß. Was es heißt, hier am Walchensee vom Tourismus zu leben und zu überleben, davon hat sie keine Ahnung. Sie will es nicht einmal wissen. Am liebsten würde sie doch sofort wieder abhauen. Vermutlich hält sie nur das schlechte Gewissen hier, dass ich ihretwegen den *Fischerfleck* verlieren könnte.«

Mit eindringlichem Blick lehnte sich Tobias vor. »Dann rede mit ihr. Frag sie doch mal. Vielleicht weißt du ja gar nicht wirklich, was in ihr vorgeht. Und dann kannst du ihr auch erklären, was du denkst. So könnt ihr gemeinsam überlegen, was der richtige Weg für euch beide ist. Früher habt ihr euch doch wunderbar verstanden. So kann es bestimmt wieder werden. Vorausgesetzt du kehrst nicht den grummeligen Einsiedler raus, der du eigentlich gar nicht bist.«

»Mann, ich will keine Psychoanalyse, sondern deinen Rat!«

»Dann hör mir auch zu und nimm ihn an. Die Dinge sind, wie sie sind, Niklas. Lerne, damit umzugehen.« Tobias stand auf und sah auf die Uhr. »Ich muss los. Sonst komme ich zu spät zur Arbeit.« Freundschaftlich klopfte er Niklas auf die Schulter. »Überleg dir was Gescheites, dann wird das schon.«

Unmittelbar nachdem sich Tobias verabschiedet hatte, kam die Besitzerin des Cafés heraus. »Darf's noch was sein, Niklas?«

»Nein danke, Antonia, die Rechnung bitte. Ich zahle für Tobi mit.«

»Ihr hattet wohl ein ernstes Thema heute. Ich hab mal zu euch rübergeschaut, aber ihr wart so vertieft und habt mich gar nicht bemerkt.« Sie machte keine Anstalten, den Beleg zu holen, sondern setzte sich stattdessen neben Niklas und schlug die Beine übereinander.

Er zuckte mit den Schultern, sagte aber nichts. Doch das hielt sie leider nicht von weiteren, durchaus korrekten Mutmaßungen ab.

»Ging es um deine Schwester? Ich stelle es mir richtig schwierig vor, plötzlich wieder mit ihr unter einem Dach wohnen zu müssen.«

»Wie kommst du denn da drauf?«

»Gib dir keine Mühe, das ganze Dorf weiß vom Testament deines Vaters. Echt hart, dass du dich jetzt auch noch mit deiner seltsamen Schwester auseinandersetzen musst, die noch nicht mal als Kind wirklich hierhergepasst hat. Und nach allem, was war, wird hier auch nie ein Platz für sie sein.« Sie legte eine Hand auf seine, die er sofort zurückzog.

»Was soll denn diese Bemerkung? Du kennst Freya doch überhaupt nicht. Redet man so im Dorf, oder was?«

Antonia rutschte näher, ignorierte, dass Niklas ganz offensichtlich genervt war und die Schultern straffte.

»Komm, mir brauchst du nichts vorzumachen. Deine Schwester kenne ich nicht, aber dich. Du und dein Papa, ihr hattet es gut zusammen. Und jetzt taucht sie auf und bringt alles durcheinander, wie vorher schon ihre Mutter. Ich weiß ja nicht, aber vielleicht solltest du dir einen anderen Anwalt suchen, nicht den Doktor Schneider aus dem Dorf, und dich erkundigen, wie du sie wieder loswirst. Es gibt bestimmt eine Möglichkeit. Irgendeine Ausnahme oder Sonderregelung.«

Antonia sah gut aus, dunkelhaarig, kurvig und selbstbewusst. Ein paar Jahre älter als Niklas, hatte sie das Café zusammen mit ihrem Mann von dessen Mutter übernommen. Es war eine sichere Einkommensquelle, sommers wie winters, zudem das Klatschepizentrum des Ortes. Dass sie verheiratet war, hielt Antonia nicht vom Flirten ab, und an Niklas war sie besonders interessiert. Bisher hatte er das als schmeichelhaft empfunden und sich nichts dabei gedacht. Aber mit der Einmischung in seine Familienangelegenheiten hatte sie jetzt eine Grenze überschritten.

»Ich denke nicht, dass dich das was angeht«, sagte er bestimmt.

»O doch. Der *Fischerfleck* geht uns alle was an. Immerhin gehört er zum Walchensee.«

»Vor allem gehört er meiner Familie. Und die besteht jetzt aus Freya und mir.«

Antonia lachte hell auf. »Ach was. Die ist doch mehr schwedisch als bayerisch. Und hat keine Ahnung, wie die Dinge hier laufen.« Sie deutete um sich. »Du und ich, wir wissen, wie hart das Geschäft sein kann und wie viel dazugehört, um vom Familienunternehmen leben zu können. Niklas, sieh zu, dass du sie wieder loswirst. Ganz ehrlich, keiner will deine Schwester im Ort haben.«

Abrupt erhob Niklas sich und sah auf Antonia hinunter. »Da bist du dir wohl mit Anette Hirschberg einig, was? Ja, dass ihr beiden plötzlich so eng zusammenhängt, hat sich auch rumgesprochen. Aber, damit du's weißt, Freya hat das gleiche Recht hier zu sein wie du und ich. Und der *Fischerfleck* geht keinen von euch was an. Bleib sitzen, ich zahl drin an der Kasse«, presste er mühsam beherrscht hervor und war weg.

3 Freya

Am Sonntag wurde eine Messe für Johannes Siebert in der Kirche gelesen. Ein Pflichttermin für Freya und Niklas. Die hitzigen Diskussionen der vergangenen Tage wirkten wie reinigende Gewitter auf die Atmosphäre zwischen den Geschwistern. Es schien, als sorgten gerade die unvermeidlich starken Gefühle, die bei beiden hochkochten, dafür, dass sie mehr Verständnis füreinander entwickelten. Zwar standen noch immer unausgesprochene Dinge zwischen ihnen, und sie begegneten einander immer noch mit Vorbehalt, aber sie wurden zunehmend offener. Zum Gottesdienst erschien auch Onkel Georg, der Bruder ihres Vaters, zusammen mit seiner Tochter Lena, die Freya auf Anhieb wiedererkannte. Die wilden braunen Locken ihrer Cousine hatte sie schon als Kind bewundert. Auch das hübsche herzförmige Gesicht und die hellen Augen waren ihr gut in Erinnerung geblieben. Zuletzt hatte sie Lena bei einer Familienfeier vor zehn Jahren gesehen. Damals war Freya zur Hochzeit einer Tante angereist. Eine kurze Stippvisite war das gewesen. Lediglich für eine einzige Übernachtung war sie gekommen, weil sie mitten in ihrer Ausbildung gesteckt hatte. Und weil ihre Mutter sie darum gebeten hatte, die damit verhindern wollte, dass dieser Verwandtschaftsbesuch Freya wieder emotional durcheinanderbrachte. Wo sie doch gerade einen Studienplatz bekommen hatte und sich auf ihre Zukunft konzentrieren musste. Lediglich ein kurzes Gespräch mit Lena hatte sie damals geführt. Freya erinnerte sich daran, dass die Cousine von Auslandsplänen gesprochen hatte. Ob sie die Reise nach Südamerika wohl gemacht hatte? Ein Jahr herumgereist war mit einer Freundin, fernab von allen Verpflichtungen? Die Lena, die jetzt vor ihr stand, wirkte immer noch abenteuerlustig und eigenwillig. Aber vielleicht bildete sich Freya das auch nur ein. Vor den Stufen zum Kirchenportal von Sankt Jakob nahm Lena sie in den Arm und drückte sie.

»Ich wollte dir jetzt unbedingt noch mein herzliches Beileid aussprechen. Weil wir uns ja noch gar nicht gesehen haben, seitdem du wieder hier bist und ich dich eigentlich schon längst hätte anrufen müssen. Wie geht es dir?«

»Danke, ganz okay. Aber ich komme mir ein bisschen fremd vor.«

»Kein Wunder«, schaltete sich Onkel Georg ein. Mit seinem Trachtenjanker, der über der fülligen Körpermitte nur mit einem einzigen Knopf geschlossen war – und der stand ordentlich unter Spannung –, sah er ausnehmend traditionell aus. »Warst ja ewig weg. Was ist mit deinem Dialekt passiert? Hast du alles verlernt?«

»Lass sie doch, Papa. In Schweden hat sie sicher kein Bayerisch gesprochen. Das kommt schon wieder, wenn sie länger hier ist.«

»Bleibt sie denn?« Onkel Georg sah nicht seine Tochter, sondern Freya an, die nach einer unverbindlichen Antwort suchte.

»Gehen wir lieber mal rein«, brummte Niklas zu ihrer Rettung und hakte sich bei den beiden jungen Frauen unter.

Zusammen betraten sie die Kirche, und es gab Freya ein gutes Gefühl, dass auch Onkel und Cousine sie begleiteten. Denn sie spürte viele bohrende Blicke auf sich, und nachdem sie sich gesetzt hatten, meinte Freya die Leute tuscheln zu hören. Worüber, das konnte sie sich nur zu gut vorstellen. Während des Gottesdienstes überfiel sie Schwermut. Erinnerungen kamen hoch, plötzlich tauchten vergessene Bilder vor ihrem inneren Auge auf. Von Familienausflügen in die Berge, Wanderungen über Almen und von unbeschwerten Momenten am Wasser. Mehr und mehr schlich sich etwas Dunkles in ihre Gedanken, eine Angst, die ihr zunehmend die Luft raubte. Freya wurde übel. Das lange Stehen und der Weihrauch, mit dem der Messdiener die Gemeinde einnebelte, machten das Atmen nicht leichter. Am liebsten wäre sie ins Freie gelaufen. Endlich war das Gebet vorüber und sie konnte wieder Platz nehmen. Freya sank an die unbequeme Rückenlehne der Kirchenbank, legte den Kopf in den Nacken und versuchte, ruhig und tief zu atmen. Niklas neben ihr warf ihr einen besorgten Blick zu. »Alles in Ordnung?«

»Nein, nicht wirklich. Dauert es noch lang? Mir ist übel.«

»Du hast auch nichts gefrühstückt. Ist gleich zu Ende. Wenn du es nicht mehr aushältst, kann ich aber auch sofort mit dir rausgehen.«

»Du lieber Himmel! Was werden denn die Leute sagen, wenn ausgerechnet wir zwei den Gottesdienst vorzeitig verlassen? Ich schaffe es noch. Aber danke.«

Mit großer Erleichterung hörte Freya den abschließenden Segen des Pfarrers, mit dem er die Gemeinde entließ.

Auf wackeligen Beinen stakste sie an Niklas' Arm hinaus in die frische Luft eines wolkigen Tages und fühlte sich gleich viel besser.

»Geht ihr noch ans Grab?«, wollte Onkel Georg wissen.

»Nein«, sagte Niklas. »Da waren wir gerade erst.«

»Würd sich aber gehören, nach der Kirche.«

»Freya geht es nicht gut. Sie braucht was zu essen. Kommt ihr noch mit zu uns?«

Der Onkel blickte Freya prüfend ins Gesicht und beschloss dann ebenfalls, den Friedhof ausfallen zu lassen. »Gern. Die Lena soll dir ein paar Eier braten, dann isst du mal was Ordentliches. Blass wie der Tod schaust du aus. Was sollen denn die Leut denken?«

Die Leute, die der Onkel meinte, zogen mit neugierigen Gesichtern an ihnen vorbei. Der ein oder andere verabschiedete sich mit einem Kopfnicken. Freya fragte sich, wohin sie gingen. Früher war es üblich gewesen, sich nach der Kirche auf einen Frühschoppen beim Wirt zu treffen. Früher – als Vater noch zum Gottesdienst gegangen war und sie an seiner Hand, in einem hübschen Dirndl und mit Zöpfen. Wie aus einer anderen Welt schienen diese Erinnerungen zu stammen, so unendlich weit entfernt von der aktuellen Realität.

Eine Frau in einem eleganten Trachtenkleid aus grauem Lodenstoff kam auf sie zu. Sie trug ihr blondes Haar kinnlang und an ihren Ohren baumelten schwere Goldohrringe. Freya kam sie vage bekannt vor. Ihr auf den Fuß folgte ein sportlicher, gut aussehender junger Mann mit markanten dunklen Augenbrauen, unter denen graublaue Augen hervorblitzten.

»Guten Morgen, Freya. Schau an, jetzt bist du doch noch

aufgetaucht«, sagte die Frau. »Bei der Beerdigung hast du ja durch Abwesenheit geglänzt. Du kannst dir ja denken, dass das allen aufgefallen ist, die deinem Vater die letzte Ehre erwiesen haben.«

»Mama!«, fiel ihr Begleiter ihr barsch ins Wort. »Das ist weder der richtige Zeitpunkt noch der richtige Ort für irgendeine Art von Kritik.«

Freya kniff die Lippen zusammen. Ärger brodelte in ihr hoch. Wer war diese Person, warum duzte sie Freya, und was erlaubte sie sich überhaupt?

»Ich weiß schon, heutzutage darf man ja gar nix mehr sagen«, zischte die Frau, machte auf dem Absatz kehrt und marschierte davon.

»Es tut mir wahnsinnig leid. Manchmal vergreift sie sich im Ton«, entschuldigte sich ihr Sohn.

»Vor allem in der Wortwahl.«

»Das auch.« Er streckte ihr die Hand hin. »Jonas Hirschberg. Wahrscheinlich kennst du mich nicht mehr.«

»Jonas Hirschberg? Wir waren zusammen in der Grundschule, stimmt's?«

Er lächelte. »Genau. Meinen Eltern gehört das Sporthotel, und ich kümmere mich um das Surfcenter.«

Erst jetzt ergriff Freya seine Hand und schüttelte sie kurz. Das unpassende Benehmen seiner Mutter störte sie mehr, als sie vor ihm zugeben mochte.

»Fein. Jetzt habt ihr euch wieder miteinander bekannt gemacht, dann können wir ja heimfahren. Schönen Sonntag noch, Jonas.« Niklas' knappes Nicken und sein unterkühlter Ton ließen keinen Zweifel daran, dass auch er den Auftritt von Frau Hirschberg daneben fand.

In Davongehen bemerkte Freya, wie Jonas Lena vertraulich zuzwinkerte.

»Was war das denn bitte?«, stöhnte Freya, als sie neben Niklas im Auto saß.

Er schnaubte. »Ein typischer Hirschberg-Auftritt. Die gute Anette benimmt sich wie die Axt im Walde, der Sohnemann macht einen auf charmant und meint, er bräuchte nur hübsch zu lächeln und alles würde wieder passen. Die halten sich für was Besseres. Nur weil sie das größte Hotel am Walchensee haben.«

»Das ist noch lange kein Grund, mich derart anzugehen. Ich kenne die Frau doch überhaupt nicht.«

»Genaugenommen schon – von früher. Aber nimm es nicht persönlich.«

Nun musste Freya schnauben. »Was sie gesagt hat, war aber extrem persönlich.«

»Es hat trotzdem eigentlich nichts mit dir zu tun. Die Hirschbergs und die Sieberts sind sich seit vielen Jahren nicht mehr grün. Papa und Paul Hirschberg waren früher beste Freunde, damals als du noch hier warst. Seitdem hat sich einiges verändert. Am Schluss haben sie sich nicht mal mehr gegrüßt. Der alte Hirschberg ist auch nicht zur Beerdigung erschienen, nur Anette und der Junior.«

»Wieso?«

»Der *Fischerfleck* ist den Hirschbergs ein Dorn im Auge. Sie wollten ihn kaufen – für Jonas. Einen besseren Standort für ein Wassersportcenter gibt es weit und breit nicht. Du musst dir mal anschauen, in was für einer geschmacklosen Bude er seine Surfbretter verleiht. Und sie liegt nicht mal direkt am See, sondern weit auf der anderen Seite der

Uferstraße. Das wurmt sie sehr. Papas Nein war für sie ein Schlag ins Gesicht und seitdem herrscht Krieg.«

»Und jetzt tauche ich hier auf und Familie Hirschberg befürchtet Siebert-Verstärkung?«

Niklas grinste. »So ähnlich muss man sich das wohl vorstellen.«

»Aber Jonas scheint doch eigentlich ganz nett zu sein«, sagte Freya nachdenklich.

Schlagartig verfinsterte sich der Gesichtsausdruck ihres Bruders. »Lass dich bloß von dem nicht täuschen. Ein Blender ist das. Und ein Muttersöhnchen obendrein. Sagt dir der Ausdruck Saisongockel was?«

Auf dem gesamten Nachhauseweg wetterte Niklas gegen die Hirschbergs. Als er eine kurze Pause machte, knurrte Freyas Magen derart heftig, dass sie beide erschraken.

Daheim im *Fischerfleck* hantierten Lena und Niklas gemeinsam in der Küche, während sich Freya draußen im Garten erschöpft auf einem Liegestuhl niederließ, das Werbegeschenk einer Getränkemarke mit Holzrahmen und durchhängender Stoffbespannung. Einer von der Sorte Liegestühle, die man nie wieder aufgestellt bekam, sobald sie einmal zusammengeklappt waren. Nicht nur, dass er unmöglich aussah, er war auch noch unbequem. Es mussten andere Sitzmöbel angeschafft werden, überlegte Freya, wenn man den Gästen eine schöne Zeit bieten wollte. Loungemöbel, schicke Sonnenschirme, weiche Kissen. Was könnte man es hier hübsch machen …

Onkel Georg starrte eine Weile stumm vom Steg aus ins Wasser und lief dann einmal ums Haus herum.

»Ich komme nächste Woche vorbei und mähe meine Wiese nebenan«, sagte er zu Freya, als er bei ihr ankam. »Fürs erste Heu sieht es gut aus. Am besten, ich mache das an eurem Ruhetag, um die Gäste nicht zu stören.«

»Ja, das ist bestimmt eine gute Idee.« Freya war etwas unsicher, wie sie auf den Onkel reagieren sollte.

»Lass uns reingehen.« Er spähte zum Himmel. »Es ist frisch, außerdem fängt's gleich an zu regnen.« Kurz vor der Tür hielt er sie noch einmal auf und wies mit einer ausladenden Bewegung auf alles Umliegende. »Freya, das hier ist dein Zuhause, egal wie lang du weg warst und was in der Zwischenzeit geschehen ist. Dein Papa hat immer von dir geredet. Es war nicht richtig, euch Geschwister auseinanderzureißen, das ist ihm im Lauf der Jahre schmerzlich bewusst geworden. Er wollte, dass du und der Niklas wieder zusammen seid. Weil ihr beide genau hierhergehört. Also, bitte denk drüber nach.«

Seit jeher nahm die Familie Siebert die meisten ihrer Mahlzeiten am Tisch in der großen Küche der Gaststätte ein. Ein separates Esszimmer gab es nicht. Die Teeküche mit Frühstückstheke im oberen Stockwerk blieb weitgehend ungenutzt. Seit Generationen stand der Tisch an ein und derselben Stelle, Freya vermutete, dass er so alt war wie das Haus selbst. Seine wuchtige, quadratische Holzplatte war im Laufe der Jahrzehnte derart oft geschrubbt worden, dass die Oberfläche wie glatt geschmirgelt aussah. Die Tischbeine waren auf Fußhöhe mit einer umlaufenden Leiste verbunden. Als Kind hatte sich Freya gewünscht, ihre Beine sollten schnell wachsen, damit sie ebenso wie die Großen die Füße darauf abstellen konnte. Sie musste lächeln, als sie daran dachte und jetzt das Holz unter ihren Füßen spürte.

Beim Essen langte sie ordentlich zu. Onkel Georg schien das zu gefallen, er sah zufrieden zu ihr herüber.

»Na, das wird schon werden«, konstatierte er. »Ihr zwei werdet euch sicher anstrengen, den Gasthof wieder richtig zum Leben zu erwecken. Der Johannes hat ihn in letzter Zeit vernachlässigt, aber mit ein wenig Mühe wird er bald wieder laufen.«

»So einfach ist das nicht.«

»Wieso nicht? Du musst halt deiner Schwester zeigen, was zu tun ist. Sie lernt das schon.«

»Papa, Freya hat ihr eigenes Leben in Stockholm«, fiel Lena ihm ins Wort. »Sie ist doch völlig überrumpelt von dieser Testamentsverfügung.«

»Das kannst du laut sagen. Niklas geht es nicht anders. Wir fragen uns wirklich, warum unser Vater es uns derart schwer macht.«

Onkel Georg war da anderer Meinung, »Das war ganz sicher nicht seine Absicht. Vielmehr denke ich, dass er es euch leichter machen wollte, indem er euch beiden zusammen die Verantwortung übertragen hat und nicht nur einem allein. Sind wir doch mal ehrlich, Niklas, du kannst niemals beides schaffen, Fischerei und Gasthof. Das geht gar nicht.«

»Für Freya ist das eine riesige Sache. Sie kann doch nicht so einfach hierbleiben.«

Der Onkel prustete empört. »Schmarrn! Wär ja noch schöner, wenn der Familienbesitz an die Kirche fällt. Macht bloß keine Dummheiten!«

Freya hatte zu all dem nichts gesagt. In ihrem Kopf wirbelten die Gedanken nur so durcheinander, aber seltsamerweise empfand sie das Gepolter des Onkels nicht als anmaßend, sondern es rührte sie. Nicht nur Niklas wollte, dass sie blieb. Irgendwie gehörte sie hier immer noch dazu. Auf sie kam es an, sie war eine Siebert und die Familie erwartete, dass sie sich entsprechend verhielt. In Stockholm gab es niemanden, für den sie wichtig war. Zumindest nicht mehr.

Am folgenden Tag regnete es in Strömen. »Wenn an diesem unseligen See schlechtes Wetter ist, fällt der Regen härter als überall sonst und die Berge erdrücken dich«, hatte die Mutter noch Jahre nach ihrem Weggang mit Dramatik in der Stimme behauptet. Freya verstand, was sie damit meinte. Himmel und Wasser verschmolzen ineinander, wurden zu einem tristen Grau und schienen die Welt zu verschlingen. Weil der Walchensee von Bergen umschlossen war, konnte man das Aufziehen von schlechtem Wetter nur schwer erkennen. So hatte man den Eindruck, es würde von einer Minute auf die andere umschlagen. Freya hatte das als Kind nie gestört, und auch jetzt fand sie es nicht beängstigend. Im Gegensatz zu den Touristen, die den Sturmwarnungen oft nicht glauben wollten, nahmen die Einheimischen sie immer ernst. Sie kannten die Natur und respektierten sie. Die Wasserwacht des Ortes konnte ein Lied von Surfern mit Mastbruch und gekenterten Ausflüglern singen.

Als der Regen nachließ, entschloss sich Freya, einen Spaziergang am Ufer zu machen. Sie schlug den Weg hinüber nach Zwergern ein, lief vorbei am Campingplatz und hinein in den Mischwald, der in der Mitte der Halbinsel wuchs. Von den sattgrünen Blättern tropfte das Wasser. Die schwere Luft duftete nach Erde, Laub und Tannennadeln. Innerhalb kurzer Zeit nahm Freyas Haar so viel Feuchtigkeit auf, dass es sich um ihr Gesicht kräuselte. Sie blieb stehen, legte den Kopf in den Nacken, breitete die Arme aus und atmete tief durch. Sie wurde ganz ruhig, spürte ihr Herz kräftig und gleichmäßig schlagen und für einen kleinen Augenblick war sie vollkommen entspannt. Jahrelanges Yoga hatte ihr niemals einen derartig friedlichen Moment beschert, so wie dieser Spaziergang jetzt. Schon als Kind war sie gern durch diesen Wald gestreift. Seine magische Stimmung hatte sie jetzt auch wieder erfasst.

Als sich links von ihr eine Lichtung auftat, zögerte sie. Durch die Zweige der Bäume erhaschte sie einen Blick auf den See. Helle kleine Wogen schillerten verheißungsvoll. Nur noch ein paar Schritte, dann würde sie am Ufer stehen. Das sanfte Klatschen der Wellen gegen die Strandkiesel lockte Freya, weckte aber gleichzeitig ein dunkles Unbehagen. Die Lichtung war neu, wie die frisch geschlagenen und zu einem ordentlichen Haufen geschichteten Stämme verrieten. Auf den hellen Stümpfen, die knapp aus dem Waldboden ragten, hatte sich noch kein Moos gebildet. Die Umgebung sah anders aus, als sie sie in Erinnerung hatte, und war dennoch vertraut. Freya wusste, wo sie war. Obwohl die Beklemmung in ihrer Brust wuchs, überquerte sie die Lichtung und gelangte an eine kleine Bucht mit Kiesstrand. Gerade bahnte sich die Sonne ihren Weg durch die Wolken und ließ mit einem dicken Strahlenbündel das Wasser an einer Stelle intensiv türkis aufleuchten. Fasziniert beobachtete Freya das Farbenspiel der Natur. Bis ihr Handy in der Tasche klingelte. Es war Oskar.

»Wann kommst du wieder, Schätzchen?« Seine Stimme und die unerwartete Zärtlichkeit brachten sie aus dem Konzept. Freya kam aus dem Tritt, rutschte auf den nassen Steinen aus und wäre beinahe hingefallen. Mit einer Hand presste sie das Telefon ans Ohr, mit der anderen stützte sie sich auf der bemoosten Oberfläche eines großen Findlings ab, der am Ufer lag. Plötzlich tauchten Bilder in ihrem Kopf auf, die sich dieses Mal nicht einfach wieder verscheuchen ließen. Erinnerungen an einen Sommernachmittag, an dem ebenfalls Wolken aufgezogen waren.

»Was soll die Frage?«, stammelte sie, halb bei Oskar und halb in Gedanken.

»Na, ich vermisse dich. Ich dachte, wenn du wieder hier bist, könnten wir uns sehen.«

»Wieso? Du hast mir doch deutlich genug erklärt, dass du dich lieber mit anderen Frauen treffen möchtest.«

»Mein Gott, das sagt man eben mal so im Streit. Das habe ich nicht ernst gemeint. Es tut mir leid.«

Es fiel Freya schwer, sich auf das Gespräch mit Oskar zu konzentrieren, da noch immer andere Gedanken durch ihren Kopf jagten, die sie aufwühlten. »Mich hat das verletzt.«

»Das wollte ich nicht. Können wir das einfach vergessen?«

»Weil du dich anderweitig umgesehen hast, aber nichts Besseres gefunden hast?«

Ihre Direktheit schien ihn zu überrumpeln, denn plötzlich klang er unsicher. »Jeder macht mal einen Fehler. Wir hatten es doch nett. Komm wieder heim.«

Diese lauwarme Formulierung bestätigte Freya in ihrem Entschluss.

»Ich bin hier zu Hause«, stieß sie hervor.

»Dann komm ich zu dir.«

»Nein!« Nur das nicht.

»Bitte, Freya, lass uns noch mal über alles reden. In Ruhe.«

In ihrem Kopf ging alles durcheinander. Sie konnte sich nicht konzentrieren, keinen klaren Gedanken fassen, solange er auf sie einredete.

»Es ist gerade schlecht.«

»Kein Problem. Ich rufe dich später noch mal an.«

»Am besten, ich melde mich bei dir.«

»Wie du willst, Schätzchen. Wir machen alles so, wie du möchtest.« Das waren ja ganz neue Töne.

Sie verabschiedete sich, schaltete das Handy ganz aus und stopfte es zurück in die Tasche. Sie lehnte sich mit dem Rücken gegen den Stein, schloss die Augen. Die Feuchtigkeit aus dem Moos zog in ihre Jacke, aber das war ihr egal. Ihre Beine fühlten sich an wie Gummi, und sie ließ sich auf den Boden gleiten. Immer mehr Erinnerungen prasselten auf sie ein, stärker als jeder Regen. Ein wahrer Gefühlsstrudel brach in Freya los. Hier war nicht nur das sanfte Paradies, hier gab es auch finstere Schattenseiten. Der See hatte zwei Gesichter. Jetzt, an dieser Bucht spürte Freya das ganz besonders. Vielleicht war sie, aufgewühlt durch die Ereignisse der letzten Tage, besonders empfänglich dafür. Die Erinnerung an ein schreckliches Unheil, das sich vor vielen Jahren an genau dieser Stelle ereignet hatte, wurde wieder lebendig. Sie hätte nicht herkommen dürfen.

Die Augen fest geschlossen, drängte Freya ihre lebhaften Eindrücke zurück. Erst als die Stimmen in ihrem Kopf leiser wurden, konnte sie sich aufraffen und durch den Wald wieder nach Hause rennen. Niklas kam ihr entgegen, er hatte sie wahrscheinlich vom Fenster aus gesehen.

»Langsam, langsam.« Er packte sie bei den Oberarmen und hielt sie fest. »Was ist passiert?«

Freya brach in Tränen aus. »Ich war an der Bucht. Du weißt schon, an welcher. Mir wird das alles zu viel, Niklas. Überall holt mich die Vergangenheit ein, besonders dort. Und dann hat mich auch noch der Anruf meines Freundes, nein, eigentlich meines Ex-Freundes, völlig aus dem Konzept gebracht. Genau an jener Stelle am Felsbrocken.« Ihre Stimme versagte.

Niklas führte Freya ins Haus, ohne seinen Griff zu lockern, als hätte er Angst, sie könnte straucheln. »Komm mit rein. Du bist ja völlig durchnässt. Ich habe oben den Kachelofen angeheizt. Du ziehst dir was Trockenes an, und ich mache uns einen Tee.«

»Ich bin ein hoffnungsloser Fall«, sagte Freya niedergeschlagen. »All die endlosen Sitzungen beim Psychologen, zu denen Mama mich dauernd geschickt hat, und dann das. Nichts ist besser geworden.« Sie saßen jetzt beide auf dem Sofa neben dem warmen Ofen. Freyas Beine steckten in einer bequemen Jogginghose, die Füße in dicken Socken, trotzdem hörte sie nicht auf zu zittern.

»Hoffnungslos gibt es nicht. Du darfst nicht aufgeben. Vielleicht hast du einfach noch nicht den richtigen Weg gefunden. Dafür brauchst du halt Hilfe.«

Inzwischen hatte Freya ihre Selbstbeherrschung zurückerlangt. Der Tee, in den ihr Bruder einen kräftigen Schluck Rum gegeben hatte, wärmte sie allmählich von innen.

»Danke, ich denke, mittlerweile schaffe ich es ohne professionellen Seelenzerpflücker.«

»Mag sein, Freya. Für mich sieht es allerdings so aus, als hättest du noch immer nicht verarbeitet, was vor zwanzig Jahren geschehen ist.«

»Wie auch? Das meiste liegt im Dunkel, und alles, was ich spüre, wenn ich daran denke, ist diese erdrückende Angst.«

»Woran erinnerst du dich?«

»An kaum etwas. Außerdem will ich nicht drüber reden.«

Niklas legte Nachdruck in seine Worte. »Hast du die Möglichkeit in Betracht gezogen, dass Papa dich deshalb durch sein Testament hier halten möchte? Weil es an der Zeit ist, dass du endlich Fragen stellst?«

»Und wem soll ich Fragen stellen? Den guten Leuten von Walchensee?« Das klang bitter. »Die haben mich damals schon eingeschüchtert. Mit ihrem Getuschel und Geflüster. Immer wurde ich angestarrt, überall. Bis ich mich nicht mehr aus dem Haus getraut habe.«

Niklas sah sie mitfühlend an. »Daran erinnere ich mich gut. Und statt dir zu helfen, haben Mama und Papa nur gestritten. Bis sie mit dir weggegangen ist. Aber nun bist du eine erwachsene Frau, kein kleines Mädchen mehr. Finde den Mut, deiner Angst auf den Grund zu gehen.«

»Da sind einfach so viele Dinge, an die ich mich nur vage erinnere und die ich nicht verstehe.«

»Dann gibt es keinen besseren Ort als diesen, um dich auf die Suche nach der Wahrheit zu machen.«

4 Freya

Auch nach fünf Tagen, die sie hauptsächlich als Kellnerin, Gärtnerin und Putzfrau zubrachte, hatte sich Freya noch nicht dazu durchringen können, sich dem zu stellen, was seit der Kindheit auf ihrer Seele lastete. Sie verdrängte die Auseinandersetzung damit weiterhin erfolgreich, wie schon die letzten zwanzig Jahre. Was änderten da ein paar Tage mehr oder weniger? Hinzu kam, dass Oskar sie verwirrte.

»Was ist denn nun?«, fragte Niklas, nachdem der Schwede zum dritten Mal angerufen hatte. »Seid ihr noch zusammen oder nicht?«

Freya war in der Küche zugange, weil Alfred kurzfristig abgesagt hatte und sie eingesprungen war. Ihr Bruder half, die Spuren eines chaotischen Tages zu beseitigen. Sie hatten sich tapfer geschlagen. Für heute war es geschafft. Mit einem karierten Küchentuch in der Hand hielt Freya inne. »Wir haben uns immer weiter voneinander entfernt, hatten uns nicht mehr viel zu sagen, weißt du. Wir haben beide gemerkt, dass unsere Gefühle dem Alltag nicht standhalten.« Sie zuckte mit den Schultern. »Das kommt oft vor, schätze ich.«

»Eine inhaltslosere Floskel fällt dir wohl nicht ein? Was war wirklich los?«

»Oskar hat angefangen, sich mit anderen Frauen zu treffen.«

»Also hat er dich betrogen.«

»Eigentlich schon. Na ja, vielleicht war es auch meine Schuld, er hat sich mehr Aufmerksamkeit gewünscht, und die habe ich ihm nicht gegeben.«

Niklas schüttelte den Kopf, hob den Finger zum Einspruch und holte Luft. Dann klappte er den Mund wieder zu. Es stand ihm deutlich ins Gesicht geschrieben, was er sagen wollte: *Wie blöd kann man sein, die Untreue des Partners mit dem eigenen Verhalten zu entschuldigen.*

Schnell fuhr Freya fort: »Jetzt tut es ihm leid. Er meint, wir sollten es noch mal miteinander versuchen.«

»Nenne mir einen Grund, weshalb jemand, der dich hintergangen hat, eine weitere Chance verdient?«

Freya griff nach einem gespülten Topf und begann ihn abzutrocknen. »Vielleicht weil ich noch Gefühle für ihn habe?«

»Selbst wenn – er war mit einer anderen im Bett. Oder sogar mit mehreren. Da gibt es keine zweite Chance!« Niklas klang aufgebracht.

»Das sagt sich so leicht.«

»Nein, tut es nicht. Es ist bitter und schmerzhaft, aber diesen Typen wieder in dein Leben zu lassen, wäre eine ausgemachte Dummheit. Tu das nicht!« Er stürmte aus der Küche, und Freya wunderte sich, warum ihr Bruder sich über Oskar offenbar mehr aufregte als sie selbst.

Befürchtete er, sie könne deshalb wieder zurück nach Schweden gehen?

Weshalb verlangten alle Männer in ihrem Leben Entscheidungen von ihr? Ihr Vater, ihr Bruder, Oskar? Sie warf das Geschirrtuch auf die Küchentheke und strich sich das Haar aus der Stirn.

Niklas hatte nicht das Recht, ihr reinzureden. Er kannte sie überhaupt nicht mehr, nach all den Jahren. Freya fasste ihre Entschlüsse alleine. Wenn sie so weit war. Genau das würde sie auch Oskar mitteilen. Trotzig presste sie die Lippen aufeinander.

Eine Sache, die zweifelsfrei feststand, war die finanzielle Misere im *Fischerfleck*. Das Ausmaß wurde mit der Sichtung der Papiere, um die Johannes Siebert sich anscheinend kaum gekümmert hatte, offenbar. Niklas musste den Tatsachen ins Auge sehen. Die Fischerei allein reichte nicht aus, um alle Verbindlichkeiten zu bedienen, selbst dann nicht, wenn er äußerst bescheiden lebte. Der Gasthof musste weiter betrieben werden, und zwar profitabel, weil ihr Vater in den letzten Jahren einen Kredit aufgenommen hatte, der abgezahlt werden musste. Sie hatten keine Wahl. Wenn nicht schleunigst Geld in die Kasse kam, konnte der *Fischerfleck* nicht gerettet werden. Noch eher als der Kirche würde er dann der Bank zufallen. Für Niklas ging es um alles. Und wenn Freya sich darauf einließ und akzeptierte, ebenso für das Erbe verantwortlich zu sein wie er, war es für sie genauso. Sie schätzte den Fleiß und Optimismus ihres Bruders, jedoch war er ganz offensichtlich mit weniger unternehmerischem Talent gesegnet als sie. Je mehr sie darüber nachdachte, umso klarer wurde ihr, dass er es ernst meinte, wenn er behauptete, es ohne sie nicht zu schaffen. Hatte der Vater das auch so gesehen? Hatte er deshalb verfügt, dass sie einander zur Seite standen, weil einer allein es nicht stemmen konnte?

Wieder wurden widerstreitende Stimmen in ihr laut. *Du*

musst ihm helfen, ihr seid Familie, er ist alles, was du noch hast. Und es ist Papas letzter Wille, sagte die eine Stimme. Woraufhin sich die andere meldete und ihr versicherte, es wäre vollkommen legitim, den Walchensee so weit wie möglich hinter sich zu lassen.

Um ihrem Gedankengewirr wenigstens kurzzeitig zu entfliehen, beschloss sie, am Ruhetag des Gasthofs mit der Seilbahn auf den Herzogstand hinaufzufahren. In der klaren Bergluft wollte sie den Kopf freibekommen. Zu Fuß lief sie durch den Ort entlang des Ufers und war entsetzt von der Blechlawine, die sich auf der Seestraße durch Walchensee schob. Stoßstange an Stoßstange drängten sich Autos mit zumeist Münchner Kennzeichen und Mountainbikes oder Paddleboards auf den Dachgepäckträgern, Wohnmobile aus Norddeutschland, holländische Wohnwagen, und dazwischen viele Motorräder.

In der Nähe der Herzogstandbahn, direkt beim großen Sporthotel, entdeckte sie eine Almhütte mit hawaiianischen Elementen, die zwischen den traditionellen Häusern auffällig hervorstach. Ein Schild mit der Aufschrift *Wassersportcenter Hirschberg* prangte an der Wand. Freya blieb stehen und ließ das skurril anmutende Gebäude auf sich wirken. Offenbar hatte jemand versucht, zwei sehr unterschiedliche Welten miteinander zu verbinden. Bastschirme und blauweiße Rautenflaggen. Geschnitzte Holzbalken und Tiki-Totems. Die Hütte war wild dekoriert. Das musste die geschmacklose Bude sein, von der Niklas gesprochen hatte. Davor parkte ein alter knallroter VW-Bus mit Ersatzreifen vorne an der Motorhaube und aufgemalten 70er-Jahre-Blumen. Eine Sitzgruppe mit bunten Patchworkkissen neben der Eingangstür sorgte zusätzlich für Hippieatmosphäre. Stilistisch war das ein heilloses Durcheinander. Bei den Gästen schien das allerdings anzukommen, es herrschte großer Andrang.

Für ein paar Minuten sah Freya fasziniert dem Treiben zu. Sportliche Kerle in Surfshorts und T-Shirts, auf denen *Team Sporthotel Hirschberg* stand, schleppten die Ausrüstung für die Touristen barfuß über die vielbefahrene Straße und die Liegewiese des örtlichen Badestrandes bis direkt ans Wasser.

Plötzlich schwang die Seitentür des Surfcenters auf, und Jonas Hirschberg trat heraus. Auch er trug ein Sporthotel-T-Shirt, dazu Jeans und modische Sneakers. Mit dem Handy am Ohr lief er zum VW-Bus und holte eine Tasche vom Beifahrersitz. Beim Zurückgehen fiel sein Blick auf Freya, und er blieb stehen. Er hatte sie sofort erkannt und schien sie mit seinen hellen Augen intensiv zu mustern. Schließlich lächelte er und bedeutete ihr herüberzukommen. Zur Begrüßung küsste er sie rechts und links auf die Wange, als wären sie alte Freunde. Waren sie das? Freya fühlte sich überrumpelt.

»Kommst du mich besuchen?«, fragte er mit einem strahlenden Grinsen. Seine Zähne waren beeindruckend ebenmäßig und fast schon zu weiß.

»Nein, eigentlich nicht. Ich bin auf dem Weg zur Gondel.«

»Oje. Auf den Herzogstand brauchst du nicht zu fahren, da will heute jeder hin.« Er deutete die Straße hinunter. »Man sieht die Warteschlange an der Bahn von hier aus. Da stehst du mindestens eine Stunde an, und droben drängen sich die ganzen norddeutschen Touris.«

»Und bei dir wohl auch, so wie es aussieht.«

Jonas beugte sich zu Freya und raunte ihr zu: »Stimmt, und sie bringen mir einen guten Umsatz.«

Sie wusste nicht recht, was sie von dieser Art Vertraulichkeit halten sollte. Irgendwie war ihr die unangenehm. »Dann will ich dich mal nicht länger vom Geldverdienen abhalten«, wollte sie sich verabschieden.

»Quatsch, bleib doch noch. Komm mit rein, ich zeig dir meine Surfschule. Wo du jetzt nicht auf den Berg kannst, hast du Zeit, nehme ich an.« Er hielt ihr die Tür auf, und weil Freya nicht unhöflich erscheinen wollte, blieb ihr nichts anderes übrig, als seiner Aufforderung nachzukommen.

Innen sah die Hütte ähnlich geschmacklos aus wie außen. »Der exotische Style ist Absicht«, erklärte Jonas, der ihren kritischen Blick bemerkt hatte. »Auf diese Weise bleiben wir in Erinnerung. Und wenn die Leute sich über uns unterhalten, weiß jeder gleich, wer gemeint ist. Gute Werbung, die nix kostet. Hier …«

Er zeigte hinüber zu einer Vielzahl an unterschiedlichen Brettern und Segeln. »Früher gab es nur die Windsurfer, dann kamen die Kitesurfer, die Stand-up-Paddler und jetzt noch die Hydrofoil-Surfer dazu, und für alle müssen wir was im Verleih anbieten. Außerdem haben wir noch Elektromotoren und Kajaks«, erklärte er. »Für die Leute, die ihr eigenes Equipment mitbringen, haben wir die Wiese nebenan. Da können sie gegen Gebühr direkt am See parken und müssen ihre Sachen nicht weit schleppen. Und wenn mal was kaputtgeht, biete ich hier einen Reparaturservice an.«

Das in ihren Augen geschmacklose Aussehen der Surfhütte hatte Freya anfangs darüber hinweggetäuscht, wie professionell das Ganze aufgezogen war. Nun erkannte sie, dass Jonas das Sortiment clever zusammengestellt hatte. Auch Kurse für Anfänger und Fortgeschrittene bot er an. Im hinteren Teil des großen Innenraums sah sie Ständer mit entsprechender Sportkleidung, Neoprenanzüge, Sonnenschutz und sogar *Sporthotel Hirschberg*-Logo-T-Shirts. Es gab Getränke, Snacks und Eis, und aus einem Lautsprecher dudelte Musik.

Obwohl noch keine Hochsaison war, herrschte viel Betrieb. Die Mitarbeiterin hinter der Kasse hatte gut zu tun. Interessiert folgte Freya Jonas' Ausführungen. Sie besah sich alles ganz genau und war wirklich beeindruckt.

»Respekt. Toll, wie du das hier machst, und der Laden läuft ja richtig gut.«

»Danke. Jetzt ist ja noch gar nicht so viel los, aber im Sommer brummt der Laden richtig. Muss er auch, weil ich in den Wintermonaten geschlossen habe.«

Jonas begleitete Freya hinaus. Als sie sich verabschiedeten, küsste er sie wieder auf die Wangen.

»Schön, dass du vorbeigeschaut hast. Was machst du denn morgen? Wenn du magst, können wir gemeinsam auf den See rauspaddeln.«

»Das geht leider nicht. Morgen helfe ich Niklas im *Fischerfleck*.«

»Dann bleibst du also?«

»Ich habe mich noch nicht entschieden.« Auch wenn Freya sich eingestehen musste, dass sie Jonas nett fand, war sie auf der Hut. Sie hatte Frau Hirschbergs Benehmen nicht vergessen. Ebenso wenig wie Niklas' Warnung.

»Also ich würde mich freuen, wenn du bleibst.« Ernst

und direkt sah er Freya an. Dann nickte er ihr zu und ging wieder hinein.

Nachdenklich machte sie sich auf den Heimweg. Der Tag verlief anders als geplant.

Als sie am *Fischerfleck* ankam, fand Freya ihren Bruder am Räucherofen. Frühmorgens war er auf den See hinausgefahren und hatte die Netze geleert. Gerade schüttete er Salz in einen hohen Bottich mit Wasser, warf Lorbeerblätter, Wacholderbeeren und Knoblauchzehen hinein und rührte alles mit einer riesigen Schöpfkelle um.

»Hast du Zeit?«, fragte er hoffnungsvoll.

»Möglicherweise«, antwortete sie ausweichend. »Warum?«

»Ich will Renken räuchern. Die Salzlake zum Einlegen ist jetzt fertig. Wenn du mir beim Ausnehmen der Fische hilfst, geht es wesentlich schneller.«

»Echt jetzt?«

Niklas warf ihr einen bittenden Hundeblick zu und musste dann lachen. »Komm schon, als Kind wolltest du immer mitmachen und Papa zur Hand gehen.«

»Ehrlich? Kann ich mich gar nicht dran erinnern. Also jetzt bin ich jedenfalls nicht mehr scharf darauf, tote Fische von ihren Eingeweiden zu befreien, aber wenn es dir hilft …«

»Gut. Damit du dich nicht ekeln musst, schlage ich vor, dass ich das mit den Eingeweiden übernehme und du die Fische ausspülst und sie in die Lake einlegst. Einverstanden?« Er reichte ihr eine Gummischürze, selber trug er ebenfalls eine.

»Ach du lieber Gott«, entfuhr es Freya, als Niklas den Deckel der großen Kühlbox öffnete, die neben ihm stand. Sie war bis oben hin mit Renken aus dem See gefüllt, und Freya war sich sicher, dass diese Aktion ihren Appetit auf Fisch nachhaltig dämpfen würde. Aber das wollte sie sich nicht anmerken lassen und riss sich zusammen.

»Das machst du richtig gut«, lobte Niklas nach einer Weile. Tapfer unterdrückte Freya ihren Ekel und spülte und schichtete alles, was er ihr reichte. Die Sonne schien frühsommerlich warm, Niklas kam ins Erzählen und lenkte seine Schwester mit Geschichten aus Kindertagen ab. Mit der Zeit vergaß Freya, womit sie hantierten, arbeitete routiniert und konnte dabei sogar mit Niklas herumalbern.

»Ihr zwei scheint euch ja gut zu amüsieren«, hörte sie plötzlich eine angenehm tiefe Stimme.

»Tobi!«, rief Niklas erfreut. »Du bist ja schon hier.«

»Ja, ich bin etwas früher in München losgefahren, weil ich nicht wusste, wie schlimm der Verkehr wird. Aber ich bin reibungslos durchgekommen.«

»Super. Lass dich drücken«, sagte Niklas spaßeshalber.

»Ach, lieber nicht.« Augenzwinkernd machte Tobi einen Schritt zurück, als Niklas seine Arme ausbreitete. Auf seiner Gummischürze klebten Schuppen, Blut und undefinierbare Fischreste.

»Freya, kannst du dich noch an Tobias Wolf erinnern? Wir waren zusammen in einer Klasse, und er hat mich früher öfter besucht.«

Wahrscheinlich würde ihr das noch häufiger passieren, auf Leute zu treffen, die sie offenbar als kleines Mädchen gekannt hatte, die sie aber nach all den Jahren nicht mehr wiedererkannte. Freya war es unangenehm, Tobias direkt anzustarren, doch sie gab sich alle Mühe, irgendetwas an ihm zu entdecken, das ihr bekannt vorkam. Sein schwarzes Haar trug er etwas länger, das stand ihm gut. Wie Niklas hatte er einen stoppeligen Dreitagebart. Seine Augen waren dunkel, der Blick offen und sein Lächeln wirkte echt und ansteckend. Die ein wenig zu großen Ohren verliehen seinem auffällig guten Aussehen etwas angenehm Unperfektes. Freya gefiel er auf Anhieb.

»Leider nein«, antwortete sie. »Allerdings habt ihr Jungs euch damals auch nicht mit kleinen Mädchen abgegeben.«

»Stimmt. Wir haben uns mehr auf starkes männliches Verhalten konzentriert, wie Weitpinkeln in den See zum Beispiel. Ich kann mich auch nur noch vage an dich erinnern. Du hattest, glaube ich, immer aufgeschlagene Knie.«

Und jetzt stecke ich in einer Gummischürze und habe Fischschuppen an den Händen, kam es Freya in den Sinn. *Auch nicht gerade apart.*

Niklas wischte sich die Hände an einem Lappen ab und zog seine Schürze aus. »Komm mit rein, Tobi. Lass uns einen Kaffee trinken. Dann kann ich dir sagen, worüber ich mit dir sprechen wollte. Oder magst du lieber ein Bier?«

»So aufmerksam bist du doch sonst nicht. Irgendwie beunruhigend. Da scheint ja was Großes im Busch zu sein.«

»Lass dich überraschen.«

»Na, hoffentlich ist es was Erfreuliches.«

Niklas dirigierte den Freund in Richtung Haus und machte Freya hinter seinem Rücken Zeichen, ebenfalls mitzukommen.

Bevor Freya sich zu den beiden an den Tisch setzte,

schrubbte sie am Waschbecken in der Küche ihre Hände mit Seife und Bürste, um den penetranten Fischgeruch loszuwerden. Trotzdem befürchtete sie, unangenehm zu riechen. Vorsichtshalber setzte sie sich deswegen an die am weitesten entfernte Ecke des Tisches.

»Tobi ist Koch in einem schicken Restaurant in München«, erklärte Niklas in Freyas Richtung. »Ein wahnsinnig guter, kann ich dir sagen. Allerdings hat er es nicht so mit der Großstadt und redet schon länger davon, dass er eigentlich viel lieber wieder nach Hause an den Walchensee kommen würde.«

»Nur leider gibt es hier keine gehobene Gastronomie. Am Tegernsee sieht das ganz anders aus.«

»Aber dort willst du nicht hin.«

»Stimmt.«

»Deswegen wollte ich mit dir reden. Weil ich dir ein Angebot machen möchte.« Niklas räusperte sich. »Wie wäre es, wenn du für uns beziehungsweise mit uns arbeitest? Hier im *Fischerfleck*.«

Tobias starrte seinen Freund überrascht an. Damit hatte er bestimmt nicht gerechnet. Auch Freya merkte, wie verdutzt sie dreinschaute. Niklas' Gesprächseröffnung traf sie ebenso unvermittelt wie seinen Gast. Einen Gourmetkoch in der alten Holzhausküche? Unmöglich. Was redete Niklas für einen Blödsinn? Und was bitte schön meinte er mit »uns«? Sie hatte doch noch überhaupt nicht entschieden, ob sie bleiben würde.

»Kann ich dich kurz sprechen? Allein?« Sie erhob sich und bedeutete ihrem Bruder, mit hinaus in den Flur zu kommen.

»Was machst du denn da?«, fragte sie ihn im Flüsterton.

»Wir haben uns doch noch gar nicht geeinigt, was aus dem *Fischerfleck* werden soll. Was soll das, ohne vorher mit mir zu sprechen? Außerdem, was ist mit Alfred?« Freya musste sich mächtig zusammenreißen, um nicht laut zu werden. Das überstürzte Handeln ihres Bruders kam ihr nicht nur naiv vor – wovon bitte wollte er das Gehalt eines Spitzenkochs bezahlen? –, sondern absolut irrsinnig. Selbst wenn Tobias ein guter Freund von Niklas war, käme dieses Jobangebot für jemanden seines Kalibers einer Ohrfeige gleich. Das musste ihrem Bruder doch klar sein.

Niklas hingegen schien völlig gelassen und antwortete mit ruhiger Stimme, »Fragen kann man doch mal. Hätte ich dir vorher davon erzählt, wärst du dagegen gewesen. Der Alfred will aufhören, lieber heute als morgen. Und ohne Koch müssen wir zusperren. Und da wir jemand Neues brauchen, können wir auch gleich den Besten fragen. Tobias ist ein absoluter Spitzenmann, kommt mit allem zurecht und verlässlich ist er obendrein. Und überhaupt – korrigiere mich bitte, wenn ich mich irre – habe ich den Eindruck, du willst ohnehin nichts mit dem Familiengeschäft zu tun haben und bald abreisen.«

»Das weiß ich noch nicht! Aber falls du's vergessen hast, ohne mich läuft es hier sowieso nicht weiter. Wir können doch über alles reden.«

»Ach. Auf einmal? Dann musst du dich entscheiden, Freya. Wenn du mitmischen willst und verlangst, dass ich dich in meine Pläne einbeziehe, erwarte ich eine klare Zusage und kein ständiges Hin und Her.«

»Ständiges Hin und Her? Ich darf mir ja wohl noch die Zeit nehmen zu überlegen, wie es gehen soll. Für mich ist das keine kleine Sache. Immerhin habe ich auch ein Leben in Schweden.«

»Du kannst die Entscheidung nicht ewig vor dir herschieben. Und vor allem wegrennen sowieso nicht. So wie deine Mutter damals.«

»Fang jetzt keine Grundsatzdiskussion an!«

»Doch, denn genau darum geht es. Um unsere Grundsätze als Familie. Und um die Schritte, die wir gehen müssen, ob wir wollen oder nicht. Wir beide haben die Chance, es zusammen besser zu machen. Zusammen könnten wir das hinkriegen. Heute ist der Tag der Entscheidung, Schwesterherz. Entweder du steigst ein oder du hältst dich ab jetzt vollkommen raus. Also, was sagst du?«

Niklas war nun doch nicht mehr so ruhig und in seinem Blick loderte es. Mit dem einen Arm wies er zur Küche, mit dem anderen in Richtung Haustür.

Freya atmete schwer. Ihr derart das Messer auf die Brust zu setzen war unfair. Sie hatte in den vergangenen Tagen alles gegeben. Mittlerweile zog sie ja sogar ernsthaft in Erwägung, hierzubleiben und das Ganze als Herausforderung zu betrachten. Aber musste er sie so unter Druck setzen?

»Falls ich es mit dir wage – und ich sage ausdrücklich falls –, will ich in sämtliche geschäftliche Überlegungen mit einbezogen werden.«

»Klar.«

»Ihr wisst, dass ich jedes Wort hören kann, oder?«, drang Tobias' Stimme aus der Küche.

Niklas hob nur eine Augenbraue und verharrte abwartend vor seiner Schwester.

»Ich lasse mich zu nichts drängen, Niklas. Von niemandem. Falls du in diesem Augenblick eine Entscheidung erwartest, muss ich dich enttäuschen. Ich brauche meine Zeit.«

Damit ließ sie ihn stehen, rannte nach oben in ihr Zimmer und schloss die Tür hinter sich. In ihr wütete es. Plötzlich wollte sie nur noch weg. Ja, Weglaufen war in der Tat die beste Lösung. Auch wenn sich in ihrem Herzen vehementer Widerspruch regte, holte sie den Koffer hervor, warf ihn aufs Bett und begann, ihre Kleidung hineinzuräumen. Mit einem Mal wurde es dunkel. Eine graue Wolke schob sich vor die Sonne, Wind kam auf und innerhalb von wenigen Minuten trommelte Regen gegen die Fensterscheibe, als wollte sogar das Wetter sie aufhalten. Der Sturm peitschte und es war, als würde die Welt untergehen. Kurz war Freya versucht, Licht einzuschalten, stellte sich dann aber mit trotzig verschränkten Armen ans Fenster und starrte auf den See hinaus.

Auch wenn der Himmel einstürzte, nichts und niemand würde sie hier halten können, wenn sie es nicht wollte.

Niklas

Na, das hab ich ja ordentlich in den Sand gesetzt, dachte Niklas, als Tobias gegangen war. Aber der hatte das Angebot zumindest nicht sofort abgelehnt, sondern versprochen, sich die Sache zu überlegen. Niklas meinte, bei ihm sogar einen Funken Abenteuerlust gespürt zu haben. Beim Abschied hatte er jedenfalls erstaunlich freudig gewirkt. Das hätte Niklas sich eigentlich von seiner Schwester gewünscht, aber leider war das wohl nach hinten losgegangen.

Konnte es sein, dass er sich vollkommen in ihr getäuscht hatte? Lag Freya überhaupt nichts an ihrer Familie? War sie womöglich wirklich nicht bereit, es mit ihm zu versuchen?

»Du musst ihr halt einen Anreiz bieten«, hatte Tobias zum Abschied gesagt, als sie draußen am Auto standen. Dort hatte Freya sie nicht hören können.

»Wie soll das gehen? Soll ich ihr etwa eine Prämie in Aussicht stellen für jeden Monat, den sie durchhält? Darauf pfeif ich.«

»Blödsinn. Überleg dir was, zu dem sie nicht nein sagen kann. Was wünscht sie sich denn am allermeisten?«

Das war nicht schwer zu erraten. Aber das konnte Niklas nicht einmal mit dem besten Freund teilen. Weil es zu persönlich war und die gesamte Misere der Familie Siebert darin begründet lag. Nicht mehr und nicht weniger. Freya wollte nichts sehnlicher, als ihren Frieden mit der Vergangenheit zu schließen. Dafür musste sie herausfinden, was vor zwanzig Jahren genau geschehen war und zu ihrem Umzug nach Schweden geführt hatte. Auch für Niklas war das ein sensibles Thema, hatte dieses Ereignis ebenfalls das Ende seiner Kindheit bedeutet. Bislang hatte er es gut verdrängt, und am liebsten würde er auch nie wieder darüber nachdenken. Aber er wusste, für Freya käme das niemals in Frage. Sie würde erst zur Ruhe kommen können, wenn sie bis zur Wahrheit durchgedrungen wäre, auch wenn sie dafür im tiefen Morast der Gerüchte und Mutmaßungen graben musste. Mutig müsste sie dafür sein. Er dachte an Antonia vom Dorfcafé. Wenn sogar sie, die nun wahrlich keine Ahnung vom damaligen Unglück hatte, sich zwei Jahrzehnte später noch das Maul zerriss, konnte das nur in einer üblen Schlammschlacht enden. Aber, wenn er ehrlich war, durfte selbst das seine Schwester nicht davon abhalten, der Wahrheit nachzuspüren. Und Niklas würde tun, was in seiner Macht stand, um sie zu unterstützen. Plötzlich war ihm klar, dass das der einzige Weg war – für Freya und für ihn. Für sie beide. Aber wie sollte er ihr das nahebringen?

»Verdammt!«

Der Sturm hatte draußen die Stühle umgeworfen. Niklas rannte in den Garten, klappte einen nach dem anderen zusammen und stellte sie an die Hauswand. Feuchtigkeit drang durch seine Schuhe. Es dämmerte. Fröstelnd warf er einen Blick zum Haus. In Freyas Zimmer ging das Licht an.

Wie immer, wenn er allein sein wollte, ging er hinüber

ins Bruthaus am Seeufer, an der Grenze zu Onkel Georgs Wiese. Er beugte sich über eines der Aufzuchtbecken und warf den kleinen Fischen darin Futter zu.

In Gedanken versunken stand er und starrte ins Wasser. Freya musste bleiben. Nicht nur wegen des *Fischerflecks*, sondern um endlich glücklich zu werden. Das hatte Papa schon gut erkannt. Wie sollte er sie nur dazu bewegen? Was würde sein Vater ihm raten?

Wenige Tage später rief der Rechtsanwalt an, um nachzufragen, ob sich die Geschwister Siebert schon entschieden hätten.

»Allzu lang könnt ihr es nicht mehr aufschieben. Nachdem sich das Ganze in Windeseile herumgesprochen hat, habe ich gestern schon einen Anruf vom Diözesanbüro bekommen.«

Ärger kochte in Niklas hoch. »Sag bloß, die Kirche drängelt.«

»Klar, was denkst du denn? Es geht um das Sahnestück am See. Das hätten alle gern. Die Bank hat sich auch schon bei mir gemeldet und nachgefragt, wer es jetzt bekommen wird und ob derjenige vorhat zu verkaufen.«

»Das ist ja nervend.«

»Du sagst es. Am besten wäre es, wenn ihr euch zügig entscheidet, das Erbe anzutreten. Damit könntet ihr all dem ein Ende bereiten.«

»Wir melden uns in den nächsten Tagen, Hubert. Versprochen. Freya und ich sind fast so weit.«

Wie unglaubwürdig sich das anhörte, merkte er selber. Niklas Siebert war noch nie ein guter Lügner gewesen. Eigentlich gab es nichts, was ihn mehr anwiderte als Unehr-lichkeit.

Oben klingelte Freyas Handy. Nachdem er sich vom Rechtsanwalt verabschiedet hatte, stieg Niklas langsam die Treppe hinauf. Jeder Schritt fiel ihm schwer. Die Tür zu ihrem Zimmer stand ein Stück weit offen, und er hörte seine Schwester sprechen. Auf Schwedisch. Er verstand noch immer ein paar Brocken, weil Freyas Mutter damals mit den Kindern konsequent in ihrer Muttersprache geredet hatte. Sie hatte die Tochter zweisprachig erziehen wollen, und Niklas hatte natürlich mitgelernt.

Es war wieder dieser Oskar. Der Kerl war echt hartnä-ckig. Freya klang aufgebracht. *Es ist endgültig aus,* verstand Niklas. Das gab Grund zur Hoffnung.

Seine Schwester beendete das Gespräch. Als er ins Zimmer trat, sah er, wie sie das Handy wütend aufs Bett schmiss.

»Kannst du nicht anklopfen?«, herrschte sie ihn an.

»Tut mir leid. Die Tür war offen.«

»Was willst du?« In ihren Augen standen Tränen.

»Noch mal mit dir reden. Hubert Schneider hat gerade angerufen.«

»Der Anwalt?«

Niklas nickte. »Offenbar haben ihn die Kirche und auch die Bank bereits kontaktiert, und beide wollen sich den *Fischerfleck* unter den Nagel reißen.«

Mit einem Seufzen ließ sich Freya aufs Bett fallen, zog die Beine an und schlang ihre Arme um die Knie. Unschlüssig stand Niklas an der Tür, erst als Freya ihm auffordernd zunickte, setzte er sich neben sie.

»Ich weiß, es steht mir nicht zu, mich in deine Privatangelegenheiten zu mischen, aber ich habe das Gespräch eben teilweise mit angehört. Jemand, der dich hintergangen hat, sollte keine Rolle bei einer Entscheidung spielen dürfen, die deine Zukunft betrifft. Dieses Privileg steht ihm nicht zu. Vor allem, wenn es um etwas derart Wichtiges geht wie das Erbe unserer Familie, Freya. Wir haben nur noch uns, so abgedroschen dieser Satz auch klingen mag, am Ende des Tages ist es das, worauf es ankommt. Und ob uns das gefällt oder nicht, wir müssen damit klarkommen.«

Sie sah ihn aufmerksam an. Die Tränen in ihren Augen waren getrocknet.

Niklas schöpfte Hoffnung. »Falls du mir, falls du uns eine Chance gibst, verspreche ich, dir bei der Suche nach der Wahrheit zu helfen. Wir werden nicht nur den *Fischerfleck* weiterführen, sondern mit der Vergangenheit aufräumen. Ein für alle Mal. Das ist wichtig für uns beide. Ich lass dich nicht allein.«

Er atmete tief durch. Was er gesagt hatte, kam von Herzen.

Freya saß ganz still, dann atmete sie tief ein und griff nach seiner Hand. »In Ordnung. Wir machen es.«

»Sicher?«

Sie nickte. Erleichterung durchströmte ihn, und am liebsten hätte er sie in seine Arme geschlossen. Er traute sich nicht. »Danke.«

»Es gibt keinen Grund, mir zu danken. Ich stelle mich nur meiner Verantwortung – genauso wie du es tust.«

»Aber dass du dich ihr stellst, ist nicht selbstverständlich.«

»Sollte es das nicht sein?«, fragte sie leise. »Wir sind eine zutiefst verkorkste Familie, Niklas.«

Darauf gab es keine beschönigende Antwort. Außer vielleicht, dass man sich jeden Tag neu entscheiden konnte. Dass man sein Leben in die Hand nehmen, die Vergangenheit hinter sich lassen konnte. Aber das waren Weisheiten, an die er selbst nicht recht zu glauben wagte. Doch in diesem Augenblick neben seiner Schwester zu sitzen und die Hoffnung zu haben, dass sie tatsächlich bleiben würde, gab ihm Zuversicht. Es löste keine Freudenstürme aus – dafür waren sie beide in der Tat zu verkorkst – aber es war ein Anfang.

Knapp drei Wochen später saß Tobias Wolf mit Freya und Niklas wieder am großen Küchentisch.

Die Stimmung war eine andere. Alle drei wussten, worum es ging.

Das machte Niklas auf eine freudige Art nervös, die er so von sich nicht kannte. Bis vor kurzem war sein Leben ruhig und relativ gleichförmig verlaufen. Zumindest als er mit dem Vater allein im *Fischerfleck* gewohnt hatte. Da hatte er sich, mit Anfang dreißig, tatsächlich schon manchmal gefragt, ob das alles war. Er hatte sich nach Neuem, nach Aufregung gesehnt. Das bekam er nun, und zwar reichlich.

»Ich möchte mein Angebot an dich, Tobias, heute vor euch beiden erläutern«, begann er. »Nachdem Freya sich glücklicherweise dazu durchgerungen hat, es mit mir Eigenbrötler und dem Familienunternehmen zu versuchen, hoffe ich, auch dich, als meinen besten Freund, überzeugen zu können. Mir ist natürlich bewusst, dass wir dir nicht das Gehalt bezahlen können, das du in München verdienst.

Deswegen …«, er machte eine Pause und blickte von einem zum anderen, »… deswegen möchte ich dir, Tobias, eine Beteiligung am *Fischerfleck* vorschlagen. Wir alle drei werden Geschäftsführer, teilen uns das Risiko und den Gewinn. Ich weiß, das ist gewagt, aber es könnte auch was Großes draus werden. Die Chancen stehen fifty-fifty. Was meinst du, Tobi?«

Es wurde still. Niklas hoffte inständig, dass Tobias sich die Sache schon grundsätzlich hatte durch den Kopf gehen lassen und dass dieser Vorschlag ihn überzeugen würde. Immerhin hatten sie einiges zu bieten. Und Niklas kannte seinen Freund. Neben beruflichem Erfolg wünschte sich Tobias zwei Dinge. Erstens, nicht ewig Angestellter zu sein. Und zweitens, endlich wieder am Walchensee zu leben. Beides würde sich mit dem *Fischerfleck* erfüllen. Tobias schwieg lange, und auf seinem Gesicht zeichnete sich ab, wie sehr er mit sich rang. Aber zumindest lehnte er nicht rundheraus ab.

»Zugegebenermaßen fühle ich mich in München nicht wohl. Ich bin ein Kind der Berge, so abgedroschen das klingt. Der Englische Garten und der Eisbach reichen mir nicht. Ich will jeden Tag raus auf den See können oder wandern, Serpentinen rauf und runter radeln. Immer mehr merke ich, dass mich mein Beruf zwar herausfordert, aber nicht mit Freude erfüllt, weil ich keinen privaten Ausgleich habe.« Er stockte. »Also ja. Ich wäre wohl dazu bereit, vorübergehend finanzielle Abstriche zu machen, wenn mich euer Konzept überzeugt.«

Zuerst hatte Niklas noch erleichtert gelächelt, jetzt warf er seiner Schwester einen Blick zu, mit dem er sie zum Weiterreden aufforderte. Plötzlich zitterten seine Hände. Das Ganze nahm ihn doch mehr mit als erwartet. Er war einfach kein Pokerface und würde nie eines werden.

Wie gut, dass Freya während ihrer schlaflosen Nächte pausenlos gegrübelt hatte. Mehrere neue Ansätze waren ihr eingefallen, wie der *Fischerfleck* zu retten wäre, und sie hatte ihrem Bruder alle dargelegt. Letztendlich geeinigt hatten sie sich auf etwas, zu dem Jonas Hirschbergs Surfcenter den Anstoß gegeben hatte, auch wenn Niklas dieser Umstand nicht so ganz recht war.

»Unser Konzept? Das werde ich dir sofort erklären«, sagte Freya. »Aber zuerst gibt es eine kleine Brotzeit. Bleibt sitzen, ich kümmere mich darum.«

Niklas bemerkte Tobias' verdutzten Blick, als Freya zum Kühlschrank ging und eine Flasche Champagner herausholte, die sie kürzlich darin entdeckt hatte. Nie hatte irgendjemand im *Fischerfleck* Champagner bestellt, nicht mal einen Sekt, der auch noch irgendwo lagerte. Bier und Limo, höchstens eine Weinschorle, mehr ging nicht. Sie öffnete die teure Flasche, füllte drei Gläser und servierte dazu Räucherfisch, etwas aufgeschnittenen Speck und Brot.

»Findest du, das passt zusammen?«, fragte Niklas.

Tobias stutzte. »Eigenwillige Kombi, würde ich sagen. Aber Kreativität in der Küche ist gut.«

»Dann darf es zum selbst gefangenen Saibling aus dem See, Speck vom Bioschwein und frisch gebackenem Natursauerteigbrot ruhig ein edles Tröpfchen sein?«

»Von mir aus gerne. In München ist das sowieso ein Trend, Traditionelles mit Exotischem oder Edlem zu kombinieren.«

»Könnte das in Walchensee auch funktionieren?«, fragte Freya.

»Wie meinst du das?«

In ihre blauen Augen trat Begeisterung. Niklas fand, sie sah mit einem Mal verändert aus. Tobias offenbar auch, denn er hing geradezu an Freyas Lippen.

»Das ist unser neues Konzept. Wir stellen komplett um. Kein billiger Wurstsalat mehr und keine Radlerhalbe aus der Flasche.«

»Ich war erst skeptisch, als Freya mir das vorgeschlagen hat«, gab Niklas zu. »Teuer aufgeblasene Schmankerl gibt es überall. Was soll daran neu sein, habe ich gefragt.«

»Die Kombination aus Traumlage am See mit hervorragenden eigenen Produkten und gehobener Getränkekarte. Nicht nur gut, sondern das Beste. Ich war nämlich bei Jonas Hirschberg im Wassersportcenter«, holte Freya aus. »Und das hat mich nachdenklich gemacht. Wisst ihr, was der für hochwertiges Equipment anbietet! Ausschließlich die modernsten Boards, eine riesige Auswahl. Und dafür verlangt er ordentlich. Genauso wie für alles andere in seinem Shop. Weil er die Nummer eins am See in seiner Sparte ist. Und wir können es in unserer sein. Wenn wir uns von der Masse an Gasthöfen, Biergärten und Brotzeitstationen abheben wollen, müssen wir etwas anderes bieten. Champagner zum Räuchersaibling und Hummer zum Bier. Bayern meets Saint-Tropez, quasi. Spitzenfisch, edle Tropfen, chillige Musik und ein Ambiente, in dem der gestresste Großstadtmensch die Seele baumeln lassen kann. Nur weil wir hier in den beschaulichen Bergen sind, heißt das nicht, dass wir keinen coolen Style haben.« Erwartungsvoll sah sie in die Runde.

»Wer soll das teure Zeug denn bestellen?«

»Berechtigte Frage, Tobias. Eine neue Sorte von Gästen, um die sich derzeit niemand am Walchensee kümmert. Junges, hippes Publikum. Zahlungskräftige Münchner, die übers Wochenende rausfahren, zwar ein wenig wandern, es sich aber in erster Linie gut gehen lassen wollen.«

»Die kommen aber doch nicht bis hierher.«

»Doch. Ich habe gesucht und sie gefunden.« Freya setzte sich wieder. Sie war von ihrer Idee überzeugt, das war ihr anzumerken, und sie hatte mit ihrer Begeisterung auch Niklas überzeugt. Natürlich waren sie sich bewusst, dass sie ein Risiko eingingen. Am Walchensee war das meiste auf Wanderer und Sportler ausgelegt. Das Essen deftig, die Lokale einfach. Aber das musste nicht heißen, dass nichts anderes möglich war. »Ausschließlich die Hirschbergs kümmern sich bisher um Gäste der gehobenen Kategorie. Auf deren Parkplatz vorm Hotel parken die teuren Schlitten einer neben dem anderen. Und als ich entlang der Hauptstraße gegangen bin, sind mir die ganzen SUVs und Sportwagen aufgefallen, die an mir vorbeigekommen sind. Es gibt unzählige Villen, Ferienhäuser und Wohnungen hier, deren Besitzer und Mieter auch essen und trinken. Die Kaufkraft ist vorhanden, ganz eindeutig. Wir müssen nur das Potenzial ausschöpfen und den Leuten ein entsprechendes Angebot machen.«

Tobias gab einen langgezogenen Brummton von sich, stand auf und lief in der Küche auf und ab – einmal, zweimal –, dann blieb er vor Freya stehen.

»Ja«, sagte er mit Bestimmtheit. »Das könnte funktionieren.«

»Könnte?« Niklas reichte das nicht. Er wollte eine eindeutige Zusage von seinem Freund.

»Wird. Es wird funktionieren. Ich finde den Vorschlag deiner Schwester großartig. Walchensee braucht nicht noch einen Biergarten, sondern etwas Exklusives. Damit kenne ich mich aus. Wir müssen den einzigartigen Zauber aus dieser Location rauskitzeln. Den Rest machen wir mit eurem Charme und meinen Kochkünsten.« Tobias klang überzeugt.

»Du solltest wissen, dass wir momentan nicht viel in Umbauarbeiten investieren können. Was sagst du zur Küche?«

»Vorübergehend würde ich damit klarkommen. Wenn es dann angelaufen ist, wäre es sicher sinnvoll zu modernisieren. Aber solange noch keine größeren finanziellen Sprünge möglich sind, würde es so gehen.«

»Heißt das, du machst mit?«, fragte Freya ein wenig atemlos. Sie stellte sich vor Tobias und sah ihn erwartungsvoll an.

Er hielt ihrem Blick gut stand, und Niklas merkte, dass die beiden wesentlich bessere Verhandler waren, als er. Womöglich war das Testament seines Vaters doch nicht so verrückt. Freya schien von ihnen beiden die Geschäftstüchtigere zu sein. Und sie brauchten unbedingt Tobis Knowhow, ohne ihn würde es nicht funktionieren. Niklas sah auf seine Finger. Bekam er gerade Schwitzhände?

»Dein Bruder hat mich bereits vor einigen Tagen gebeten, mir die Sache zu überlegen. Das habe ich. Und da war für mich schon klar, dass ich ins kalte Wasser springen würde, wenn mich euer Konzept überzeugt.«

»Also?«

Tobias streckte Freya die Hand hin. »Ich bin dabei.«

Sie schlug ein.

Niklas sprang auf und umarmte seinen Freund, klopfte ihm begeistert auf den Rücken und lachte. »Mann, gute Entscheidung! Das wird was!« Erleichterung durchflutete ihn, auch seine Schwester wirkte, als sei ihr eine Zentnerlast vom Herzen gefallen. Niklas legte seine Arme um die Schultern der beiden und führte sie zurück an den Tisch. »Draußen können wir viel selber machen. Die Bestuhlung zum Beispiel. Wenn ich die abschleife und neu streiche, macht sie gleich mehr her.«

Freya fand den Vorschlag gut. »Dazu ein paar schöne Kissen und Tischdecken, hübsche Deko und vielleicht eine Außenbar mit einer Loungeecke …«

»Loungeecke? Das klingt nach Schnöseln mit gegeltem Haar und teurer Uhr am Handgelenk, die der Herr Papa bezahlt hat.« Niklas verzog das Gesicht.

»Genau die brauchen wir«, fiel Tobias ein. »Von denen kenne ich in München einige. Wenn wir die kriegen, läuft die Sache. Wo einer von denen hinkommt, ziehen die anderen hinterher. Und in den Kreisen spricht sich das schnell rum. Außerdem, so übel sind die gar nicht. Mit vielen von denen kann man durchaus eine gute Zeit haben.«

»Ihr wollt aus dem *Fischerfleck* ein Schickimicki-Lokal machen?« Darüber würde Niklas doch noch mal sprechen wollen. Denn davon war bisher nicht die Rede gewesen. Gehobene Gastronomie, ja. Aber doch keine Champagnerflaschen schwingenden Söhnchen.

Freya und Tobias sahen einander an. »Ganz genau«, sagten sie wie aus einem Mund.

»Und damit das klar ist«, setzte Freya hinzu, »wir müssen alle voll dahinterstehen. Wenn die Leute hier im Dorf sich darüber aufregen, was sie wahrscheinlich tun werden, rudern wir nicht zurück. Jonas Hirschberg schämt sich auch nicht für seine Tiki-Alm, und die ist echt geschmacklos. Wir ziehen die Sache gemeinsam durch und geben alles. Nur so wird es funktionieren. Einverstanden?« Sie hob ihr Glas an. Niklas und Tobias griffen ebenfalls nach ihren Gläsern.

Na gut, dann schlugen sie eben ein neues Kapitel auf, und er würde seine Komfortzone verlassen. Wenn seine Schwester und Tobias sich das zutrauten, würde er hinter den beiden nicht zurückstecken.

»Auf den *Fischerfleck*.«

Freya

Am folgenden Tag teilten die Geschwister Siebert dem Rechtsanwalt mit, dass sie ihr Erbe antreten würden. Doktor Schneider schien sich darüber aufrichtig zu freuen. Freya hatte ein mulmiges Gefühl. Ihr Enthusiasmus, der sie am Vorabend absolut überzeugt hatte sein lassen, schien im hellen Tageslicht zu verpuffen. Als sie jetzt nach der Rückkehr von der Kanzlei mit Stift und Papier durch Garten, Gastraum und Küche schritt, um eine Bestandsaufnahme zu machen, nagten Zweifel an ihr. Riskierten sie ein finanzielles Debakel? Wie es aussah, gab es eigentlich nichts, das so bleiben konnte, wie es war. Die Gästetoiletten entsprachen nicht mehr dem vorgeschriebenen Standard. Und nicht nur die Bestuhlung im Garten bedurfte einer Generalüberholung, auch die im Gastraum drinnen sah mitgenommen aus. Dennoch verströmte der *Fischerfleck* eine Art morbiden bayerischen Zauber. Und den Zauber wollte Freya unbedingt erhalten, darauf standen die Leute aus der Stadt. Aber das Morbide sollte tunlichst verschwinden. Vielleicht durch nostalgischen Charme ersetzt werden? Oder durch eine Mischung aus Vintage und hip? Freya seufzte und setzte den Boden des Eingangsbereichs mit auf ihre Liste. Der war zwar wunderschön mit blaugelben Kacheln gefliest, aber seine Patina musste in einer umfassenden Putzaktion unbedingt entfernt werden. Und zwar mit einem Hochdruckreiniger. Hatte hier überhaupt mal irgendjemand in den letzten Jahren gewischt? Der Ausdruck *Männerwirtschaft* kam ihr in den Sinn, aber das war auch keine Entschuldigung.

»Ist Tobias schon wieder zurück nach München gefahren?«, fragte sie Niklas, als er mit einer frischen Ladung Räucherfisch hereinkam – Saiblinge, die an Haken von einer Stange hingen. Niklas trug sie mit ausgestreckten Armen in die Küche. Freya folgte ihm.

»Ja, er muss heute Abend wieder arbeiten.«

»Meinst du, er macht wirklich, was wir besprochen haben?«

Auf Niklas' Jeans und Pullover prangten Rußflecken vom Räucherofen und auf dem Kopf trug er eine Beaniemütze, die ihm das Haar aus der Stirn hielt.

»Klar.« Er legte die Stange mit dem einen Ende auf der Arbeitsplatte, mit dem anderen auf der Rückenlehne eines Küchenstuhls ab und begann, die Fische abzunehmen. Vorsichtig entfernte er die Räucherhaken. »Unterschätze seine Kontakte nicht. Wenn Tobias sagt, dass er den Münchnern schon mal vom zukünftigen Szenetreff am Walchensee vorschwärmt, der pünktlich zur Sommersaison aufsperrt, dann kannst du dir sicher sein, dass alle Bescheid wissen, wenn es losgeht.«

»Es beruhigt mich sehr, dass Doktor Schneider gemeint hat, es würde nichts dagegensprechen, wenn Tobias und wir beide zusammen Geschäftsführer werden. Also wegen Papas komischer Formulierung im Testament, meine ich.«

»Wir zwei müssen halt Besitzer und Eigentümer der Immobilie bleiben und die Gaststätte betreiben. Tobias kann wie wir Geschäftsführer sein. Aber ihm dürfen keine Anteile vom *Fischerfleck* gehören.«

»Diese rechtlichen Spitzfindigkeiten …« Freya seufzte. Glücklicherweise hatte der Anwalt ihnen alles erklärt und angeboten, sich um die notwendigen Verträge zu kümmern. Nun sollten sie sich auf das konzentrieren, was sie beeinflussen und ausrichten konnten.

Mit spitzen Fingern zog Niklas einen Zettel aus der Hosentasche.

»Was machst du denn da?« Freya konnte kaum mit ansehen, wie er das Papier beim Versuch, es auseinanderzufalten, voller Ruß schmierte.

»Die Bestellungen vorbereiten.«

»Du meinst, all diese Fische sind schon verkauft?«

»Ja. Die Renken von der letzten Räucherung sind komplett weg und die frischen Saiblinge hier, bis auf zwei oder drei, alle vorbestellt.«

Freya nahm das Blatt Papier und las vor. »*Kaiserhof* fünfzehn Stück, *Hotel Alpenrose* zehn Stück, *Gasthof Seeblick* zwanzig Stück …«

»Halt, nicht so schnell. Hol doch bitte den Stapel alter Zeitungen aus dem Regal in der Speisekammer. Dann wickeln wir die Fische gleich ein, und ich kann sie ausliefern.«

Freya hatte sich beim Durchsehen des Vorratsraums schon gefragt, warum Niklas einen Berg alter Tageszeitungen angehäuft hatte.

»Du lieferst sie aus? Wäre es nicht einfacher, die Leute würden sich ihre Bestellung hier abholen?«

»Das nennt man Service, Freya. Es kommt gut an, dass ich meine Fische direkt zu den Hotels und Gaststätten fahre. Außerdem haben wir es immer schon so gemacht.« Es klang ein wenig schroff, wie er das sagte. Wahrscheinlich nervte es ihn, dass seine Schwester alles hinterfragte und sich überall einmischte. Aber sie wollte sich einen umfassenden Überblick verschaffen, um zu wissen, wo sie standen. Das mulmige Gefühl kehrte zurück. Würden sie es wirklich schaffen, einen richtigen Neuanfang zu machen? Hätten sie sich das doch besser überlegen müssen? Waren sie zu leichtsinnig und rissen den armen Tobias mit ins finanzielle Verderben? So durfte sie nicht denken. Für Zweifel gab es keinen Platz mehr, nun galt es, voller Überzeugung und Entschlossenheit, die Sache voranzutreiben.

»Fährst du morgen früh mit mir hinaus auf den See?« Niklas' Frage kam überraschend. Freya zögerte. Eigentlich wollte sie versuchen, eine Bekannte in Stockholm zu erreichen, die ein Café im Bezirk Södermalm betrieb. Mit ihrer ansprechend gestalteten Internetseite und ihren ebenso regelmäßigen wie coolen Instagram-Posts konnte sie sich teure Werbung sparen. Sie sprach gezielt nur das Publikum an, das sie auch in ihrem Lokal haben wollte. Freya wollte sich am nächsten Tag den Internetauftritt genau angucken und die Freundin anrufen, um ihr ein paar Fragen dazu zu stellen. Bestimmt würde ihr das Ideen geben, wenn es um das Marketing für den neuen *Fischerfleck* ging. Denn sie wollte zur Neueröffnung in den sozialen Medien präsent sein, um den *Fischerfleck* bewerben zu können. Den Anruf bei ihrer Freundin konnte sie zwar problemlos verschieben, dennoch war Freya von Niklas' Vorschlag nicht wirklich begeistert.

»Das hat mir, ehrlich gesagt, früher schon keinen großen Spaß gemacht. Papa hat immer gesagt, ich soll still sein, weil ich sonst die Fische vertreibe. Und meistens war es kalt und klamm.«

»Kalt und klamm ist es nach wie vor. Aber wir könnten uns auf dem Boot unterhalten. Ich würde mich jedenfalls freuen, wenn du mitkommst.«

In seinen Worten klang ein Nachdruck, der Freya spüren ließ, wie wichtig es ihm war. Also erklärte sie sich einverstanden und stand tags darauf um kurz nach vier Uhr morgens fertig angezogen im Hausflur bereit. Draußen war es stockdunkel. So würde es auch noch eine Weile bleiben. Nicht einmal die Vögel waren schon wach und bereit, ihr morgendliches Gezwitscher anzustimmen.

Niklas gab Freya einen Rucksack, den sie schicksalsergeben schulterte. Müde trottete sie hinter ihrem Bruder hinunter zum kleinen Bootshaus, wo sie Eimer, Plastikwannen und weitere Gerätschaften einluden. Dann kletterte Freya zögerlich in das wackelnde Boot, das ihr Bruder stabil zu halten versuchte.

»Warum ist das Boot so leise?«, fragte Freya, nachdem sie einige Meter gefahren waren.

»Es hat einen Elektromotor. Hat Papa voriges Jahr gekauft.«

Niklas steuerte weit hinaus aufs offene Wasser. Irgendwie gefiel Freya diese Stille, so ganz ohne den Lärm eines Benzinmotors. Wie Niklas in der Dunkelheit navigierte, war ihr schleierhaft. Lediglich die beiden Stirnlampen, die sie über ihren Mützen trugen, spendeten Licht. Und das nur in einem winzigen Radius. Der Wind pfiff kalt, und Freya war froh, dass Niklas ihr einen Anorak geliehen hatte, nachdem er einen kurzen Blick auf ihre viel zu dünne Jacke geworfen hatte. Freya machte sich auf ihrem Sitz so klein wie möglich und kuschelte sich in das übergroße Kleidungsstück. Stumm glitten sie übers Wasser, und Freya beschlich der Verdacht, dass dieser Ausflug ebenso einsilbig bleiben würde wie die früher mit ihrem Vater. Schließlich erreichten sie das erste Stellnetz, das durch eine Boje gekennzeichnet war.

»Das ist wohl die berühmte Nadel im Heuhaufen«, murmelte sie.

Niklas lachte leise. »Wenn du erst mal mehr Erfahrung hast, wirst du die auch problemlos finden. Außerdem, wenn man die Netze selber gesetzt hat, erinnert man sich meistens an ihre Position. Und falls nicht, gibt es immer noch GPS.«

»Wie kommst du auf die Idee, ich könnte mehr Erfahrung im Fischen haben wollen?« Nichts lag ihr ferner. Freya fröstelte.

Ihr Bruder ignorierte ihren Einwand. Er brauchte Hilfe beim Einholen. Zumindest behauptete er das, und Freya ging ihm zögerlich zur Hand. Es war nicht einfach, das schwere Netz aus dem Wasser zu hieven, Stück für Stück auf das wackelige Boot zu ziehen und die Fische aus den Maschen zu lösen. Gut, dass die Wannen relativ groß waren. Es wäre ihr dann doch unangenehm gewesen, wenn ein Großteil des Fangs wegen ihrer Ungeschicklichkeit wieder über Bord gegangen wäre. Die Arbeit forderte Freyas volle Konzentration, und schließlich hatten sie das Netz geleert. Niklas nickte anerkennend.

»Das erste haben wir geschafft«, sagte er. »Und weiter geht's!«

Freya wagte nicht zu fragen, wie viele Netze sie noch abklappern mussten. Verfroren kauerte sie sich wieder auf die Sitzbank. Ihre Finger fühlten sich an wie Eiszapfen.

Doch anstatt sofort zur nächsten Boje zu fahren, stellte Niklas nach einer Weile den Motor mitten auf dem See aus, kletterte über eine mit Fischen gefüllte Wasserwanne und setzte sich neben seine Schwester. Das Boot schwankte dabei bedenklich. Er griff nach dem Rucksack, kramte darin herum und reichte Freya zwei Emaillebecher. Dann zog er eine Thermoskanne heraus und goss ein. Köstlicher Kaffeeduft stieg in Freyas Nase. Es kam ihr so vor, als hätte sie sich noch nie im Leben so sehr über ein Heißgetränk gefreut wie in diesem dunklen, kalten Moment auf dem See. Schulter an Schulter saßen die Geschwister im Boot und wärmten sich die Hände an den Bechern. Nachdem Freya einen Schluck von dem wohltuenden Getränk genommen hatte, fühlte sie sich schon viel besser.

»Und jetzt schau dort hinüber«, flüsterte Niklas und wies in die Ferne, die eben noch schwarz und unheimlich gewesen war. Allmählich tauchte die gezackte Silhouette der Bergkuppen wie aus dem Nichts auf, war erst dunkelgrau und wurde dann zusehends heller. Als die Sonne aufging, gab sie der Welt sachte ihre Farben zurück, bis sie sich mit einem warmen Leuchten die Hänge herunter auf den See ergoss und die Morgenröte Freya ein verzücktes Seufzen entlockte.

»Schön, nicht wahr? Das ist die beste Belohnung fürs frühe Aufstehen. Jedes Mal. Und hier draußen scheinen die Probleme weit weg zu sein.«

Freya verstand, was Niklas meinte. Auch sie musste zugeben, dass dieser Anblick sie zutiefst berührte.

»Ich mag dein neues Konzept. Wirklich! Aber nicht alles, was wir bisher am *Fischerfleck* gemacht haben, muss geändert werden, weißt du. Manche Dinge will ich beibehalten, wie sie sind.« Seine Stimme klang ernst.

»Hast du Sorge, dass es dann nicht mehr deins ist, wenn wir modernisieren?« Hatte er deshalb mit ihr rausfahren wollen? Damit sie sah, wie schön alles auch so schon war?

»Sorge ist es nicht. Eher Skepsis. Versteh mich nicht falsch, ich bin durchaus für Veränderung und für eine Anpassung an die Gegebenheiten. Der *Fischerfleck* kann und darf auf keinen Fall weiter vor sich hin dümpeln. Aber die Umstellung sollte irgendwie harmonisch ablaufen, finde ich, nicht erzwungen oder übertrieben sein. Nimm zum Beispiel die Fischerei. Ich beliefere fast alle Restaurants am See. Dazu verkaufe ich viel Räucherfisch. Die anderen Familien mit offizieller Fischereierlaubnis machen das ebenfalls. So ist es immer schon gewesen. Und dann gibt es auch noch die Hobbyangler. Damit die Fischbestände im Walchensee konstant bleiben, kümmere ich mich im Bruthaus um eine nachhaltige Nachzucht. Ich will dafür sorgen, dass das Gleichgewicht erhalten bleibt, und dabei nicht zu sehr in der Natur herumpfuschen.«

»Was sind das für Fische?«, fragte Freya und zeigte auf die Wanne.

»Hauptsächlich Renken, Seeforellen, Saiblinge und ein paar Barsche und Brachsen. Manchmal fange ich auch einen Hecht, den aber dann mit der Angel.«

»Meinst du, das Gleichgewicht könnte gefährdet sein, nur weil wir den *Fischerfleck* geschäftlich hochfahren?«

»Zumindest sollten wir uns darum bemühen, die Natur weiterhin zu respektieren.«

»Warum denkst du, das könnte schwierig werden?«

Freya zog die Lampe von ihrem Kopf, knipste sie aus und ließ ihren Blick über den See bis zu den Bergen schweifen. Sie war ergriffen von der Schönheit und der Ruhe, die sie umgab. Ein Gefühl von Verbundenheit kam in ihr auf. Sie genoss die Möglichkeit, hier draußen so ungestört mit Niklas reden zu können. Hier schienen die emotionalen Hürden verschwunden, die an Land zwischen ihnen standen. Die friedvolle Stimmung ließ keine Negativität zu.

Niklas sah sie an. »Ich frage mich, ob die Sorte Gäste, die wir uns wünschen, eine negative Wirkung auf uns haben wird. Diese reichen Städter mit Ansprüchen. Es klingt vielleicht albern, aber auch Tobias hat gemeint, er würde es nicht aushalten, immer nur mit diesen Leuten zusammen zu sein, die er aus den Münchner Sternerestaurants kennt. Dafür bin ich nicht der Typ, Freya. Ich geh fischen, wandern und Ski fahren. Klar feiere ich gern. Aber dazu treffe ich mich mit meinen Kumpels auf ein Bier, nicht auf Austern und Champagner. Und wenn es dann so kommen sollte und wir tatsächlich einen höheren Absatz an Fischen haben, werde ich Unterstützung bei der Fischerei und bei der Aufzucht brauchen. Und dann auch bei Verarbeitung und beim Verkauf. Es wird nicht reichen, nur im Gasthaus mehr Personal einzustellen.«

Das waren wichtige Punkte, die Freya bisher nicht bedacht hatte.

»Wir machen einen Schritt nach dem anderen«, versuchte sie ihren Bruder zu beruhigen. »Ich glaube sowieso nicht, dass wir von heute auf morgen total ausgebucht sein werden. Alles braucht seine Zeit.«

»Ich weiß. Tobias kann frühestens in drei Monaten starten, wegen seiner Kündigungsfrist in München.«

»Das passt. Ich glaube, es ist notwendig, dass wir den *Fischerfleck* zunächst einmal ganz schließen und einen Neuanfang ankündigen. Ich kümmere mich um unseren Internetauftritt und um die Werbung. In der Zwischenzeit renovieren wir den Gasthof und bereiten alles vor.«

Niklas goss sich Kaffee nach. »Wir beide?«

»Um Geld zu sparen, sollten wir so viel wie möglich selber machen. Allerdings wäre etwas Hilfe nicht schlecht.«

»Tobias hilft natürlich an seinen freien Tagen. Und ich könnte Lena fragen.«

Das erstaunte Freya. Ihre Cousine hatte doch sicher einen Beruf, von dem sie sich nicht einfach freimachen konnte. Hier ging es ja nicht nur um ein bisschen Putzen und Streichen am Wochenende. Andererseits würde ihnen jede Unterstützung helfen.

»Lena arbeitet auf dem Hof ihrer Eltern. Sie ist das einzige Kind und wird ihn mal übernehmen. Onkel Georg und Tante Gabi haben die Landwirtschaft mittlerweile reduziert und weniger Milchvieh. Dafür vermieten sie Ferienwohnungen in einem umgebauten Teil des Stalls. Die beiden sind ja noch ziemlich fit und können sicher eine Weile auf Lena verzichten, wenn wir ihnen erklären, weshalb. Ist ja für die Familie.«

»Ob Lena sich dazu bereit erklären wird?«

»Keine Sorge. Ich verstehe mich sehr gut mit ihr. Und wie ich sie kenne, ist sie froh über einen Tapetenwechsel.«

Niklas trank seinen Kaffee aus und räumte Tassen und Thermoskanne zurück in den Rucksack. Es fühlte sich gut an, Dinge mit ihm zu besprechen. Bisher hatte Freya ihre Übersetzungsaufträge online oder am Telefon akquiriert und dann allein zu Hause bearbeitet, die Menschen, mit denen sie beruflich zu tun hatte, nie wirklich getroffen. Das hier war etwas vollkommen anderes. Sie würden richtig zusammenarbeiten, sich gemeinsam die Hände schmutzig machen und all ihre Energie in ein Projekt stecken, das über ihre Zukunft entschied. Freya sah sich um. Die Sonne war vollständig aufgegangen. Leichter Dunst stieg aus dem Schilf am entfernten Ufer. Es versprach ein schöner Tag zu werden. Nicht nur durch das wärmende Getränk fühlte sich Freya belebt.

»Wenn wir den *Fischerfleck* schließen, müssen wir auch die Zeit bis zur Neueröffnung finanziell überbrücken«, warf Niklas ein. Zwischen seinen Augenbrauen erschien eine steile Falte. »Von der Bank kriegen wir nichts mehr. Im Gegenteil, die werden knallhart darauf bestehen, dass wir den Kredit bedienen.«

Auf der Fahrt zum nächsten Stellnetz dachte Freya nach. Sie hatte gut verdient in den letzten Jahren. Kein Vermögen, aber doch so viel, dass sie einen Teil hatte beiseitelegen können. War sie bereit, ihr Kapital in den *Fischerfleck* zu investieren? Sie hob den Blick, sah über den See, spürte den Wind auf ihrer Haut und wusste die Antwort. Ja, sie war dazu bereit.

»Dann machen wir das eben«, rief sie Niklas zu. »Oder sollen wir etwa kneifen?«

Er saß am hinteren Ende des Boots und steuerte. »Niemals. Wir ziehen es durch und zeigen allen, wozu wir fähig sind.«

Bis um halb sieben hatten sie sämtliche Stellnetze geleert und als sie den Anlegesteg am *Fischerfleck* erreichten, wartete eine Überraschung auf die Geschwister.

»Schau an, wer so früh schon unterwegs ist«, bemerkte Niklas und verzog das Gesicht. Laut rief er, »Sportlich, sportlich.«

»Guten Morgen. Ich wollte gerade mit meiner Joggingrunde starten, da habe ich dich reinfahren gesehen und auch, dass Freya mit an Bord ist.«

Jonas Hirschberg stand in Sportkleidung auf dem Steg und streckte die Hand aus, um Freya an Land zu helfen.

»Einen schönen guten Morgen. Ja, ich habe Niklas heute geholfen.« Sie lächelte, fühlte sich gut nach dem Gespräch mit ihrem Bruder, der frischen Luft und dem erfolgreichen Fischzug.

»Du scheinst ja schnell wieder Fuß zu fassen in deiner alten Heimat. Schön.«

»Gibt's irgendeinen Grund, warum du hier bist?«, ging Niklas schroff dazwischen.

»Ich wollte Freya fragen, ob ich sie nachher zum Frühstück bei uns ins Sporthotel einladen darf. Und da du als großer Bruder gerade anwesend bist, kann ich auch gleich dein Einverständnis einholen.« Schelmisch blickte er zwischen den Geschwistern hin und her.

»Sie ist eine erwachsene Frau und braucht für ihre Entscheidungen nicht meine Zustimmung«, brummte Niklas. Es war mehr als offensichtlich, was er von dieser Einladung hielt.

»Das ist nett, ich komme gerne«, nahm Freya die Einladung an. »Aber erst muss ich Niklas mit dem Fang helfen und mich dann duschen. Es wird noch eine Weile dauern, bis ich salonfähig bin.«

»Kein Problem. Sagen wir um neun Uhr?«

»Perfekt.«

»Dann drehe ich jetzt meine Runde und freue mich auf dich. Bis später.« Jonas steckte sich Earpods in die Ohren, hob zum Abschied die Hand und trabte locker davon in Richtung Zwergern. Freya sah ihm hinterher.

»Was der wohl wieder plant?«, brummte Niklas. Er sprang zurück ins Boot, nachdem er es festgemacht hatte, und reichte Freya Rucksack, Eimer und Gerätschaften, bevor sie zusammen die schwereren Wannen heraushievten.

»Vielleicht will er einfach Zeit mit mir verbringen, um mich besser kennenzulernen. Mal daran gedacht?«

»Oh, dass er dich besser kennenlernen will, glaube ich auf jeden Fall. Du entsprichst voll und ganz seinem Beuteschema.«

Genervt stemmte Freya die Hände in die Hüfte. »Was möchtest du mir sagen?«

Abwehrend hob Niklas seine Hände. »Nichts, ehrlich. Mach dir ruhig dein eigenes Bild von Jonas.«

»Das habe ich vor.«

»Aber sei nicht enttäuscht, wenn er versucht, dich auszuhorchen. Bestimmt gibt's schon die ersten Gerüchte über den *Fischerfleck*. Hier bleibt nichts lang geheim. Und es würde mich sehr wundern, wenn ein Hirschberg etwas ohne Kalkül oder Hintergedanken macht.«

Diese Einschätzung ärgerte Freya und sie beschloss, sich von ihrem Bruder nicht beeinflussen zu lassen. Sie würde Jonas unvoreingenommen begegnen.

Freya

Obgleich Freya um neun Uhr bereits seit über fünf Stunden auf den Beinen war, fühlte sie sich kein bisschen müde. Dafür voller Energie und sehr hungrig. Mit einer gewissen Neugier kam sie am Sporthotel an. Was würde sie erwarten? Freya hatte sich für Jeans, ein schlichtes weißes T-Shirt und einen dunkelblauen Blazer entschieden. Die blonden Haare hatte sie zu einem lockeren Pferdeschwanz gebunden. Ein typisch skandinavisch-minimalistisches Outfit, in dem sie sich immer gut fühlte, und das ihr für ein Frühstück im Hotel angemessen schick, jedoch nicht übertrieben erschien.

Jonas gefiel es offensichtlich, denn er machte ihr gleich ein Kompliment, als er Freya an der Rezeption begrüßte. Das Foyer war geschmackvoll gestaltet. Ein heller Holztresen mit kunstvoll geschnitzten Fronten verströmte in Kombination mit den Bodenholzdielen warmes, traditionelles Flair, das durch einen überdimensionalen Kristalllüster, der von der hohen Decke hing, elegant kontrastiert wurde. Das Personal trug ausnahmslos Tracht. Neben dem Eingang standen Bollerwagen aus rustikalem Korbgeflecht, mit denen das Gepäck der ankommenden Gäste auf die Zimmer transportiert wurde. Von der Rezeption aus konnte man den Barbereich sehen und weiter hinten durch offen stehende Glastüren, einen Teil der Seeterrasse.

»Wollen wir?«, fragte Jonas und führte Freya auf die Terrasse. Seine Hand lag sanft auf ihrem Rücken, als er sie vorbei an den Gästen zu ihrem Tisch geleitete. Ganz offensichtlich hatte auch er nach seiner Joggingrunde geduscht. Sein Haar war feucht, und er duftete dezent nach einem frischen, herben Männerparfüm, das Freya kannte, dessen Name ihr aber in dem Moment nicht einfiel. Das helle Blau seines Poloshirts betonte die Sonnenbräune seiner Haut. Es spannte an den Oberarmen und betonte seine Muskeln. In einer windgeschützten Ecke direkt an der Hauswand hatte Jonas den schönsten Tisch für sie eindecken lassen.

»Was für ein Ausblick«, schwärmte Freya. An die Terrasse schloss der Hotelgarten mit bunten Blumenbeeten und eine Liegewiese für die Gäste an, die direkt bis ans Seeufer reichte. Das Wasser glitzerte in der Morgensonne. An diesem klaren Tag zeichneten sich die Berge scharf gegen den Himmel ab.

»Stimmt, der Ausblick ist nicht zu verachten. Aber der vom *Fischerfleck* steht unserem in nichts nach.« Jonas rückte ihr den Stuhl zurecht, und sofort erschien ein Angestellter mit einem Tablett.

»Champagner?« Ohne auf ihre Antwort zu warten, nahm er dem Kellner die Gläser ab und reichte Freya eines. »Der gehört zu unserem Gourmetfrühstück. Ich dachte mir, das haben wir uns heute verdient, nachdem du schon beim Fischen warst und ich eine extralange Runde gelaufen bin.«

»Gern.« Sie prosteten einander zu. Zwar hätte Freya lieber zuerst etwas gegessen, Alkohol auf nüchternen Magen vertrug sie nicht so gut, aber sie ließ sich nichts anmerken.

»Ich habe mich ehrlich gefreut, dass du meine Einladung angenommen hast.«

»Nur weil das Verhältnis zwischen den Sieberts und den Hirschbergs nicht gerade das Rosigste ist, muss es zwischen uns beiden ja nicht zwangsweise genauso sein«, sagte Freya mit entwaffnender Direktheit.

Jonas verschluckte sich an seinem Champagner und musste husten. »Ah. Ja, da stimme ich dir zu«, pflichtete er ihr dann bei.

»Ich habe nachgedacht. Über uns. Und ich meine mich zu erinnern, dass wir tatsächlich Freunde waren, damals in der Grundschule.«

»Stimmt. Und unsere Väter waren ebenfalls befreundet. Dein Papa hat dich oft hierher zum Spielen gebracht. Dort unten, wo sich jetzt die Gartenbar befindet, waren eine Rutsche und ein Sandkasten. Und manchmal war auch noch ein Mädchen dabei ...« Er stockte.

»Rosalie«, half Freya ihm auf die Sprünge.

»Ja. Stimmt.« Er trank einen Schluck von seinem Champagner und es entstand ein betretenes Schweigen.

»Alles hat ganz anders ausgesehen,«, sagte Freya schließlich und nutzte den Moment, um sich umzuschauen. Die Gäste trugen Markenkleidung, Designerhandtaschen und teure Schuhe. Es schien fast so, als gäbe es einen Dresscode, denn das Erscheinungsbild der Urlauber war recht einheitlich. Beinahe alle Plätze auf der Terrasse waren besetzt, und beim Herausgehen hatte Freya bemerkt, dass auch drinnen gefrühstückt wurde. Es gab ein üppiges Buffet, das keine Wünsche offenließ, aber Jonas hatte dem Angestellten aufgetragen, ihnen direkt am Tisch zu servieren.

»Genau, du kennst noch das alte Hotel, das mein Vater von meinem Großvater übernommen hat. Ein, zwei Jahre, nachdem du weggezogen bist, hat er umfassend renoviert. Er wollte das erste Fünf-Sterne-Haus am See haben, und das hat er geschafft. Freilich musste er in der Zwischenzeit noch mal ordentlich nachinvestieren, um die Konkurrenz auf Abstand zu halten. Dafür ist unser Spa auch der beste weit und breit.«

Er sprach nicht ohne Stolz, aber es kam Freya nicht so vor, als wollte Jonas angeben. »Wenn du magst, zeige ich dir später das Hotel und den neuen Wellnessbereich.«

»Sehr gern.«

»Aber jetzt lassen wir uns erst mal das Frühstück schmecken.«

Ein himmlisches Omelett besänftigte Freyas Magenknurren sofort. Dazu gab es frisches Gebäck, Lachs und verschiedene Aufstriche. Sowohl auf dem Geschirr als auch auf den Stoffservietten prangte das Sporthotel-Logo, ein stilisiertes Wappen mit einem Hirsch und einem Berg darauf, umgeben von fünf Sternen. Sogar auf den Marmeladengläschen war das Logo zu finden mit dem Zusatz »hausgemacht«. Familie Hirschberg betrieb ein konsequentes und einprägsames Marketing. Es schadete nicht, sich umzusehen und Ideen für den *Fischerfleck* zu sammeln.

»Das war köstlich. Vielen Dank!«, lehnte sich Freya schließlich mit einem Seufzen zurück.

Während des Essens hatten Jonas und sie über Belangloses geplaudert. Doch sobald die Teller abgeräumt waren, beugte sich Jonas vor und wurde sehr persönlich.

»Ich habe gehört, dass du dauerhaft in Walchensee bleiben wirst. Ich finde das sehr gut. Aber was habt ihr eigentlich mit dem *Fischerfleck* vor? Man munkelt, ihr wollt ihn schließen. Das stimmt sicher nicht, oder?«

Hatte er sie deshalb mit einem Luxusfrühstück verwöhnt? Weil er sie ausfragen wollte? War der Argwohn ihres Bruders berechtigt? Freya sah Jonas lange an. Sie hatte nicht den Eindruck, als würde er ihr etwas vorspielen, er wirkte offen und ehrlich an ihr interessiert. Und er hielt ihrem Blick stand.

»Doch, das stimmt. Der Dorfklatsch, der hier anscheinend in Lichtgeschwindigkeit rumgeht, ist korrekt. Aber Niklas und ich sperren nur für eine Weile zu, um in Ruhe zu überlegen, wie wir weitermachen wollen.«

»Und weitergemacht wird auf jeden Fall?«

Sie lächelte, beugte sich nun ebenfalls vor und kam Jonas jetzt sehr nahe. »Da kannst du dir aber absolut sicher sein.«

Ein Schatten fiel auf den Tisch. »Schon halb elf, und du sitzt immer noch hier rum?«

An diese Stimme erinnerte sich Freya. Sie war kehlig und unangenehm laut. Noch bevor Jonas antworten konnte, sagte Freya: »Daran bin ich schuld, Herr Hirschberg. Ich habe Jonas aufgehalten.«

Die Jahre hatten es gut mit ihm gemeint. Paul Hirschberg musste mittlerweile die sechzig weit überschritten haben, er war ebenso sonnengebräunt wie sein Sohn, schlank und hatte immer noch volles, wenngleich schlohweißes Haar. Früher hatte er einen Schnauzbart getragen, der war inzwischen abrasiert.

»Dass sich eine Siebert noch mal zu uns auf die Terrasse verirrt, hätte ich nicht für möglich gehalten. Siehst aus wie deine Mutter, Freya, grüß dich.« Er hielt ihr die Hand hin. Sein Händedruck war fest.

»Ich habe sie zum Frühstück eingeladen«, erklärte Jonas.

»Du wirst im Wassersportcenter gebraucht.« Während er das sagte, sah Herr Hirschberg noch immer Freya an und nicht seinen Sohn. Sie empfand seinen Blick als unangenehm durchdringend. Er war einer von diesen Erwachsenen gewesen, die Kinder nicht wirklich wahrnahmen und wenn doch, dann nur, um sie als störend zu empfinden. Das hatte sie noch gut in Erinnerung. Und dass sie ihn nicht gemocht hatte. So sehr sie sich um Unvoreingenommenheit bemühte – daran hatte sich nichts geändert.

»Ich muss sowieso gehen«, sagte sie und stand auf. Dabei glitt Paul Hirschbergs Blick ungeniert über ihre Figur. Was für ein Kotzbrocken!

»Dann begleite ich dich hinaus.« Jonas erhob sich ebenfalls.

Sie verabschiedete sich von Paul Hirschberg, und im Hinausgehen flüsterte Jonas ihr zu: »Tut mir leid, ich hätte mich gern noch länger mit dir unterhalten und dir auch den Spa gezeigt. Aber Papa hat natürlich recht, ich muss rüber ins Center.«

Draußen vor dem Hotel unterdrückte Freya den Drang, tief durchzuatmen. Was für einen unangenehmen und dominanten Vater Jonas doch hatte. Dazu diese dröhnende Stimme, als müsste jeder hören, was der große Paul von sich zu geben hatte. Jonas hatte es nicht allzu gut getroffen, was seine Eltern anging. Der Vater wie auch die Mutter waren beide ziemlich eigenartige Typen. Freya konnte sich nicht vorstellen, dass Jonas als Kind viel zärtliche Zuwendung erfahren hatte. Allerdings war sie keine Psychologin, und die Familienstruktur der Hirschbergs ging sie nichts an. Das Treffen hier war jedenfalls interessant gewesen.

Sie warf einen Blick zurück. Hinter der gläsernen Eingangstür des Hotels standen Herr und Frau Hirschberg nebeneinander. Sie hatte die Arme vor der Brust verschränkt, seine Hände steckten in den Taschen seiner Hose und beide starrten sie ihnen hinterher, in ihren Blicken lag keine Freundlichkeit.

Freya zog ihr Fahrrad aus dem Ständer und schob es neben Jonas her, bis sie das Surfcenter erreichten.

»Vielen Dank für das schöne Frühstück«, sagte sie noch einmal.

»Gibst du mir deine Telefonnummer?«

»Natürlich.«

Er holte sein Handy aus der Tasche, und sie tippte ihre Nummer ein. Zum Abschied küsste Jonas sie wieder auf die Wangen, dabei kam er ihren Lippen so nah, dass sich ihrer beider Mundwinkel trafen. An einer platonischen Freundschaft war er eindeutig nicht interessiert.

8 Freya

Mit den Renovierungsarbeiten am *Fischerfleck* flogen die Wochen geradezu dahin. Wie besprochen, überredete Niklas ihre Cousine Lena mitzuhelfen. Sie zeigte sich hocherfreut, dem heimischen Hof für eine Weile zu entkommen und etwas anderes machen zu können, als Traktor zu fahren und Apartments zu vermieten. Und Freya genoss es, die Cousine besser kennenzulernen. Auch Tobias verbrachte seine freien Tage im *Fischerfleck*. Er nahm das Abschleifen des Holzbodens in der Restaurantstube in Angriff und stellte sich dabei geschickt an.

»Ich finde ja nichts unattraktiver als Kerle, die nicht mal einen Nagel in die Wand schlagen können«, erklärte Lena.

»Puh, da haben Niklas und ich ja Glück, dass wir handwerklich nicht ganz ungeschickt sind.«

»Ja, ihr seid gut zu brauchen.«

Freya brachte Getränke. »Ich stelle sie draußen auf einen Tisch. Hier drinnen ist es viel zu staubig. Und ich finde auch, dass ihr einen super Job macht.«

»Nur dumm, dass ich morgen wieder nach München muss. Wo es gerade so gut läuft.«

»Zeig mir doch, wie das geht, dann mache ich weiter, wenn du wegmusst.« Freya drückte Lena das Tablett in die Hand und sah Tobias erwartungsvoll an.

»Okay.« Er gab ihr einen Staubmundschutz. »Den brauchst du gleich. Und einen Gehörschutz solltest du auf jeden Fall auch aufsetzen, das Ding ist höllisch laut. Also, hier ist Schleifpapier zum Wechseln. Das wird auf diese Walze geschoben. Der meiste Staub wird zwar in den Beutel gesaugt, aber es ist trotzdem eine Sauerei. Wenn du loslegst, muss die Schleifwalze oben sein, dann senkst du sie langsam mit diesem Hebel ab, und sobald du stehen bleiben möchtest, hebst du sie wieder an. Also vorher. Siehst du?«

»Nie anhalten, während die Walze unten ist?«

»Genau. Das wäre ungünstig.« Er hob vielsagend die Augenbrauen. »Mal probieren?«

»Klar.« Freya setzte den Gehörschutz auf, und Tobias stellte die Maschine an. Obwohl sie sehr schwer war, ließ sie sich relativ leicht schieben, und auch das mit der Schleifwalze hatte Freya gut im Griff. Doch dann kam Freya dem gegenüberliegenden Ende des Raums immer näher. Sollte sie eine Kurve fahren? Oder lieber stehen bleiben und wenden? Wie nahe durfte sie überhaupt der Wand kommen? Die näherte sich jetzt überraschend schnell, und Freya war überfordert. Zum Glück kam Tobias ihr zu Hilfe. Er legte seine Hände auf ihre, hob mit dem Hebel die Walze hoch und brachte das laute Gerät zum Stehen.

»Gott sei Dank!«, stieß Freya aus. »Ich habe schon befürchtet, ich krache in die Wand rein.«

Er deutete auf den Gehörschutz. »Den kannst du jetzt abnehmen. Und die Atemmaske auch. Dann musst du nicht so schreien.«

»Stimmt. Und besser atmen kann ich auch.« Sie lachte erleichtert, weil sie keinen Schaden angerichtet hatte.

»Haben wir uns die Limonade verdient?«

»Unbedingt. Komm, lass uns rausgehen.«

Freya leerte ihr Glas durstig in einem Zug. Es hätte nicht viel gefehlt, und sie hätte ein zufriedenes Stöhnen von sich gegeben, weil die kühle Zitronenlimonade so herrlich schmeckte.

»Du hast dich verändert, seit du hier bist«, sagte Tobias leise und unvermittelt.

»Wie meinst du das?«

»Als ich dich zum ersten Mal gesehen habe, stand dir die Anspannung förmlich ins Gesicht geschrieben. Es war offensichtlich, wie unwohl du dich hier gefühlt hast. Jetzt bist du viel entspannter und wirkst fröhlicher.«

Tatsächlich? Es war Freya nicht bewusst gewesen, dass Tobias sie einer derart genauen Analyse unterzogen hatte.

»Na ja, natürlich stand ich ziemlich unter Druck wegen des Testaments. Es ist eine Erleichterung, dass wir eine Entscheidung getroffen haben und ich mich jetzt in meine neue Aufgabe stürzen kann. Wenn ich nun noch …« Freya verstummte und sah an Tobias vorbei in die Ferne.

»Was?«

»Ach nichts. Alte Geister aus der Vergangenheit, die ausgetrieben werden wollen.« Mehr sagte Freya nicht, als sie sich Tobias wieder zuwandte, aber sie hätte schwören können, er wusste genau, was sie meinte. Ein Anflug von Betroffenheit stahl sich in seine schokoladenbraunen Augen, dennoch ließ er den Blick nicht von ihr.

»Du hast Staub auf deiner rechten Augenbraue«, murmelte sie und wischte vorsichtig mit dem Finger darüber. Er hielt ganz still.

»Besser.« Freya freute sich, als er ihr Lächeln erwiderte.

Wie viel Zeit, in der sie einander einfach nur angesehen hatten, war vergangen, als die Stimme ihres Bruders ertönte?

»Ist noch Limonade übrig?« Niklas tauchte mit zwei Eimern Hartwachs auf, die er neben sich abstellte. »Das ist für den Boden im Restaurant.« Dankbar nahm er das Glas entgegen, das Freya ihm reichte. Dann sah er zwischen den beiden hin und her. »Was ist los? Stimmt was nicht? Habt ihr Stress?«

»Nein!«, riefen Freya und Tobias wie aus einem Mund.

»Ich trage das Wachs schon mal rein«, sagte Tobias. »Aber Freya, es reicht wirklich, wenn du den restlichen Boden abschleifst. Ich komme ja schon übermorgen wieder und kann dann das Wachs auftragen.«

»Dabei kann ich dir helfen.«

»Gern.«

Freya blickte Tobias hinterher, als er wieder ins Haus ging.

»Sicher, dass alles in Ordnung ist?«, fragte Niklas. »Es ist mir echt wichtig, dass ihr euch gut versteht. Wo wir doch so eng zusammenarbeiten werden, ist eine gute Stimmung im Team das A und O.«

Zustimmend machte Freya »Hm, hm.« Zwischen ihr und Tobias würde es keine Streitigkeiten geben.

Der überdurchschnittlich schöne April ging über in den Mai, und die Eisheiligen sparten nicht mit frostigem Wetter. Besonders die Kalte Sophie am Fünfzehnten brachte noch mal ein höchst unerwünschtes Schneegestöber. Nach einer milderen Verschnaufpause setzte Anfang Juni die Schafskälte ein und Freya fragte sich langsam, ob das Klima in Bayern tatsächlich so viel angenehmer war, als das in Schweden. Oder hatte sie das möglicherweise falsch in Erinnerung?

Das Abschmirgeln von Holz nahm kein Ende. Nach dem Fußboden kamen die Möbel dran, und davon gab es reichlich. Gemeinsam mit Lena schleifte Freya im Schuppen neben dem Haus unzählige Tische und Stühle für drinnen und draußen ab. Anschließend versiegelten sie die aufgearbeiteten Oberflächen. Einstimmig hatten sie dafür plädiert, die Einrichtung des Restaurants nicht farbig zu streichen, sondern die schönen Holzoberflächen natürlich zu belassen. Im Gastgarten hingegen würde es strahlend weiße Tische und Stühle geben, die einen frischen Kontrast zum türkisblauen Seewasser bieten würden. Es war eine Wahnsinnsarbeit. Dazu regnete es hartnäckig, aber im Schuppen duftete es wunderbar nach Holz, Öl und Bienenwachs. Niklas hatte extra für Lena und Freya einen Heizlüfter aufgestellt.

»Mir selber würde ja warme Kleidung reichen«, betonte er, »aber ich weiß, wie verfroren ihr seid.«

»Also, wenn ich bei Stuhl Nummer dreitausendacht auch noch kalte Finger habe, kann ich morgen nicht wiederkommen.«

»Gottchen, Lena, das darf nicht sein. Soll ich dir vielleicht einen heißen Tee bringen?« Niklas und seine Cousine neckten einander unaufhörlich.

»Kannst du gerne machen. Oder du bepinselst Stuhl dreitausendneun.«

Mit Geschnatter und Musik aus dem Radio ging es gut voran.

Freya erfuhr, dass Lena tatsächlich seinerzeit ihr Auslandsjahr angetreten hatte.

»Allerdings waren wir kein volles Jahr unterwegs, nur sieben Monate. Dann ist uns das Geld ausgegangen, und wir mussten heimfahren. Aber es hat gereicht.«

»Wie meinst du das?«

»Es hat gereicht, um mich die Heimat wieder schätzen zu lassen. Nach der Schule wollte ich unbedingt in die Welt hinaus. Walchensee kam mir vor, wie der hinterwäldlerischste Ort, den es gibt. Die Leute, die Traditionen. Von der Volksmusik über den Schweinsbraten bis hin zum Trachtenverein fand ich alles nur noch doof.«

»Du warst eben schon immer eine kleine Rebellin«, warf Niklas ein.

»Es kann nicht jeder ein passionierter Fischer sein, der noch nie woanders hinwollte«, gab Lena zurück. »Außerdem bin ich schließlich auch zur Vernunft gekommen und habe erkannt, dass die Welt zwar spannend, aber nirgendwo schöner ist als hier.«

Ein wenig beneidete Freya die beiden um ihre Heimatliebe. Sie schien absolut unerschütterlich zu sein, ein Teil von Lenas und Niklas' Persönlichkeit. Und auch bei Tobias verhielt es sich nicht anders. Einen Spitzenjob aufzugeben, um daheim am See zu arbeiten, das zeugte von ausgeprägter Liebe zur Heimat. Würde sie selbst eines Tages auch so empfinden? Sie wusste, dass das nur gehen würde, wenn sie sich gestattete, endlich Wurzeln zu schlagen.

Die finanziellen Reserven gingen zur Neige. Freya kontaktierte eine Freundin in Stockholm, die einen Teil von

Freyas persönlichen Sachen aus ihrer Wohnung holte und bei sich im Keller unterstellte. Sie würde die Wohnung jetzt erst einmal untervermieten, das brachte auch ein wenig Geld, und ein Mieter war rasch gefunden. Zusätzlich nahm Freya einen neuen Übersetzungsauftrag an. Mit den Renovierungsarbeiten war sie eigentlich vollkommen ausgelastet und jeden Abend todmüde, aber wenn sie wenigstens ein paar Stunden am Tag am Text arbeitete, würde das helfen. Neue Anschaffungen waren allerdings nicht drin. Für Baustoffe und Materialien ging das ganze Geld drauf.

Lena brachte mit dem Anhänger Europaletten, die ursprünglich auf dem elterlichen Hof hatten zu Brennholz zersägt werden sollen. Daraus fertigte Niklas eine Loungeecke samt Outdoorbar, die sie mit Blick zum See aufstellen würden. Noch mehr schleifen, schmirgeln und streichen, aber als endlich die türkisenen Kissen, die Tante Gabi, die Frau von Onkel Georg, extra für sie genäht hatte, auf den neuen Sitzmöbeln lagen, sah das wunderbar sommerlich-kuschelig aus. Die Arbeit hatte sich absolut gelohnt. Der *Fischerfleck* sollte entspannt, individuell und gleichzeitig angesagt wirken – und das tat er!

Die To-do-Liste schrumpfte, der Eröffnungstermin rückte näher. Aber vorher stand noch Tobias' Abschiedsfeier in München an, zu dem die Sieberts eingeladen waren. Und endlich wurde auch das Wetter sommerlich warm.

»Ist ewig her, seit ich zuletzt in der Stadt war«, sagte Lena vom Rücksitz aus. Niklas saß am Steuer des alten Kombis, mit dem er sonst seine Fische ausfuhr. Weil er vergessen hatte, ein nasses Netz aus dem Kofferraum zu nehmen, müffelte es im Wagen entsprechend, worüber sich seine Mitfahrerinnen bereits mehrfach beschwert hatten. Was würde das für einen Eindruck machen, wenn sie hübsch zurechtgemacht im feinen Lokal erscheinen und dabei nach Fisch stanken?

»Das ist doch wirklich unglaublich nett, dass Tobias' Chef eine Abschiedssause für ihn schmeißt!«

Freya drehte sich zu ihrer Cousine um. »Die beiden verstehen sich offenbar wirklich sehr gut. Aber wahrscheinlich ist er in erster Linie erleichtert, dass Tobias keinen Gourmettempel in direkter Nachbarschaft eröffnet, sondern raus an den Walchensee zieht. Keine Konkurrenz.«

»Ach, du bist so was von realistisch.«

»Klar. Ich freue mich einfach, dass die beiden im Guten auseinandergehen und noch mehr, dass das gefeiert wird.«

Das Fest fand im Restaurant und in dem dazugehörigen Außenbereich statt. Der war ein von einer hohen Mauer umgebener, typischer Münchner Innenhof, der mit Oleanderbüschen und Zitrusbäumchen mediterran dekoriert war. Es gab reichlich zu trinken, dazu Fingerfood, das, wie zu erwarten war, umwerfend schmeckte.

Der Restaurantbesitzer, ein bekannter Fernsehkoch, dankte Tobias in einer herzlichen Rede für seine Arbeit und sein Engagement und schloss mit den Worten: »Natürlich kommen wir alle raus an den See, sobald der *Fischerfleck* aufsperrt. Nachdem du uns seit Wochen davon vorschwärmst, wollen wir auch wissen, ob euer Räucherfisch tatsächlich zarter ist als unserer.«

Tobias sprach ebenfalls ein paar Worte. Er machte dabei einen entspannten, selbstsicheren Eindruck. Freya hatte ihn bisher eher zurückhaltend erlebt und fand diese neuen Facetten an ihm reizvoll. Dabei stellte er sein Können überhaupt nicht prahlerisch zur Schau, was sie noch mehr beeindruckte und für ihn einnahm. Später legte ein Kellner, der nebenher in einem Schwabinger Club als DJ arbeitete, Musik auf.

Freya beobachtete, wie Lena mit einem Glas in der Hand auf Tobias zutänzelte und mit ihm anstieß. Dabei sah sie ihm tief in die Augen.

»Sie flirtet eben gern. Schon immer«, meinte Niklas lakonisch, der Freyas Blick gefolgt war.

»Das stößt bei den Männern sicher nicht auf Ablehnung. Lena sieht ja auch echt super aus.«

»Beschwert hat sich noch keiner. Aber wenn's drauf ankommt, kneift sie meistens. Unsere Cousine tut sich mit dem Verlieben ein wenig schwer, glaub ich. Das liegt wohl in der Familie.«

Neugierig musterte Freya ihren Bruder. »Ach ja? Sprichst du aus Erfahrung?« Sie überlegte. »Ich kann mich tatsächlich auch nur an ein einziges Mal erinnern, wo du bis über beide Ohren verliebt warst. Zumindest hast du mir nur einmal in einem Brief davon geschrieben. Und das ist schon eine Ewigkeit her ...«

»...und hat in einem Fiasko geendet. Ich rede nicht gern drüber«, fiel Niklas ihr ins Wort. Damit war das Thema beendet. Freya überlegte, wie das Mädchen geheißen hatte, aber der Name wollte ihr nicht einfallen. Was sie gut in Erinnerung hatte, war Niklas' Liebeskummer, den er ihr in einem herzzerreißend traurigen Brief gestanden hatte.

Tobias kam, gefolgt von Lena, zu ihnen.

»Schön, dass ihr da seid.«

»Natürlich. Wir sind doch ein Team. Außerdem lasse ich mir diese stinkvornehmen Häppchen nicht entgehen«, sagte Niklas.

Die Musik wurde lauter, und einige Gäste begannen zu tanzen.

»So stelle ich mir das bei uns am Seeufer auch vor. Guter Sound, entspannte Stimmung und cooles Publikum. Wirst sehen, das kriegen wir hin.« Tobias legte seinen Arm um Niklas' Schultern und ließ seinen Blick durch den Raum schweifen.

»Wollen wir tanzen?«, rief Lena über die Musik hinweg, und Niklas nickte.

»Macht ihr ruhig. Ich würde Freya gern kurz die Küche hier zeigen, damit sie weiß, was ich mir für den *Fischerfleck* vorstelle.«

Dankbar folgte Freya Tobias. »Hast du mir angesehen, dass ich gerade überhaupt keine Lust auf Tanzen habe?«

»Dein Gesichtsausdruck war zumindest nicht ganz so begeistert wie der deines Bruders. Niklas macht zwar gern einen auf einsamer Wolf, aber wenn er in Feierstimmung ist, ist er nicht zu bremsen. Ich bin davon überzeugt, dass er sich wahnsinnig schnell mit dem neuen Style des *Fischerflecks* identifizieren wird. Auch wenn er sich jetzt noch etwas sträubt.« Tobias lächelte schelmisch. »Schau mal, hier werden Männerträume wahr. Zumindest meine.« Mit ausgestreckten Armen drehte er sich langsam um die eigene Achse und deutete auf zwei riesige Arbeitsflächen zu beiden Seiten.

In der großen Restaurantküche spiegelten sich die Tageslichtlampen auf den polierten Edelstahloberflächen. Alles war blitzsauber, der Boden geschrubbt und die Geräte vom Feinsten. An einer magnetischen Metallleiste entlang der Wand hingen japanische Messer jeglicher Größe. Wahrscheinlich kosteten allein die ein kleines Vermögen.

»Wahrhaftig, der Traum eines jeden Küchenchefs. Bis wir dir daheim so was hinstellen können, wird es ein, zwei Jahre dauern, Tobias. Ich hoffe, das ist dir klar.« Freyas Stimme klang neckend.

»Ach, wenn wir uns ranhalten, schaffen wir das pünktlich zum nächsten Sommer. Ganz bestimmt. Das neue Konzept wird einschlagen wie eine Bombe. Da bin ich mir absolut sicher.« Er stellte sein Glas auf die Arbeitsfläche und nahm auch Freya das ihre ab. »Bis dahin gibt es das ein oder andere, was mich die Uraltküche tolerieren lässt.«

Er machte einen Schritt auf Freya zu. Beim Anblick seiner dunklen Augen wurde ihr ganz warm. Hatte sie zu viel getrunken?

»Die schöne Landschaft?«

»Zum Beispiel.« Tobias kam noch näher, seine Stimme klang tief und weich. Es musste am Champagner liegen, dass Freyas Herz plötzlich schneller schlug.

»Vielleicht auch die Freizeitmöglichkeiten?«

»An denen könnte man arbeiten.« Jetzt stand er ganz dicht vor ihr. Waren seine Augen oder seine Lippen anziehender? Sie ertappte sich dabei, wie sie ihr Gesicht dem seinen entgegenhob.

»Stör ich? Niklas meint, wir sollten uns langsam auf den Heimweg machen. Er muss morgen früh raus.« Jäh zerstörte Lenas Stimme den Zauber des Augenblicks. Schnell machte Freya einen Schritt zurück. Auch Tobias trat zur

Seite und warf Freya dabei einen Blick zu, in dem unverhohlenes Bedauern lag.

Später im Auto, als sie auf dunklen Landstraßen in Richtung Walchensee fuhren, fragte sich Freya, wie um Himmels willen es dazu hatte kommen können, dass Tobias sie in der Küche fast geküsst hätte. Einfach so! Und schlimmer noch, sie hatte seinen Kuss regelrecht herbeigesehnt. Das ging überhaupt nicht und konnte nur an der feuchtfröhlichen Feierlaune gelegen haben. Tobias war Niklas' bester Freund und ihrer beider Geschäftspartner, mit dem sie auf lange Sicht zusammenarbeiten würden. Da durften ihnen keine Gefühle in die Quere kommen. Jedenfalls nicht solche. Ganz sicher war die plötzliche Unvernunft dem Augenblick geschuldet gewesen. Und dem Alkohol.

Freya lehnte den Kopf gegen die kühle Fensterscheibe des Wagens und tat, als würde sie schlafen.

Am darauffolgenden Tag kletterten die Temperaturen bis auf dreißig Grad. Freya hatte mit Jonas Hirschberg vereinbart, auf den See zu paddeln, falls das Wetter gut genug wäre. Schon mehrmals hatte er sie zu einem Paddleboard-Ausflug eingeladen, und immer hatte sie abgelehnt und ihn vertröstet. Nun gab es keine Ausreden mehr. Auch gut. Jonas würde ihre gesamte Aufmerksamkeit fordern und so jeden Gedanken an Tobias aus Freyas Kopf vertreiben.

Über ihren schwarzen Badeanzug zog Freya Shorts und ein T-Shirt. Sie suchte nach ihrem Sonnenhut, fand aber nur ein altes Basecap von Niklas, auf dem das Logo eines Fischfutterherstellers prangte. Alles besser, als einen Sonnenstich zu bekommen.

Sie starteten nicht vom öffentlichen Badestrand am Surf-center, weil Jonas fand, dort herrsche zu viel Betrieb. Statt-dessen fuhren sie nach Urfeld, ans nördliche Ende des Sees, wo die bewaldeten Hänge bis unmittelbar ans Wasser her-unterreichten. Ein schmaler Bergrücken zwischen Jochberg und Herzogstand, über den die gewundene Kesselbergstraße führte, trennte hier den Walchensee vom Kochelsee. Gleich in der Nähe durchzogen die Druckstollen des Walchensee-kraftwerks den Berg. Das Kraftwerk selbst lag zweihundert Meter tiefer am Kochelsee.

»Wusstest du, dass es schon seit 1924 in Betrieb ist und inzwischen zu einem Industriedenkmal erklärt wurde?«, fragte Jonas und bog dabei in eine nur für Anwohner frei-gegebene Straße ab. »Es gilt auch heute noch als technische Meisterleistung und sieht dazu bemerkenswert schön aus. Du solltest dir mal das Besucherzentrum dort anschauen, das ist wirklich interessant. Ich mache gern einen Ausflug mit dir rüber nach Kochel. Dann könnten wir auch ins Franz-Marc-Museum gehen. Der war ein berühmter Maler und Mitbegründer des *Blauen Reiters*.«

»Jonas, nett, dass du mir das alles erzählst, aber das ist nichts Neues für mich. Ich mache hier nicht Urlaub, sondern bin hier geboren – wenn auch nicht wirklich auf-gewachsen.« Sie zeigte zurück in Richtung der Hauptstra-ße, von der sie abgefahren waren und an der sich das Wal-chensee-Museum befand. »Und ob du's glaubst oder nicht, ich kenne mich ein wenig aus in unserer Gegend und war auch schon in unserem kleinen Museum. Kann es sein, dass du dir für all die vielen Urlaubsschönheiten ein Sightseeing-Programm zurechtgelegt hast?«

Er parkte den VW-Bus neben einem Schild, auf dem »Privatparkplatz« stand und stellte den Motor ab.

»Autsch. Das denkst du von mir, Freya? Hältst du mich für einen Hallodri?«

»Auf keinen Fall.« Sie lachte.

»Damit tätest du mir nämlich unrecht.«

»O ja, ganz gewiss.«

Er stieg aus, lief um das Auto herum und öffnete ihr galant die Tür. »Und nur damit du's weißt, dieses Haus hier und der Parkplatz gehören einem Freund. Ich darf den Bus hier abstellen und auch den Anlegesteg benutzen.«

Freya hob beschwichtigend die Hände. »Ich sehe schon, du bist ein ganz ordentlicher, braver Kerl.«

Freyas Übermut schwand schnell, als sie auf dem wackeligen Board stand. Jonas war noch auf dem Steg geblieben, hatte beide Arme nach ihr ausgestreckt, um sie zu halten, aber sobald er losließ, plumpste Freya ins eiskalte Wasser.

Prustend tauchte sie wieder auf. Erst nach zwei weiteren Versuchen gelang es ihr, sich auf dem Brett zu halten. Zumindest einigermaßen. Doch jetzt lernte sie schnell, und bald paddelte sie neben Jonas dicht am Ufer entlang. Mit einem baulich nicht gerade ansprechenden Apartmentkomplex ließen sie die letzten Häuser hinter sich.

Außer ihnen waren auf diesem Teil des Sees lediglich ein paar Leute mit Tretbooten unterwegs. In Urfeld gab es einen Verleih im 50er-Jahre-Look, der mit bunten Sonnenschirmen und nostalgischen Schildern lockte.

»Die Straße dort drüben ist für den öffentlichen Verkehr gesperrt.« Jonas zeigte ans Ufer. »Wenn wir noch ein Stück weiter Richtung Osten paddeln, kommen wir an eine Stelle, an der wir gut an Land gehen können.«

Freya war froh, Niklas' altes Basecap zu tragen. Mittlerweile tropfnass, schützte es dennoch ihr Gesicht vor der Sonne, deren Intensität sie nach einer Weile deutlich auf Schultern und Rücken spürte. Es machte ihr Spaß, auf diesem wackeligen Brett herumzupaddeln, aber gegen eine kleine Pause im Schatten hatte sie nichts einzuwenden.

Das Ufer schien völlig unzugänglich, es war dicht bewachsen und fiel steil zum Wasser ab. Doch Jonas fand zielsicher ein winziges, flach auslaufendes Stück, gerade groß genug, um die beiden Boards darauf zu ziehen. Er half Freya beim Aufstieg auf einen flachen Felsbrocken, auf dem eine kleine, schattenspendende Buche wuchs, unter deren Zweigen sie Platz nahmen.

»Wunderschön«, entfuhr es Freya beim Blick aufs Wasser und die Berge.

»Nicht wahr? Zurecht wird das die Bayerische Karibik genannt.«

Freya hob die Augenbrauen.

»Ich weiß, ich weiß, du bist keine Touristin, und ich muss dir unsere Heimat nicht schmackhaft machen. Aber hey, ich bin ehrlich selber begeistert. Immer wieder. Was für ein Privileg, hier leben zu dürfen. Dass du hierbleibst, hast du schon ganz richtig entschieden, alles andere wäre dusselig gewesen.«

»Na, da bin ich aber froh, dass du das so siehst.«

Er stand auf und sprang hinunter ins Wasser. »Komm rein!«, rief er hinauf.

»Das ist aber hoch.«

»Na und?«

Na und! Freya gab sich einen Ruck und sprang kurzerhand hinterher. Unter Wasser öffnete sie die Augen. Um sie herum sprudelten Luftblasenwirbel durch das Türkis. Ihre Füße berührten den Boden, sie stieß sich ab und schwamm nach oben, zurück ins Sonnenlicht.

Jonas wartete im flachen Uferbereich auf sie, saß bis zur Hüfte im Wasser, die Knie angezogen.

»Wenn du so strahlst, erkenne ich das kleine Mädchen von damals wieder. Weißt du, dass mich das immer schon an dir fasziniert hat, wie du lächelst?«

Sie schwamm auf ihn zu. »Echt? Also als ich acht war, hat mich an Jungs rein gar nichts fasziniert. Die meisten fand ich blöd.«

»Warum schmetterst du jedes meiner Komplimente ab?«

Sie hielt in der Bewegung inne. Ihre Füße berührten den Grund. »Wie meinst du das?«

»Sobald ich dir was Nettes sage, sagst du was dagegen, machst dich darüber lustig oder wechselst das Thema.«

»Das stimmt nicht.«

»Doch. Mache ich dich verlegen?«

Mittlerweile war sich Freya nicht mehr sicher, ob sie einander noch neckten oder das Ganze schon in ein ernstes Gespräch umgeschlagen war. Sie mochte Jonas, fand ihn attraktiv und witzig. Gegen einen Flirt hatte sie nichts einzuwenden, doch für mehr würden ihre Gefühle nicht reichen, das wusste sie tief in sich. Aber es war Sommer, und sie war frei und ungebunden, weshalb sollte sie also nicht ein wenig Spaß haben? Seine Direktheit überraschte sie.

»Überhaupt nicht.«

Langsam stand Jonas auf und watete tiefer ins Wasser. »Ich komme zu dir.«

»Schön.«

Einer seiner Mundwinkel hob sich zu einem schiefen, leicht skeptischen Lächeln. Er sagte nichts.

Als er vor ihr stand, reichte das Wasser bis zu ihren Schultern. Freya spürte, wie sich seine Hände um ihre Hüften legten. Sie schlang ihre Arme um Jonas' Hals. Einen Moment lang taxierten die beiden einander.

Aus der Nähe bemerkte Freya eine dünne, helle Narbe neben seinem linken Mundwinkel, die ihr vorher nie aufgefallen war. Als er sie küsste, fühlten sich seine Lippen warm an und seine Haut kühl vom Seewasser. Seine Hand wanderte ihren Rücken hinauf bis zu ihrem Nacken, den er sanft umfasste. Um sie herum war es still, nur das leise Plätschern der Wellen war zu hören. Sein Kuss wurde intensiver, Freya verlagerte ihr Gewicht von einem Fuß auf den anderen. Dabei spürte sie etwas Glitschiges. Schlagartig wurde sie von Panik ergriffen und verlor den Halt. Jonas reagierte blitzschnell und hielt sie, bevor sie untergehen konnte.

»Was ist los?«, fragte er verdutzt.

»Raus!«, stieß Freya hervor. »Ich muss sofort aus dem Wasser.«

Jonas zog sie ans Ufer. Schwer atmend stand sie neben den Paddleboards, die Hände auf die Oberschenkel gestützt, und versuchte, sich zu beruhigen. Es dauerte eine Weile, bis sie sich gefangen hatte. Schließlich setzte sie sich auf den Rand eines Boards. Jonas neben sie.

»Geht's wieder?«

Sie nickte. »Tut mir leid. Da war plötzlich irgendwas Weiches unter meinem Fuß. Ich hab mich erschreckt und bin durchgedreht, weil …« Sie brach ab. Wahrscheinlich hielt er sie für total hysterisch. Aber Jonas sah sie mit besorgtem Blick an und nahm ihre Hand. Sie schuldete ihm eine Erklärung.

»Der See und ich – das ist wie eine Art Hassliebe. Seit damals.« Sie musste nicht ausführen, was sie mit »damals« meinte, er wusste sofort Bescheid.

»Ich verstehe.«

»Als Niklas mich frühmorgens mit zum Fischen genommen hat, habe ich gemerkt, wie ich anfange, mich mit ihm zu versöhnen. Ich weiß, dass der See ein Teil von mir ist. Aber wenn dann so was wie gerade passiert, kommt schlagartig die Angst hoch.«

»Nachvollziehbar, nach allem, was du erlebt hast.«

Freya beschloss, die Gelegenheit beim Schopf zu packen. Die Romantik war ohnehin verflogen, warum also nicht nachfragen? Sie hatte es lange genug vor sich hergeschoben.

»Jonas, ich habe kaum Erinnerungen an das, was damals passiert ist. Was weißt du davon?«

Sein Blick wich ihrem aus. »Ah, praktisch nichts. Nur das, was mir meine Eltern erzählt haben. Dass du mit deiner Freundin Rosalie allein beim Baden warst und sie dabei ertrunken ist.«

Die Worte trieben Freya Tränen in die Augen. Auch noch nach zwanzig Jahren. »Warum war kein Erwachsener mit?«, flüsterte sie.

»Ich weiß es nicht.«

»Was erzählen sich die Leute?«

Jonas fühlte sich sichtlich unwohl und begann, alles für den Aufbruch vorzubereiten. Er holte die Paddel und schob eines der Boards ins Wasser. Dann reichte er Freya die Hand und half ihr hoch.

»Es ist ewig her, Freya. Niemand spricht mehr darüber.«

»Vielleicht, wenn ich deine Eltern frage? Die waren doch damals viel mit meinen zusammen.«

»Nein.« Das klang bestimmt. »Lieber nicht. Was bringt es, in der Vergangenheit herumzustochern? Dabei wird alles aufgewühlt, und hinterher ist alles noch unklarer als vorher.«

Freya wollte noch etwas sagen, aber Jonas schien es plötzlich eilig zu haben. »Komm, ich helfe dir beim Aufsteigen. Lass uns zurückfahren. Und echt, mach dir keinen Kopf wegen damals. Das führt zu rein gar nichts, glaub mir.«

Nachdenklich folgte sie Jonas zurück zur Anlegestelle. War ihm das Thema unangenehm? Warum? Wenn irgendjemand zurecht nicht darüber reden wollte, dann doch sie und niemand sonst. Sie versuchte, sich ihre Enttäuschung, nichts Neues erfahren zu haben, nicht anmerken zu lassen.

Daheim am *Fischerfleck* stieg Jonas nicht mit aus dem Wagen. Er beugte sich zu Freya hinüber und küsste sie. Dann streichelte er ihre Wange und sagte leise: »Am besten, du vergisst die Sache. Es war ein Unfall. Lass dir davon nicht deine Freude am See nehmen. Wenn du magst, machen wir nächstes Mal was anderes, etwas, das nichts mit Wasser zu tun hat.«

Sie nickte.

»Schön. Dann überleg ich mir was und ruf dich an.« Er küsste sie noch einmal, und sie verabschiedeten sich.

Sie stieg aus und sah ihm nach, bis der VW-Bus außer Sichtweite war. Als sie sich zum Haus umdrehte, entdeckte sie Niklas und Tobias, die wie ein Ehepaar, das auf die halbwüchsige Tochter wartet, auf der Bank saßen. Normalerweise hätte Freya gelacht. Aber in ihren Gesichtern erkannte sie klar und deutlich einen Vorwurf. Der stand ihnen nicht zu!

»Bist du nicht ein wenig zu alt, um im Auto rumzuknutschen?« Niklas klang sarkastisch.

»Bist du nicht ein wenig zu jung, um dich wie ein Moralapostel aufzuführen? Was geht es dich an, was ich in meiner Freizeit mache?«

Niklas verschränkte die Arme vor der Brust. »Selbstverständlich nichts. Du kannst dich rumtreiben, mit wem du willst. Auch wenn ich deinen Männergeschmack mehr als fragwürdig finde. Aber irgendwann wirst du verstehen, warum man sich nicht mit einem Hirschberg einlassen sollte.«

Das Ganze war lächerlich. Eine Familienfehde – wirklich? Freya presste die Lippen aufeinander und wollte an den beiden vorbei ins Haus marschieren.

»Tobias ist extra früher aus München gekommen. Wegen dir.«

Sie hielt überrascht inne. »Wieso?«

»Weil er dich fragen wollte …«

»Danke, Niklas, aber ich kann gut für mich allein sprechen«, ging jetzt Tobias dazwischen.

»Na schön.« Mit einem Ruck stand Niklas auf. »Dann werde ich wohl nicht weiter gebraucht.« Nun war er es, der ins Haus lief und damit Freyas Fluchtweg abschnitt.

»Was ist denn los?«, fragte sie, sobald ihr Bruder außer Hörweite war.

»Er kann Jonas Hirschberg eben nicht leiden und meint, seine Schwester wäre zu schade für ihn. Aber vielleicht hat er ja unrecht?«

Sie stand vor der Bank. Tobias erhob sich, um mit ihr auf Augenhöhe zu sein.

»Ich habe keine Lust, mich mit euren Spitzfindigkeiten auseinanderzusetzen. Wenn dir was nicht passt, sag es mir bitte direkt.«

Er hob die Augenbrauen. »Das steht mir nicht zu.«

»Und warum bist du heute schon hier? Ich dachte, du kommst erst am Montag«, wechselte Freya mit einem Seufzen das Thema.

»Weil ich dich fragen wollte, ob du morgen mit mir einen Ausflug machen möchtest.« Er sah sie bedeutungsvoll an. Dachte er an ihren Beinahekuss in München? »Aber ich merke schon, du bist gut beschäftigt«, sagte er dann schnell. »Wir sehen uns.« Er hob wie beiläufig zum Abschied die Hand und schlenderte davon.

Jetzt hatten die beiden sie tatsächlich einfach so stehen gelassen! Verwirrt blieb Freya zurück. Sie fühlte sich gescholten und unfair behandelt. Aber sie hatte doch nichts falsch gemacht! Warum fühlte es sich dann so an?

Freya ging ums Haus herum und setzte sich auf einen der neuen Loungesessel, die unter dem Balkon standen. Hier war es angenehm schattig.

Die Aussicht aufs Wasser beruhigte ihre durcheinanderwirbelnden Gedanken.

Tobias' Ablehnung traf sie überraschend hart, sie tat

sogar weh. Aber eigentlich war das gut so. Daraus konnte sie nur lernen. Schon an dem Abend in München hatte sie gewusst, dass sie jegliche intime Vertrautheit zwischen ihnen im Keim ersticken musste. Sie würden einfach nur Geschäftspartner sein – so wie es sich gehörte und so wie es das Beste für alle Beteiligten war.

Ohnehin erschien es Freya viel wichtiger, Antworten auf Fragen zu finden, die sie zu lange aufgeschoben hatte, als sich in Herzensangelegenheiten zu verlieren. Heute hatte sie einen ersten Schritt gewagt. Schon alleine deshalb weigerte sie sich, ein schlechtes Gewissen Tobias gegenüber zu haben. Nur weil er ihren Puls deutlich mehr beschleunigte, als Jonas das tat, hieß das noch lange nicht, dass sie das auch wollte.

Obwohl Jonas ihre Fragen nach der Vergangenheit abgeblockt hatte, würde sie nicht gleich aufgeben. Vielleicht bot sich die Gelegenheit, Herrn oder Frau Hirschberg anzusprechen. An wen konnte sie sich noch erinnern? Frau Bachmann vom Souvenirladen an der Hauptstraße. Von der hatte ihre Mutter immer gesagt, dass sie über alles Bescheid wüsste, was in der Gegend passierte. Und was war mit dem Pfarrer? Nur weil Papa den nicht gemocht hatte, musste Freya ihn ja nicht meiden. Auch er war damals schon in Walchensee gewesen und kannte jeden. Sie beschloss, unmittelbar nach der Eröffnung des neuen *Fischerflecks* einen Vorstoß zu wagen und gezielt nachzufragen.

Bis dahin musste sich auf die große Einweihungsveranstaltung konzentrieren, denn davon hing viel ab. Doch trotz all ihrer vernünftigen Vorsätze drängten sich unablässig zwei Dinge in ihre Gedanken und ließen kaum Raum für anderes.

Was war damals genau mit Rosalie passiert? Und wie würde es sein, Tobias jeden Tag zu sehen und mit ihm zu arbeiten?

Was Freya kaum beschäftigte, war das offen gezeigte Interesse von Jonas Hirschberg.

9 Niklas

Niklas' erster Gedanke nach dem Aufwachen galt seinem Vater. Was würde Johannes Siebert über den neuen *Fischerfleck* denken? Haus und Garten sahen besser aus denn je. Aber eben anders. Er stand auf und ging ins Bad. Als das warme Wasser in der Dusche über seinen Rücken lief, merkte er, wie verspannt seine Muskeln waren. Die Renovierung war anstrengend gewesen. Hoffentlich zahlte sich die Mühe aus. Falls nicht, würden sie alles verlieren. Was dann? Wohin würde er gehen, falls sie das Haus aufgeben mussten? Wo würde er wohnen, wovon leben? Er stellte die Wassertemperatur auf kalt. Augenblicklich verscheuchte das die pessimistischen Gedanken, und der eisige Duschstrahl prickelte auf seiner Kopfhaut. Er musste nach vorne schauen. Obwohl er sich Freyas Plänen gegenüber aufgeschlossen zeigte, vermutete Niklas, dass die Umstellung für ihn schwierig werden würde. Im Gegensatz zu Freya, für die sowieso alles neu war, hatte er sich an sein bisheriges Leben am Walchensee gewöhnt, das sich nun deutlich veränderte. Aber es würde ein besseres Leben werden! Ja, so musste er denken, bekräftigte er sich selbst und stellte das Wasser wieder wärmer. Doch so sehr er sich das auch sagte, fühlen konnte er es noch nicht. Hatte er Angst vor der Zukunft? Durfte er sich so was überhaupt eingestehen, oder würde ihn das schwächen? Er nahm sich vor, sich zusammenzureißen und sich zu motivieren, allem mit positiver Neugier entgegenzusehen, statt dem mulmigen Gefühl in der Magengrube, das mittlerweile sein ständiger Begleiter geworden war, Raum zu geben.

Wie sehr er doch seinen Vater vermisste. Aber, das Leben ging weiter, er musste nach vorne schauen und … – was war noch mal die dritte Floskel, die er für gewöhnlich einstreute? – ach ja, alles konnte nur besser werden.

Freya hatte die Einladungen zur Eröffnungsfeier mit der Post verschicken wollen, aber er hatte darauf bestanden, wenigstens einige davon persönlich zu überreichen. Das hatte er sich für diesen Vormittag vorgenommen. Um seine Nerven zu beruhigen, schwang Niklas sich aufs Fahrrad, anstatt den Wagen zu nehmen.

Im Blumenladen an der Seestraße freute sich die Besitzerin. »Ich finde es schön, dass ihr weitermacht«, sagte sie und schenkte ihm eine Pfingstrose. »Mein Mann und ich kommen gern zu eurer Party. Mal was Besonderes, dass auch wir Einheimischen eingeladen sind. Normalerweise sind die Festivitäten ja nur für die Gäste. Also ich freu mich.«

Beim Bäcker, im Seehotel *Sonnblick* und bei anderen Läden war die Resonanz ebenfalls positiv. Niklas beruhigte das sehr und er konnte schon fast Erleichterung spüren – bis er ins Dorfcafé kam. Antonias Mann, Karl, genannt Charly, stand hinter der Theke und schob ihm gleich einen Espresso hin, als er reinkam.

»Na?«, fragte er. »Wie läuft's? Hab gehört, ihr seid fleißig am Umbauen. Im Fitnessstudio sieht man dich kaum mehr, hast wohl daheim genug Training, was?«

»Deswegen bin ich hier. Wir sind fast fertig und laden euch herzlich zur Neueröffnung des *Fischerflecks* ein.« Er zückte den Briefumschlag und schob ihn Charly hin.

»Echt? Danke.« Nachdem er sich die Hände abgewischt hatte, las er die Einladung und wollte gerade etwas sagen, als Antonia dazukam und ihm die Karte aus der Hand schnappte. Während sie das Geschriebene überflog, fiel Niklas der Größenunterschied der Cafébesitzer wieder einmal auf. Wenn die beiden nebeneinanderstanden, wirkte Antonia im Vergleich zu ihrem großen, breitschultrigen Mann winzig. Charly stemmte mit Begeisterung Gewichte und hatte sich beeindruckende Muskeln antrainiert, die sich unter seinem engen T-Shirt deutlich abzeichneten. Niklas erinnerte sich daran, dass Charly früher recht schmal gewesen war. In den letzten Jahren hatte er sich zusehends in ein Muskelpaket verwandelt und war dennoch der gutmütige Kumpel geblieben, der sich leider von seiner Frau vorschreiben ließ, wo es langging. Und die freute sich gerade überhaupt nicht über die gut gemeinte Einladung der Sieberts.

»Das könnt ihr vergessen«, sagte sie mit nach unten gezogenen Mundwinkeln. »Wir kommen sicher nicht zu eurer Schickimicki-Veranstaltung. Einmal die Dorfleut reinlassen, damit sie den neuen, teuren Laden auch mal gesehen haben, und das war's dann. Ist doch so, oder? In Wahrheit wollt ihr uns eh nicht im Lokal haben.«

»Was redest du denn da?« Entsetzt sah Charly auf seine Frau hinunter.

»Weißt du nicht, wer im *Fischerfleck* kocht? Tobias Wolf. Nachdem er jahrelang in München für die High Society gearbeitet hat, will er jetzt hier das gleiche Publikum haben.«

»Na und? Schadet doch nix, wenn zahlungskräftige Besucher an den Walchensee kommen. Von diesen mageren Radlern, die sich an ihren Wasserflaschen festhalten, und den Wanderern, die ihre Brotzeit selber mitbringen, kann keiner leben.«

Dieser intelligente Einwand ihres Mannes beeindruckte Antonia nicht im Geringsten, sie schob Niklas die Einladung wieder hin.

»Das sehe ich anders. Außerdem hab ich keine Lust, deiner Schwester schönzutun. Die gehört nicht hierher. Wir kommen nicht.«

Vom schnippischen Ton seiner Frau sichtlich peinlich berührt, zuckte Charly die Schultern und sah Niklas aus großen Augen hilflos an. Charly tat ihm leid. Mit Antonia verheiratet zu sein, stellte er sich äußerst unerfreulich vor. Nicht nur ihr dauerndes Fremdgeflirte, auch ihre Missgunst und das ständige Lästern mussten einen so gutmütigen Menschen wie Charly zermürben. Leider konnte er sich gegen seine Frau nicht durchsetzen. Kein Wunder, dass er mehr Zeit im Sportstudio verbrachte als daheim.

»Tobias ist übrigens nicht nur der Küchenchef im neuen *Fischerfleck*«, bemerkte Niklas und ließ die Einladung liegen, »sondern zusammen mit Freya und mir Geschäftsführer. Und wir alle drei hoffen sehr, dass sein hervorragender Ruf viele Gäste aus München an den Walchensee zieht. Danke für den Espresso, Charly, wir sehen uns beim Training. Servus.« Damit verließ er das Dorfcafé und freute sich über seine emotionale Ungebundenheit. Es musste die Hölle sein, in die Fänge einer Frau wie Antonia geraten zu sein.

Jetzt hatte Niklas nur noch eine Einladung übrig. Die für das Sporthotel Hirschberg. Kurz überlegte er, sie einfach im Surfshop abzugeben, doch dann trug er sie entschlossen direkt an die Hotelrezeption, wo Paul Hirschberg höchstpersönlich stand.

»Oh«, sagte dieser zur Begrüßung, »ein zweiter Siebert unter unserem Dach, und das innerhalb kürzester Zeit. Das wäre fast einen Eintrag ins Gästebuch wert.«

Niklas fand den Sarkasmus unangebracht, ignorierte ihn aber höflich. »Guten Morgen, Paul. Ich bringe euch eine Einladung zur Wiedereröffnung des *Fischerflecks*.«

Täuschte er sich, oder wurde der Hotelier unter seiner Sonnenbräune tatsächlich blass um die Nase? »Wie freundlich. Vielen Dank. Ihr habt modernisiert, was? Mit den bescheidenen Mitteln, die euch zur Verfügung stehen, vermute ich. Aber woher solltet ihr's auch nehmen?« Er gab ein kurzes Lachen von sich. Noch unangenehmer als den durchdringenden Blick empfand Niklas die ebenso geartete Stimme. »Nachdem der Johannes den *Fischerfleck* derart abgewirtschaftet hat, habt ihr natürlich bei keiner Bank mehr einen Kredit gekriegt, um was Gescheites zu machen. Hab schon gehört, dass ihr ein paar angemalte Holzpaletten und aufpolierte alte Biergartenstühle habt. Zu mehr hat es wohl nicht gereicht. Mit einer frischen Schicht Farbe wird Schrott auch nicht neu. Das werden die Gäste gleich merken.«

»Und mit teuren Möbeln und einem neuen Spa bleibt es auch da kalt, wo es kein Herz gibt«, entfuhr es Niklas.

»Was sagst du da?«

»Vergiss es.« Er legte die Einladung auf den Tresen und wandte sich zum Gehen.

»Im Gegensatz zu den Siebert-Männern scheint deine Schwester uns nicht herzlos zu finden. Sie ist ganz wild auf meinen Jonas. Wenn auch vermutlich nicht auf sein Herz, sondern auf ein Körperteil weiter unten.« Dazu machte er eine eindeutige Geste.

Fassungslos hielt Niklas inne. Wie konnte Paul Hirschberg es wagen, etwas derart Derbes zu sagen? Eine klare Provokation, die leider ihre Funktion erfüllte. Wut stieg in Niklas auf, und er hätte dem unverschämten alten Kerl am liebsten sein Grinsen aus dem Gesicht geschlagen.

Ein Gast betrat das Hotel. Niklas machte schnell wieder einen Schritt auf die Rezeption zu und beugte sich vor. »Freya bemüht sich, den Menschen hier unvoreingenommen zu begegnen«, flüsterte er. »Obwohl sie ihr übel mitgespielt haben. Sie ist nicht wild auf deinen Sohn, lediglich höflich. Und dein Jonas scharwenzelt um sie rum wie ein Schürzenjäger zur Brunftzeit. Aber man kann's ihm nicht vorwerfen, was anderes hat er von seinem Vater ja nicht gelernt.«

Mit geblähten Nasenlöchern schnaufte Paul Hirschberg auf, bereit für eine Schimpftirade. Tiefe Röte überzog sein Gesicht und er stützte die Hände auf den Tresen, als wollte er zum Sprung ansetzen. Doch leider stellte sich der Gast neben Niklas und machte einen Zornesausbruch unmöglich. Paul Hirschberg blieb nur, die ungelesene Einladung demonstrativ in den Papierkorb zu werfen, als Niklas ihm einen schönen Tag wünschte und hinausging.

Das Letzte, was Niklas hörte, war ein mühsam beherrscht klingendes »Grüß Gott, was darf ich für Sie tun?«

Wieder daheim, ärgerte sich Niklas immer noch über den alten Hotelier und dessen unverschämte Bemerkung.

»Die Hirschbergs kommen sicher nicht zur Einweihung, die kannst du streichen«, teilte er Freya knapp mit.

»Was ist geschehen? Du hast ihnen doch eine Einladung gebracht, oder?«

»Selbstverständlich. Aber mit denen kann man nicht normal reden. Der alte Paul behauptet, du würdest seinem tollen Sohn hinterherrennen.«

»Wie bitte? Schwachsinn.«

»Ich weiß. Hab ich ihm auch gesagt.«

Seine Schwester war gerade dabei, die Rückantworten der Eingeladenen zu sortieren. Stirnrunzelnd sah sie auf.

»Hm. Und dann habt ihr euch gezankt und nun sind die Fronten wieder verhärtet?«

»Kann man so ausdrücken.«

»Jonas kommt bestimmt.«

Sollte er seiner Schwester sagen, dass sich Jonas Hirschberg niemals über die Wünsche seiner Eltern hinwegsetzen würde? Dass er nicht den Mumm dazu hatte und immer brav tat, was Paul und Anette von ihm verlangten? Den Ruf, ein Playboy zu sein, der sich nicht binden wollte, hatte er nicht aus freien Stücken, sondern weil seinen Eltern niemand gut genug war. Keine einzige seiner zahlreichen Freundinnen konnte sich lange an seiner Seite halten. Entweder sie strichen angesichts von Herrn und Frau Hirschbergs Dünkel freiwillig die Segel, oder der Junior wurde von den beiden genötigt, mit ihnen Schluss zu machen, weil sie es sowieso nur auf sein Geld abgesehen hätten. Oder zu dumm waren, zu faul, zu eingebildet, zu hässlich, zu …

Niklas kannte eine Fülle an Gründen. Anette Hirschberg hielt damit nie hinter dem Berg, sondern ließ sich öffentlich darüber aus. Vornehmlich bei Antonia vom Dorfcafé. Die beiden lagen derart auf einer Wellenlänge, dass es schon fast beängstigend war. Zumindest sollte es das für Charly sein, dachte Niklas mit einer Mischung aus Belustigung und Grimmigkeit. Das war einer der Nachteile des Dorflebens. Jeder wusste viel zu viel über seinen Nächsten. Und doch, sinnierte Niklas, wenn es drauf ankam, stieß man schnell auf eine Mauer des Schweigens. Bayerische Dickschädel, deren weicher Kern oftmals nicht leicht zu finden war.

10 Freya

Die Loungeecke war Freyas neuer Lieblingsplatz. Windgeschützt saß sie an der Hauswand im Schatten, den Laptop vor sich, auf dem seit Minuten der Bildschirmschoner
unbeachtet exotische Landschaften zeigte. Aber die interessierten sie nicht, weil ihre eigene Aussicht viel schöner
war. Niklas hatte den Rasen gut hinbekommen. Statt mit
Löwenzahnwildwuchs präsentierte er sich in sattem, ge-
pflegtem Grün. Sie hatten kurz überlegt, wie bei einem
Biergarten einen gekiesten Untergrund anzulegen, es aber
dann heimeliger gefunden, Tische und Stühle weiterhin auf
das Gras zu stellen. Das, was sich seit Jahrzehnten bewährt
hatte, brauchte nicht geändert zu werden. Sogar den Steg
hatten sie frisch gestrichen. Warum nicht, wenn sie schon
dabei waren, alles andere anzumalen? Er sah aus wie neu.
Über das blaue Wasser hinweg wanderte Freyas Blick bis
zum Jochberg. An diesem Anblick würde sie sich niemals
sattsehen, egal, wie lange sie hier war.

Tobias bog um die Ecke. Er trug einen Wäschekorb voll
mit Flaschen. »Oh«, sagte er mit wenig erfreuter Stimme.
»Ich wusste nicht, dass du hier bist. Machst du gerade ein
Posting? Ich hab gesehen, dass unsere Internetseite schon
online ist, und auf Instagram warst du auch schon ganz
schön aktiv. Wir haben bereits eine stattliche Zahl an Fol-

lowern, obwohl wir noch nicht mal losgelegt haben. Deine Strategie scheint gut zu funktionieren.« Er stellte den Wäschekorb auf dem Bartresen ab und deutete auf Freyas Laptop.

»Danke. Aber gerade mache ich nichts im Internet.«

Tobias blieb abwartend stehen.

»Ich übersetze einen Roman vom Schwedischen ins Deutsche.«

Sein Gesichtsausdruck wurde weicher. »Du arbeitest nebenher auch noch in deinem alten Beruf? Zusätzlich zu allem anderen?«

Was ging es ihn an? Sie könnte das Gespräch abblocken, es kurz halten, sie war ihm keine Erklärung schuldig. Andererseits – woher, dachte er eigentlich, kam das zusätzliche Geld für den Umbau?

Herausfordernd sah sie zu ihm auf. Die Sonne hatte sein Haar nicht eine Nuance aufgehellt, obwohl er viel draußen war. Rabenschwarz fiel es ihm in die Stirn. In die gerunzelte, wohlgemerkt. Er wartete auf eine Antwort.

»Ich habe einen neuen Auftrag angenommen, weil die Renovierung mehr Mittel verschlungen hat, als wir zur Verfügung hatten.«

»Ihr habt Geldprobleme? Warum sagt ihr nichts? Ich könnte euch was leihen. Immerhin stecke ich auch mit im Geschäft.«

Freya schluckte. »Vielen Dank, das ist sehr nett von dir. Aber durch meine Übersetzungen haben wir ja die Möglichkeit, das auszugleichen.«

»Weiß Niklas davon?«

»Kann sein, dass ich es ihm gegenüber nicht ausdrücklich erwähnt habe.« Sie rutschte unruhig auf ihrem Sitz hin und her. Wieso ihren Bruder mit etwas belasten, an dem er nichts ändern konnte? Es würde ihm nur ein schlechtes Gefühl machen. »Du musst es ihm aber nicht erzählen, Tobias.«

Das Stirnrunzeln wurde noch stärker.

»Bitte!«

»Wie du meinst. Allerdings finde ich, du hättest es uns beiden sagen müssen, als die Gelder knapp wurden. Wir hängen schließlich alle mit drin.«

Langsam wurde Freya sauer. »Solltest du der Meinung sein, es läuft aus dem Ruder …«

»Das sage ich doch überhaupt nicht.« Unwirsch strich er sich das Haar aus der Stirn. »Herrgott, ich wollte nur meine Hilfe anbieten. Und dir zeigen, dass du nicht alles allein stemmen musst, Freya. Es ist kein Zeichen von Schwäche, eine Last zu teilen.«

»Danke«, sagte sie steif. »Sehr freundlich von dir. Aber ich kriege das hin.«

»Natürlich tust du das.« Mit einer resignierenden Geste deutete er auf den Korb mit den Flaschen. »Eigentlich wollte ich jetzt die Bar bestücken. Aber das kann ich auch später machen.«

Als er wegging, weigerte sie sich, ihm nachzusehen. Von der guten Teamstimmung, die ihrem Bruder so wahnsinnig wichtig war, spürte sie in letzter Zeit wenig. Sobald sie und Tobias aufeinandertrafen, wurde es schwierig. Dabei hatten sie sich anfangs so gut verstanden.

Mit einem Seufzer klappte sie den Laptop zu und ging ihm hinterher.

»Tobias, warte!« Sie erreichte ihn, als er gerade den Schuppen betrat. Aus der Helligkeit des Sommertages plötzlich ins Halbdunkel zu gelangen ließ Freya blinzeln. Für einen Moment war sie wie blind und stolperte gegen Tobias.

»Entschuldige bitte«, murmelte sie verlegen, als er sie kurz an den Schultern festhielt, bis sie wieder einen sicheren Stand hatte.

Können wir nicht einfach professionell und ganz normal miteinander umgehen?, hatte Freya sagen wollen. Stattdessen platzte es aus ihr heraus. »Falls du wegen Jonas sauer auf mich bist – mir liegt nichts an ihm. Aber du und ich sind Geschäftspartner, und deshalb kann zwischen uns beiden nie was sein.«

Entsetzt über ihre eigenen Worte verstummte sie. Er sagte ebenfalls nichts, und weil Freya nicht anders konnte, als den Blick gesenkt zu halten, war es ihr nicht möglich, seinen Gesichtsausdruck nicht sehen.

Erst als er weiterhin schwieg, schaute sie ihn schließlich an. Tobias war eindeutig verärgert.

»Wir haben eben über eure Finanzen gesprochen. Und darüber, dass ich mich nicht einmischen soll. Zumindest hast du mir das zu verstehen gegeben. Was dich und Jonas betrifft – das ist mir vollkommen wurscht! Und wenn ich mich recht erinnere, habe ich dir keinen Antrag gemacht oder irgendetwas in der Art.«

Am liebsten wäre Freya im Erdboden versunken. Gleichzeitig kam Trotz in ihr auf.

»Du hast mit mir geflirtet«, entgegnete sie störrisch.

»Na und? Du auch mit mir.«

»Das hatte nichts zu bedeuten.«

»Genau wie bei mir. Dann sind wir uns darin wohl einig.«

Sie sog die Luft ein, nickte und ging. An eine konzentrierte Übersetzungsarbeit war an diesem Tag nicht mehr zu denken. Mit einem bedrückten Gefühl holte Freya ihren Laptop und brachte ihn ins Haus. Sie musste sich zusammenreißen. Noch mehr derart peinlich Auftritte könnten die Zusammenarbeit mit Tobias wirklich gefährden, und das war um jeden Preis zu vermeiden.

Daher schwor sich Freya, ihm gegenüber künftig besonnen und freundlich zu sein. Auch wenn die Enttäuschung an ihr nagte.

Freya hatte befürchtet, bei der Eröffnung des *Fischerflecks* vor Aufregung zu sterben. Erstaunlicherweise fiel aber ein großer Druck von ihr ab, als es endlich so weit war. Da spürte sie sogar einen Hauch wilder Vorfreude. Wann eröffnete man schließlich schon mal ein hippes Szenelokal? Ab heute war sie Wirtin. Seewirtin, genau genommen. Sie und ihr Bruder gaben den Startschuss für etwas Neues und Besonderes, das über die Zukunft der Familie Siebert entscheiden sollte.

»In zwanzig Jahren will ich mit meinen Kindern hier stehen und ihnen sagen: ›Schaut mal, was eure Tante und ich alles auf die Beine gestellt haben. Der schönste Fleck am See, mit dem besten Fisch und dem coolsten Publikum.‹« Niklas legte einen Arm um Freyas Schultern und drückte sie.

»Du bist ja ein richtiger Poet. Das wird dir bei deiner kleinen Ansprache nachher sicher zugutekommen«, zog sie ihn gut gelaunt auf.

Beide betrachteten mit Stolz den Gastgarten, der buchstäblich in feierlichem Glanz erstrahlte. Reihen von weißen Lampions spannten sich über die Tische. Der DJ von Tobias' Abschiedsparty hatte es sich nicht nehmen lassen, auch an dessen neuer Wirkungsstätte aufzulegen. Softe Chill-out-Musik begrüßte die stetig eintrudelnden Gäste. Es war eine bunte Mischung aus jungen Münchnern, gesetzteren Gästen aus Tobias' Restaurant – inklusive seines ehemaligen Chefs – und Einheimischen, die der Einladung zahlreich gefolgt waren. Cousine Lena übernahm den Job der Fotografin und machte fleißig Bilder. Familie Hirschberg erschien geschlossen nicht. Freya versetzte das einen Stich, denn sie hatte fest mit Jonas gerechnet.

Die Loungeecke inklusive der Bar nannten sie nun Seelounge. Dekoriert mit Windlichtern und Treibholz vom Ufer, strahlte sie einen entspannten Charme aus, den es so nur am Wasser geben konnte.

Als Arbeitskleidung hatten die Geschwister eine Art moderne Alltagstracht ausgewählt. Diesen Stil sollten alle Mitarbeiter künftig tragen und damit die Verbindung von Moderne und Tradition verkörpern. Niklas trug eine kurze Lederhose, allerdings mit wenig Stickerei und geschnitten wie Bermudashorts, dazu ein weißes Leinenhemd mit hochgekrempelten Ärmeln. Und Freya hatte einen Trachtenrock in Blautönen zu einem ebenfalls weißen Oberteil angezogen. Mit ihren hellen Augen, blonden Haaren und ihrer Sommerbräune hätten die beiden locker Hochglanzwerbung für die bayerischen Voralpen machen können.

Gemeinsam begrüßten sie ihre Gäste, sogar der Bürgermeister gab sich die Ehre, und Freya entdeckte auch den

Pfarrer. Wie es eben üblich war auf dem katholischen bayerischen Land, wenn ein neues Unternehmen seine Pforten öffnete. Sie schmunzelte.

»Kannst du den Tobias holen?«, bat Niklas sie schließlich. »Dann bringe ich es hinter mich und sage ein paar Worte.«

Vor Publikum zu sprechen lag ihm nicht, das wusste Freya, aber da musste er durch. Sie fand Tobias in der Küche beim letztmaligen Begutachten der vorbereiteten Köstlichkeiten, ehe sie auf langen rustikalen Rindenservierbrettern zu den Gästen gebracht werden sollten.

Neben Niklas' beliebten Räucherfischfilets gab es Forellentatar, Renkencarpaccio und die ein oder andere mediterrane Fischvariation. Alles in mundgerechten Häppchen.

»Das sieht sensationell aus«, sagte sie mit ehrlicher Bewunderung in der Stimme. Tobias hatte sich selbst übertroffen.

»Sprichst du von den Fischen oder von mir?«

War er ihr nicht mehr böse? Freya lachte erleichtert, dann wurde sie ernst. »Eigentlich vom Essen, aber auf dich trifft's auch zu.« Sie sollte sich ihre Worte wirklich vorher überlegen und nicht einfach losplappern, schalt sie sich innerlich.

Doch dass Tobias gut aussah, war eine Tatsache. Die Stimmung zwischen ihnen ähnelte dem Aprilwetter, mal Gewitter, mal Sonnenschein. Vielleicht musste sie das einfach akzeptieren. Noch attraktiver als seine hohen Wangenknochen fand Freya Tobias' entspannte Art, mit der er der Welt begegnete. Jene ruhige Selbstsicherheit schaffte bisweilen eine gewisse Distanz zwischen ihm und anderen Menschen.

Und sie fragte sich, ob es von ihm so gewollt war oder ob es ein unwillentlich angeeigneter Schutzmechanismus war.

»Danke.« Mehr sagte er dazu nicht.

»Niklas meint, er will die Einstandsrede hinter sich bringen, und wir sollen ihm dabei zur Seite stehen.«

Tobias wusch sich die Hände und trocknete sie an einem Küchenhandtuch ab.

»Na dann. Raus auf die Showbühne. Ich hoffe, er gewöhnt sich schnell dran. Smalltalk mit den Gästen hatte mein Chef in München extrem gut drauf, das hat viel gebracht.« Ohne noch einen Blick in den Spiegel im Flur zu werfen, ging er mit Freya nach draußen.

Jonas hätte sich angeschaut, dachte sie unwillkürlich. Es war wohl besser, die beiden nicht zu vergleichen.

Niklas sprach mit einer Natürlichkeit zu den zahlreichen Gästen, als würde er mit ein paar Freunden reden. Falls er aufgeregt war, ließ er es sich nicht anmerken. Schlummerte ein unerkanntes Unterhaltungstalent in ihrem Bruder? Stolz hörte Freya ihm zu.

»Der überraschende Tod meines Vaters hat die Familie schwer getroffen«, sagte er geradeheraus. »Eine Zeitlang wussten wir nicht, wie es mit dem *Fischerfleck* weitergehen sollte. Umso glücklicher macht es mich, heute ein neues Kapitel für uns aufzuschlagen. Meine Schwester Freya ist aus Schweden zurückgekehrt und wird mit mir zusammen das Lokal leiten. Vervollständigt wird das Führungsteam von Tobias Wolf, meinem Freund aus Kindertagen, der sich in München seine Sporen als Sternekoch verdient hat. Herzlichen Dank an Marlene Siebert, unsere Cousine Lena, die mit vollem Einsatz bei der Renovierung geholfen hat. Und der das glücklicherweise so gut gefallen hat, dass sie uns auch weiterhin im Service unterstützen wird. Ihr seht also, mehr denn je ist der *Fischerfleck* ein Familienunternehmen. Wir werden vieles neu und anders machen als in der Vergangenheit, aber wir werden immer ein Ort bleiben, an dem Besucher wie Einheimische mit Herzlichkeit bewirtet werden.«

Nachdem alle darauf ihre Gläser erhoben, getrunken und applaudiert hatten, mischte Niklas sich unter die Feiernden. Freya beobachtete ihren Bruder aus der Entfernung. Er erweckte den Anschein, als hätte er nie etwas anderes als lockeren Smalltalk gemacht. Konnte er so entspannt sein, weil es endlich weiterging? Weil sie nicht ihr Dach über dem Kopf an die Bank verloren, sondern durchstarteten?

Finanziell hatte sich Freya völlig verausgabt. Sie hatten keinerlei Spielraum mehr und könnten keine weitere Durststrecke überstehen. Das Lokal musste laufen.

»Deine Ansprache war toll«, sagte sie zu ihm, als sie sich später in der Küche trafen.

»Danke. Ich brauche eine kurze Verschnaufpause. Dieses ständige Reden macht mich ganz fertig.«

Freya lachte. »Echt? Das würde niemand vermuten.«

»Ich bin total erschöpft. Die Anspannung, ob auch alles funktioniert, die Angst vor Pannen … Ich habe das Gefühl, seit Tagen unter Strom zu stehen.«

»Das geht mir nicht anders.« Sie goss ihm ein Glas Wasser ein, das er dankbar in großen Schlucken trank.

»Die Gäste sind begeistert. Klar, wir haben nicht übermäßig viel Personal, aber die neuen Servicekräfte unter Lenas Leitung machen ihre Sache gut. Ich habe noch kein

Geschirr kaputtgehen hören.« Sie zwinkerte ihm zu. »Und für die kommende Woche sind wir ausgebucht.«

»Gut. Sehr gut. Also, dann stürzen wir uns wieder ins Getümmel.« Eigentlich hatte Freya ihren Bruder rasch drücken wollen, aber da war er schon weg.

Auf dem Tresen der Loungebar war das Buffet mit den Häppchen angerichtet. Freya kontrollierte kurz, ob noch alles gut gefüllt war. Dann erspähte sie den Pfarrer, der alleine auf dem Steg stand, über das Wasser blickte, und gesellte sich zu ihm. Die Sonne ging gerade unter. Hinter ihnen beleuchteten Lampions den Garten, und am dunkler werdenden Himmel zeigte sich der Mond.

»Schön, wie er sich im See spiegelt«, sagte Freya leise, um Pfarrer Talhofer nicht zu erschrecken. Als Kind war er ihr immer wahnsinnig betagt vorgekommen. Dass er im Alter ihrer Eltern sein musste, wurde ihr erst jetzt bewusst.

»Wie bitte?« Verwundert drehte er sich zu ihr um.

»Der Mond. Spiegelt sich im Wasser.«

»Ja. Sieht malerisch aus, nicht wahr?« Er wirkte, als wäre er mit seinen Gedanken meilenweit weg gewesen und würde nur schwer zurück in die Realität finden.

»Sehr friedlich«, stimmte sie ihm zu. »Ein perfekter Sommerabend. Besser hätten wir es uns für die Eröffnung nicht wünschen können. Es freut mich, dass Sie gekommen sind, Herr Pfarrer. Darf ich Ihnen noch etwas zu trinken bringen?«

Er sah auf das leere Glas in seiner Hand. »Nein, danke.«

Dann blickte er wieder auf den See hinaus. »Ich war ewig nicht mehr hier«, murmelte er. »Mindestens zehn Jahre. Dein Vater mochte mich nicht. Er hat mir Hausverbot erteilt.«

Oft störte es Freya nicht, wenn die Leute, die sie von früher kannten, einfach du sagten. Bei Pfarrer Talhofer empfand sie es als unangemessen und auch irgendwie unangenehm. Er war nie ein Freund der Familie gewesen, und sie hatte als Kind keinen engeren Kontakt zu ihm gehabt. Es wäre ihr lieber, wenn er sie siezen würde.

Aber sie ließ sich nichts anmerken und ergriff spontan die Gelegenheit, etwas von früher zu erfahren.

»Weshalb? Haben Sie sich gestritten?«

»Nicht jeder kann damit umgehen, die gerechte Wahrheit zu hören.«

»Was meinen Sie?«

Er blinzelte und heftete seinen Blick auf Freya. Wässrige Augen musterten sie hinter dicken Brillengläsern. »Dein Vater hat mich beschuldigt, eine Hexenjagd zu betreiben. Mich! Wo doch jeder weiß, dass ich ein Vertreter der modernen Kirche bin. Alles, was ich gesagt habe, hat der Wahrheit entsprochen. Und ich sage es heute wie damals: Unrecht kann nur geschehen, wo das Böse am Werk ist! Das musst du doch selber am besten wissen, Kind.«

»Sie sprechen von Rosalie.« Die altvertraute und ebenso verhasste Beklemmung ergriff Besitz von Freya. Ihre Finger begannen zu zittern. Sie konnte nichts dagegen tun, außer sie in die Taschen ihres Rocks zu schieben und zu hoffen, dass der Pfarrer es nicht bemerkte. »Wissen Sie, was damals geschehen ist? Können Sie es mir sagen? Bitte!«

»Du warst doch dabei, als sie starb. Warum erzählst du es mir nicht? Gott verzeiht alle Sünden, wenn man aufrichtig bereut.«

»Welche Sünden? Ich kann mich an nichts erinnern.«

»Wie bequem.«

»Sie müssen es mir sagen.«

Er spähte in Richtung der Party. Fröhliches Lachen schallte zu ihnen herüber. »Ich weiß von nichts.« Damit ließ er sie stehen und ging einfach davon.

Freya atmete schwer. Da stand sie – weit weg von den feiernden Menschen. Abseits in der Dämmerung, die zusehends dunkler wurde. Wut auf ihre eigene Hilflosigkeit stieg in ihr hoch. Warum kam sie nicht voran? Was bildete sich der Pfarrer eigentlich ein, sie ausgerechnet bei ihrer Feier so anzugehen? Gönnte er ihr keinen Augenblick der Freude? Ihn rauszuschmeißen, wie ihr Vater es seinerzeit getan hatte, erschien ihr plötzlich verlockend. Aber sie kämpfte diesen Impuls und den Unmut nieder. Wenigstens konnte sie sich nun sicher sein, dass Pfarrer Talhofer mehr wusste, als er zugab. Und Freya war wild entschlossen herauszufinden, was es war. Nicht heute und nicht morgen, aber sehr bald.

Nämlich am darauffolgenden Sonntag. Nach einer spektakulär vollen ersten Woche hätte Freya zwar lieber ausgeschlafen, aber sie stand auf und ging in die Kirche.

Leider fand der Gottesdienst nicht in der schönen Sankt-Jakob-Kirche statt, sondern in Sankt Ulrich, dem neuen Gotteshaus, spartanisch-modern in den 1950er Jahren erbaut. Gestühl wie Ausstattung waren derart schlicht, dass es Freya nach fünf Minuten langweilig wurde. Woran konnte sie sich mit dem Blick festhalten, um nicht einzunicken, während Pfarrer Talhofer vorne vom Sündenfall im Paradies predigte? In den alten Kirchen gab es in jedem Winkel etwas zu entdecken, sei es ein hinter Stuckschnörkeln versteckter

Puttenengel oder ein grausiges Detail auf einem Kreuzweg-bild. Sankt Ulrich hatte rein gar nichts zu bieten, und der Gottesdienst zog sich in die Länge.

Als er schließlich vorüber war, blieben lediglich drei Frau-en, um auf die Abnahme der Beichte zu warten. Zwei davon waren steinalte Mütterchen mit Kopftüchern, die beide nur ein paar Minuten brauchten, um ihre Sünden zu bekennen. Freya fragte sich, was sie wohl angestellt haben könnten, das Buße notwendig machte, konnte sich aber beim besten Willen nichts vorstellen. Hinterher setzten sich die beiden nebeneinander in eine Bankreihe und vertieften sich in ihre Rosenkranzgebete. Wahrscheinlich zählte in erster Linie das meditative Erlebnis der inneren Einkehr. Aber dann war da noch die dritte Person. Frau Hirschberg. In edle Tracht gekleidet rauschte sie mit einem knappen Kopfnicken an Freya vorbei ins Beichtzimmer. Sie brauchte deutlich länger als die beiden alten Damen. Verständlich. Freya schmunzel-te innerlich und harrte weiterhin geduldig aus.

Falls sich der Pfarrer über Freyas Auftauchen wunderte, ließ er es sich nicht anmerken. Er blickte sie auffordernd an, als sie an der Reihe war, und schien auf die üblichen Einstiegsfloskeln zu warten. Da musste sie ihn enttäuschen.

»Ich würde gerne ungestört mit Ihnen sprechen. Nur für ein paar Minuten, wenn Sie erlauben.«

Seine schütteren grauen Löckchen klebten auf der ver-schwitzten Stirn. »Diese Zeit ist für das heilige Sakrament der Beichte reserviert.«

»Außer mir ist niemand mehr hier.«

»Also gut. Was willst du?« Er seufzte. »Ich kann es mir eh denken …«

Auch Freya wurde es warm in dem stickigen kleinen Raum, deshalb kam sie direkt und ohne Umschweife auf den Punkt. »Als meine Freundin Rosalie im Walchensee ertrunken ist, war ich acht Jahre alt. Leider erinnere ich mich nicht an den genauen Hergang, weil ich an diesem Tag eine Kopfverletzung erlitten habe. Oder vielleicht hat auch der Schock alles ausgelöscht. Was ich aber nie vergessen werde, ist wie nach dem Unglück mit mir und meiner Familie umgesprungen wurde. Als wäre ich eine Verbrecherin. Wissen Sie eigentlich, was es mit einem kleinen Mädchen macht, wenn die Leute mit dem Finger auf es zeigen? Meine Mutter hat es nicht ertragen.«

»Ich verstehe, dass es für euch beide besser war, Walchensee zu verlassen.«

»Ach wirklich? Ich verstehe das nämlich nicht. Was habe ich denn Schreckliches getan, um diese Ächtung zu verdienen?«

Kleine Schweißperlen traten auf die Stirn des Pfarrers. Und Freya merkte, wie sich auch in ihrem Nacken Tröpfchen sammelten. Es war eindeutig zu heiß. Tapfer starrte sie ihn weiter ungerührt an, blinzelte nicht einmal. Bis er endlich einknickte. Pfarrer Talhofer zog ein Stofftaschentuch aus seiner Soutane und wischte sich damit übers Gesicht.

»In Ordnung. Reden wir. Aber lass uns hinausgehen, hier drin komme ich um vor Hitze.«

Dagegen hatte sie nichts einzuwenden. Der Überstand des steilen Walmdachs ragte seitlich kaum über die Gebäudemauern hinaus und spendete wenig Schatten. Man hatte sich beim Bau des neuen Gotteshauses am Klösterl orientiert, das seit mehr als dreihundert Jahren am gegenüberliegenden Seeufer auf Zwergern stand. Um die religiöse Zusammengehörigkeit zu betonen, waren sogar die Kirchenglocken ausgelagert worden und befanden sich in einem eigens gebauten Häuschen in der Nähe des Klösterls. Beim sonntäglichen Zusammenläuten bimmelte es deshalb von der Halbinsel, auch wenn der Gottesdienst in Sankt Ulrich stattfand. Diesen Umstand hatte Freya früher schon äußerst eigenartig gefunden, und keiner der Erwachsenen hatte ihr den tieferen Sinn dahinter erklären können. Mittlerweile war sie der Meinung, es musste sich schlicht und einfach um eine Extravaganz des damaligen Architekten handeln. Pfarrer Talhofer führte sie zu einer Bank an der sonnenabgewandten Seite des Gebäudes und beide atmeten erleichtert durch, als eine leichte Brise aufkam.

»Rosalie war meine beste Freundin«, sagte Freya. »Wir haben fast jeden Nachmittag zusammen gespielt. Ihre Eltern waren bei der Arbeit, und wir hatten eben das Wirtshaus daheim, so war immer jemand da. Im Sommer sind wir oft im See baden gegangen, daran kann ich mich noch gut erinnern. Meine Eltern, insbesondere Mama, haben mir in den Jahren nach dem Unglück immer versichert, dass es nicht meine Schuld gewesen ist, dass Rosalie ertrunken ist. Aber irgendwann habe ich mich angefangen zu fragen, warum diese ständigen Beteuerungen notwendig waren. Und weshalb ich mich an nichts erinnern kann.«

Insgeheim schwor sich Freya, jeden Sonntag zum Gottesdienst zu erscheinen, sollte der Pfarrer endlich Licht ins Dunkel ihrer Vergangenheit bringen.

Er senkte den Blick. »Meine Informationen sind nicht aus erster Hand, ich kann nur wiedergeben, was ich von anderen gehört habe. Anscheinend ist kein Erwachsener dabei gewesen, als ihr Mädchen beschlossen hattet, baden zu gehen. Das war das Problem. Ihr konntet nicht sicher schwimmen und habt euch überschätzt. Und aus irgendeinem Grund habt ihr euch wohl gezankt. Du musstest hinterher ins Krankenhaus wegen der Kopfverletzung, die du gerade erwähnt hast, und Rosalie hat es nicht geschafft. So was führt zwangsläufig zu Mutmaßungen.«

»Zu welchen? Dass ich meine Freundin umgebracht habe?« Freyas Stimme klang schrill. »Hat man das rumerzählt? Seid ihr denn alle wahnsinnig?«

»Nun ja, so was soll schon vorgekommen sein. Jähzornige Blagen, die kein Ende kennen, bis sich einer nicht mehr bewegt. Bereits bei Kain und …«

»Wagen Sie es nicht, damit anzufangen!« Entrüstet sprang Freya auf. »Wie gestört muss man eigentlich sein, um Kindern Derartiges zu unterstellen? Es war ein Unfall! Rosalie ist wahrscheinlich zu tief ins Wasser gegangen und hat den Halt unter den Füßen verloren. Und ich bin vermutlich gegen einen Felsen gestürzt.«

»Wenn du's eh weißt, warum fragst du mich dann?«

»Weil da noch etwas sein muss! Und weil ich endlich wissen will, was wirklich passiert ist!« Das lag zwar noch immer im Dunkel, aber zumindest wusste Freya jetzt, dass die Leute im Dorf ihr Rosalies Tod tatsächlich angelastet hatten. Die bösen Blicke und Tuscheleien waren der abstrusen Verdächtigung geschuldet und hatten ihre Mutter dazu veranlasst, Freya vor den giftigen Auswirkungen der üblen Nachrede zu schützen und wegzuziehen. Aber auch das ewige Unfall-Mantra hatte nicht geholfen. Freya musste die Wahrheit herausfinden, wenn sie jemals ihren Frieden mit sich selbst machen wollte.

»Ihr solltet euch alle schämen. Diese Engstirnigkeit im Dorf ist zum Kotzen!« Mit schmerzhaftem Griff packte sie der Pfarrer am Handgelenk, um sie am Gehen zu hindern.

»Mit den Leuten darf man es sich nicht verscherzen«, behauptete er vehement. »Selbst wenn sich im Nachhinein herausstellt, dass die Gerüchte falsch waren. Obwohl, ein bisserl was ist meistens dran.«

Seine beschwichtigenden Floskeln konnte der Geistliche für sich behalten. Verärgert riss sich Freya los und stapfte davon.

Schwer atmend, weil sie heftig in die Pedale ihres Fahrrads getreten hatte, kam sie am *Fischerfleck* an.

Niklas war dabei, hinter dem Haus die Netze zum Trocknen aufzuhängen. Er merkte seiner Schwester sofort die Aufregung an. »Was ist denn passiert?«

»Ich hasse es hier! Ich hasse diesen verdammten Ort mitsamt dem See und diesen scheußlichen Menschen, die einen auf rechtschaffen machen und in Wirklichkeit mies und hinterhältig sind!«

»Oje, das klingt nach einer handfesten Krise. Mit wem hast du dich gestritten? Mit Jonas Hirschberg?«

»Mit Pfarrer Talhofer.«

Niklas stieß einen kurzen Pfiff aus, ließ das Netz zu Boden gleiten und stemmte die Hände in die Hüfte. »Noch schlimmer. Aus dem Mund dieses scheinheiligen Frömmlers ist bisher nie was Gescheites gekommen. Der tut immer ganz volksnah, schleimt sich aber in Wirklichkeit nur bei alleinstehenden Kirchgängerinnen ein. Vorzugsweise bei denen, wo was zu erben ist. Und besonders gern lässt er sich von betagten Damen zum Essen einladen. Deswegen hat Papa ihn vor langer Zeit rausgeschmissen. Weil er dem alten Erbschleicher das nicht durchgehen lassen wollte. Obwohl unser Vater gute Absichten hatte, hat er sich damit im Ort keinen Gefallen getan. Die Leute sind nämlich gleich solidarisch auch weggeblieben. Das war dann das Ende vom Kartenstammtisch im *Fischerfleck*. Den lieben Herrn Pfarrer brüskiert man eben nicht. Na ja, Schnee von gestern. Dass der Talhofer zur Einweihung erschienen ist, werte ich als Friedensangebot. Dass er dich kurz danach auf die Palme bringt, wiederum nicht. Was ist vorgefallen?«

Mit einem Mal fühlte sich Freya unsicher auf den Beinen, so als wären ihre Knie aus Gummi. Die Anspannung fiel von ihr ab, und die stramme Fahrt auf dem Rad machte sich bemerkbar. Sie ließ sich auf einen der beiden bequemen Sitzsäcke plumpsen, die sie zur Einweihung geschenkt bekommen hatten.

»Du weißt, dass du da nie wieder alleine hochkommst?«, scherzte Niklas.

Im Moment war Freya das egal. Die Anwesenheit ihres Bruders, das Heimkommen zu ihm und die Möglichkeit, offen mit ihm zu reden, empfand sie als wunderbar tröstlich. Wortlos wies sie auf den zweiten Sack. Mit einem schicksalsergebenen Seufzen schob Niklas ihn direkt neben den von Freya und ließ sich ebenfalls fallen. Sofort sank er tief ein. Schulter an Schulter saßen sie, zunächst noch etwas verkrampft auf dem ungewohnten Möbel, doch dann lehnten sie ihre Köpfe ins Polster und entspannten sich. Freya ergab sich dem mit unzähligen Styroporkügelchen gefüllten Sack, ließ zu, dass er sich anschmiegte, sie stützte und umfing.

»Erstaunlich bequem«, murmelte Niklas. »Schieß los.«

»Der Pfarrer behauptet, es wäre seinerzeit rumerzählt worden, dass Rosalie und ich gezankt hätten. Also richtig körperlich gerauft, verstehst du? Und dass ich sie umgebracht hätte.«

Niklas wollte hochfahren, aber das knautschige Sitzmöbel gestattete es nicht. »Hat er das so ausgedrückt?«

»Ziemlich klar angedeutet.«

»Dieser ...« Wahrscheinlich ließ Niklas lediglich sein letzter Rest Respekt vor der geistlichen Instanz das Schimpfwort verschlucken, das er eigentlich hatte aussprechen wollen.

»Du weißt, dass das nicht stimmt.«

Freya rollte die Augen gen Himmel. »Tue ich das?«

»Es gab eine Untersuchung, die eindeutig einen Unfall bestätigt hat.«

»Wir drehen uns im Kreis, Niklas. Immer und immer wieder reden wir uns das ein, womit wir am leichtesten leben können. Aber vielleicht müssen wir der Möglichkeit ins Auge sehen, dass ich nicht das kleine brave Mädchen war, sondern ...« Sie brach ab und blinzelte widerwillig aufsteigende Tränen weg. »Weißt du, jedes Mal, wenn ich diesem Ort eine zweite Chance geben will, schlägt er mir mit voller Wucht ins Gesicht. Wie kann ich hierbleiben und hier leben, solange diese ungeheuerliche Anschuldigung im Raum steht? So was verjährt nicht. Vielleicht hätte ich nicht zurückkommen sollen.«

Niklas nahm die Hand seiner Schwester. »Möglicherweise war aber gerade das längst überfällig.«

Freya

Am Rande des *Fischerfleck*-Grundstücks, dort, wo es an Onkel Georgs Wiese grenzte, stand das Häuschen, in dem bereits Freyas und Niklas' Großvater seine Fischaufzucht betrieben hatte, und nach ihm Johannes Siebert zusammen mit seinem Bruder. Onkel Georg hatte vor Jahren aus Zeitgründen damit aufgehört und Niklas war damals für ihn eingesprungen. Seit dem Tod des Vaters fiel ihm nun allein die Aufgabe zu, für die Nachzucht zu sorgen. Das machte ihm nichts aus, wie er seiner Schwester gegenüber betonte. Im Bruthaus konnte er prima nachdenken und zur Ruhe kommen. Allerdings brauchte er bei den wachsenden Aufgaben Unterstützung. Die beschauliche Zeit war vorüber, es wurde betriebsam. Natürlich waren die Sieberts nicht die einzigen Berufsfischer am Walchensee. Insgesamt vier Familien besaßen die Fischrechte und waren seit den 1930er Jahren in einer Zwangsgenossenschaft organisiert. Gemeinsam trugen sie die Verantwortung für den Fischbesatz im See. Die Kosten dafür wurden durch die Einnahmen aus dem Verkauf der Angelerlaubnisscheine weitestgehend gedeckt. Es war ein immerwährender Kreislauf, der bedient werden musste, damit alles im Gleichgewicht blieb. Um den großen Bedarf an Renken zu decken, wurden im späten Frühling Hunderttausende davon eingesetzt, die zuvor in den Fischzuchtanstalten der Gegend aufgepäppelt worden waren.

Anders verhielt es sich mit den Forellen. Im Herbst fingen die Berufsfischer die Laichfische direkt aus dem See und streiften die Eier ab. Während die drei anderen Familien diese anschließend in die Zuchtanstalten gaben, erbrüteten die Sieberts ihre Seeforellen selbst.

Das war zeitaufwendig und eine delikate Angelegenheit, die keine Fehler und Pannen vertrug. Freya verstand, dass Niklas auch aus diesem Grund bereits vor der Neueröffnung des Gasthofs händeringend Personal gesucht hatte und seitdem noch umso dringender. Die Fischerei gehörte nicht gerade zu den begehrtesten Ausbildungsberufen. Frühes Aufstehen, bei Wind und Wetter hinaus auf den See fahren und immer zumindest nasse Hände, wenn es schlecht lief, auch noch nasse Füße haben, stand bei jungen Leuten nicht hoch im Kurs.

»Die Bewerbungen könnten zahlreicher sein«, sagte er lakonisch zu Freya.

»Wie viele haben sich denn auf unsere Annonce hin gemeldet?«

»Zwei. Davon ein Mädchen.«

»Warum sagst du das so komisch?«

Sie standen nebeneinander vor einem runden Becken im Bruthaus. Für den Fall, dass Niklas mal ausfiel, sollte Freya lernen, was zu tun war.

»Na, weil ich auf Fachpersonal gehofft hatte. Aber das Mädel ist achtzehn und der Bub erst sechzehn. Das heißt, beide müssten eine Ausbildung zum Fischwirt machen. Die können noch gar nix.«

Sie grinste ihn an. »Und ich habe befürchtet, du hast Vorbehalte gegen Frauen in der Fischerei.«

»Mitnichten. Am liebsten wär mir eine, die sich schon auskennt. Aber die scheint es weder auf dem Arbeitsmarkt noch in meiner Familie zu geben.« Er hob vielsagend die Augenbrauen und schob dabei die Ärmel seines Shirts bis an die Ellenbogen. »Also lass uns anfangen, damit wir an diesem Zustand was ändern.«

Auch im Sommer war es im Bruthaus kühl. Freya dachte nicht daran, ebenfalls die Ärmel hochzukrempeln, im Gegenteil, sie zog ihre Strickjacke über dem T-Shirt enger zusammen. Ehrlicherweise brannte sie nicht gerade darauf, sich in der Fischzucht zu engagieren, aber die gehörte nun mal auch zu ihrem neuen Leben. Hier stand sie also jetzt inmitten von Becken und Wannen, Futterpellets, Schläuchen und anderen Gerätschaften, die allesamt ein mehr oder weniger dezentes Fischaroma verströmten.

Die vergangenen Tage hatte Freya ausschließlich am *Fischerfleck* verbracht. Nach dem Gespräch mit Pfarrer Talhofer musste sie erst einmal das Gehörte verdauen und einen Umgang mit seiner abscheulichen Theorie finden. Sie rief sich selber zur Räson. Es war ja nicht so, dass sie auf offener Straße beschimpft wurde. Vermutlich bildete sie sich das nur ein – wer sollte nach zwanzig Jahren überhaupt noch ein Interesse an ihr haben? Freya war hin und her gerissen. Mal hatte ihr klarer Verstand die Oberhand, dann wieder war sie erfüllt von Unsicherheit und Angst. Selbst wenn ein Gutteil ihres Problems nur in ihrem Kopf existierte und jeglicher Realität entbehrte, musste sie die Sache aufklären. Nur so würde sie frei sein können.

»Was wir hier züchten, sind Salmoniden«, legte Niklas los und forderte die Aufmerksamkeit seiner Schwester. »Saibling, Renke, Seeforelle. Wobei wir hauptsächlich Forellen aufziehen. Aber nicht nur.«

Freya klopfte mit der Fingerspitze leicht gegen eine große, umgekehrt aufgestellte Glasflasche, die an einen Schlauch angeschlossen war.

»Nicht!« Niklas' panische Stimme ließ sie schuldbewusst innehalten. »Das ist ein Zugerglas. Da sind megaempfindliche Fischeier drin.«

»Tut mir leid.«

Niklas hatte sich schnell gefangen. »Ist benannt nach der Stadt in der Schweiz. Ein Fachausdruck.«

Er schob Freya ein Stück weiter. Die kühle Luft roch nass und fischig und erinnerte sie mit jedem Atemzug an ihre Kindheit.

»Hier, Station eins. Wenn die Eier abgestreift sind – also aus dem Fischweibchen raus sind – dann werden sie in dieser Wanne befruchtet. Und damit auch aus möglichst vielen Eiern was wird, verrühren wir die Milch, also das Fischsperma, vorsichtig hiermit.« Er hielt ihr eine lange weiße Schwanenfeder vors Gesicht, die Freya auf keinen Fall anfassen würde.

»Danach haben wir zwei Möglichkeiten«, fuhr er fort und ignorierte ihren Ekel. »Entweder die Zugergläser, siehst du? Von unten wird Wasser hineingespült, dabei dürfen sich die Eier in den ersten Tagen um Himmels willen nicht bewegen. Deswegen«, er machte eine künstlerische Pause, »runter mit dem Wasserdruck.«

»Die hier liegen aber nicht still.«

»Gut beobachtet. Schau, die dunklen Punkte in den Eiern sind die Augen der Babyfische. Wenn man die erkennt, wird der Druck wieder vorsichtig erhöht, damit sie ständig mit Frischwasser umspült werden und sich kein Pilz bildet. Der ist nämlich unser Feind Nummer eins in den Gläsern. Wie ein Krake klammert er sich an den Eiern fest und macht sie kaputt.« Mit dramatisch aufgerissenen Augen untermalte er seine Worte.

»Du bist pädagogisch herausragend, Niklas. Wenn du das deinen Azubis auch so erklärst, lernen die sicher schnell.«

»Sobald die Brut geschlüpft ist, schwimmen die Eierschalen nach oben und werden aus dem Glas gespült und die Jungfische ernähren sich eine Weile von ihrem Dottersack.«

»Du bist ja ein richtiger Fischpapa?«

»Und du nimmst die Sache wohl gar nicht ernst, Freya! Solltest du aber. Falls ich mal ausfalle, trägt nämlich die Fischmama die volle Verantwortung.«

»Ich?«

»Korrekt.« Niklas grinste und zog sie mit sich zu einer langen Wanne, die parallel zu einer Wand aufgestellt war. »Das ist die zweite Kinderstube. Man nennt das eine Brutrinne, die ist praktischer als die Gläser. Schau, hier auf diesen Einsätzen liegen die Eier und werden sanft umspült.«

»Warum sind manche heller?«

»Das sind die abgestorbenen.« Niklas griff nach einer Pipette, mit der er eines der Kügelchen ansaugte. »Die entfernen wir hiermit. Probier du es mal.« Er hielt ihr das Instrument hin und Freya gab sich Mühe, ebenso vorsichtig zu sein wie ihr Bruder.

»Gut«, lobte er. »Das klappt.«

»Was ist mit den runden Becken?«, wollte Freya wissen.

»In denen sind die schon etwas älteren Fische. Nach Größen sortiert. Die hier setze ich im Oktober in den See.« Er nahm sich einen Becher mit Fischfutter und ließ ein paar Körner ins Wasser rieseln. Sofort kamen zahlreiche kleine Forellen angeschwommen und schnappten danach.

Freya hatte noch viele Fragen, aber da klingelte das Handy in ihrer Jeanstasche.

»Das ist Jonas«, erklärte sie entschuldigend nach einem Blick aufs Display. Niklas rollte mit den Augen.

»Ich gehe kurz raus zum Telefonieren.«

»Aber bitte beeil dich. Wir müssen gleich mit dem Ausliefern anfangen.«

Hinter dem Haus pumpte ein Motor Tag und Nacht frisches Seewasser in die Becken, was für die Fische lebenswichtig war. Freya entfernte sich ein paar Schritte weg vom Pumpengeräusch und stellte sich in den Schatten der Heckenrose, die auf der Grenze zu Onkel Georgs Wiese wuchs. Fast alle der weißen Blüten waren schon verwelkt.

»Hallo, Freya, wie geht es dir? Stimmt was nicht?«, fragte Jonas.

»Wie kommst du darauf?«

»Weil ich ständig anrufe und du nie abhebst.«

Freya streckte die Hand nach einer der letzten vollen Blüten aus und streichelte sie zart. »Das war keine Absicht. Bei der Arbeit trage ich mein Handy nicht bei mir. Und es war ziemlich viel los.«

»Ach ja?« Seine Stimme klang verändert. War er enttäuscht? Oder etwas missgünstig? »Also läuft der neue *Fischerfleck* gut an?«

»Besser als erhofft. Wir freuen uns sehr. Aber deswegen habe ich eben wenig Zeit.«

»Vielleicht schaue ich mal vorbei, dann könntest du mir alles zeigen.«

»Die Gelegenheit dazu hättest du bei der Eröffnungsparty gehabt. Aber deine ganze Familie hat ja die Einladung nicht angenommen. Weißt du, dieser Familienfehdenquatsch ist absolut lächerlich. Wir sind hier kein bayerischer Ableger des Paten. Es hätte sich schon gehört, dass wenigstens einer von euch auftaucht – natürlich nur, wenn den Hirschbergs auch nur ein Hauch daran liegt, dass wir miteinander auskommen.« Freya redete sich in Rage, aber er durfte ruhig merken, wie dumm sie dieses Verhalten fand.

Nach einer kurzen Stille sagte Jonas. »Es tut mir leid, dass ich nicht gekommen bin.«

Wie? Das war alles? Nicht gerade überzeugend.

»Ich mache es wieder gut. Was hältst du von einem Ausflug mit Picknick? Ich könnte von unserer Hotelküche einen Korb zusammenstellen lassen mit Erdbeeren, Champagner und allem, was du möchtest. Wie wäre es mit morgen?«

Ernsthaft? Mit einem Date sollte alles wieder gut sein? Noch dazu mit einem, bei dem er sich selber keinerlei Mühe gab, sondern die Arbeit an die Hotelangestellten delegierte? Falls Jonas dachte, Freya damit beeindrucken zu können, täuschte er sich. Von einem erwachsenen Mann erwartete sie mehr. Zum Beispiel, dass er seine eigenen Entscheidungen traf. Und zu ihnen stand.

Die Tür des Bruthauses ging auf, Niklas kam heraus und schloss sie mit hörbarem Nachdruck.

»Du, ich kann gerade schlecht telefonieren. Ich melde

mich wieder.« Sie beendete das Gespräch und folgte ihrem Bruder. Mittlerweile war sie nicht mehr sicher, ob Jonas tatsächlich an ihr interessiert war oder nur die Konkurrenz nicht aus den Augen lassen wollte. Würde sie ihm wirklich etwas bedeuten, wäre er zur Einweihung erschienen. Niklas und Tobias hatten gemeint, dass die Hirschbergs das wohl unterbunden hätten und dass Jonas immer tat, was seine Eltern wollten. Aber auch noch mit dreißig Jahren? Schwer vorstellbar. Aber da er ihr keinen Grund für seine Abwesenheit genannt hatte, lagen Niklas und Tobias womöglich richtig, immerhin kannten die beiden Jonas und seine Eltern weit besser als Freya.

Dennoch verurteilte Freya Jonas nicht. Sie sah sich selbst in ihm. Jahrelang hatte sie ihr Leben nach den Bedürfnissen ihrer kranken Mutter ausgerichtet, ohne Fragen zu stellen oder Zeit für sich einzufordern. Wie könnte sie von Jonas erwarten, sich mit einem Mal gegen die Eltern zu stellen, nur um ihr zu gefallen?

Dass ihr Leben bisher fremdbestimmt gewesen war, hatte Freya erst nach und nach gemerkt. Und Jonas' Verhalten führte es ihr wie ein Spiegel vor Augen. Verdankte sie ihre neuen Erkenntnisse am Ende doch Papa und seinem seltsamen Testament?

An den meisten Tagen stand Freya früh auf und machte einen Spaziergang am See. Luft und Landschaft machten ihr den Kopf frei und schenkten Einsichten, vor denen sie sich bisher gescheut hatte. Nie wieder würde sie sich einem anderen Menschen derart unterordnen wie ihrer Mutter, mochte derjenige es noch so gut mit ihr meinen. Und sie hoffte, dass auch Jonas sich eines Tages freischwimmen würde. Allerdings schien er, trotz seines Alters, wirklich arg unter der Fuchtel seiner Eltern zu stehen. Es würde für ihn mehr als nur einen Augenblick des Mutes erfordern, um das zu verändern. Noch immer nachdenklich stieg Freya zu Niklas ins Auto.

»Was wollte er?«

Sie steckte das Handy weg. »Jonas? Sich mit mir treffen.«

»Erlauben das denn Mami und Papi?«

Seufzend zuckte Freya mit den Schultern, da wurde die hintere Autotür aufgerissen und Tobias warf sich auf den Rücksitz.

»Kommst du auch mit?«, fragte sie überrascht.

»Niklas meint, ich soll mir die Runde anschauen, dann könnten wir uns künftig abwechseln.« Er trug Jeans und ein schlichtes T-Shirt dazu, duftete nach frischem Brot, das er offensichtlich soeben aus dem Ofen geholt hatte, und machte einen entspannten Eindruck. Das konnte Freya auch.

Sie fuhren zu den Hoteliers und Gastronomen, die bei Niklas Fisch bestellt hatten. Und auch zu ein paar Privatleuten. Vorrangig solche, die recht betucht waren, hier einen Zweitwohnsitz besaßen, das Wochenende am See verbrachten und Gäste empfingen.

»Machen Sie auch Catering?«, fragte gleich der Erste, ein Herr Doktor Schulze-Braun, ehemaliger Vorstandsvorsitzender irgendeiner Firma aus Ulm, als Freya ihm den neuen Werbeflyer des *Fischerflecks* zusammen mit seinen Räucherforellen überreichte.

»Derzeit noch nicht, aber wir arbeiten daran. Einen stilvollen Cateringservice anzubieten ist eines der Vorhaben, die wir bald noch umsetzen werden.«

Leider hatte sie nur einen kurzen Blick auf das Interieur des Landhauses von Herrn Doktor Schulze-Braun werfen können, aber das, was sie gesehen hatte, war ziemlich aussagekräftig gewesen. Neu erbaut im alpenländischen Stil, mit Holz und traditionellen wie modernen Elementen, hätte sein Haus überall zwischen Kitzbühel und dem Tegernsee stehen können. Es hatte das typische Flair der Zugezogenen, das durch die Kombination von Hirschdekoelementen, drapierten Schaffellen und auf antik gemachten Balken entstand. Freya fand diesen Trend austauschbar. Wenig individuell. Aber er war gefragt. Und wer ihn sich leisten konnte, sparte sicherlich auch nicht, wenn es um die Bewirtung seiner Gäste ging.

»Ehrlich jetzt? Wir planen einen Cateringservice? Hummer auf Bestellung mit hausgemachtem Kartoffelsalat? Das wäre mir neu«, raunte ihr Tobias an der Haustür zu.

Freya wartete, bis sie sich weit genug entfernt hatten, um außer Hörweite zu sein. »Unbedingt.«

»Wir haben doch schon kaum genug Personal für eine vernünftige Bewirtung zu den Stoßzeiten.«

»Die Idee ist trotzdem gut.«

Herr Doktor Schulze-Braun hatte bei Freya einen Funken gezündet. Sie hakte sich bei Tobias unter und redete auf dem Weg zum Wagen nachdrücklich auf ihn ein. »Überleg mal. Zum Beispiel während der Wintersaison, wenn viele Ferienhausbesitzer die Feiertage hier verbringen, wollen die nicht immer essen gehen, sondern auch gern mal daheim bleiben. Aber kochen möchten sie selber nicht. Dann rufen sie uns an, und wir liefern. Oder im Sommer – Gartenpartys, Freunde, die zu Besuch kommen und versorgt werden wollen. Wer hat das beste Essen und ist im Trend? Der *Fischerfleck*.« Freya merkte, dass sie Tobias' Aufmerksamkeit hatte.

Gestikulierend und ohne darüber nachzudenken, stieg Freya mit Tobias hinten ins Auto ein. »Dazu kommt, Vorbestellungen sind planbar. Wir können die Zeit und die Zutaten risikolos kalkulieren.«

»Aber Catering ist nicht nur Lieferservice. Das bedeutet, dass Servierpersonal gebraucht wird«, warf er berechtigterweise ein.

»Stimmt. Auch das ließe sich einteilen. Aber wahrscheinlich wollen die meisten Leute das Essen tatsächlich einfach nur gebracht bekommen. Schön angerichtet und im *Fischerfleck*-Stil.« Tausend weitere Gedanken schossen Freya durch den Kopf. Sie könnten richtiges Marketing betreiben, ein schickes Logo entwerfen, das sich auf Geschirr und Servietten wiederfand ...

»Das sind gute Ideen, Freya«, stimmte Tobias zu. »Trotzdem sollten wir einen Schritt nach dem anderen machen und uns nicht verzetteln. Damit sind schon viele baden gegangen. Ich meine, wir sind noch nicht so weit.«

»Mag sein.« Freya legte eine Hand auf seinen Arm. »Aber das wollte ich Herrn Doktor Schulze-Braun nicht auf die Nase binden. Ist das etwas, was du dir für die Zukunft vorstellen könntest?«

»Schon. Und dazu noch einiges mehr. Zum Beispiel ein Auslieferungsauto mit auffälliger Beschriftung.«

»Ausgezeichnet. Unser Kombi ist ja schon ziemlich betagt.«

Niklas räusperte sich. »Hallo, ihr zwei dahinten! Da habe

ich ja wohl auch noch ein Wörtchen mitzureden, oder? Ihr seid ja abenteuerlich drauf heute.« Er klang amüsiert. Erst jetzt bemerkte Freya, wie eng sie und Tobias die Köpfe zusammengesteckt hatten. Sie waren vollkommen vertieft in ihre Zukunftspläne gewesen. Und weshalb hatte sie sich nicht nach vorne gesetzt, sondern war mit Tobias hinten eingestiegen? Der belustigte Blick ihres Bruders im Rückspiegel sprach Bände.

Ihre nächste Station war ein Gasthof an der Seestraße. Dort wurden die Fische direkt an der Tür vom Koch in Empfang genommen.

»Das sind meine Schwester Freya und unser Kompagnon Tobias«, stellte Niklas die beiden vor. »Kann sein, dass einer von ihnen mal die Auslieferung übernimmt.«

Weiter ging es zu anderen Gaststätten und dann hinüber nach Kochel zum Seehotel *Bellevue*, einer von Niklas' Großabnehmern.

Entlang des Hotels verlief eine Terrasse und bot einen malerischen Blick über den kleineren Kochelsee, der aber nicht ganz so schön war wie der Walchensee, was Freya jedes Mal wieder feststellte. Von dort aus konnten die Gäste dem Ausflugsdampfer beim An- und Ablegen zusehen. Das Seehotel hatte ein nostalgisches 50er-Jahre-Flair. Auch die Lampen auf der Terrasse und ihr Waschbetonbelag stammten noch aus der Zeit. Freya konnte sich gut vorstellen, wie es damals ausgesehen haben musste, als der Tourismus am Kochelsee geboomt hatte und die Damen und Herren in Petticoats und feinen Anzügen zum Tanztee eingetrudelt waren.

Als sie auf der Rückfahrt waren, bekam Niklas einen Anruf.

»Mist, ich muss sofort heim. Hatte ganz vergessen, dass jetzt eine Lieferung für das Bruthaus kommt«, sagte er. »Dabei müssten wir noch rauf ins Berggasthaus. Die brauchen die Fische dringend.«

»Ich übernehme das«, sagten Freya und Tobias gleichzeitig.

»Alles klar. Dann lasse ich euch an der Seilbahn raus. Es ist eh besser, ihr fahrt zu zweit rauf, weil die haben ziemlich viel bestellt.«

Er nahm die Serpentinen zum Walchensee in rasantem Tempo und Freya war erleichtert, als sie endlich an der Gondel aussteigen durfte. In ihrem Bauch grummelte es. Niklas drückte ihr eine Kiste voller Räucherfisch in die Hand, gab Tobias eine mit frischen Renken, sprang wieder in den Wagen und brauste davon.

»Das war ja mal eine Fahrt«, stöhnte Freya.

Gemeinsam bestiegen die beiden die Herzogstandbahn und genossen schweigend den Ausblick auf die umliegenden Gipfel, während es in gemächlichem Tempo bergan ging.

12 Freya

Der Herzogstand hieß ursprünglich Farchenberg. Aber weil die bayerischen Herzöge Wilhelm, Ludwig und Albrecht im sechzehnten Jahrhundert dort nicht nur jagten, sondern sich überhaupt gern in der Gegend aufhielten, bürgerte sich bei der einheimischen Bevölkerung der neue Name ein. Später wurde er ganz offiziell übernommen. Herzogstand klang auch gleich viel romantischer als Farchenberg, fand Freya, in seiner Bedeutung ebenso wie der Wortmelodie. Die Fahrt hinauf auf etwa sechzehnhundert Meter dauerte vier Minuten. Außer Freya und Tobias befanden sich noch einige Wanderer in der Seilbahngondel. Drei Männer und zwei Frauen, die alle gleichermaßen Funktionshosen mit umlaufenden Reißverschlüssen an den Knien trugen, um sie bei Bedarf in Bermudas zu verwandeln. Die obligatorischen Softshelljacken hatten sie aufgrund des warmen Wetters umgebunden. Seitlich in ihren Rucksäcken steckten Wanderstöcke und Trinkflaschen. Alle fünf sprachen bestes Hochdeutsch und Freya nahm an, dass sie von weit nördlich des Weißwurstäquators herkamen. *Preissen* waren das, wie die Bayern andere Deutsche sämtlich bezeichneten, die nicht das Privileg hatten, im Freistaat geboren zu sein. Das war keine abwertende Titulatur, sondern durchaus neutral gemeint, auch wenn natürlich stets ein gewisses Mitleid für alle Nichtbayern mitschwang. Unmittelbar nach dem Aussteigen verharrten Freya und Tobias ebenso wie die anderen Fahrgäste einen Moment lang in andächtiger Würdigung des vollendeten Panoramas.

»Schöner geht's nicht«, flüsterte Tobias, und Freya stimmte ihm nickend zu. Von der Alpenkette im Süden über den Walchensee und den Kochelsee konnten sie den Blick bis ins bayerische Voralpenland in Richtung München schweifen lassen.

Die Ausflüge mit ihrem Vater auf den Herzogstand gehörten zu Freyas liebsten Kindheitserinnerungen. Noch Jahre nach ihrem Umzug nach Stockholm hatte sie vom atemberaubenden Ausblick über die Heimat geträumt. Wann immer sie nach innerer Ruhe gesucht hatte, hatte sie sich vorgestellt, wie sie oben auf dem Hausberg des Walchensees stand und hinunterschaute auf tiefhängende Wolken, die in weißen Wirbeln aus dem Tal zu ihr aufstiegen.

Heute war weit und breit kein Wölkchen zu sehen, und in der klaren Luft zeichneten sich die Alpenkämme exakt vor dem blauen Himmel ab. Kaiserwetter. Freya war einfach nur glücklich. Die Anspannung bei der halsbrecherischen Serpentinenfahrt fiel von ihr ab. Aufgaben, die sie später noch zu erledigen hatte, rückten in weite Ferne. Von hier oben sah die Welt anders aus. Friedlich.

Mit einem Lächeln auf den Lippen trugen sie und Tobias die Fischlieferung hinüber zum Berggasthaus.

Der bayerische Märchenkönig Ludwig II. hatte hier seinerzeit das sogenannte Königshaus errichtet. Denn auch er war bekanntlich einer gewesen, der das Schöne schätzte und er hatte sich oft und gern auf dem Herzogstand aufgehalten. Später hatte man ein Gasthaus angebaut und ebenso eine Unterkunft mit Betten. Leider war die komplette historische Anlage bei einem Brand vor über dreißig Jahren zerstört worden, aber auch die dann neu errichtete Bergwirtschaft war immer gut besucht und sehr beliebt.

»Ah, die Fische! Endlich!«, rief ihnen der Wirt schon von weitem entgegen und hielt die Tür auf.

»Niklas schickt uns«, erklärte Freya. »Er kann leider nicht selber kommen. Ich bin seine Schwester, und das ist unser Freund und Geschäftspartner Tobias Wolf.«

»Karl Hauner. Ich kannte deinen Vater gut. Er ist im Winter, wenn die Fischerei geruht hat und er mehr Zeit hatte, oft raufgekommen. Dann sind wir zusammen Ski gefahren. Und manchmal blieb er über Nacht, weil wir zu viel von meinem selbst gebrannten Schnaps getrunken haben. Und ich glaube sogar, mich an dich als kleines Mädchen zu erinnern. Dich hatte er nämlich meistens dabei, aber das ist schon zwanzig Jahren her oder länger.« Der zierliche Mann mit den Lachfältchen warf einen Blick auf Tobias. Er schien zu überlegen. »Deine Familie wohnt auch unten im Ort, stimmt's?«

Tobias nickte. »Meine Eltern haben ein Haus in der Siedlung hinter der Sparkasse, gleich wenn man den Hang rauffährt.«

»Na, dann kommt mal lieber rein und stellt eure Kisten in die Küche. Wir bereiten gerade einen Hochzeitsempfang vor und die Räucherfische sind ein wesentlicher Teil unseres Menüs.«

Vom Eingang, über dem ein ausladendes Hirschgeweih hing, ging es durch einen Windfang in einen großen Gastraum.

Ein grüner Schüsselkachelofen mit Kuppel obenauf verströmte Gemütlichkeit, und das sogar im Sommer, wo er nicht beheizt war.

An allen Tischen standen die typisch alpenländischen Bauernstühle aus Kiefern- oder Fichtenholz mit einem ausgesägten Herz in der Rückenlehne. Weiße Wände und schnörkellose Deckenbalken passten zum authentischen bayerischen Flair.

An einem Tisch saß eine junge Frau und faltete Servietten zu hübschen Blumen.

Karl Hauner führte die beiden bis in die Küche, und dort stellten sie ihre mitgebrachte Ware ab.

»Ich bin Koch«, sagte Tobias. »Darf ich fragen, was ihr für ein Hochzeitsmenü macht?«

Erfreut über das kollegiale Interesse startete der Bergwirt mit einer ausführlichen Erklärung. Tobias' Gesicht hellte sich auf, als er in Töpfe schnupperte und sogar kosten durfte. Freya beobachtete die fachsimpelnden Küchenchefs, deren ehrliche Begeisterung für ihr Metier sie anrührte.

Schließlich traten sie hinaus auf die große Sonnenterrasse, vor der sich ein geradezu kitschiges Postkartenpanorama vom Karwendel bis zur Zugspitze ausbreitete.

Freya seufzte hörbar. Dunkelgrüne Fichtenwipfel, weit unter ihnen das strahlende Türkis des Sees und in der Ferne graue Bergkämme mit dem ewigen Weiß der Gletscher. Das konnte einen schon mal überwältigen.

Schmunzelnd klopfte ihr Karl Hauner auf die Schulter. Dabei musste sich der kleine, drahtige Mann strecken.

»Setzt euch hin, ich bring euch ein kaltes Tegernseer Hell«, verkündete er mit väterlicher Milde in der Stimme und deutete auf eine Bank an der schattigen Hauswand. Dass er sie duzte, störte überhaupt nicht, im Gegenteil, alles andere hätte sich unpassend gestelzt angefühlt. Freya und Tobias ließen sich nieder, keiner von beiden erwähnte die weiteren Tagespläne. In stummem Einverständnis gönnten sie sich eine Auszeit.

Das Bier war perfekt eingegossen mit einer üppigen Schaumkrone obenauf, und der erste Schluck schmeckte himmlisch.

Nun seufzte auch Tobias, sah Freya an, und beide mussten lachen.

»Schon schöner als in Schweden, oder?«

»Es gibt nur wenige Orte auf der Welt, die mit diesem hier mithalten können.«

»Hm. Sehr diplomatisch. Da hätte ich mir doch einen Hauch mehr bayerischen Patriotismus erhofft.«

Sie mochte Tobis Humor.

»Worüber sich nicht streiten lässt, ist, dass es hier das weltbeste Bier gibt«, lenkte Freya vergnügt ein und hielt ihm ihr Glas hin.

»Darauf stoße ich gern an.«

Im Rücken die kühle Hauswand, vor sich nichts als imposante Weite, genossen sie die Aussicht. Über ihnen im Obergeschoss standen die hölzernen Fensterläden offen, als wollten sie die Bergwelt umarmen. Freya fühlte sich ähnlich überschwänglich.

»Wenn ich von hier oben auf den See hinunterschaue, kann ich mir schon vorstellen, dass an der Geschichte was Wahres dran ist, die Niklas mir früher immer erzählt hat. Aus dieser Entfernung hat er was Magisches«, sagte sie.

»Welche Geschichte meinst du?«

»Die von dem riesigen Ungeheuer, das ganz unten im Walchensee haust. Ein riesiger Waller, der den Kesselberg umschlingt, seinen eigenen Schwanz im Mund hält und schläft.«

Tobias lachte. »Ach, das alte Schauermärchen. Hast du dich gegruselt?«

»Klar. Niklas hat behauptet, wenn man Steine in den See wirft, dann würde der Waller aufwachen, grantig werden und sein Fischmaul öffnen. Und dann würde der Schwanz herausschnellen, den Kesselberg zerschlagen und eine riesige Flutwelle auslösen, die uns alle bis nach München spült.«

»Ja, mit solchen Geschichten kann man Kindern Angst machen.«

»Bei mir hat es auf jeden Fall funktioniert. Du kannst dir sicher sein, dass ich niemals auch nur ein klitzekleines Steinchen in den See geschmissen habe.«

»Braves Mädchen.« Tobias streckte die Arme nach oben und dehnte sich und Freya befürchtete, er wollte aufbrechen. Aber dann verschränkte er die Hände hinter seinem Kopf und lehnte sich wieder gemütlich an. »Hat er dir auch erzählt, warum das Ungeheuer dort liegt?«

»Nein. So weit sind wir nie gekommen. Ich habe mir immer die Ohren zugehalten.«

»Dabei ist das das eigentlich Coole an der Geschichte. Der Riesenwaller soll einen sagenhaften Schatz bewachen, der angeblich im Kesselberg versteckt ist.«

Diese märchenhafte Begründung machte es für Freya verständlich. Schon als Kind hatte sie sich nämlich gefragt, was ein derart großes Tier dazu bringen könnte, sich um·

einen Berg zu wickeln und in seinen eigenen Schwanz zu beißen. Aber wenn es auf einen Schatz aufpasste, ergab das natürlich Sinn.

Tobias streckte auch noch die Beine weit von sich und schloss genießerisch die Augen. »Was sich die Leut' für seltsame Sachen einfallen lassen.«

»Vielleicht wollten sie damals schon vorsorgen und die ganzen Touristen abschrecken, die auf dem See rumpaddeln und überall durch die Berge rennen«, mutmaßte Freya.

»Gesprochen wie ein wahrer Bayer.«

»Du nimmst mich nicht ernst, oder?«

Er blinzelte. »Doch, doch. Meistens jedenfalls.«

Sie lachte und stupste mit ihrer Schulter gegen seine, blieb angelehnt an ihn sitzen und schloss ebenfalls die Augen.

Trotz der Spannungen zwischen ihnen konnte sie mit Tobias rumalbern, lachen oder einfach auch nur schweigen, ohne dass es unangenehm wurde. Seine Gegenwart empfand Freya als besonders und selbstverständlich zugleich.

Zwei weitere Tegernseer Hell später und mit sichtlich sonnengeröteten Gesichtern fuhren sie schließlich mit der Seilbahn wieder ins Tal. Den Heimweg mussten sie zu Fuß antreten, weil Niklas eine Nachricht geschickt hatte, dass er keine Zeit hatte, sie abzuholen.

Kurz überlegte Freya, einen Umweg zu machen, um nicht an Jonas Hirschbergs Surfhütte vorbeigehen zu müssen, doch sie verwarf diesen Gedanken schnell wieder – sie hatte doch nichts zu verbergen.

Wie erwartet erspähte Jonas sie aus dem Fenster und kam heraus.

»Freya!« Er nahm sie in den Arm und drückte sie kurz.

»Das ist schön, dass ich dich heute noch mal sehe.« Tobias nickte er zur Begrüßung beiläufig zu. »Nachdem unser Telefonat so abrupt geendet hat, wollte ich noch mal nachfragen, ob du denn nun morgen Zeit für mich hast.«

»Leider nein.« Sollte sie ihm auch gleich sagen, dass sie überhaupt keine weiteren Treffen mehr mit ihm in Erwägung zog? Nicht, um sich dem Willen ihres Bruders unterzuordnen und alle Hirschbergs zu meiden, sondern weil Freya vorhin oben auf dem Berg etwas beschlossen hatte. Keine lauwarmen Kompromisse mehr! Jonas entfachte kein Feuer in ihrem Herzen, bestenfalls sorgte er dort für ein warmes Gefühl. Das reichte nicht. Sein Leben war dominiert von seinen Eltern – etwas, das Freya kannte, erlebt und hinter sich gelassen hatte. Sie wünschte sich das Gleiche für ihn. Doch den Weg dahin musste er alleine gehen. Er musste es selber wollen, dabei konnte ihm keiner helfen.

»Ich dachte, ihr hättet morgen Ruhetag«, meinte Jonas enttäuscht.

»Schon, aber wir haben für kommende Woche derart viele Vorbestellungen, dass wir alle zusammen helfen müssen, um das zu bewältigen. Da fällt der freie Tag flach.«

»Schade. Gut für euch, wenn es so toll läuft. Ich hätte eh Probleme gehabt, mir freizunehmen, weil wir auch total ausgebucht sind.«

»Na dann passt es ja.« Fiel ihr Lächeln zu erleichtert aus? Oder warum schien Tobias belustigt?

»Was macht ihr beiden eigentlich hier?«, fragte Jonas.

»Wir haben einen Ausflug auf den Herzogstand unternommen und oben viel zu lange in der Sonne gesessen, weil es so gemütlich war«, gab Tobias bereitwillig Auskunft.

»Niklas hat uns gebeten, dem Berggasthof Fische zu liefern«, fügte Freya hinzu.

»Und das hätte der Tobias nicht alleine hingekriegt?«

»Schon«, antwortete der, »aber der Tobias fand es viel netter mit Freya zusammen.«

Jonas runzelte die Stirn. Ohne sein strahlendes Lächeln sah er älter aus und erinnerte Freya an seinen Vater. Es konnte beim besten Willen nicht klappen mit ihnen, nie und nimmer.

»Ich muss wieder rein.« Er küsste Freya auf die Lippen. Überrumpelt von seinem Kuss und etwas verlegen verabschiedete sie sich und schlug zusammen mit Tobias den Heimweg ein.

Während sie schweigend nebeneinanderher liefen und Freya ihren Gedanken nachhing, kamen sie an den Häuschen eines Wikingerdorfes vorbei, das als Filmkulisse gedient hatte und mitten im Ort am Seeufer stand. Es war umgeben von einem hohen Zaun. Obwohl es überhaupt nicht in die Landschaft passte, liebten es die Touristen. Sie kamen in Scharen, um es zu besichtigen, und auch an diesem Tag hatte sich an der Kasse zum Dorfeingang eine lange Schlange gebildet.

»Du hast ihn angelogen. Wir müssen morgen nichts vorbereiten«, bemerkte Tobias nach einer Weile.

Da es keine Frage war, beschloss Freya, diese Bemerkung unkommentiert zu lassen.

Aber Tobias ließ die Sache nicht auf sich beruhen, sondern wollte schließlich direkt wissen: »Was ist mit Jonas? Seid ihr zwei zusammen oder nicht?«

Auf dem schmalen Bürgersteig kamen ihnen Passanten

entgegen, so dass sie hintereinandergehen mussten. Das gab Freya einen Moment, um ihre Gedanken zu ordnen. Eben noch war alles entspannt gewesen, nun konnte es turbulent werden, wenn sie nicht aufpasste.

»Äh. Wir haben uns öfters getroffen und was unternommen, das weißt du doch. Aber wir sind kein Paar.«

»Ein Umstand, den er gern ändern würde.«

Es war ihr unangenehm, mit Tobias darüber zu reden. Sie liefen wieder nebeneinander und als ihnen ein Mann entgegenkam, war Freya so in Gedanken, dass sie ihn nicht bemerkte. Tobias zog sie kurzerhand zu sich, damit sie nicht mit ihm zusammenstieß. Ein belustigtes Grinsen spielte um seine Mundwinkel. Was war los mit ihm? Nach ihrem Flirt in München und den vertrauten Momenten im *Fischerfleck* war er verstimmt gewesen, weil sie sich mit Jonas traf. Plötzlich schien ihm das Ganze nichts auszumachen, im Gegenteil, er amüsierte sich offenbar über die Situation. Das versetzte Freya einen Stich. Und das wiederum ärgerte sie noch mehr.

»Was geht dich das eigentlich an?«, sagte sie spitz. »Warum stellst du mir diese Fragen?«

Auf Höhe des Dorfladens, an der Ecke zur Ringstraße, blieben sie stehen.

»Weil mir der arme Trottel leidtut.«

»Wie bitte?«

»So kenne ich ihn überhaupt nicht. Normalerweise ist Jonas Hirschberg das personifizierte Selbstbewusstsein. Du scheinst ihn mächtig aus dem Konzept zu bringen.« Im Gegensatz zu Freya klang Tobias locker und beiläufig. Was sie noch mehr auf die Palme brachte. Sie musste sich zusammenreißen, um die Hände nicht trotzig in die Hüfte zu stemmen.

»Ach was. Ein Fachmann fürs Zwischenmenschliche? Warum bist du dann Single und nicht in einer glücklichen Beziehung, wenn du so gut Bescheid weißt?«

»Weil ich mich niemals mit einer Frau zufriedengeben würde, die mich derart leidenschaftslos ansieht wie du den Jonas.«

Freya machte einen Schritt auf Tobias zu. »Das ist eine Frechheit. Du hast keine Ahnung, was ich für Jonas empfinde.«

»Recht viel kann es nicht sein. Sonst würde mir dein Mangel an Enthusiasmus nicht dermaßen auffallen. Außerdem hast du ihn angelogen, weil du keine Zeit mit ihm verbringen magst und dich nicht traust, es ihm zu sagen.«

Aufgebracht starrte Freya Tobias an.

Unbeirrt fuhr er fort. »Und nein, ich bin kein Fachmann in Liebesdingen. Aber wenn ich jemanden in mein Leben lasse, dann müssen zwischen uns die Funken sprühen. Bei dir weiten sich nicht mal die Pupillen, wenn er dir nahe kommt. Nicht so wie ...« Abrupt brach er ab und trat einen Schritt von ihr weg. Mit dem Daumen deutete er über seine Schulter. »Ich muss die Ringstraße hoch. Wir sehen uns später bei der Arbeit.«

Sie blickte ihm nach, mittlerweile mehr verwirrt als wütend. Konnte er Gedanken lesen? Was erwartete Tobias Wolf von einer Partnerin? Leidenschaft? Schmetterlinge im Bauch? Hingabe? Kein Wunder, dass er noch niemanden gefunden hatte, bei diesen Ansprüchen. Freya wusste aus eigener Erfahrung, wie unwahrscheinlich es war, jemanden kennenzulernen, der einen derart berührte. Niklas war ein-mal wahnsinnig verliebt gewesen und hatte am Ende gelit-ten wie ein Hund, als die Beziehung in die Brüche gegangen war. Freya hatte natürlich mehrere Beziehungen hinter sich, aber dieses Feuer von dem Tobias sprach, hatte sie selbst noch nie erlebt. Erneut kam ihr das Credo ihrer Mutter in den Sinn, nichts von seinen Mitmenschen zu erwarten, dann könnte man auch nicht enttäuscht werden. Hatte sie das doch verinnerlicht? Verpasste sie darüber womöglich das Aufregendste im Leben? Niklas hatte wenigstens wahr-haftig geliebt, selbst wenn er das Glück nicht hatte halten können. Sie starrte die leere Straße hinunter. Von Tobias war nichts mehr zu sehen. Er hatte eine heftige Reaktion in ihr provoziert. Sollte sie Jonas anrufen und doch ein Tref-fen mit ihm vereinbaren? Aber eigentlich war es nicht seine Gesellschaft, die sie sich wünschte.

13 Niklas

Der Hof von Onkel Georg lag zwischen Walchensee und der Jachenau. Ein malerisches Fleckchen, über das Poeten gedichtet und Sänger gesungen hatten. Bis vor einigen Jahrzehnten schien die Zeit hier noch stillzustehen, mittlerweile hatte der Tourismus sogar diesen Winkel alpiner Idylle erobert. Die Autoschlangen waren sicher länger als der Riesenwaller im See. Andererseits brachten die Besucher viel Geld in eine Region, deren Bewohner sich ihr karges Auskommen vormals lediglich mit harter landwirtschaftlicher Arbeit verdient hatten. Es gab immer zwei Seiten einer Medaille, dachte Niklas. Die Geschwister Siebert fuhren auf einer gewundenen Straße durch ein bergumkränztes Tal, in dem Sommerwiesen blühten und Kühe grasten. Auf den Fußwegen tummelten sich die Wanderer.

Der Onkel hatte den Familienrat einberufen, ein Umstand, der Niklas und Freya nervös machte. Zumal sie nicht einmal wussten, was das genau bedeutete – Familienrat.

»Vermutlich zieht er die Notbremse«, sagte Niklas und lenkte den Kombi um eine Kurve.

»Wie meinst du das?«

»Es ist Hochsaison. Alle Ferienwohnungen auf dem Ulmenhof sind ausgebucht. Da gibt es viel zu tun. Und Lena hat die vergangenen Monate mehr Zeit bei uns als dort verbracht. Ich denke mal, dass er an diesem Arrangement was ändern will.«

Der Bauernhof war seit Generationen im Familienbesitz der Sieberts. Wie es üblich war, hatte der älteste Sohn ihn vom Vater geerbt, somit gehörte er Onkel Georg. Sein jüngerer Bruder Johannes hatte den *Fischerfleck* bekommen. Mit Lena als seinem einzigen Kind würde der Onkel mit dieser Tradition brechen müssen. Wenigstens war die Tochter überhaupt willens, das Erbe anzutreten, was heutzutage keine Selbstverständlichkeit mehr war. Viele junge Leute wanderten in die Städte ab. Sie hatten wenig Lust auf ein beschauliches Landleben, das stets mit harter Arbeit einherging. In München lockten bequemere Jobs, Schreibtische statt Traktoren. Freya hatte Verständnis für alle, die im Sommer einen Urlaub am Meer dem Heumachen vorzogen. Daher fand sie Lenas Liebe zur Heimat und ihre Bereitschaft, den Hof zu übernehmen, bewundernswert, was sie ihr auch sagte. Niklas sah das anders. Seiner Meinung nach gehörte es sich, den Familienbesitz vernünftig weiterzuführen, egal ob als Tochter oder Sohn.

Der Name des Hofs stammte von den uralten Ulmen, die einstmals die Zufahrt gesäumt hatten. Längst abgeholzt, waren sie nur noch auf einem Ölgemälde zu bewundern, das in Onkel Georgs guter Stube hing.

Von der Hauptstraße bog Niklas auf einen schmaleren Weg ab, der zum Bauernhaus führte, einem dreistöckigen Gebäude mit weißer Fassade, grünen Fensterläden und braunen Balkonen. Farben, die mit der umgebenden Natur harmonierten. Zu beiden Seiten der schweren, mit Schnitzereien verzierten Eingangstür standen Holzbänke mit geschwungenen Sitzflächen. Üppige Hängegeranien zierten die Balkone, und in den Beeten blühten Ringelblumen, Rosen, Löwenmäulchen und Tagetes.

»Sicher aufwendig, die alle täglich zu gießen«, sagte Freya, »aber es sieht wunderhübsch aus.«

Zusätzlich zum Haupthaus gab es den Stall und gegenüber ein längliches Gebäude, in dem die Ferienwohnungen untergebracht waren, dazu eine Remise und einen Bauerngarten.

»Ich erinnere mich an rein gar nichts«, stellte Freya beim Aussteigen fest. »Waren wir als Kinder oft hier?«

»Kaum. Obwohl Papa und Onkel Georg nicht weit voneinander entfernt wohnten, haben sie sich selten gesehen. Jeder hatte viel zu tun. Du weißt ja, wie das ist. Und deine Mutter hatte keine enge Beziehung zu ihrem Schwager und ihrer Schwägerin, sie ist eigentlich nie hierhergekommen.«

»Aber Papa und Onkel Georg, die sind sich doch nahegestanden, oder?«

»Es gab keine Streitereien, falls du das meinst. Und sie haben sich immer gegenseitig geholfen. Ich glaube, jeder hat einfach sein eigenes Leben gelebt. Wer weiß, was Onkel Georg darüber denkt. Aber das werden wir wohl nie erfahren, er ist ja noch einsilbiger als unser Vater, sobald es um Gefühle geht.«

Hinter einem Fenster im Erdgeschoss bewegte sich ein Vorhang, dann schwang die Tür auf und Onkel Georg kam heraus, gefolgt von Lena und einer kleinen Frau mit ausladender Oberweite, über die sich eine Küchenschürze spannte.

»Das ist Tante Erika«, raunte Niklas seiner Schwester zu, nur um sicherzugehen, dass sie den Namen nicht vergessen hatte. Weder Erika noch ihr Mann waren zur Einweihungsfeier gekommen, weil sie sagten, das wäre eine Veranstaltung für die jungen Leute, und sie könnten ohnehin jederzeit im *Fischerfleck* vorbeischauen.

»Ich weiß. Ihre Frisur hat sich in den letzten zwanzig Jahren nicht verändert, deswegen hab ich sie gleich erkannt.«

Niklas verkniff sich ein Grinsen. Es stimmte, die Tante sah immer gleich aus. Sie hatte seit jeher dieselbe Frisur und die Haare gerade so lang, dass sie sie hinter die Ohren klemmen konnte, was sie auch immer tat. Dazu trug sie meistens Dreiviertelhosen, irgendein Shirt und darüber die Schürze. Ging sie allerdings aus, sei es in die Kirche oder zum Einkaufen, machte sie eine frappante Wandlung durch. Dann legte Tante Erika Make-up auf und zog sich richtig schick an. Nur die Frisur, die blieb tatsächlich durchweg gleich.

Zur Begrüßung wurden die Geschwister herzlich gedrückt, und Freya bedankte sich bei der Tante nochmals für die selbst genähten Sitzkissen für die Seelounge. Anschließend gab es Kaffee und Kuchen im privaten Garten, der uneinsehbar hinter dem Haupthaus lag und mit einem Swimmingpool und einer großen Terrasse aufwarten konnte. Auch hier blühten überall Blumen, und in den Beeten steckten große bunte Glaskugeln auf Stöcken, die im Sonnenlicht funkelten.

»Schön habt ihr es hier«, sagte Freya.

»Danke. Es hat eine Weile gedauert, euren Onkel davon zu überzeugen, den Pool zu bauen, wo doch der See mehr oder weniger direkt vor der Haustür liegt. Aber wir alle wissen, wie saukalt der ist. Da geh ich nicht rein. Also hab ich den Georg vor die Wahl gestellt, entweder er macht es uns daheim maximal angenehm, oder er fährt jedes Jahr mit mir in den Urlaub, damit ich mal ausspannen kann. Da war die Sache dann schnell entschieden.«

Niklas wusste, dass Onkel Georg nichts mehr widerstrebte, als seine gewohnte Umgebung zu verlassen. Und die hörte für ihn auf der Kesselbergstraße zum Kochelsee auf. Schon wenn er mal nach München musste, betrachtete er das als Zumutung.

»Eure Feriengäste dürfen aber hier nicht schwimmen, oder?«, fragte Freya nach und Niklas sah, wie Onkel Georg aufschnaufte.

»Um Gottes willen, nein«, protestierte auch Tante Erika entsetzt. »Das ist unser Refugium, da haben die keinen Zutritt.«

»Apropos Gäste«, setzte Onkel Georg an, und Niklas befürchtete, er würde ihnen nun die Flügel stutzen, was Lenas Arbeitszeit betraf. Schnell schob er sich ein Stück Apfelkuchen in den Mund. Er brauchte Nervennahrung.

»Wir haben ja mittlerweile sechs Ferienapartments, und die sind alle ausgebucht. Und dann gibt es da noch irgendeinen Künstler von außerhalb, der sich dafür interessiert, eines in Dauermiete zu nehmen. Das wäre natürlich praktisch.« Er sah hinüber zu Lena, die prompt zwischen zwei Bissen sagte: »Ich bin dagegen.«

»Darum geht es jetzt nicht«, meinte Tante Erika und legte ein zweites Stück Kuchen auf den Teller, als wollte sie ihre Tochter damit beschwichtigen.

Niklas beschloss, dem Onkel zuvorzukommen. »Falls ihr Lena wieder mehr auf dem Hof braucht, finden wir sicher eine Lösung. Wir wollten sie nicht abspenstig machen, aber sie ist uns eine große Hilfe, weil der *Fischerfleck* sensationell anläuft. Und es ist auch nicht so, dass nur auswärtige Gäste den Weg zu uns finden. Der komplette Schützenverein, in dem Lena Schriftführerin ist, war kürzlich da. Und die hatten alle mächtig Spaß.«

»Wir kommen schon zurecht. Sollte es uns zu viel werden, haben wir mit Lena schon vereinbart, dass wir Bescheid sagen.«

»Ach.« Niklas stutzte. Und Freya war derart in den Genuss ihres Kuchens vertieft, dass sie sich gar nicht zu Wort meldete. »Es ist also in Ordnung, wenn Lena weiterhin bei uns arbeitet? Worum geht es dann, Onkel Georg?«

»Kann ich denn nicht einfach mal meine Nichte und meinen Neffen zum Kaffee einladen? Freya, deine Tante hat dich noch überhaupt nicht gesehen, seit du zurück bist. Du hättest schon längst mal vorbeikommen können.«

Schuldbewusst schluckte Freya und legte die Gabel weg. »Das ist richtig. Tut mir leid, Tante Erika, aber ich bin nicht dazu gekommen. Der Kuchen ist übrigens gigantisch.«

»Lass doch die Kinder, Schorsch, die haben alle Hände voll zu tun und keine Zeit für Verwandtschaftsbesuche. Deswegen haben wir euch auch nicht hergebeten. Der Grund ist, dass leider Ärger ansteht und wir euch vorwarnen wollten.«

Daher der also Familienrat. In Niklas' Bauch grummelte es, er hasste schlechte Nachrichten.

»Ich bin Mitglied im Frauenbund«, fuhr Tante Erika fort, »ebenso wie Anette Hirschberg. Und bei den Treffen erfahre ich immer einiges. Zum Beispiel dass das Sporthotel erweitert wird. Um einen Pavillon, direkt am Seeufer, mit einer – wie hat sie gesagt? – Strandlounge.«

Niklas' Laune wurde mit jedem Wort der Tante schlechter. Man blies zum Gegenangriff, und Strandlounge klang verdammt nach Seelounge. Ganz klar abgekupfert.

»Freitags und samstags soll es dort Champagner zum Sonnenuntergang geben, und sie hat auch irgendwas von Kaviar und Austern gesagt.«

Das wurde ja immer schlimmer. Onkel Georg übernahm. »Die Hirschbergs werden ihre Position als Nummer eins am See um jeden Preis verteidigen. Aber das wird euch wahrscheinlich klar gewesen sein, nicht wahr? Jedenfalls beabsichtigen sie, mit ihrer Lounge auch das Publikum anzusprechen, das nicht in ihrem Hotel zu Gast ist, und zwar das gleiche wie ihr.«

»Und natürlich können sie sich leisten, es von vorne herein viel nobler aufzuziehen.« Freyas Schultern sanken, und ihr besorgtes Gesicht erinnerte Niklas an das kleine Mädchen von früher. »Mit eimerweise Kaviar und Edelambiente. Wer soll da bitte mithalten? Im Nachhinein erscheint es mir nun klar, warum Jonas mich dauernd gefragt hat, wie es bei uns läuft. Er wollte sicher abchecken, ob das Ganze Potenzial hat, und nun springt seine Familie schnell und risikolos auf den Zug mit auf.«

Lena schlug mit der flachen Hand auf den Tisch, dass alle zusammenzuckten. »Sagt mal, was sollen denn die trüben Gesichter? Habt ihr etwa gedacht, eure Geschäftsidee gehört euch alleine? Mensch, Konkurrenz ist normal, und ich finde, man darf den Hirschbergs in diesem Fall keine Bösartigkeit unterstellen. Sondern lediglich Wettbewerbssinn.«

»Komm schon, wir wissen alle, wie die sind«, warf Niklas ein.

»Na und. Wir lassen uns doch vom alten Paul nicht einschüchtern. Dann macht er es euch eben nach. Aber ihr werdet immer das Original bleiben. Es gibt keinen zweiten *Fischerfleck*, der ist einzigartig.«

Tobias sah es ähnlich, als ihm die Geschwister von den höchst unerfreulichen Gerüchten berichteten.

»Das war nur eine Frage der Zeit, und das Sporthotel wird nicht das Einzige bleiben, das sein Angebot nach oben hin anpasst«, lautete sein Urteil. »Was mich wundert, ist, dass es derartig schnell geht. Aber das spricht für unseren Erfolg. Die Konkurrenz will uns nicht zu weit davonziehen lassen. Betrachten wir das Ganze als Etappensieg, nicht als Rückschlag.«

Er schnitt Gemüse in zarte Streifen. Auf dem Herd köchelte eine Fischsuppe, die ihren aromatischen Duft in der Küche verströmte. Niklas nahm sich einen Löffel und kostete davon.

»Hmmmmm«, machte er genießerisch.

»Du kannst dir ruhig mehr davon nehmen. Sie ist zwar noch nicht ganz fertig, ich muss noch nachwürzen und frische Kräuter dazu geben, aber wenn du Hunger hast ...«

Erstaunlicherweise konnte Niklas trotz der zwei Stück Apfelkuchen schon wieder etwas zu Essen vertragen. Allerdings hatte er die am späten Vormittag gegessen und nun war es ja auch schon drei Uhr nachmittags. Mit einer Schöpfkelle füllte er sich einen Suppenteller randvoll. Dazu gab es knusprig frisches Baguette. Niklas erfreute die Umstellung der Speisekarte im *Fischerfleck* jeden Tag mehr. So gut hatte er im Leben noch nie gegessen. Und er bewunderte Tobias' Philosophie, alle Lebensmittel bestmöglich zu verwerten. Der Spitzenkoch warf so gut wie nichts weg, sondern hatte immer neue Ideen. Der Sud aus den Fischresten schmeckte köstlich. Sogar ein französischer Gourmetkoch könnte keine bessere Suppe daraus zubereiten.

Tobias wirkte nicht im Mindesten beunruhigt. »Du und deine Schwester, ihr solltet die Sache mit der Konkurrenz lockerer sehen. In München gibt's an jeder Ecke einen Wettbewerber. Trotzdem haben alle ein gutes Auskommen, die was Vernünftiges bieten. Auch am Walchensee ist das so, davon bin ich überzeugt.«

Das setzte allerdings voraus, dass die Konkurrenz fair spielte, und Niklas wusste aus Erfahrung, dass es bei Familie Hirschberg gerade daran haperte. Er erinnerte sich an ein Sommerfest im *Fischerfleck* vor einigen Jahren. Sogar Plakate und Flyer hatten sie drucken lassen, und es hatten sich zahlreiche Gäste angesagt. Bis das Sporthotel am selben Tag eine Sonnwendparty mit Tombola veranstaltet hatte. Zu gewinnen gab es zwar nichts Bombastisches, nur Gutscheine für Wellnessanwendungen im hauseigenen Spa und ein paar Teile aus dem Surfshop, aber zusammen mit dem kostenlosen Begrüßungscocktail war das genug, um diese Veranstaltung dem Sommerfest am einfachen *Fischerfleck* vorzuziehen. Die Sieberts waren auf einem Großteil des vorbereiteten Essens sitzengeblieben und hatten auch in den darauffolgenden Tagen nicht alles verwerten können. Ihr Vorstoß in Richtung Sonderveranstaltungen wurde zu einem Minusgeschäft, und der Vater schloss fortan kategorisch aus, etwas Derartiges zu wiederholen. Im Nachhinein war Niklas der Meinung, das sei der Anfang vom Ende gewesen. Die Energie von Johannes Siebert war verpufft, als hätte er keinerlei Kraft mehr gehabt, sich weiterhin gegen seinen ehemaligen besten Freund Paul zu behaupten. Er hatte da beschlossen, mit einer simplen Brotzeitkarte und reduzierten Öffnungszeiten auszukommen, und kampflos die Segel gestrichen. Niklas war das damals gelegen gekommen, er hatte sich auf die Fischerei konzentrieren wollen, und sein Vater schien auch mit einem kleinen Umsatz auskommen zu können. *Wäre Freya da schon hier gewesen, hätte sie das bestimmt nicht akzeptiert,* dachte er. *Sie hätte uns beiden ordentlich den Kopf gewaschen und uns vorgerechnet, in was für eine finanzielle Misere wir dadurch schlittern. Ausgebootet von den Hirschbergs, die wir sowieso nicht leiden können. Ein wenig mehr Kampfgeist hätte Papa und mir nicht geschadet. Aber das nützt jetzt auch nichts mehr. Passiert ist passiert.*

Tobias hatte vollkommen recht, die Konkurrenz war ihnen dicht auf den Fersen. Aber dieses Mal würden sie nicht klein beigeben. Mit Freya und Tobias an seiner Seite fühlte sich Niklas sicher. Seine Schwester hatte einen guten Geschäftssinn und konnte zudem gut planen und organisieren. Allein wenn er auf den Instagram-Account des *Fischerfleck*s sah, war er erstaunt, was sie dort auf die Beine stellte. Schnappschüsse von gut gelaunten, feiernden Menschen, Köstlichkeiten aus See und Meer, tolle Landschaftsaufnahmen und dazu Einblicke in das Fischerleben interessierten eine ziemlich große Zahl an Followern. Mittlerweile posteten auch die Gäste von ihrer guten Zeit im *Fischerfleck* und machten so Werbung für die Sieberts. Ehrlicherweise gestand sich Niklas ein, dass er selbst weder die Lust noch das Knowhow hätte, Instagram regelmäßig mit Bildern zu füttern. Das war so ziemlich das Letzte, wonach ihm der Sinn stand. Aber Freya hatte sich täglich ein Zeitfenster dafür geblockt und zog es einfach durch. Bewunderns- wert, wie sie das machte. Und Tobias schien seinem Job in München kein bisschen nachzutrauern. Hochmotiviert versorgte er die Gäste mit Spitzengerichten. Am Walchensee gab es keinen zweiten Koch, der sein Niveau hatte. Niklas verspürte eine tiefe Dankbarkeit für das, was sie innerhalb kürzester Zeit zusammen geschafft hatten. Dass die Kon- kurrenz ihnen nacheiferte, sollte ihn eigentlich mit Stolz er- füllen. Allerdings hatte er in Vergangenheit mehr als einmal miterleben müssen, dass Paul Hirschberg nicht fair spielte. Was Onkel Georg und Tante Erika erzählt hatten, erfüllte Niklas mit einem Gefühl der Unruhe, gerade so, als würde sich über ihren Köpfen ein Unwetter zusammenbrauen.

Wie zu Bestätigung stellte Familie Hirschberg bereits in der folgenden Woche ein riesiges Bauschild am Rande ihres Grundstücks auf. *Hirschbergs Strandlounge* stand dar- auf. Darunter gab es ein Bild des geplanten Pavillons samt Champagnerbar. Sogar die Gäste waren dargestellt, wie sie Austern schlürfend in den Sonnenuntergang blickten.

»Seelounge, Strandlounge … Dürfen die das eigentlich einfach nachmachen?«

Niklas kratzte sich am Kopf. Er und Freya hielten mit dem Kombi am Straßenrand, um das Plakat zu studieren.

»Ich denke schon. Es ist nicht dasselbe Wort. Aber Seelounge klingt eh viel besser und jeder weiß, von wem sie ihren Namen geklaut haben. Armselig, wenn man selber derart unkreativ ist und alles nachmachen muss. Was steht da als geplanter Fertigstellungstermin?«

Niklas kniff die Augen zusammen. »Neueröffnung im September«, las er vor.

»Na. Da müssen sie sich ranhalten. Außerdem ist die Sommersaison dann so gut wie vorbei.«

Hinter ihnen hupte ein Lkw, der aufgrund des Gegenverkehrs nicht vorbeifahren konnte. Entschuldigend winkte Niklas in den Rückspiegel und fuhr weiter.

»Mach dir keine Sorgen«, sagte Freya. »Wir haben alles im Griff. Ich überlege mir ein paar feine Extras für unsere Gäste, und bis die Hirschbergs aufsperren, sitzen wir im *Fischerfleck* so fest im Sattel, dass uns egal sein kann, was die hier veranstalten.«

Niklas wollte sich von ihren Worten aufmuntern lassen, wollte sich besser fühlen. Aber er wurde das flaue Gefühl im Magen einfach nicht los, das ihn seit Tagen belastete.

Er musste den Kopf freibekommen, dringend.

14 Freya

Seitdem Freya es sich zur Gewohnheit gemacht hatte, frühmorgens durch die Natur zu streifen, meisterte sie die Herausforderungen besser. Sie machte ganz bewusst einen Spaziergang, denn im Gegensatz zum Joggen bescherte ihr das langsame Gehen durch die schöne Landschaft ihrer Heimat innere Ausgeglichenheit und Freude. Weder achtete sie auf die zurückgelegten Kilometer und die überwundenen Höhenmeter, noch auf Puls oder Herzfrequenz. Sie trug nicht mal Outdoorkleidung. Und auf die Uhr sah sie ebenfalls nicht. Sie genoss die Zeit allein, nahm ihre Umgebung aufmerksam wahr, blieb oftmals an besonders schönen Stellen stehen und schaute einfach nur. So wie an diesem Morgen am Rand einer Wiese, auf der Klee und Löwenzahn blühten. Die Bienen hatten ihr Tagwerk bereits begonnen und summten über den bunten Blumen. Als Kind hatte Freya mit ihrer Mutter gern Margeriten gepflückt und daraus Kränze gewunden. Damals war ihr die Weite der Almwiesen unendlich erschienen. Mittlerweile wusste sie, wo sie endeten, sah den Horizont, aber schätzte das grüne Sommermeer umso mehr.

Natürlich hatte das Gespräch mit Onkel Georg und Tante Erika sie aufgewühlt. Dazu die überdimensionierte Bautafel, die geradezu wie eine Kampfansage wirkte. Warum mussten die Hirschbergs, die sowieso ein florierendes Unternehmen hatten, nun noch diese Strandlounge bauen? Steckten dahinter alte Animositäten, Neid, Geltungsbedürfnis? Was auch immer. Abgesehen von der Angst um den *Fischerfleck*, empfand Freya fast ein wenig Mitleid für die Nachmacher, die sich offenbar von einer kleinen Seegaststätte derart bedroht fühlten, dass sie ordentlich nachinvestierten.

Und was Jonas anging – er war eine Enttäuschung. Ärgerlich, dem nicht gleichgültiger begegnen zu können, hatte sie doch auf mehr Charakterstärke gehofft. Aber dass er tatsächlich nur als Familienspion ihre Nähe suchte, konnte sie sich kaum vorstellen. Bei ihren gelegentlichen Treffen waren sie nie über vereinzelte Küsse hinausgekommen. Und das nur, weil Freya nicht mehr Nähe zuließ. Es lag nicht an Schüchternheit ihrerseits oder daran, dass er es nicht versucht hätte, sondern schlichtweg an fehlender Anziehung. Sie spürte nicht das Verlangen nach körperlicher Nähe und schon gar nicht danach, mit Jonas ins Bett zu gehen. Er reizte sie nicht. Das spürte er genau, und Freya konnte ihm seinen Unmut anmerken, dennoch bat er sie immer wieder um ein weiteres Treffen. Mittlerweile war Jonas offener für ernstere Gespräche und ließ mehr zu als nur oberflächliches Geplaudere. Freya dachte an ihre letzte Unterhaltung, als sie ihm von ihrer Mutter erzählt hatte.

»Das kenne ich«, hatte er geantwortet. »Diese ständigen Erwartungen – was ich tun soll, wie ich mich verhalten soll. Und am Ende sind sie doch immer nur enttäuscht.«

»Hast du schon mal daran gedacht, dass es sinnlos ist, sich für ihre Anerkennung abzustrampeln? Weil sie so sehr in ihren eigenen Problemen gefangen sind, dass es ihnen überhaupt nicht in den Sinn kommt, ihrem Sohn Bedeutung beizumessen?«

Jonas hatte kurz nachgedacht, und Freya konnte exakt den Moment bestimmen, in dem er beschloss, sie nicht näher an sich heranzulassen. Jonas' Augen bekamen einen distanzierten Ausdruck, die kleine Seelenschau war vorüber.

»Ich weiß nicht, was du meinst. Meine Eltern sind erfolgreiche Geschäftsleute. Natürlich erwarten die von ihrem Sohn nicht weniger Leistung, als sie selbst bringen.«

Und was war eigentlich mit ihm? Was erwartete sich Jonas Hirschberg von seinem Leben? War er zufrieden damit, dass Anette und Paul ihn praktisch ins Surfcenter abgeschoben hatten? Ein netter Laden, zweifellos, aber bei weitem nicht so wichtig wie das Sporthotel, in dem sie das Heft nicht aus der Hand gaben und an dessen Management sie den Junior auch mit seinen dreißig Jahren nicht ranließen? War ihm das bewusst? Litt er darunter? Oder begnügte er sich gern mit seinem Nimbus als cooler Surfer, weil er tatsächlich nicht das Zeug für das ganz große Geschäft hatte? Niemals würde Freya mit Jonas offen über dieses Thema reden können. Und eigentlich ging es sie auch nichts an. Sie hatte sich ihre eigene Meinung über Familie Hirschberg und besonders über Jonas gebildet. Ebenso wie ihr Verflossener Oskar schien er jemand zu sein, der mit seinem Leben nie wirklich zufrieden war. Noch ein egozentrischer, dauerfrustrierter Partner kam für sie nicht in Frage, diesen Fehler würde sie kein zweites Mal machen.

Freya lief auf einem schmalen Weg, der durch einen Mischwald steil bergauf führte. Es würde ein heißer Tag werden, aber unter dem schattigen Blätterdach der Bäume schimmerte noch der Tau auf den Gräsern, und es war bedeutend kühler. Schon um vier war Niklas aufgestanden und auf den See hinausgefahren, um die Netze einzuholen. Freya hatte ihn gehört, war aber gleich wieder eingeschlafen. Um sechs Uhr hatte sie dann selbst das Haus verlassen. In Stockholm undenkbar, dort war sie kaum aus den Federn gekommen. Aber am Walchensee war aus ihr eine Frühaufsteherin geworden.

In letzter Zeit besuchte sie am liebsten die Kesselbachfälle. Die waren zwar beileibe kein Geheimtipp, im Gegenteil, schon bald würde es hier von Wanderern nur so wimmeln. Doch um diese Zeit war noch alles friedlich. In dem von Bächen durchzogenen, bergigen Waldstück zwischen Kochel und Walchensee gab es zahlreiche kleine Wasserfälle. Manche davon waren bequem zu erreichen, aber Freya lief gern abseits der Forststraße und bergauf durch das Gehölz. Sie lauschte dem morgendlichen Wald. Vögel zwitscherten, bisweilen knackte ein Zweig unter ihren Füßen, und wenn sie auf Moos trat, verriet kein Laut ihre Anwesenheit. Das Tosen des Wassers wies ihr den Weg. Schnaufend legte sie die letzten Meter zurück, bis der Anblick des über Felsen und Steine hinabstürzenden Kesselbachs ihr wie immer ein glückseliges Lächeln entlockte. Freya trat nahe an das weiß schäumende Wasser heran, bis sie den feinen Sprühnebel auf ihrer Haut spürte. Es gab sicher größere und beeindruckendere Wasserfälle, aber vielleicht keinen, der so harmonisch mit dem Wald verschmolz wie dieser hier. Ein magischer Ort, der Freya mit Frieden und Ruhe erfüllte. Hier bekam sie die Zuversicht, die sie brauchte, um ihren Alltag zu meistern.

Um kurz nach acht war sie wieder daheim. Wahrscheinlich musste sie Niklas beim Ausnehmen der Fische helfen. Mittlerweile machte ihr das nichts mehr aus. Nur an den Geruch, der kaum von den Fingern zu waschen war, würde sie sich nie gewöhnen.

Aber sie fand ihren Bruder nicht. Er war weder hinter dem Haus noch lag sein Boot am Anlegesteg. Seltsam. Eigentlich müsste er längst zurück sein, hatte er doch gestern Abend gesagt, er würde nur ein Stellnetz leeren.

Auch nachdem Freya in der Küche Kaffee gekocht und für sie beide Honigbrote geschmiert hatte, war Niklas noch immer nicht aufgetaucht. Freya trug alles hinaus auf einen Tisch, trank ihre Tasse vorne auf dem Steg und spähte aufs Wasser. Das Elektroboot war kaum zu hören, aber vielleicht könnte sie es schon sehen. Doch da war nichts. *Bestimmt kein Grund zur Sorge*, dachte sie, *vielleicht macht er eine Kaffeepause auf dem See.* Sie beschloss, in der Zwischenzeit duschen zu gehen.

Freya beeilte sich, rannte mit nassen Haaren gleich wieder hinaus, schirmte die Augen mit der Hand gegen die Sonne ab und sah aufs Wasser. Immer noch nichts. Panik stieg in ihr auf und schnürte ihr die Kehle zu. Der See war unberechenbar, selbst dann, wenn er glatt wie ein Spiegel dalag. Erfolglos versuchte sie, die aufsteigende Angst niederzukämpfen. Ihr Atem beschleunigte sich, und sie konnte kaum einen klaren Gedanken fassen. Jetzt nur nicht durchdrehen. Vielleicht hatte er heute ausnahmsweise direkt im Bootshaus angelegt? Sie ging hinüber zu dem kleinen Holzgebäude, das sich im Schatten der hohen Bäume ans Ufer schmiegte. Das Elektroboot war auch hier nicht, nur ein verrosteter alter Kahn mit normalem Außenbordmotor lag da. Plötzlich hörte Freya ein Geräusch und lief zurück zum Haus.

»Niklas?«, rief sie, aber es war Tobias, der mit einer großen Kiste voller Gemüse vom Markt kam.

»Wie? Ist er noch nicht wieder da? Seit beinahe fünf Stunden? Das ist außergewöhnlich.« Er klang nicht annähernd so beunruhigt, wie Freya sich fühlte.

»Auf dem Handy habe ich ihn auch nicht erwischt. Na hoffentlich ist ihm nichts passiert.«

»Hat er denn versucht, dich zu erreichen?«, fragte Freya atemlos.

»Nein. Aber mach dir keine Sorgen. Falls etwas nicht in Ordnung wäre, würde er sich melden. Außerdem«, er wies auf das unbewegte Wasser, »was soll an einem Tag wie diesem schon passieren? Alles ist friedlich. Das Einzige wäre vermutlich, dass ihm der Strom seines Elektromotors ausgegangen ist. Oder vielleicht braucht er einfach länger, weil es so viel zu tun gibt?«

Freya schüttelte den Kopf. Sie merkte, wie ihre Handflächen vor Aufregung anfingen, feucht zu werden, und wischte sie an ihrer Hose ab. »Es war heute nur ein Netz draußen. Wir müssen ihn suchen, Tobias, bitte.«

»In Ordnung. Ich kann mir gut denken, dass du dem See nicht traust, aber glaub mir, er wird dir deinen Bruder nicht nehmen. Es gibt bestimmt einen vollkommen banalen Grund, warum Niklas noch nicht zurück ist. Unglück wiederholt sich nicht.«

»Ich hoffe, du hast recht.«

Sie liefen zum Bootshaus, und gemeinsam hoben sie das kleine alte Boot ins Wasser. Glücklicherweise stand ein gefüllter Benzinkanister bereit, und nach zwei, drei Versuchen sprang der Motor an.

»Weißt du, in welche Richtung er gefahren ist?«

»So ungefähr.« Freya konzentrierte sich. Sie war mittlerweile ein paarmal mit Niklas auf dem See gewesen. Gestern hatte er ihr erzählt, welches der Netze er einholen wollte. Hätte sie doch nur besser aufgepasst. Sie orientierte sich am Ufer, um Tobias zu sagen, wohin er steuern sollte. Am Himmel stand kein einziges Wölkchen, die Sonne gewann an Intensität und Freyas Befürchtungen stiegen mit jeder Minute, die sie erfolglos auf dem See herumfuhren. Falls ihrem Bruder etwas passiert war, würde sie das nicht verkraften. Es durfte einfach nicht sein. Sie mussten Niklas finden. Das gleiche wohlbekannte und verhasste Grauen wie damals bei Rosalie überkam Freya, und sie meinte, keine Luft mehr zu bekommen.

»Bitte nicht, bitte nicht, bitte nicht«, flüsterte sie wieder und wieder.

»Dort!«, rief Tobias plötzlich und wies auf einen Punkt in der Ferne. »Ich glaube, das ist sein Boot.«

Im Näherkommen bestätigte sich seine Vermutung. Doch wo war Niklas? Das Elektroboot trieb leer auf dem See. Ein Schluchzen entfuhr Freyas Kehle. Tobias drückte kurz ihre Hand.

»Warte ab«, sagte er leise. »Lass die Angst nicht gewinnen.«

Wie sollte sie sich dagegen wehren? Die Panik war übermächtig, ihr wurde schlecht.

Als sie das Boot beinahe erreicht hatten, rief Tobias: »Ich kann ihn sehen! Er liegt auf dem Boden.«

Freya schossen Tränen in die Augen. Ihr Bruder war nicht ertrunken. Nicht in jenen dunklen Tiefen verschwunden, die ihn womöglich nie wieder freigaben und Freya seit zwanzig Jahren mit Albträumen quälten. Die schrecklichste aller Möglichkeiten war nicht eingetreten.

Tobias steuerte den alten Kahn parallel und zog Niklas' Boot heran. Er hielt es fest, damit Freya hinüberklettern konnte. Ihr Bruder lag bewusstlos auf dem Boden, seine Füße hatten sich im Netz verheddert, das er eingeholt hatte, und er blutete aus einer Platzwunde am Kopf.

»Er ist ohnmächtig, hat aber Gott sei Dank noch Puls.« Vorsichtig wischte Freya das Blut ab. »Die Wunde muss bestimmt genäht werden. Wir brauchen einen Krankenwagen.« Während sie telefonierte, vertäute Tobias die beiden Boote miteinander, dann machten sie sich auf den Rückweg. Freya kauerte neben ihrem Bruder, unter dessen Kopf sie vorsichtig eine Jacke geschoben hatte. Seine Augenlider flatterten.

»Niklas«, flüsterte sie, »hörst du mich?«

»Freya?« Er klang benommen. »Was ist passiert?«

»Das wollte ich dich fragen.«

Er versuchte sich aufzusetzen, sah Tobias und sank mit schmerzverzerrtem Gesicht, aber erleichtert zurück. »Dieses verdammte Netz«, stieß er hervor. »Ich hab nicht aufgepasst, war in Gedanken, und irgendwie bin ich gestolpert. Dann ging das Licht aus.«

Am Ufer hörten sie schon die Sirene des Krankenwagens und sahen ihn zum *Fischerfleck* einbiegen. Tobias machte die Boote am Anlegesteg fest, zwei Sanitäter näherten sich im Laufschritt.

»Mir geht es gut, ich will nicht ins Krankenhaus«, brummte Niklas, als man ihn auf eine Trage hievte.

Tobias widersprach vehement. »Darüber wird nicht diskutiert. Falls du es nicht bemerkt hast, du bist verletzt, und außerdem warst du wer weiß wie lange ohne Bewusstsein.«

»Natürlich fährst du in die Klinik«, pflichtete Freya bei. »Und ich komme gleich hinterher.«

»Wir bringen ihn nach Garmisch«, erklärte ihr der ältere der beiden Sanitäter.

Er nannte Freya die Adresse, und schon stieg er ein und der Krankenwagen fuhr ab.

»Ich hole den Autoschlüssel«, sagte Freya und wollte ins Haus laufen.

»Moment«, Tobias hielt sie sanft an den Schultern fest und blickte ihr forschend ins Gesicht. »Du bist kreidebleich und zitterst. So setzt du dich nicht hinters Steuer. Wir fahren gleich gemeinsam hin. Aber zuerst kommst du mit rein, und ich bringe deinen Kreislauf in Schwung, bevor du auch noch umkippst.«

»Aber Niklas …«

»… ist in den besten Händen. Der wird im Krankenhaus erst mal aufgenommen und medizinisch versorgt. Das dauert. Ich vermute, sie werden ihn auf jeden Fall mindestens eine Nacht dabehalten. Wir müssen uns also nicht beeilen, du kannst gerade überhaupt nichts für deinen Bruder tun.«

Auf wackligen Beinen stakste Freya in die Küche und ließ sich auf einen Stuhl fallen. Tobias schnitt eine Scheibe Brot ab und bestrich sie dick mit dem Honig, der immer noch auf dem Tisch stand. »Alles aufessen. Dann hört dein Zittern auf.«

Dankbar biss Freya ins Brot und stellte beim Kauen fest, dass sie tatsächlich hungrig war. Wortlos schob Tobias ihr ein Glas seiner hausgemachten Limonade hin, das sie in einem Zug leerte. Ein paar Minuten später merkte sie, wie sich ihre verkrampften Muskeln langsam entspannten.

»Nach unserem Besuch bei Onkel Georg war Niklas total beunruhigt. Wir wissen, wie viel für den *Fischerfleck* auf dem Spiel steht, und nachdem alles reibungslos angelaufen ist, haben wir ehrlich gesagt nicht mit Gegenwind gerechnet. Die Pläne der Hirschbergs haben ihn einfach geschockt, glaube ich«, sagte Freya. »Ich wette, er war draußen auf dem See nicht bei der Sache, weil ihm das im Kopf herumspukt. Und dann passiert so was. Dabei hat er eigentlich noch Glück gehabt. Stell dir vor, er wäre ohnmächtig über Bord gegangen …« Mit erstickter Stimme brach sie ab. Schon wieder kamen ihr die Tränen.

Tobias setzte sich neben sie und reichte Freya ein Taschentuch. »Ist er aber nicht.«

Mit einem Mal spürte sie, wie erschöpft sie war.

»Ich weiß, dass das ein großer Schock für dich ist. Sicher hat dich das an das Unglück von damals erinnert«, sagte Tobias leise.

»Immer wenn ich glaube, meinen Frieden mit dem See machen zu können, schlägt er wieder zu.«

»Das stimmt nicht. Er ist nicht dein Feind. Niklas hat genug Erfahrung, um zu wissen, dass er da draußen nicht unaufmerksam sein darf. Er hat einen Fehler gemacht. Und der See hat auf ihn Acht gegeben, er hätte friedlicher nicht sein können. Es war überhaupt kein Wellengang.«

Warum sagte Tobias immer genau das Richtige?

Im Krankenhaus erfuhren sie, dass Niklas eine schwere Gehirnerschütterung hatte und auf jeden Fall dortbleiben musste.

»Drei, vier Tage hat der Arzt gesagt. Wenn's schlecht läuft, sogar eine Woche. Aber das kommt für mich natürlich nicht in Frage«, informierte er seine Schwester. Mit einem dicken Verband um den Kopf lag er im Bett.

»Du machst, was die hier sagen.«

»Ich kann nicht so lang ausfallen. Wie wollt ihr das ohne mich schaffen?«

»Das wird schon gehen. Mach dir bitte keine Gedanken.« Sie setzte sich auf den Bettrand und streichelte ihrem Bruder über die Wange. »Wichtig ist, dass du gesund wirst. Ich war außer mir vor Sorge um dich. In Zukunft fährst du lieber nicht mehr allein raus.«

»Sobald die beiden Lehrlinge anfangen, ist das sowieso kein Thema mehr«, versuchte er, sie zu beruhigen.

Tobias stand am Fußende des Bettes. »Solange du hier bist, übernehmen Freya und ich deine Aufgaben, das schaffen wir locker.« Das war die Übertreibung des Tages, das wussten sie alle drei, aber nickten dennoch zustimmend.

Der Arzt betrat das Krankenzimmer und meinte, der Patient bräuchte Ruhe. Freya küsste Niklas auf die Stirn, und sie verabschiedeten sich.

Die Fahrt von Garmisch-Partenkirchen zurück nach Hause dauerte etwa eine halbe Stunde, während der Freya und Tobias zumeist schweigend ihren Gedanken nachhingen. Freya musterte Tobias unauffällig von der Seite. Er konzentrierte sich aufs Fahren, die Strecke war in diesem Abschnitt besonders kurvig. Mittlerweile kannte Freya ihn gut genug, um das leichte, aber sorgenvolle Runzeln seiner dunklen Brauen zu bemerken.

»Sollen wir den *Fischerfleck* heute geschlossen lassen?«, fragte sie.

»Das Mittagsgeschäft ist durch, aber später machen wir wie geplant auf. Ich habe lauter frisches Zeug auf dem Markt gekauft, und für abends sind wir ausgebucht. Bekommst du das mit dem Service hin ohne Niklas? Lena hat heute frei, es wären nur wir beide. Soll ich sie anrufen und bitten einzuspringen?«

»Nein, ich schaff das schon.«

»Gut, wenn du meinst. Was ist mit der Fischerei?«

Freya sah wieder nach vorne und seufzte. »Die beiden Auszubildenden fangen erst im September an. Bis dahin wollte Niklas es noch alleine machen. Während er im Krankenhaus ist, werde ich seine Aufgaben übernehmen.«

»Du?«

Das klang wenig überzeugt.

»Traust du mir das nicht zu?«

»Du willst Fische fangen, vorbereiten und räuchern, dich um das Bruthaus kümmern und auch noch die Ware ausfahren? Zusätzlich zu deinen eigentlichen Aufgaben?«

Das war keine Antwort auf ihre Frage.

»Klar.«

Er bog auf das Grundstück der Sieberts ein, parkte den Wagen, und sie stiegen beide aus. »Ich helfe dir dabei.«

Das ist nicht nötig, schrien Stolz und Trotz in Freya. *Ich kann das gut allein machen.*

Aber das stimmte nicht. Sie brauchte seine Hilfe dringend.

Am Abend strengte sich Freya ordentlich an, um den Ansturm der Gäste zu bewältigen. Eine sechsköpfige Gruppe aus München bestellte Fischplatten vom Feinsten und gab sich bei der Getränkewahl pingelig. Es war offensichtlich, dass die drei Herren unbedingt ihre Damen beeindrucken wollten.

»Also aus einer Magnumflasche schmeckt ein und derselbe Champagner vollkommen anders als aus einer normal großen Flasche«, behauptete einer von ihnen voller Überzeugung. Freya glaubte ihm sofort, dass er sich mit teurem Alkohol auskannte. Es war ihm nämlich anzusehen, dass er finanziell ausgesorgt hatte. Die Uhr am Handgelenk war aus Massivgold und von einer namhaften Manufaktur, seine Schuhe eine teure Maßanfertigung, so wie sie aussahen. Gerne servierte Freya ihm die gewünschte größere Flasche, und alle waren sich einig, dass man eigentlich nur noch die Magnumgröße bestellen sollte.

Nach dem Champagner ließ sich die Gruppe verschiedene Weißweine zur Verkostung bringen und entschied sich schließlich für den teuersten auf der Karte. Davon tranken sie reichlich. Freya sagte nichts, auch wenn sie lauter und raumgreifender waren als die restlichen Gäste. Zum Dessert bestellten sie eine weitere Magnumflasche Champagner.

Vier ältere Herren mit dezenteren, wenngleich ebenso teuren Uhren fühlten sich dadurch anscheinend animiert und orderten ebenfalls eine. So durfte es ruhig weitergehen!

Es war ein sternenklarer, lauer Abend im Garten und alle fühlten sich sichtlich wohl. Den Sieberts war es gelungen, durch individuelle Möbel und geschmackvolle Dekoration eine Stimmung im *Fischerfleck* zu erzeugen, die irgendwo zwischen Lagerfeuerromantik und schicker Beach-Club-Atmosphäre lag. Als niemand mehr aß, stellte sich Freya hinter die Loungebar und legte Musik auf. Es dauerte nicht lang, bis sich die Gäste von den Tischen zu ihr gesellten und nach Cocktails fragten und einige fingen sogar an zu tanzen.

Einer der älteren Herren meinte, Zigarre paffend und mit einem Ellenbogen auf den Tresen gestützt: »Wissen Sie, genau so was hat hier gefehlt. Ein Ort, an dem es Essen auf Sternekochniveau gibt, aber das Ambiente entspannt ist. Das nenne ich Erholung. Der Walchensee ist einer der schönsten Orte, die ich kenne. Und ich bin weit herumgekommen in der Welt. Ich hätte nicht gedacht, dass man noch einen draufsetzen kann, aber der *Fischerfleck* hat das geschafft, der ist einmalig.«

Genau das soll er auch bleiben, egal was die Hirschbergs anstellten, dachte Freya. »Danke sehr. Dann hoffe ich, Sie hier häufiger begrüßen zu dürfen.«

»Sicher doch. Sie sind die sprichwörtliche Nadel im Heuhaufen, was ganz Besonderes. Und wissen Sie, weshalb? Weil es hier authentisch ist, unverstellt und ehrlich. Nicht gespreizt, wie sich manche Hoteliers hier am See gern geben – ich nenne keine Namen«, dabei deutete er mit seiner Zigarre über den See in Richtung Sporthotel. »Die großtun, aber Kleingeister sind.«

Anscheinend handelte es sich bei dem Herrn um einen Menschenkenner. Freya konnte sich nicht verkneifen zu fragen: »Sie wohnen bei den Hirschbergs?«

Dröhnendes Lachen war die Antwort. Er streckte ihr seine Hand hin und sie schüttelte sie. »Darf ich mich vorstellen, Rainer Limbach. Meine Freunde und ich kommen mehrmals im Jahr an den Walchensee. Wir spielen Golf auf den Plätzen hier in der Gegend und machen dazu ein wenig Wellness. Mit Wandern oder Surfen haben wir nix im Sinn. Im Großen und Ganzen lassen wir es uns einfach nur gut gehen.«

»Sie sind zu beneiden.«

»Nö, Kindchen, wir haben alle unsere Frauen daheim, zu denen es immer wieder zurückgeht.« Er lachte über seinen eigenen Witz, und Freya schmunzelte höflich.

»Stellen Sie sich vor, was der alte Hirschberg heute zu uns gesagt hat. ›Herr Limbach‹, hat er gemeint, ›es ist wohl besser, ich storniere Ihre Reservierung im *Fischerfleck*. Bei denen geht es drunter und drüber, das wird Sie nicht zufriedenstellen. Aber das war abzusehen, die Sieberts sind Chaoten. Heute musste sogar schon der Sanka anrücken, wahrscheinlich hat sich der Koch einen Finger abgeschnitten.‹ Das fand der alte Hirschberg witzig.«

Freya schnaufte tief durch, um sich nicht aufzuregen. Die klare Seeluft wirkte wie Balsam – das redete sie sich zumindest ein. Kurz tätschelte sie die Hand des Gastes. »Sehen Sie, Herr Limbach, wie gut, dass Sie nicht abgesagt haben. Es ist ein wirklich schöner Abend geworden. Und zum Beweis …«, Tobias kam gerade aus dem Haus, sie zog ihn zu sich hinter die Bar und legte einen Arm um seine Schultern, um ihren Zusammenhalt zu demonstrieren, »…stelle ich Ihnen hier unseren Küchenchef Tobias Wolf vor, der übrigens tatsächlich aus der Sternegastronomie kommt – und keinen Finger vermisst.« Freya griff nach Tobias' Hand und verschränkte ihre Finger mit seinen.

»Na, das will ich wohl hoffen«, sagte der.

»Der Herr hier wohnt bei Hirschbergs im Sporthotel, wo heute gemutmaßt wurde, du hättest dir einen Finger abgeschnitten. Wegen des Krankenwagens.«

»Ach so«, nun lachte auch Tobias. »Nein, nein, hier hat niemand einen Finger verloren, keine Sorge.«

Tobias und Freya gingen beide nicht auf die Erwähnung des Krankenwagens ein und taten so, als würden sie die als dummen Scherz abtun. In Wirklichkeit war ihnen gerade noch einmal in aller Klarheit bewusst geworden, dass die Konkurrenz nicht davor zurückschrecken würde, alles zu nutzen, um den *Fischerfleck* kleinzukriegen.

»Wir lächeln einfach alles weg«, sagte sie später zu Tobias, als sie gemeinsam aufräumten. »Etwas anderes bleibt uns nicht übrig, wenn wir uns nicht auf das Niveau der Hirschbergs begeben wollen und ebenfalls blöd daherreden.«

Er pflichtete ihr bei. »Das ist nicht unser Stil. Außerdem wird sie Gleichgültigkeit sicherlich am meisten ärgern. Heute haben wir es gut hingekriegt, was meinst du?«

»Auf jeden Fall. Auch wenn ich jeden Muskel im Körper spüre und mir der Schädel brummt von den ganzen Bestellungen und Gesprächen.«

»Morgen ist Lena wieder dabei, dann wird es einfacher. Komisch, eigentlich kenn ich den *Fischerfleck* gar nicht ohne Niklas. Das ist schon eigenartig.«

Freya seufzte. »Mir fehlt er auch.«

»Also gut, ich fahre jetzt. Schließt du hinter mir ab?«, Tobias fuhr sich erschöpft durch die Haare.

Freya nickte und folgte ihm zur Tür. Tobias zögerte, blieb stehen. »Kommst du zurecht?«, fragte er.

Geh nicht, wollte Freya sagen. *Bleib bei mir.* War das, weil sie nicht allein sein wollte? Oder weil sie sich nach Tobias' Gesellschaft sehnte? Diese Frage würde sie zuerst einmal für sich selbst beantworten müssen. »Ja, klar. Alles in Ordnung. Bis morgen.«

Weder sah er ihr tief in die Augen, noch machte er Anstalten, sie in den Arm nehmen zu wollen. Freya ertappte sich dabei, wie sie hoffte, dass er es gern getan hätte. Aber er lächelte nur und ging.

Nur wenig später fiel Freya todmüde ins Bett. Die Aufregung des Tages und der lange und betriebsame Abend hatten sie ausgelaugt, sie konnte kaum die Augen offen halten. Ohne Niklas war das Haus still und leer. Noch nie hatte sie sich derart allein gefühlt.

Freya

Vorsichtig fischte Freya mit einem kleinen Kescher die toten Setzlinge aus dem Becken. Ganz schön viele waren das. Dabei bemühten Tobias und sie sich redlich, alles genauso zu machen, wie Niklas es erklärt hatte. Aber irgendwie schwammen jeden Tag wieder Jungfische mit dem Bauch nach oben im Wasser. War das normal so, oder machten sie irgendetwas grundlegend falsch? Stimmte die Wassertemperatur nicht? Der Sauerstoffgehalt? Nervös warf Freya noch mehr Futter ins Becken. »Lasst es euch schmecken«, sagte sie. »Und werdet mal ein wenig robuster. Wie wollt ihr denn sonst später draußen im großen See zurechtkommen?«

»Bei Pflanzen würde man sagen, wir haben einfach keinen grünen Daumen«, seufzte Tobias. »Keine Ahnung, was man bei Fischen sagt.« Er hielt Freya einen der leeren Senfeimer hin, von denen sie zahlreiche hatten, und sie leerte den Kescher hinein. Betreten zählten sie nach, wie viele es an diesem Morgen waren.

»Jetzt mal ehrlich, Tobias, machen wir was falsch oder ist das bei Niklas auch so?«

»Keine Ahnung. Aber wir sagen nichts. Dein Bruder muss sich erst noch erholen, wenn er übermorgen aus dem Krankenhaus kommt.«

»Er kann keinen Stress gebrauchen, ich weiß.«

»Und deswegen hab ich das hier.« Tobias ging hinaus und kam mit einer viereckigen Wanne zurück ins Bruthaus. Verschmitzt grinsend hob er den Deckel ab.

»Spitze!«, rief Freya aus, als sie sah, was sich in der Wanne befand. »Wo hast du die denn her?«

In dem Behältnis tummelten sich unzählige Forellensetzlinge.

»Es war gar nicht so einfach, noch welche zu bekommen. Ich musste bis hinter Benediktbeuern fahren, dort gibt es eine Forellenzucht, und die hatten noch vorgestreckte Brut in der passenden Größe.«

Erleichterung durchflutete Freya. Ein Problem weniger. Gemeinsam hievten sie die Wanne hoch und verteilten ihren Inhalt auf die Becken.

»Sehr gut«, konstatierte sie. »Sieht aus wie vorher. Niklas wird nichts merken. Das war eine super Idee, Tobias.«

Die beiden waren erschöpft. In den vergangenen Tagen hatten sie, zusammen mit Lena, noch mehr geleistet als sonst. Unter Freyas Augen lagen dunkle Schatten, die sie kaum noch überschminken konnte. Sie sehnte sich danach auszuschlafen.

»Auf Dauer würde ich das so nicht durchhalten«, gab Tobias zu, auch er sah zerknittert aus, und Freya wusste genau, wie er sich fühlte.

Sie hatte am Morgen allein die Netze geleert, obwohl sie ihrem Bruder das Versprechen abgenommen hatte, es künftig nur noch in Begleitung zu tun. Es war anstrengend gewesen, aber Freya war irgendwie auch stolz darauf, es ganz allein geschafft zu haben. Sie hatte in der Dunkelheit sogar auf Anhieb die richtigen Stellen angesteuert. Kurz war sie von Panik erfasst worden – was, wenn das Boot kippte, sie ins Wasser fiel oder das Wetter plötzlich umschlug? Sie hatte selbstverständlich die Kaffeepause zum Sonnenaufgang eingehalten, so wie sie es von Niklas gelernt hatte. Still hatte sie dagesessen und erlebt, wie die Welt um sie erwacht war. Augenblicke wie diese waren etwas ganz Besonderes. Ein Gefühl von Frieden durchströmte Freya. Sie hielt eine Hand ins Wasser und spürte das kühle Nass. »Freundschaft?«, flüsterte sie zu den Tiefen und wertete das friedliche Plätschern als Zustimmung.

Als sie wieder am Ufer war, hatte sie zusammen mit Tobias die Fische in Lake eingelegt, dann im Restaurant eingedeckt, und nun arbeiteten sie im Bruthaus. Später würden sie noch räuchern. Pausen konnten sie sich nicht leisten, nahtlos ging es weiter – vom Mittagstisch über das Ausliefern der Fische, die Versorgung der Setzlinge zum Abendgeschäft mit finalem Aufräumen. Als Freya endlich Feierabend hatte, spürte sie ihre Beine vom vielen Herumlaufen kaum mehr und ihr Kopf dröhnte.

Einen Vorteil hatte so ein straffer Tagesplan – sie bekam überhaupt nicht mit, was im Ort vor sich ging, und sie hatte auch keine Zeit, darüber nachzudenken.

Als Niklas endlich aus dem Krankenhaus entlassen wurde, musste er nicht mal mehr einen Verband tragen. Er wirkte entspannt und guter Dinge. Freya war sehr erleichtert.

»Was bin ich froh, dass du wieder daheim bist«, versicherte sie ihm alle paar Minuten. Sie musste ihn ständig drücken.

»Muss ja echt schlimm gewesen sein ohne mich, wenn du dermaßen überschwänglich bist. So kenne ich dich gar nicht.« Er zwinkerte Freya zu. »Und jetzt schaue ich erst mal nach meinen Fischen.«

Hinter Niklas' Rücken warfen sich Freya und Tobias einen vielsagenden Blick zu und folgten ihm ins Bruthaus. Die Pumpe lief regelmäßig, die Temperatur im Raum stimmte, die Setzlinge tummelten sich brav im Wasser.

Niklas ging von Becken zu Becken. »Alles in bester Ordnung. Komisch, es kommt mir fast vor, als wären es mehr Fische geworden. Aber das kann ja nicht sein.«

»Das meinst du bestimmt nur, weil sie gewachsen sind«, sagte Freya schnell.

»In der kurzen Zeit?«

»Klar. Wir brauchen übrigens neues Futter.«

»Wie? Ich hatte doch erst welches gekauft.« Er kontrollierte die Futtertonne. »Tatsache, fast leer.«

»Vielleicht sind sie deswegen schon so groß?«

Misstrauisch blickte Niklas von seiner Schwester zu seinem Freund und erklärte: »Wenn man sie überfüttert, hat das eher den gegenteiligen Effekt. Es kann sein, dass sie dann eher sterben. Danach sieht es aber hier überhaupt nicht aus.«

»Eben, siehst du, alles in Ordnung. Tobias und ich sind Naturtalente in Sachen Fisch. Merkst du sicher auch, wenn du unsere Räuchersaiblinge probierst.« Sie sah auf die Uhr. »Und wenn ihr nichts dagegen habt, lege ich mich jetzt noch ein Stündchen hin, bevor es weitergeht. Ehrlich gesagt bin ich todmüde.«

Auch Tobias gähnte. »Ich ebenfalls. Bis später, Leute.«

Im Hinausgehen spürten sie Niklas' skeptischen Blick, und Freya biss sich auf die Zunge, um nicht zu lachen. Das Geheimnis der vielen Setzlinge würde Niklas nie lüften.

»Du musst dich noch schonen«, erklärte Freya ihrem Bruder am darauffolgenden Morgen mit einer Stimme, die keinen Raum für Diskussionen ließ. Dabei zog sie eine zerschlissene Jacke an, die sie eigentlich schon ausrangiert hatte. Doch jetzt, als Fischerin vom Walchensee, konnte sie das alte Stück gut brauchen.

»Ich hatte eine Platzwunde und eine Gehirnerschütterung, mehr nicht.«

»Eben. Deswegen werde ich so lange noch mit dir rausfahren, bis ich sicher sein kann, dass du wieder richtig fit bist. Und ab dann begleiten dich die neuen Lehrlinge. Und nein – das ist nicht verhandelbar. Du machst dir keine Vorstellung, welche Angst ich um dich hatte. So was will ich nie wieder erleben.«

Ohne seinen Protest zu beachten, schulterte sie den Rucksack mit der Thermoskanne und folgte ihm zum Boot. Niklas zuckte resignierend mit den Schultern. »Du bist starrsinnig. Immer schon gewesen. Warum bleibst du nicht noch ein paar Stunden im Bett? Deinen Augenringen nach zu urteilen, brauchst du dringend mehr Schlaf.«

»Danke. Mir geht es gut.«

Genervt kletterte er aufs Boot, setzte sich ans Steuer und stellte den Motor an. »Mir auch.«

In der Dunkelheit fuhren sie schweigend hinaus auf den See. Obwohl es Sommer war, fror Freya, und sie freute sich auf den heißen Kaffee. Beide arbeiteten zügig, Hand in

Hand, und als die Sonne aufging, setzte sich Freya neben ihren Bruder und öffnete den Rucksack. Das war mittlerweile zu einem Ritual geworden, das sie liebte.

»Ich merke, dass du in meiner Abwesenheit eine eigene Routine entwickelt hast. Wer hätte gedacht, dass aus dir noch eine richtige Fischerin wird?« Das klang schon viel versöhnlicher.

»Ist das etwa ein Lob?« Freya sah ihren Bruder von der Seite an und bemerkte, wie sich seine Mundwinkel nach oben kräuselten.

»Natürlich ist es das. Danke, Freya, du und Tobias, ihr habt eure Sache toll gemacht. Und glaub mir, ich weiß, wie viel Arbeit das war.«

»Wir sind ein Team.«

»In erster Linie sind wir eine Familie. Das ist mir noch nie derart bewusst geworden, wie eben jetzt in diesem Augenblick. Es gibt niemanden, mit dem ich lieber einen Sonnenaufgang betrachten würde. Als ich im Krankenhaus lag, hab ich dich vermisst, Schwesterchen.«

Das war das Emotionalste, zu dem sich Niklas ihr gegenüber jemals hatte hinreißen lassen. Sie war gerührt.

»Ich dich auch«, sagte sie leise. Endlich löste sich das Gefühl der Entfremdung durch die vergangenen Jahre endgültig auf. Sie hatten sich einander behutsam angenähert und nichts erzwungen. Zum ersten Mal fühlte Freya tiefe Dankbarkeit ihrem Vater gegenüber und für dessen Testament. Gleichzeitig überkam sie ein Anflug von Trauer. Hätte sie öfter hierherkommen müssen? Hätte sie ihrem Vater die Chance geben müssen, die er nun auf diese Weise für sie und Niklas erzwungen hatte?

»Wir dürfen den Sorgen nicht zu viel Raum geben«, sagte sie zu ihrem Bruder und in gleichem Maße zu sich selbst.

»Ich weiß. Hätte ich nicht ständig an die Hirschbergs und ihre Baupläne gedacht, sondern mich auf das Leeren des Netzes konzentriert, wäre mein Unfall nicht passiert.«

Sie erzählte ihm nichts von Paul Hirschbergs Boshaftigkeiten, die sie im Gespräch mit Herrn Limbach erfahren hatte. Das war jetzt alles unwichtig.

»Diese Leute sollten für uns keine Rolle spielen, eigentlich sind sie vollkommen unbedeutend. Konzentrieren wir uns stattdessen besser auf das, was wirklich zählt.«

Niklas nickte in stummer Zustimmung, dabei drehte er die Kaffeetasse in seinen Händen. »Auch darüber hatte ich Zeit nachzudenken. Dein Gespräch mit Pfarrer Talhofer kam mir immer wieder in den Sinn. Wir müssen der Sache von damals endgültig auf den Grund gehen, Freya. Erst dann, wenn du weißt, was wirklich passiert ist, kannst du damit abschließen und bist wirklich frei.« Niklas räusperte sich. »Hat er nicht zu dir gesagt, dass ihm erzählt worden sei, du und Rosalie hättet euch gestritten?«

Der plötzliche Themenwechsel beschleunigte Freyas Puls. Sie schluckte. »Ja, genau.«

»Wenn ihr angeblich allein zum Baden gegangen seid und kein Erwachsener dabei war – woher wollen die dann wissen, dass ihr gestritten habt? Das müsste dann doch jemand beobachtet haben, oder nicht?«

Freya nickte bedächtig. Die Sonne war inzwischen aufgegangen, und Freya öffnete den Reißverschluss ihrer Jacke. Es wurde wärmer, angenehm, und das Boot schaukelte leicht auf dem Wasser. »Es könnten einfach Mutmaßungen sein. Allerdings hat er sehr sicher gewirkt.«

»Dann war vielleicht doch jemand bei euch?«

Sie versuchte sich mit aller Kraft zu erinnern. »Ich weiß es nicht.«

Niklas verstaute die leeren Kaffeetassen im Rucksack und setzte sich auf die Bank Freya gegenüber. »Der Tag, an dem das Unglück passiert ist, war ein Dienstag. Das habe ich nachgeguckt. Im *Fischerfleck* hatten wir eigentlich immer montags geschlossen, aber ich erinnere mich genau daran, dass zu war. Deine Mutter war irgendwo unterwegs, und ich habe keine Ahnung, was Papa gemacht hat. Die Gaststätte war definitiv zu. Ich hatte ja dienstagnachmittags Fußballtraining, war also auch nicht zu Hause. Und Rosalies Eltern waren wie immer auf der Arbeit. Das Mädchen war ja mehr bei uns als zu Hause. Ehrlich, Freya, ich kann mir nicht vorstellen, dass zwei Achtjährige stundenlang unbeaufsichtigt gewesen sein sollen. Papa muss da gewesen sein. Er hätte euch niemals alleine ins Wasser gehen lassen.«

Freya konnte ihre Augen nicht von denen ihres Bruders abwenden. Was Niklas sagte, ergab Sinn. Ihre Gedanken überschlugen sich. »Aber Papa hat immer behauptet, er hätte gearbeitet«, flüsterte sie.

»Jedenfalls nicht im *Fischerfleck*. Und wenn im Bruthaus, dann bestimmt nicht derart lang. Ich erinnere mich, dass er und deine Mutter sich jedes Mal gestritten haben, wenn die Rede auf diese Sache kam. Ich hatte immer den Eindruck, sie würde ihm zu Unrecht Vorwürfe machen. Aber vielleicht täusche ich mich. Möglicherweise hat er nicht die Wahrheit gesagt.«

»Warum sollte er behaupten, dass er nicht bei uns war, wenn es nicht stimmt? Das ergibt überhaupt keinen Sinn!« Freyas Atem kam stoßweise, wie immer, wenn sie sich aufregte. »Er hätte Rosalie doch gerettet, wenn er dabei gewesen wäre.« Ein Gefühl von Beklommenheit ergriff von Freya Besitz, und sie fröstelte trotz der warmen Sonne.

Mit Bestimmtheit sagte Niklas: »Wir müssen Pfarrer Talhofer fragen, von wem er seine Informationen hat, mit wem er über das Unglück gesprochen hat und wer ihm gesagt hat, ihr hättet gestritten.«

»Wie ich ihn einschätze, wird er das unter keinen Umständen verraten. Du weißt doch, wie sich die Pfarrer immer auf das Beichtgeheimnis berufen. Das ist aussichtslos.«

»Es gibt immer Mittel und Wege, die Wahrheit herauszufinden. Wir fangen gerade erst an, Freya.«

Trotz sommerlicher Hochsaison und ausgebuchtem Sporthotel ging es auf der Liegewiese mit den Bauarbeiten los. Der Zaun wurde versetzt, womit sich der hoteleigene Badestrand und damit der Platz für die Gäste bedeutend verkleinerte. Innerhalb weniger Wochen entstand mit viel Baulärm ein achteckiger Pavillon, der zum Wasser hin offen war.

»Es ist ihnen offenbar wahnsinnig wichtig, möglichst schnell zu eröffnen«, mutmaßte Niklas. »Sonst würden sie den Gästen nicht diesen ganzen Radau und Dreck zumuten. Ich vermute, sie werden vorübergehend mit den Zimmerpreisen runtergehen müssen, um Beschwerden vorzubeugen. Und obendrein opfern sie einen erheblichen Teil vom Strand – das wird ihnen weh tun ...«

Die Geschwister Siebert beobachteten das Baugeschehen

aus gebührendem Abstand und bemühten sich um Zuversicht. Sie konzentrierten sich auf ihr eigenes Unternehmen und auf das, was sie beeinflussen konnten. Tatsächlich entspannte sich dadurch im *Fischerfleck* die Lage. Tobias bekam eine Küchenhilfe, und zwei Servicekräfte wurden ebenfalls eingestellt. Neues Personal bedeutete zwar mehr Fixkosten, aber alle drei Geschäftsführer waren sich einig, dass sie Unterstützung brauchten. Außerdem, falls es weiterlief wie bisher, mussten sie sich wegen der zusätzlichen Ausgaben keine Sorgen machen. Sie bereiteten sich bestmöglich auf die Eröffnung der Konkurrenz vor, und Freya sammelte sogar schon Ideen für den Herbst, den Winter und mögliche Events. Vielleicht würden sie irgendwas davon ja tatsächlich realisieren können. Freya wollte jedenfalls gewappnet sein und auf neue Anforderungen schnell reagieren können. Sie schrieb Listen, und das beruhigte ihre Nerven. Mit einem Plan B fühlte sie sich sicherer. Ihr Verhältnis zu Jonas war abgekühlt, ohne dass sie ihm einen Korb hatte geben müssen. Da Paul Hirschberg von seinem Sohn erwartete, sich um die Baustelle zu kümmern, pendelte Jonas zwischen Surfcenter und Pavillon und hatte kaum mehr freie Zeit. Bei einem ihrer zuletzt seltenen Telefonate hatte er sich bei Freya darüber ausgelassen, sein Lamentieren war allerdings auf wenig Mitleid gestoßen. Er war ja nicht der Einzige, der während der Sommermonate am Walchensee von morgens bis abends schuftete, das ging allen so, die im Gastgewerbe arbeiteten.

»Aber eines sag ich dir, die Strandlounge wird das Kronjuwel des Sporthotels. Die Leute werden sich um die Plätze reißen.« Jonas hatte am Telefon auf Freya eingeredet, während im Hintergrund gehämmert und gesägt wurde.

»Das ist ja schön für euch«, hatte sie bei all dem Krach in den Hörer gerufen.

»Ich hoffe, das ändert nichts zwischen uns«, hatte Jonas erwidert.

»Wie meinst du das?«

»Nun, die Idee, hippe, hochpreisige Gastro anzubieten, könnt ihr nicht exklusiv für euch beanspruchen. Das kann jeder machen. Der *Fischerfleck* ist zwar ein nettes Wirtshaus, und eure Seelounge hat wirklich Flair, aber bei uns in der Strandlounge wird es natürlich stilvoller zugehen. Gut möglich, dass nicht mehr ganz so viele Gäste den Weg raus zu euch finden.«

Freya verschlug es für einen Moment die Sprache. Wie bitte? War Jonas wirklich so mies und durchtrieben? Oder war er wie ein kleiner Junge, ein Papagei, der ohne zu überlegen nachplapperte, was die Eltern ihm vorsagten? Wie kam er dazu, mit fröhlicher Stimme solchen Unsinn von sich zu geben? Eigentlich hätte Freya von ihm erwartet, dass er von Angesicht zu Angesicht über die Expansionspläne seiner Familie mit ihr sprach. Und zwar bevor die allgemein bekannt geworden waren. Immerhin war doch eine Art Freundschaft zwischen ihnen entstanden. Zumindest hatte Freya das gedacht, wo Jonas doch offen und vertrauensvoll mit ihr über sein Verhältnis zu seinen Eltern gesprochen hatte. Sie hätte erwartet, dass er ihr von den Plänen erzählt, bevor sie es von anderen erfuhr. Aber so zu tun, als hätte der Bau des Pavillons und die sogenannte Strandlounge gar nichts mit ihnen zu tun, war schon ein starkes Stück. Und dann noch stolz vom Baufortschritt zu berichten und den *Fischerfleck* dabei kleinzureden, hatte sie sehr enttäuscht. *Hast du deine Lektion noch immer nicht gelernt,* hatte Freya sich in Gedanken an ihre Mutter zurechtgewiesen. *Hohe Erwartungen führen zu großen Enttäuschungen.*

»Jetzt verstehe ich dich ganz schlecht.« Freya hatte sich entschieden, das Gespräch elegant zu beenden. »Hallo? Oje, ich glaube, du bist weg.« Sie hatte aufgelegt, das Handy komplett ausgeschaltet und Jonas Hirschberg endgültig abgehakt.

»Es ist Zeit für einen Tapetenwechsel«, verkündete Tobias nach einem besonders intensiven Arbeitstag und wedelte mit drei Eintrittskarten.

»Was ist das?«

»Tickets für ein Konzert im Kraftwerk. Den ganzen Sommer über treten dort klasse Bands und Sänger auf, aber wir kriegen davon überhaupt nichts mit, weil wir immerzu arbeiten.«

Niklas schnappte sich eins. »Das ist am Freitagabend im Informationszentrum am Walchenseekraftwerk«, las er vor.

»Ich bin der Meinung, dass wir uns eine kleine Belohnung verdient haben.«

»Das sehe ich genauso«, pflichtete Freya bei. »Das ist eine schöne Idee. Danke, Tobias. Aber sollten wir nicht auch Lena mitnehmen?«

Die kam gerade aus dem Garten in die Küche, und Tobias legte ihr freundschaftlich den Arm um die Schultern. »Das geht leider nicht. Denn wie ich deinen Bruder kenne, wäre es ihm überhaupt nicht recht, wenn der *Fischerfleck* an einem Freitag geschlossen bliebe. Also hat sich eure Cousine dankenswerterweise bereit erklärt, den Service mit den beiden Neuen zu übernehmen, und ich mache für den Tag ein kaltes Menü, das wir als Hochsommerspecial anbieten können. Das kann ich dann schon vormittags fertig machen.«

Niklas wirkte skeptisch.

»Bitte, Bruderherz«, schmeichelte Freya. »Ich mach auch gleich einen Hinweis auf unserer Internetseite und wir hängen ein Plakat in die Tür. Dann weiß jeder Bescheid, dass es am Freitag ein cooles Sommerspecial gibt.«

Niklas' Widerstand war schnell gebrochen. »Na gut. Es wär schon schön, mal wieder rauszukommen. Und wenn es für dich wirklich in Ordnung ist, Lena …«

»Klar, das mache ich gern.« Noch immer stand sie Arm in Arm mit Tobias da und schmiegte sich sogar ein bisschen an ihn. Freya fiel das sofort auf, und sie musste sich eingestehen, dass ihr das überhaupt nicht gefiel. Genauso wenig wie Tobias' forschender Blick, der auf Freyas Gesicht ruhte und in seiner Unergründlichkeit nicht verriet, was er dachte.

16 Freya

Die Zeit verflog nur so, und der Freitag kam schneller als erwartet. Die Tage waren mit Arbeit so ausgefüllt, dass Freya kaum zum Verschnaufen kam, und deshalb freute sie sich auf die kleine Auszeit ganz besonders. Es tat gut, sich nach dem Mittagsgeschäft endlich mal in die Sonne zu legen, weil nichts dringend zu erledigen war. Als es ihr zu heiß wurde, sprang sie vom Steg ins Wasser und ließ sich auf einer Luftmatratze treiben. Augen zu und abschalten – das war Entspannung pur.

Später nahm sich Freya Zeit für eine Haarkur und lackierte sich die Nägel.

»Du siehst irgendwie … kultivierter aus als sonst«, neckte Niklas, als sie aus dem Bad kam. »Sauberer. Duftiger. Und definitiv gebräunter.«

»Und du machst einen wesentlich fitteren Eindruck. Ich denke, du bist gesund und kannst ab morgen wieder ganz normal mitarbeiten.«

Er wendete den Blick theatralisch gen Himmel. »Danke! Sie ist zur Vernunft gekommen. Was so ein Bad im See doch bewirkt.«

Im Vorbeigehen knuffte ihn Freya, erleichtert, dass er seine gute Laune wiedergefunden hatte und genesen schien. Sie schlüpfte in ein weißes Sommerkleid und legte sich für später, wenn es kühler würde, eine Jeansjacke um die Schultern. Das frisch geföhnte Haar ließ sie offen über den Rücken fallen. Und da sie an diesem Tag eine ordentliche Sonnenbräune bekommen hatte, reichten ein wenig Wimperntusche und Lipgloss, um strahlend auszusehen. Im Hinausgehen schnappte sich Freya ihre Handtasche, dann rannte sie die Treppe hinunter, weil Niklas bereits nach ihr rief.

Er stand neben Tobias draußen am Auto und tippte mit dem Finger demonstrativ auf seine Uhr. Tobias musterte Freya eindringlich und hielt ihr die Wagentür auf. Als sie an ihm vorbei auf den Sitz schlüpfte, machte es fast den Eindruck, er würde an ihr schnuppern.

»Siehst gut aus«, bemerkte er schnörkellos.

»Danke.«

»Äh, Tobias, das ist meine Schwester. Du musst ihr keine Komplimente machen.«

Ein irritiertes Schnauben entfuhr Freya. Sehr charmant, ihr Bruder.

Sie fuhren auf der Serpentinenstraße zwischen den beiden Seen in Richtung Kochel. Rechter Hand tauchte das Franz-Marc-Museum auf, bei dem man baulich versucht hatte, das Alte mit dem Neuen zu verbinden. Ein modernes kubisches Gebäude aus Stein und Glas, das über einen schlichten Trakt mit einer schmucken Villa verbunden war, beherbergte Bilder des bekannten Malers und seiner zahlreichen Künstlerfreunde, wie etwa Paul Klee. Freya nahm sich vor, dem Museum baldmöglichst einen Besuch abzustatten, da die Geschichte des viel zu früh verstorbenen Künstlers sie interessierte und sie seine Bilder sehr mochte.

Niklas lenkte den Wagen links in die Zufahrtsstraße zum Kraftwerk. Der großzügig dimensionierte Parkplatz war schon fast voll, aber nach kurzem Suchen fanden sie doch noch eine freie Lücke.

Sie stiegen aus, liefen hinüber zum Informationszentrum, vorbei an einem kleinen, traditionellen Holzhaus mit grünen Fensterläden, an dessen Längsseite ein Zigarettenautomat wie eine hässliche Warze prangte. Es schien eine Gaststätte speziell für Biker zu sein mit Grill, Sonnenschirmen und Bierbänken direkt neben der Straße und den geparkten Motorrädern. Die Aussicht beschränkte sich auf Leistungstransformatoren und Schaltanlagen des gegenüberliegenden Umspannwerks und konnte beim besten Willen nicht als malerisch bezeichnet werden.

Wie die anderen Konzertbesucher reihten sich Freya, Niklas und Tobias in die Schlange am Eingang ein und bekamen die obligatorischen Bändchen fürs Handgelenk. Das Informationszentrum mit dem großen überdachten Vorplatz, auf dem das Open-Air-Konzert stattfinden sollte, kannte Freya noch nicht. Es musste ungefähr um die Zeit gebaut worden sein, als sie nach Schweden gegangen war. Aber an das Kraftwerk selbst erinnerte Freya sich gut. Hier in der Gegend wurde es bereits in der Grundschule zum Unterrichtsthema, und einer der ersten Schulausflüge führte immer hierher.

Die Maschinenhalle und das Transformatorenhaus waren architektonisch derart ansprechend gebaut, dass sie Freya damals, als kleines Kind, an eine herrschaftliche Villa erinnert hatten. Auch an diesem Abend war sie wieder von der Ästhetik beeindruckt, die dem Betrachter schlichtweg Freude bereitete. Warum wurde heute nicht mehr so gebaut? Was sprach dagegen, Funktionalität mit Schönheit zu verbinden? Efeu rankte sich die hohen Fassaden hinauf, und an einer Wand hing eine Erinnerungstafel mit den Namen derer, die seinerzeit beim Bau verunglückt waren.

Der große Oskar von Miller, Münchens berühmter Ingenieur, hatte 1918 ein ehrgeiziges Vorhaben entwickelt, um seine bayerische Heimat mit Elektrizität zu versorgen. Er war nicht der Erste, dem das natürlich Gefälle zwischen dem Walchensee und dem Kochelsee aufgefallen war, aber der Erste, der einen gigantischen Plan ausgearbeitet hatte, um es nutzbar zu machen. Wie alle Visionäre musste er sich zuerst gegen Zweifler und Skeptiker durchsetzen, doch 1924, zehn Jahre vor Oskar von Millers Tod, speiste die erste Turbine Energie ins neue Stromnetz ein.

Freya erinnerte sich an den Lärm im Maschinenhaus, alle Schulkinder hatten sich damals die Ohren zugehalten. Die dunkelgrün lackierten Turbinen und Generatoren waren ihr wie gigantische Suppenkessel vorgekommen. Nicht beängstigend, nur faszinierend in ihrer altertümlichen, noch immer voll funktionsfähigen Pracht.

Auch an diesem Abend spähte sie hinauf zum Wasserschloss auf dem Kesselberg, das in der Dämmerung kaum mehr zu erkennen war. Von dort oben stürzte Walchenseewasser aus einem Ausgleichsbecken durch dicke Rohre zweihundert Meter in die Tiefe, bis herunter an den Kochelsee, und trieb die Turbinen des Kraftwerks an. Seit einhundert Jahren. In der Schule hatte Freya damals gefragt, wie wohl der Riesenwaller oben im See es fände, dass mit seinem Wasser so viel angestellt wurde und ob er sich dadurch nicht gestört fühlte. Auch die Klassenkameraden hatte das brennend interessiert, schließlich wollte niemand, dass das Monster erwachte. Leider war die Lehrerin ihnen die Antwort schuldig geblieben.

»Was ist los? Worüber amüsierst du dich?«, fragte Tobias.

Mit einem Kopfschütteln verscheuchte Freya die Erinnerungen. »Ach, ich musste nur gerade an einen Ausflug in der dritten Klasse denken.«

»Ich glaube, wir sind alle mit der Grundschule hier gewesen«, konnte sich auch Tobias erinnern.

Es würde noch etwas dauern, bis das Konzert begann, also besorgte Niklas Getränke. An Foodtrucks wurden Snacks und Erfrischungen verkauft, es herrschte eine lockere Sommerfeststimmung.

»Hast du schon die neue Tierärztin kennengelernt?«, fragte Niklas Tobias beiläufig und ohne erkennbaren Zusammenhang.

»Ja. Ich musste doch neulich den Hund meiner Mutter hinbringen.«

»Und? Sieht sie wirklich so gut aus, wie alle behaupten?«

Freya spürte Tobias' Blick kurz auf sich, bevor er antwortete. »Am besten, du bildest dir selber ein Urteil, Niklas. Dort drüben steht sie nämlich.« Er deutete auf eine dunkelhaarige Frau, die sich gerade mit einem Becher in der Hand zu ihnen umdrehte und auf Tobias zusteuerte. Vermutlich war sie ein paar Jahre älter als Freya, mit leuchtend rot geschminkten Lippen und langen Wimpern, die bestimmt nicht ganz echt waren.

»Hallo, Herr Wolf«, begrüßte sie ihn strahlend lächelnd. »Na, wie geht's dem Dackel Ihrer Mutter? Rocky heißt er doch, oder? Hat er die Impfung gut verkraftet?«

»Ja, hervorragend. Der Rocky ist hart im Nehmen. Darf ich Ihnen meine Geschäftspartner und Freunde Freya und Niklas Siebert vorstellen?« Tobias machte eine ausladende Handbewegung. »Und das ist Frau Doktor Freitag, sie hat die Tierarztpraxis von Doktor Schraml übernommen«, sagte er erklärend an Niklas und Freya gewandt.

Sie schüttelten Hände, und als Niklas an der Reihe war, sagte die Tierärztin: »Ich heiße Jessica. Doktor Freitag klingt so schrecklich alt und ernst.« Beim Lachen zeigte sie ihre perfekten Zähne. Überhaupt fand Freya, dass die Tierärztin und Tobias mit ihren dunklen Haaren und Augen, den hohen Wangenknochen und dem auffallend guten Aussehen Geschwister hätten sein können. Wobei Frau Doktor bestimmt keine schwesterlichen Gefühle für ihn hegte, so wie sie ihn ansah. Doch dann richtete sie ihre Aufmerksamkeit wieder auf Niklas.

»Ich habe schon gehört, dass der *Fischerfleck* absolut angesagt ist. Aber ich wohne erst seit kurzem hier und kenne leider noch niemanden, mit dem ich dorthin ausgehen könnte.«

»Du kannst auch alleine kommen«, antwortete Niklas mit bayerischem Pragmatismus, der seiner Schwester ein Grinsen entlockte.

»Habt ihr denn Haustiere? Dann könnte ich meinen Besuch nämlich mit der Arbeit verbinden. Wenn ich solo und einfach so erscheine, zerreißen sich die lieben Walchenseer sonst bestimmt den Mund. Ich habe das Gefühl, jeder im Ort wird ganz genau beobachtet.« Sie sprach Hochdeutsch.

»Klar haben wir Tiere. Massenweise Fische. Und Freya will einen Hund, aber darüber diskutieren wir noch.«

»Fische. Wie faszinierend. Erzähl mir doch mehr.« Ihre Hand lag auf Niklas' Unterarm, wanderte jetzt weiter und zog ihn näher zu sich heran, als wollte sie allein und ungestört mit ihm reden.

Hinter Jessicas Rücken verdrehte Freya die Augen. Fische. An einem See. Faszinierend. Im Ernst? Allem Anschein nach war die Tierärztin in Flirtlaune und äußerst interessiert an Niklas. Dezent traten Freya und Tobias ein paar Schritte zur Seite. Eine Portion weibliche Aufmerksamkeit war ihrem Bruder weiß Gott zu gönnen. Seitdem Freya an den Walchensee zurückgekehrt war, hatte er sich, soviel sie wusste, mit keiner Frau getroffen. Zwar hatte Freya mitbekommen, dass hin und wieder jemand für Niklas anrief, aber er wimmelte sie immer ab. Er ließ keine Frau wirklich an sich heran. Auch bei den weiblichen Gästen im *Fischerfleck* war er sehr beliebt, und Freya vermutete, dass einige nur kamen, um ihn zu sehen. Verständlich – er war herzensgut, konnte durchaus witzig sein und sah noch dazu verflixt gut aus. Aber offenbar beschränkte sich die Bindungsunwilligkeit nicht nur auf Cousine Lena, sondern galt möglicherweise generell für die Sieberts. Freya dachte an Jonas. Ihr anfängliches Interesse an ihm hatte sich kontinuierlich abgekühlt, und nun war sie sich nicht mal mehr sicher, ob sie ihn überhaupt noch leiden konnte. Unter keinen Umständen wollte sie ihr Verhältnis vertiefen. War es bei ihr genauso wie bei Lena und Niklas? Ob ihr Bruder der Tierärztin wohl eine Chance geben würde? Und falls ja – für wie lange?

»Na, da scheint jemand gut anzukommen«, bemerkte Tobias grinsend mit einem Seitenblick auf seinen Freund und sprach damit aus, was auch Freya dachte.

»Wie lange geben wir ihr?«, fragte sie.

»Es ist bald September. Wie ich Niklas kenne, wird sich das noch vor Weihnachten erledigt haben. Alles andere würde mich wundern.«

»Sehe ich genauso.«

»Andererseits scheint Jessica genau zu wissen, was sie will. Vielleicht braucht dein Bruder jemanden, der ein wenig dominanter ist und ihn zu seinem Glück zwingt.«

Freya lachte. »Klingt beängstigend, so wie du das sagst.«

Mittlerweile war es dunkel geworden, aber immer noch warm, und das Gelände mit Scheinwerfern und Fackeln ausgeleuchtet. »Wollen wir schon mal unsere Plätze suchen?« Tobias gab Niklas ein Zeichen, und Freya und er machten sich auf den Weg in Richtung Bühne.

»Es ist schön, hier zu sein. Ich hatte beinahe vergessen, dass es außer dem *Fischerfleck* noch was anderes gibt.«

»Den Eindruck hatte ich auch. Jeder braucht mal eine Pause, auch wenn dein Engagement extrem bewundernswert ist.«

»Findest du?«

»Vollkommen ohne Erfahrung ein einfaches Gasthaus zu übernehmen und daraus einen Treffpunkt für gehobenes Publikum zu machen, wäre sogar für einen Fachmann eine Herausforderung. Also ja, ganz ehrlich, du schlägst dich hervorragend.«

»Danke.« Sein Lob freute Freya. Besonders weil sich Tobias in der Branche auskannte und nichts sagte, was er nicht auch so meinte. Inzwischen kannte sie ihn gut genug, um das zu wissen.

Sie nahmen ihre Plätze ein und hielten einen für Niklas frei, Freya legte ihre Jeansjacke darauf.

»Besser, du belegst gleich zwei. Vermutlich setzt sich Frau Doktor auch zu uns.«

Sein Tonfall erstaunte Freya. »Magst du sie nicht?«

»Ich kenne sie kaum. Wie gesagt, ich habe sie nur einmal gesehen, als ich den Dackel impfen lassen musste. Sie ist seit ein paar Monaten hier und hat mächtig Zulauf. Plötzlich haben alle Herren in der Gegend kranke Haustiere daheim. Schäkern scheint bei ihr zum Service zu gehören.«

»Nun ja, sie ist wirklich hübsch, und es spricht nichts dagegen, aus seinem Charme Vorteile zu ziehen, denke ich.«

Er drehte sich zu ihr und stützte einen Arm auf der Stuhllehne ab. »Soweit ich weiß, hat sie bisher alle Avancen abgeschmettert. Ihr Flirten beschränkt sich auf die Arbeitszeiten. Aber an deinem Bruder ist sie eindeutig privat interessiert.«

»Ja, das merke sogar ich.«

Er nahm eine ihrer Haarsträhnen zwischen die Finger und spielte damit. »Ich sehe dich selten mit offenen Haaren.«

»Im Restaurant geht das nicht.«

»Aber privat schon.«

Sein Blick machte sie nervös. Anders als die flirtoffensive Jessica Freitag war Tobias nicht zu durchschauen.

Niklas kam zu ihnen, alleine, gerade als die Band die Bühne betrat und das Publikum applaudierte.

»Wo ist deine neue Bekanntschaft?«, fragte Freya.

»Vermutlich an ihrem Platz.«

»Warum hast du sie nicht gebeten, bei uns zu sitzen?«

Erstaunt hoben sich seine Augenbrauen. »Weshalb sollte ich das tun? Wir drei sind zusammen hier, weil wir uns einen schönen Abend verdient haben, dazu brauchen wir niemanden sonst.«

Tobias beugte sich über Freya zu Niklas. »Sie hätte bestimmt nichts dagegen gehabt, neben dir zu sitzen. Wir haben ihr extra einen Platz freigehalten.«

»Wollt ihr mich verkuppeln, Leute? Das lasst mal ganz schnell sein.« Er sprach nur halb im Scherz. »Wenn ich eine Frau kennenlernen will, dann mache ich das auf meine Weise. Und vor allem nicht im Schnelldurchgang. Ich weiß noch nicht mal, ob mir diese Jessica gefällt. Bei dem Tempo, das sie vorlegt, hatte ich noch keine Gelegenheit, darüber nachzudenken.«

Um sie herum erloschen die Scheinwerfer, jetzt war nur noch die Bühne in helles Licht getaucht. Die Musik setzte ein. Freya kannte die Sängerin nicht. Sie hatte vor einigen Jahren eine Casting-Show im Fernsehen gewonnen und war seitdem wohl recht erfolgreich. Ihre Stimme klang voll und samtig. Die Band spielte hervorragend.

Bei den warmen Soulklängen entspannten sich Freyas Schultern, sie lehnte sich bequem zurück und ließ sich ganz auf die Musik ein.

Ab und an konnte sie einen Seitenblick von Tobias spüren. Als Freyas Hand zufällig neben der seinen zu liegen kam, berührten sich ihre Finger. Gerade wurde eine gefühlvolle Ballade gespielt. Freya schluckte, hielt den Blick starr auf die Bühne gerichtet. Tobias griff nicht nach ihrer Hand, schien nicht die Berührung zu suchen, dennoch fühlte sie sich ihm verbunden. Freya merkte, wie die Gefühle in ihr aufwallten. Nach einer Weile hielt sie es nicht mehr aus und drehte sich zu ihm. Sein Profil war perfekt, der gerade Nasenrücken, seine Stirn, der Schwung seiner Lippen. Ganz langsam wendete auch er den Kopf. Freya hätte schnell wieder wegsehen können, aber sie vermochte es nicht. Das Licht der Bühne ließ seine dunklen Augen wie geschmolzene Schokolade schimmern. Als das Publikum applaudierte, waren sie beide noch immer in den Anblick des anderen versunken. Nur mühsam entzog sich Freya der Anziehung, die von Tobias ausging. Sie blinzelte, als würde sie aus einem Traum erwachen und stimmte in den Applaus ein. Die Stelle, an der ihre Haut sich berührt hatte, kribbelte.

Abrupt stand Freya auf und verließ ihre Sitzreihe.

»Sie geht sicher nur aufs Klo«, hörte sie hinter sich Niklas zu Tobias sagen.

Freya lief an den Verkaufsständen, die während des Konzerts nicht besetzt waren, vorbei bis zum verschlossenen Eingang der Maschinenhalle. Sie trat um die Ecke und lehnte sich mit dem Rücken an die raue Steinwand des Gebäudes. Über ihr leuchteten unzählige Sterne am wolkenlosen Nachthimmel.

»Warum läufst du weg?« Tobias war ihr nachgegangen.

»Vor wem sollte ich denn weglaufen? Etwa vor dir?«

Fernab der Scheinwerfer und Fackeln verlieh die Nacht seiner Haut ein mattes Schimmern. Er stand direkt vor ihr.

»Ja, das denke ich.«

»Blödsinn.«

»Sag nicht, du hättest es nicht auch gespürt, was da eben zwischen uns war. Hier drinnen.« Er legte ganz sacht eine Hand auf Freyas Bauch, dorthin, wo sich der Solarplexus befand.

Sie sog die Luft ein.

Die Wärme seiner Finger brannte durch den Stoff ihres Kleides.

»Das ist was anderes, als das, was du in Stockholm hattest und auch als das, was mit Jonas Hirschberg war. Da hat sich dein Puls kein bisschen beschleunigt. Du meinst vielleicht, du könntest alles kontrollieren und Leidenschaft wäre was für die anderen, aber ich glaube, das siehst du falsch, Freya. So bist du nicht.«

Er trat einen Schritt zurück.

Jetzt hätte sie gehen können. »Wir sind Geschäftspartner, Tobias.« Dieser Einwand klang reichlich lahm.

»Darum geht es aber gerade nicht. Sondern hierum.« Mit einer raschen Bewegung zog er Freya an sich und küsste sie. Der Moment, in dem seine Lippen sich auf die ihren senkten, erstickte jeglichen Widerstand, den sie hatte aufbringen wollen. Sie fuhr mit ihren Fingern in sein Haar und erwiderte den Kuss. Was er gesagt hatte, stimmte. Freya sehnte sich nach Aufregung und Leidenschaft, nach Tobias, der diese heftige Reaktion in ihrem Körper auslöste und sie alles um sich herum vergessen ließ. Freya verlor sich im Rausch des Kusses, der auch ihr Herz in den Bann zog. Irgendwann setzte ihr Gehirn wieder ein. Sie schob Tobias von sich und stürzte davon.

»Das wird nie wieder vorkommen«, stieß sie hervor, wie um sich selbst davon zu überzeugen.

17 Freya

Freya hatte keine Zeit für Herzensangelegenheiten. Das stand unerschütterlich fest. Ihre Arbeit beanspruchte sie fast vollständig, und darüber hinaus ging sie nun endlich ihrer Vergangenheit auf den Grund. Da gab es keinen Raum für Tobias. Zumal eine Beziehung mit ihm nur Probleme mit sich bringen würde. Es war absolut indiskutabel, etwas mit dem Kompagnon anzufangen. Sollte die Sache in die Brüche gehen, würde das womöglich geschäftliche Folgen nach sich ziehen, die den *Fischerfleck* zerstören könnten. Dieses Risiko durfte sie nicht eingehen. Nach dem Abebben der ersten Verliebtheit würden sie womöglich feststellen, dass sie doch nicht zueinanderpassten, und dann würde Tobias zurück nach München gehen, weil er nicht weiter mit Freya arbeiten wollte. Sie und Niklas würden ohne Spitzenkoch dastehen und auch keinen gleichwertigen Ersatz finden. Sie würden also den Hirschbergs das Feld überlassen müssen, Pleite machen und alles verlieren.

Schweißgebadet setzte sich Freya im Bett auf. Die ganze Nacht hatte sie sich dieses Horrorszenario ausgemalt.

So ging es nicht weiter. Sie würde für sich einen klaren Schlussstrich ziehen und sich jeden weiteren Gedanken an Tobias verbieten. Das Beste würde es sein, sich abzulenken.

Um eine Begegnung mit Tobias zu vermeiden, verließ sie das Haus, bevor er eintraf und fuhr in den Ort. Ihr Ziel war der Souvenirladen an der Hauptstraße. Als sie ankam, öffnete er gerade.

»Guten Morgen«, sagte Freya zu dem jungen Mädchen, das einen Drehständer mit Postkarten durch die Tür ins Freie schob. Sie stellte ihn neben eine Bank, die ein der Länge nach zersägter Baumstamm war, und auf zwei dicken Holzklötzen lag. Das äußerst massive Stück stand direkt unter dem Schaufenster des Ladens. Wer sich drinnen ein Eis gekauft hatte, konnte sich hier hinsetzen und es in Ruhe verspeisen.

»Servus.« Das Mädchen griff hinter sich ins Ladeninnere und brachte einen roten Mülleimer mit Schwingdeckel zum Vorschein, auf dem eine Eiswerbung prangte. Den stellte sie zwischen Bank und Postkartenständer, dann richtete sie sich auf und betrachtete Freya neugierig, die immer noch vor ihr stand.

»Ich würde gerne mit Frau Bachmann sprechen, Adelheid Bachmann. Ist sie da?«

»Das ist meine Oma. Die arbeitet schon lang nicht mehr im Geschäft.«

Freya war enttäuscht.

»Aber sie wohnt oben im ersten Stock und sitzt sicher grad mit ihrem Kaffee auf dem Balkon. Ich frage sie gern, ob sie Zeit hat.«

»Das wäre sehr nett. Mein Name ist Freya Siebert. Frau Bachmann kannte meine Eltern, Kirsten und Johannes.«

»Verstehe. Warten Sie hier, ich komme gleich wieder.«

Das Mädchen ging hinein, schloss die Tür und sperrte gewissenhaft hinter sich ab.

»Dann sehe ich also so wenig vertrauenswürdig aus«, murmelte Freya belustigt und harrte geduldig aus, bis der Schlüssel wieder im Schloss gedreht wurde.

»Ist gut. Sie können reinkommen, ich zeig Ihnen den Weg.«

Im Souvenirladen hatte sich wenig verändert. Hölzerne Regale beherbergten Kühlschrankmagneten, Schlüssel-anhänger, Frühstücksbrettchen mit Walchensee-Aufschrift und allerlei anderen Nippes, der im Urlaub gern gekauft wurde. Die Stirnseite des Verkaufsraums füllte ein Zeitungsregal mit großer Auswahl vollständig aus und sogar die Eistruhe stand noch an derselben Stelle wie früher. Neben dem Kassentresen. Ihre Mutter hatte Freya immer ein Eis gekauft und dabei mit Frau Bachmann geplaudert. Manchmal hatte sie auch einen Schokoriegel oder Brausepulver bekommen.

Freya folgte dem Mädchen durch einen Makramee-Türvorhang in den Hausflur.

»Die Treppe rauf, den Gang runter, letzte Tür.«

»Danke.«

Hölzerne Stufen knarzten unter Freyas Schritten. Angekommen klopfte sie und wartete. Als niemand antwortete, öffnete sie die Tür und trat einfach in die gemütliche Wohnküche ein. Eindeutig das Zuhause einer Seniorin – mit Herrgottswinkel über der Eckbank und einem altertümlichen Herd, der sicher seit vierzig Jahren so nicht mehr hergestellt wurde. Hinter dem geschnitzten Kruzifix klemmte ein vertrockneter Palmzweig mit bunten Bändchen.

»Ich bin auf dem Balkon«, ertönte eine Stimme.

Das Haus stand direkt am Seeufer und hatte zur Straßenseite hin eine schlichte Fassade, die lediglich durch Kästen mit üppigen Geranien aufgehübscht wurde. Auf der Rückseite zog sich ein Holzbalkon entlang der gesamten Hauswand und bot eine Aussicht vom Feinsten.

An dem einen Ende des Balkons saß Frau Bachmann neben einem Tisch mit geblümtem Wachstuch, an dem anderen Ende stand ein Klappständer mit frisch gewaschener Wäsche. Dazwischen waren entlang der Hauswand zahlreiche Kräutertöpfe und Tomatenstauden aufgereiht, die prächtig gediehen. Noch lag alles in angenehmem Schatten.

»So, so, Freya Siebert«, sagte die alte Dame. Sie erhob sich nicht, wendete sich aber ihrem Gast zu und deutete auf den zweiten, freien Stuhl. »Hab mich schon gefragt, wann du hier auftauchst. Ich darf doch noch du sagen, oder? Auch wenn das kleine Mädchen von damals erwachsen geworden ist.«

»Natürlich. Grüß Gott, Frau Bachmann. Ihre Enkelin war so nett, mich zu Ihnen zu bringen.«

»Ja, die Emily. Was täten wir nur ohne sie. In den Ferien hilft sie immer im Laden aus. Sonst ist sie im Internat und macht kommendes Jahr Abitur. Kaffee?«

Ohne Freyas Antwort abzuwarten, griff sie nach der silbernen Thermoskanne, goss eine zweite Tasse ein, gab auch gleich Milch und Zucker dazu und rührte um, bevor sie sie herüberschob.

»Oh, gern, danke.« Freya nahm einen Schluck. »Schön haben Sie es hier.« Gemeinsam blickten sie auf den See hinaus.

»Ich weiß. Glaubst du mir, wenn ich dir sage, dass mir diese makellose Aussicht nach fast acht Jahrzehnten langsam zum Hals raushängt? Und ruhig ist es. Manchmal zu ruhig. Nachmittags sitze ich lieber drüben im Wohnzimmer, das geht auf die Straße raus. Da gibt es mehr zu sehen. Aber seit ich in Rente bin, kriege ich wenig mit.«

Unauffällig studierte Freya ihr Gegenüber. Graue Locken waren am Hinterkopf zu einem Dutt gesteckt. Die alte Dame trug weite Leinenhosen, darüber eine hellgraue Bluse und als einzigen Schmuck eine auffällige Kette aus dicken, würfelförmigen Türkisen.

»Frau Bachmann, Sie waren doch früher mit meiner Mutter gut bekannt.«

»Mit der verrückten Schwedin?« Schnell tätschelte sie beruhigend Freyas Hand, als diese aufgeschreckt die Stirn runzelte. »So wurde sie von vielen hier im Ort genannt. Und Kirsten wusste davon. Wir beide haben oft über die Engstirnigkeit der Leute gelacht. Aber manchmal hat sie uns auch betrübt. Ich würde meinen, deine Mutter und ich waren Freundinnen, nicht nur Bekannte.«

»Warum ›verrückte Schwedin‹?« Davon hatte Freya noch nie gehört, es machte sie betroffen.

»Na, weil sie anders war als der durchschnittliche Walchenseer. Lebenslustig, ein Freigeist. Sie ist zum Beispiel gern nackt schwimmen gegangen und hat sich nie verbogen, sondern ihr Temperament voll ausgelebt. Man könnte vielleicht sagen, sie war eine Art Hippie. Sie hat schon Yoga gemacht, als hier der einzige Sport noch Fischen und Maßkrugstemmen war. Und sie und dein Vater haben aus dem *Fischerfleck* einen ganz besonderen Treffpunkt gemacht. Dort herrschte eine offene Herzlichkeit wie nirgendwo sonst. Das kollidierte natürlich mit der bayerischen Seele, die von Haus aus eher wortkarg und konservativ geprägt ist.«

Obwohl das Gesicht der alten Frau von Falten durchzogen und sie sicher um die achtzig war, sprühte ihr Blick vor Wachheit. Freya konnte sich gut vorstellen, dass sie und ihre Mutter vieles miteinander geteilt hatten.

»Als lebenslustigen Freigeist kenne ich Mama gar nicht«, gestand sie. »Eher als verbittert, und später hat die Krankheit nicht mehr viel von ihr übrig gelassen.«

Frau Bachmann griff über den Tisch nach Freyas Hand und drückte sie kurz. »Ich war sehr traurig, als ich von Kirstens Tod erfahren habe. Und deinen Vater hat es ebenfalls mitgenommen.«

»Wirklich? Obwohl sie schon so lang getrennt waren?«

»Ich glaube, er hat immer darauf gehofft, dass ihr wieder zurückkommt. Und dass sie ihm verzeiht.«

Freya horchte auf. »Was verzeiht? Wissen Sie, deshalb bin ich heute hier – ich will endlich Antworten auf meine Fragen finden.«

»Ich kann mir vorstellen, worauf du anspielst. Aber so einfach ist die Sache nicht. Wenn ein Kind stirbt, gerät alles aus den Fugen. Und im Chaos verschieben sich die Wahrheiten, bis am Ende keiner mehr weiß, was eigentlich geschehen ist.«

»Wissen Sie es denn?«, flüsterte Freya.

Mit einem tiefen Seufzen richtete Frau Bachmann den Blick hinaus auf den See. »Leider nein. Aber ich werde dir alles erzählen, woran ich mich noch erinnere.«

Freya mahnte sich innerlich zur Ruhe. Am liebsten wäre sie aufgesprungen und auf dem Balkon hin und her gelaufen, doch sie zwang sich, sitzen zu bleiben, auch wenn sie kaum wusste, wohin mit sich vor lauter Aufregung.

»In den Anfangsjahren waren deine Eltern wahnsinnig verliebt. Johannes mit dem kleinen Niklas aus erster Ehe hatte es verdient, endlich sein Glück gefunden zu haben, und als du auf die Welt gekommen bist, war eure Familie perfekt. Damals waren dein Papa und Paul Hirschberg eng befreundet. Ich weiß nicht, wie gut du den Paul kennst, aber unter uns gesagt, er war schon immer der faule Apfel im Korb. Alles um sich herum hat er verdorben mit seiner Missgunst und seinem Egoismus. Leider hat Johannes viel zu lang gebraucht, um das zu begreifen. Schon bevor er Anette geheiratet hat, war Paul ein Schwerenöter und auch nach der Hochzeit ließ er nix anbrennen. Er stellte seinen Zimmermädchen nach, den Touristinnen und überhaupt jeder, die dafür auch nur ein bisschen empfänglich war.« Die alte Dame tippte sich an die Stirn. »Ich persönlich bin der Meinung, dass irgendwas in seinem Oberstübchen nicht stimmt. Der Johannes war viel zu nett für ihn, seinem Freund gegenüber immer loyal, hat sogar bei Anette für Paul gelogen.«

Eine hässliche Ahnung kam in Freya auf. Die Gutmütigkeit ihres Vaters war ausgenutzt worden. Und wenn ihre Mutter irgendwas verabscheut hatte, waren das Lügen gewesen. Freya konnte sich vorstellen, dass diese Männerfreundschaft ihre Mutter nicht glücklich gemacht hatte. »Mama hat das nicht gefallen, oder?«

»O nein. Sie durchschaute Paul. Vor allem, als er dann sein Hotel groß umgebaut und aktiv Gäste vom *Fischerfleck* abgeworben hat, wusste sie, was los war. Zerfressen von Neid, hat er Johannes den Erfolg nicht gegönnt und ihn absichtlich kaputt gemacht. Dein Vater wollte das nicht sehen, er hat immer noch mehr gearbeitet, aber das Geschäft lief zusehends schlechter. Und deine Eltern haben angefangen, sich zu zanken. Ich erinnere mich an einen ganz schlimmen Streit, als er Kirsten vorgeworfen hat, sie würde seine Freundschaft aus Kindertagen zerstören wollen, nur weil sie eifersüchtig auf Paul wäre. Und sie keine Ahnung hätte, was Freundschaft hier bedeuten würde, wo sie ja zugereist wäre und nicht richtig dazugehörte.«

»Das muss sie schwer getroffen haben.«

Frau Bachmann wiegte ihren Kopf hin und her. »Sagen wir so – irgendwann hat Kirsten beschlossen, sich auszuklinken. ›Wenn er sagt, ich gehöre nicht dazu, dann muss ich mir auch nicht weiter Mühe geben, so zu tun‹, hat sie zu mir gesagt. Und ab diesem Zeitpunkt hat sie ihr eigenes Ding gemacht, hat Johannes vor sich hin werkeln lassen, und sie haben immer weniger miteinander geredet.«

Diese, wenn auch schleichende, Veränderung hatte Freya in schmerzlicher Erinnerung. Die Ursache dafür hatte sie damals nicht begriffen. Aus dem Hause Siebert war das Lachen verschwunden und einer Verkniffenheit gewichen, gegen die sie und Niklas machtlos gewesen waren. Sie hatten die Schuld für den ständigen Streit der Eltern bei sich gesucht und sich immer stärker zurückgenommen, in der Hoffnung, dass es wieder werden würde wie früher.

»Was hat das mit Rosalies Ertrinken zu tun?« Allein diese Frage auszusprechen bereitete Freya körperlichen Schmerz.

»Womöglich alles. Vielleicht aber auch nichts.«

Freya wollte schreien. Konnte bitte einfach mal jemand eine klare Antwort geben?

»Du und Niklas habt die Aufmerksamkeit eurer Eltern verloren, die viel zu sehr mit sich selbst beschäftigt waren. Das hat zu einer Katastrophe geführt. Warum denkst du, haben sie einander hinterher gegenseitig beschuldigt? Sie konnten sich nicht mehr in die Augen sehen. Es war klar, dass Kirsten gehen würde.«

»Wer hat denn nun Schuld an Rosalies Tod?« Freya konnte nicht verhindern, flehentlich zu klingen, aber sie schämte sich vor Adelheid Bachmann nicht dafür. Irgendwie spürte sie eine Verbundenheit mit der wesentlich älteren Frau.

»Das war damals die große Frage. Dein Vater musste sich wegen Verletzung der Aufsichtspflicht vor Gericht verantworten. Das Verfahren wurde eingestellt. Niemand weiß, warum. Trotzdem hat es ihn gebrochen. Kirsten und ich waren an dem Tag, als das Unglück geschah, zusammen in München. Die beiden hatten sich wieder gezankt, und Kirsten wollte einfach raus. Aber dieses Mal war etwas anders gewesen, sie hat vermutet, dass dein Vater eine Affäre hätte.«

Diese Eröffnung fühlte sich an wie ein Schlag in die Magengrube. Freya war sich plötzlich nicht mehr sicher, ob sie tatsächlich alles wissen wollte. War sie dabei, die Büchse der Pandora zu öffnen? Machte sie mit ihren Nachforschungen mehr kaputt als wieder gut?

Frau Bachmann konnte sich denken, was in Freya vorging.

»Weißt du, für den inneren Seelenfrieden kann es unter Umständen besser sein, etwas nicht zu wissen und Dinge auf sich beruhen zu lassen, die in der Vergangenheit geschehen sind.«

»Zu spät«, murmelte Freya. »Jetzt kann ich nicht mehr zurück.« Sie erhob sich. »Vielen Dank, Frau Bachmann. Sie sind die Erste, die offen mit mir spricht und mich nicht als gestörte Kindsmörderin abtut.«

»Ich weiß, dass du keine Schuld an dem Unglück trägst, meine Liebe. Und ich weiß auch, dass dein Vater dich und Rosalie nie im Leben allein ins Wasser gelassen hätte.«

»Dann war er tatsächlich bei uns?«

»Wie gesagt, deine Mutter vermutete, dass er sich mit seiner Geliebten getroffen hat.«

Ein Gedanke keimte in Freya auf, und sie sog scharf die Luft ein. »Meinen Sie, er war an dem Tag zusammen mit ihr am Wasser?«

Ein Schulterzucken war die Antwort. Nun stand Frau Bachmann auf, und Freya sah, wie klein und zerbrechlich sie war. Sie umarmten einander, weil es sich richtig anfühlte, und eine Träne rollte über Freyas Wange.

Niklas

»Freya? Freya!« Niklas lief seiner Schwester hinterher, als sie nach Hause kam und völlig apathisch an ihm vorbei die Treppe hinaufging, ohne ihn wahrzunehmen.

»Was ist passiert? Geht es dir nicht gut?« Besorgt folgte er Freya in ihr Zimmer, wo sie das Fenster aufriss und hinaus starrte. Ihr Atem beschleunigte sich zunehmend, sie bekam keine Luft mehr, und ihr Herz raste.

»Freya? Schau mich an. Du hyperventilierst ja.« Vorsichtig nahm er sie bei den Schultern, die sich in schneller Folge hoben und senkten, und drehte sie zu sich. »Atme mit mir. Langsam, ein und aus, ein und aus. Komm, mach mit.«

Ihr entrückter Blick sagte ihm, dass er noch nicht zu ihr durchgedrungen war. Also klopfte er mit der flachen Hand auf Freyas Wange, erst leicht, dann fester, bis sie ihn endlich ansah und mit atmete.

»Mensch, hast du mir einen Schreck eingejagt. Ich dachte, du fällst gleich um. Was ist denn passiert?«

»Wusstest du, dass Papa Mama betrogen hat?«

»Quatsch. Ganz sicher nicht.«

»Doch. Deswegen haben sie gestritten. Unter anderem.«

»Wer behauptet das?«

»Ich war bei Adelheid Bachmann und habe mit ihr geredet.«

Niklas schnaubte verächtlich. »Die alte Klatschtante. Darauf solltest du nichts geben.«

Aber seine Schwester schien überzeugt. Nun war sie es, die ihn bei den Armen packte und zwang, sie anzusehen.

»Doch, ich glaube ihr. Papa war ganz eng mit Paul Hirschberg befreundet, und der notorische Fremdgänger hat ihn verdorben. Unser Vater hat sich an dem Tag, als Rosalie ertrunken ist, mit seiner Geliebten getroffen. Ich bin sicher, dass er meine Freundin und mich zum Baden begleitet hat, und sie dazugekommen ist.«

»Wenn du dir so sicher bist, warum erinnerst du dich dann nicht daran?«

»Glaub mir einfach. Wir waren an der Bucht im Wald. Vermutlich wollten sie sich heimlich treffen, Rosalie und ich sollten es gar nicht mitbekommen.«

Ihre Finger gruben sich schmerzhaft in seine Arme, aber Niklas merkte es kaum. Auch er war nun in Aufruhr, seine Gedanken rasten. »Das würde bedeuten, er hat euch aus den Augen gelassen und nicht aufgepasst«, flüsterte er. Laut vermochte er es nicht auszusprechen. »Und dass außer unserem Vater noch eine Person dabei gewesen ist.«

Freya nickte heftig. »Verstehst du, was das heißt?«

»Dass Papa uns nicht nur angelogen hat, sondern dass es auch eine Zeugin gibt, die seit zwanzig Jahren schweigt.«

Die Geschwister setzten sich auf den Bettrand und Niklas führte den Gedanken weiter aus. »Die einzige noch lebende Person, die endlich alles aufklären könnte.«

Beide wurden ganz still.

»Und wie sollen wir die nun finden?«, fragte Freya schließlich tonlos. Alle Kraft schien aus ihr gewichen zu sein.

Langsam hob Niklas seinen Blick zur Zimmerdecke. »Oben auf dem Dachboden steht ein Haufen Zeug von Mama und Papa, von unseren Großeltern und teilweise auch noch viel ältere Sachen. Ein großes Durcheinander, mit dem sich noch nie einer befasst hat. Wenn was ausgemistet wurde, wurde es einfach nur raufgetragen und irgendwo abgestellt.«

»Meinst du, wir finden vielleicht dort einen Hinweis?«

Niklas war froh, dass Freya wieder zuversichtlicher klang. Unten fiel die Tür ins Schloss, und Tobias' Stimme drang zu ihnen empor. »Niklas? Freya? Seid ihr zu Hause?«

»Er hat für heute frischen Hummer dabei«, sagte Niklas. »Ich helfe ihm bei den Vorbereitungen, und du gehst hoch auf den Dachboden, ja?«

Sie nickte und stand auf.

»Freya, wir kriegen das hin. Aber wir dürfen Papa nicht schon verurteilen, bevor wir die volle Wahrheit kennen.«

Noch immer sah sie mitgenommen aus. Niklas umarmte seine Schwester. »Alles wird gut. Das verspreche ich dir.«

Wenigstens klang er überzeugter, als er sich fühlte.

»Wo ist Freya?«, fragte Tobias, sobald Niklas die Küche betrat.

»Oben. Sie hat noch was zu erledigen.«

Wie zur Bestätigung hörten die beiden ein dumpfes Poltern und anschließend ein schleifendes Geräusch, als würde etwas Schweres über den Boden gezogen. Das alte Haus war hellhörig.

»Möbelrutschen?«, mutmaßte Tobias.

»So ähnlich.« Es war nicht einfach, nach dem emotionalen Gespräch mit seiner Schwester wieder zur Tagesordnung überzugehen. Was sie behauptet hatte, wühlte Niklas auf. Mit wem sollte sein Vater eine Affäre gehabt haben? Außerdem hätte er doch sicher etwas davon mitbekommen. Er konnte sich nicht daran erinnern, dass sein Vater für irgendeine Frau außer Kirsten Interesse gezeigt hätte. Er war nicht mal der Typ gewesen, der flirtete. Was aber, wenn es stimmte? Wenn es eine Geliebte gegeben hatte? Niklas biss sich auf die Unterlippe.

»Alles okay?«

»Klar. Zeig mal die Hummer.« Besser war es, sich abzulenken. Vermutlich würde Freya dem vollgestopften Dachboden keine Geheimnisse entlocken können. Oder doch?

»Sie sind sehr groß.« Vorsichtig hob Tobias eines der Tiere hoch. Für diesen Tag stand Lobster vom Grill auf der Karte, und es gab reichlich Vorbestellungen. Beide beugten sich über die Kühlbox.

»Die leben noch«, konstatierte Niklas.

»Natürlich. Nur so bleiben sie frisch.«

»Schön schauen sie aus.«

»Finde ich auch.«

»Tötest du sie, bevor du sie zubereitest?«

Tobias richtete sich auf. »Ja klar. Aber weißt du, ehrlich gesagt, habe ich das noch nie selbst gemacht. Konnte ich bisher immer vermeiden. Am schnellsten geht es, wenn man mit einem scharfen Messer direkt hinter den Augen einsticht, siehst du, hier«, er deutete auf eine Stelle des Panzers. »Dann halbiert man den Hummer der Länge nach und legt ihn auf den Grill.«

»Hm.« Niklas stemmte die Hände in die Hüften und trat einen Schritt zurück. »Dann mach mal.«

Er sah Tobias dabei zu, wie er eines der Tiere aus dem Eisbett hob und auf ein Brett legte. Seine Scheren wurden mit Gummibändern zusammengehalten, und der Panzer hatte eine dunkle blauviolette Färbung. Ein wirklich schönes Geschöpf. Einer seiner Fühler bewegte sich ganz leicht.

Mit der Spitze eines frisch geschärften Messers zielte Tobias auf die zuvor benannte Stelle. Er atmete tief durch. Und zögerte. »Ich kann das nicht.«

»Wie bitte? Du bist Koch!«

»Und du bist Fischer. Mach du es doch!«

Niklas schnappte sich das Messer und schob seinen Freund beiseite. Doch auch er zögerte und trat nervös von einem Fuß auf den anderen.

Wie sollte er sich konzentrieren, wenn Freya oben rumorte und seine Gedanken ganz woanders waren? Auch Tobias' Gerede half nicht weiter.

»Angeblich spüren Hummer keinen Schmerz, weil sie kein Gehirn haben. Und ein anderes Nervensystem als wir. Aber echt, Niklas, wenn ich ihm in die Augen seh, kann ich mir nicht vorstellen, dass er nichts fühlt.«

»Warum haben wir ihn dann auf die Speisekarte gesetzt, wenn du ein Problem damit hast, ihn zuzubereiten?«

Tobias seufzte. »Tja, wir waren uns ja einig, dass wir Edelessen servieren. Und die Gäste sind ganz wild auf Hummer.«

»Ja, das stimmt. Dann müssen wir da wohl durch. Und bei den Seefischen habe ich ja auch keine Schwierigkeiten, also ...« Niklas setzte das Messer an, schloss die Augen – und ließ es wieder sinken.

»Du kannst es auch nicht.«

»Sieht so aus.«

»Was machen wir jetzt? Die sind alle vorbestellt und haben einen Haufen Geld gekostet. Selbst wenn wir sie verschonen wollen, können wir sie nicht einfach im See aussetzen, das packen die nicht.«

»Ich sag dir eines, Tobias, das war das erste und letzte Mal, dass wir Hummer auf der Karte haben. Mir vollkommen wurscht, ob die vorne bei den Hirschbergs ihn täglich servieren, wir machen das nicht mehr.«

In dem Moment kam die Küchenhilfe herein, um ihren Dienst anzutreten. Eine resolute Dame in den Fünfzigern, deren Kinder aus dem Haus waren und die über reichlich Kocherfahrung verfügte. Sie hatte die Stelle angenommen, weil sie nicht den ganzen Tag allein daheim herumsitzen wollte. Obwohl sie keine professionelle Ausbildung hatte, ging ihr Können weit über das einer normalen Küchenhilfe hinaus. Tobias hatte das gleich erkannt und betrachtete sie eher als Souschef denn als Zuarbeiterin.

Frau Stephani, mit Betonung auf dem A, erfasste die Situation mit einem Blick. »Immer noch nix vorbereitet? Schwierig mit den Hummern, gell?«

Zerknirscht traten die beiden beiseite, und Niklas ergriff das Wort.

»Es war ein Fehler, sie zu bestellen. Aber nun müssen wir was mit ihnen anfangen. Wenn wir es Ihnen zeigen, Frau Stephani, könnten Sie vielleicht …«

Die Gute erbarmte sich und half ihren Chefs aus der Patsche. Hinterher stellte sie klar: »Verlangen Sie nie wieder so was von mir. Ich rupfe jedes Huhn und kann problemlos

Hase und Fasan verarbeiten. Aber irgendwas haben diese armen Viecher an sich, dass man sich wie ein Schwerverbrecher fühlt, sobald man sie nur anschaut. So, und jetzt ab auf den Grill mit ihnen, damit sie mir aus den Augen kommen.« Ein Schaudern durchlief Frau Stephanis kompakten Körper, und Niklas fand, dass sie sich glücklich schätzen konnten, eine Mitarbeiterin wie sie gefunden zu haben.

Während Frau Stephani und Tobias sich um die Beilagen kümmerten, trug er die Hummer hinaus und bepinselte sie mit Kräuteröl, bevor er sie auf den Rost legte. Noch ein paar Fische aus dem See dazu und Gemüse, Zucchini und grünen Spargel. Nach kurzer Zeit erfüllte ein köstlich mediterraner Duft von Knoblauch und Fisch die Luft, und die Gäste trudelten ein.

Er musste Freya Bescheid sagen, jetzt ging die Arbeit los.

»Ach du liebe Güte, hier sieht es noch schlimmer aus, als ich es in Erinnerung hatte«, stöhnte Niklas. Er stand in der offenen Dachbodentür und konnte kaum drei Schritte in den Raum machen.

»Ich fürchte, daran bin ich nicht ganz unschuldig.« Der Kopf seiner Schwester tauchte aus einem Ungetüm von Kleiderschrank auf.

»Hast du was gefunden?«

»Alte Fotoalben, ziemlich viele sogar. Eigentlich hatte ich auf Liebesbriefe oder Tagebücher gehofft, aber Fehlanzeige.«

»Wäre ja auch zu einfach gewesen.«

»Stimmt.« Sie klopfte sich den Staub von der Kleidung und griff nach einem Stapel Alben. »Geht's schon los? Ich muss mich noch umziehen, aber ich beeile mich und bin gleich unten.«

Im Gegensatz zu vorhin machte Freya einen bedeutend ruhigeren Eindruck. Niklas war zumindest etwas erleichtert. Insgeheim hatte er sich Vorwürfe gemacht, dass er sie, gleich nachdem sie hyperventiliert hatte, auf den Dachboden hatte gehen lassen. Er nahm sich vor, ein wachsames Auge auf seine Schwester zu haben. Vielleicht mutete sie sich zu viel zu.

Lena hatte an diesem Tag frei, also half Niklas beim Service mit. Tobias wechselte von der Küche an den Grill und richtete die Bestellungen hübsch an. Die Gäste kamen aus dem Schwärmen nicht heraus. Innerhalb kürzester Zeit waren alle Hummer verspeist. Die Geschwister Siebert und Tobias Wolf hatten keinen Bissen davon gekostet. Ehrlich gesagt waren sie erleichtert, als alle Reste der Krustentiere beseitigt waren.

Gerade als sie die Küche schließen wollten, erschien noch ein Gast.

»Frau Doktor Freitag, äh, ich meine, Jessica. Das ist aber eine Überraschung«, begrüßte Freya die Tierärztin.

»Ja, hallo! Ich hatte Wochenenddienst in der Praxis und habe noch nicht zu Mittag gegessen. Da dachte ich, ich schaue mal, was es bei euch Leckeres gibt. Ist Niklas da?«

Sie schien nicht zu bemerken, dass so, wie sie es sagte, ihre Worte auch eine etwas andere Interpretation zuließen. Freya wandte sich schnell mit einem Grinsen im Gesicht ab.

»Klar. Komm mit. Die Tische sind noch alle besetzt, aber wenn es dir nichts ausmacht, an der Bar Platz zu nehmen, dann schicke ich ihn gleich zu dir.«

Niklas hatte die Szene mitbekommen und zischte seiner vielsagend guckenden Schwester zu: »Du bist echt albern. Kassier bitte an Tisch vier und danach an fünf. Ich kümmere mich um Jessica.«

»Ja, mach das mal.«

Die Tierärztin saß mit übereinandergeschlagenen Beinen auf einem Barhocker. Sie trug Shorts und ein enges schwarzes Top. Niklas bezweifelte, dass sie in diesem knappen Outfit gearbeitet hatte. Jessicas Füße steckten in Sandalen mit dünnen goldenen Riemchen, ihr Haar hatte sie zu einem Zopf geflochten, der über eine Schulter nach vorne über ihre Brust fiel, dunkel und üppig, und Niklas an eine gefährliche Schlange erinnerte.

Was dachte er nur für einen Blödsinn! Eine gutaussehende Frau kam vorbei, um ihn zu sehen, und das gleich einen Tag nachdem sie sich kennengelernt hatten – das war doch äußerst schmeichelhaft. Warum hatte er da gleich so finstere Phantasien?

»Hallo, Niklas.« Sie rutschte vom Hocker und küsste ihn rechts und links auf die Wange. »Komme ich ungelegen?«

»Nein. Schön, dich zu sehen. Hast du Hunger?«

»Sehr großen sogar.«

»Ich könnte dir noch ein Saiblingsfilet auf den Grill legen, dazu Gemüse und hausgemachte Pasta. Ich fürchte, was anderes hat die Küche nicht mehr zu bieten.«

»Das klingt köstlich.«

Um Jessica die Wartezeit auf das Essen zu verkürzen, goss Niklas ihr ein Glas kühlen Weißwein ein und gab die Bestellung auf.

»Das ging aber schnell«, bemerkte Tobias. »Hätte nicht

gedacht, dass sie gleich hier auftaucht.« Er schwenkte die Nudeln mit Butter in der Pfanne, drehte sie zu einem ordentlichen Nest und platzierte sie auf einem großen Teller.

Fand Tobias das nun gut oder schlecht? Niklas fragte nicht nach. Er war sich ja nicht einmal im Klaren darüber, wie er selbst es fand. Am liebsten hätte er draußen zügig dicht gemacht, um zusammen mit Freya weiter auf dem Dachboden zu wühlen. Oder um sich ins Bruthaus zurückzuziehen und in Ruhe über alles nachzudenken. Dass sein Vater womöglich eine Geliebte gehabt hatte, war ein Gedanke, den er nicht mehr aus dem Kopf bekam.

Aber noch konnte er sich nicht zurückziehen. Abgesehen davon gab es Schlimmeres, als mit einer schönen Frau zu plaudern.

»Hier.« Tobias hielt ihm den Teller hin. »Fertig. Den Fisch vom Grill dazu, und dann kannst du's servieren.«

Niklas gesellte sich zu Jessica an die Bar. Mit den restlichen Gästen würde Freya allein zurechtkommen. Die meisten hatten ohnehin bereits bezahlt.

Er goss sich ebenfalls von dem Weißwein ein und stieß mit Jessica an. Sie lobte das Essen, den *Fischerfleck* und die schöne Aussicht, dann hatten sie den Smalltalk durch. Und nun? Würde sich eine unangenehme Gesprächspause einstellen? Hatte sie ihm was zu sagen, oder wollte sie nur flirten?

»Was hat dich an den Walchensee verschlagen?«, fragte er. »Du klingst nicht gerade bayerisch.«

»Nein, ich stamme aus Paderborn. Ehrlich gesagt bin ich rein zufällig darauf gestoßen, dass hier eine Praxis zu übernehmen ist. Ich war schon oft in Bayern im Urlaub, also habe ich kurzentschlossen zugeschlagen.«

»Das klingt, als gäbe es da noch ein Aber.«

Bis dahin hatte sie einen fröhlichen Gesichtsausdruck gehabt, gutgelaunt gewirkt und viel gelächelt. Mit einem Mal veränderte sich ihre Miene.

»Aber so langsam stelle ich fest, dass diese schrecklich perfekte Idylle auch ganz schön öde sein kann. München ist weiter weg, als ich dachte, da fährt man nicht eben mal auf einen Kaffee hin. Überhaupt, ohne Auto ist man hier aufgeschmissen. Und mit dem Fahrrad komme ich nicht wirklich weit, weil alles immer steil hoch oder runter geht. Das schafft mich. Und bei der Arbeit lerne ich kaum Leute kennen, mit denen ich privat was unternehmen könnte. Gestern das Konzert war die erste richtig schöne Abwechslung, seitdem ich hier bin.« Sie atmete hörbar durch, als hätte sie eine Beichte abgelegt.

»Wenn du es hier im Sommer schon langweilig findest, bin ich gespannt, was du im Winter sagen wirst.«

Entsetzt weiteten sich ihre Augen. »Hör bloß auf.«

»Falls es dich beruhigt, auch den Einheimischen fällt hier bisweilen die Decke auf den Kopf. Nicht umsonst ziehen viele weg, machen Auslandsjahre oder suchen andere Herausforderungen. Aber wir, die wir hier geboren sind, kommen immer wieder zurück. Das geht gar nicht anders. Auch wenn – und das klingt bestimmt grotesk – die Schönheit der Landschaft einen manchmal fast erdrücken kann.«

»Ganz genau. Du verstehst also, was ich meine. Was machst du in so einem Fall?«

»Die Augen zu.« Er lachte. »Nein, wirklich, ich konzentriere mich auf meine Arbeit und blende alles andere aus. Danach kann ich mir dann wieder eine schöne Dosis Walchensee gönnen, dann gehe in die Berge oder fahre Mountainbike. Das macht mich dankbar und glücklich. Lass dich ein, Jessica. Hör auf, dich als Gast zu verstehen, und du wirst merken, wie gut dir das Leben hier tut.«

Nachdenklich ließ sie seine Worte auf sich wirken. Jegliche Koketterie war verschwunden. Sie saß auch nicht mehr übertrieben damenhaft auf dem Barhocker, sondern stützte sich mit den Ellenbogen auf den Tresen, legte das Kinn auf ihre gefalteten Hände und dachte nach.

»Danke«, sagte sie schließlich leise.

»Wofür?«

»Dafür, dass du mich ernst nimmst. Und nicht meinst, ich würde spinnen.«

»Keine Ursache.« Er sah auf die Uhr. »Ich fürchte, ich muss dich jetzt allein lassen.«

»Alles klar, ihr wollt sicher schließen. Tut mir leid, dass ich so spät und noch dazu unangemeldet aufgetaucht bin.«

»Aber nein, es hat mich gefreut. Du kannst gern jederzeit wiederkommen.« Niklas meinte es ehrlich. Hinter der glatten Fassade schien tatsächlich ein Mensch mit Ecken und Kanten zu stecken, das hatte er so nicht erwartet. Und es weckte sein Interesse. »Das Essen geht aufs Haus.«

Sie bedankte und verabschiedete sich, und dieses Mal küsste sie ihn nicht auf die Wangen, was er gewissermaßen als positive Entwicklung verbuchte, da es ihm weit weniger oberflächlich vorkam.

Niklas fütterte die Fische, danach ging er zurück ins Haus. Von Freya war nichts zu sehen. Sie hatte die Tische abgeräumt und alles für abends vorbereitet. Frau Stephani hatte die Küche blitzblank hinterlassen, und sie und Tobias waren wohl schon heimgefahren.

Auch gut. Dann würde er sich auf den Dachboden wagen.

Weil seine Schwester in der großen Kiste gestöbert hatte, begann Niklas an einer anderen Stelle zu suchen. Er klappte den Deckel einer bemalten Bauerntruhe hoch. Die hatte früher in der Stube seiner Großeltern gestanden. Tischtücher hatte Oma darin untergebracht und Geschirr, das nicht oft verwendet wurde. Nun war sie voller alter Zeitungen. Warum bewahrte man so was auf? Das war doch nur Altpapier. Er hob einen Stapel heraus, der mit einer alten Feinstrumpfhose zu einem Päckchen verschnürt war, und stellte fest, dass sich darunter Schachteln befanden. Gleich in der ersten fand er gerahmte Fotos. Auch die kannte er von den Großeltern, sie hatten oben auf der Truhe gestanden. Eines davon zeigte Niklas am Tag seiner Kommunion. Er trug einen dunklen Anzug mit Krawatte und machte ein sehr ernstes Gesicht. In der Hand hielt er eine Kerze und ein Lob Gottes mit schwarzem Einband. Das hatte ihm die Oma geschenkt. Neben ihm stand Freya, einen Kopf kleiner als er, mit geflochtenen blonden Zöpfen und einem gelben Kleid, auf das sie später Schokoladeneis gekleckert hatte. Verrückt, woran er sich erinnerte. Der sonst stets leger gekleidete Vater hinter ihm sah in seinem Anzug ebenfalls feierlich aus. Er hatte eine Hand auf Niklas' Schulter gelegt, Kirsten stand neben ihm und beide lächelten stolz in die Kamera. Damals war ihre Welt noch in Ordnung gewesen. Oder hatte sie da bereits angefangen, Risse zu bekommen? Mit einem Mal stellte Niklas alles in Frage. Jede seiner Erinnerungen betrachtete er aus einem nun verzerrten Blickwinkel. Hatte Papa eine andere Frau geliebt, als dieses Bild entstanden war? War das wirklich so gewesen, oder tat er ihm mit dieser Unterstellung unrecht?

Niklas setzte sich auf den Zeitungsstapel, das Familienfoto in seinen Händen. Es gab niemanden mehr, den er fragen konnte. Alle waren bereits tot. Die Großeltern, Kirsten, Papa. Vielleicht sollte er zu Paul Hirschberg gehen. Oder war diese Idee absoluter Schwachsinn?

Eine Träne lief über Niklas' Wange, fiel auf die Glasscheibe des Bildes und hinterließ eine Spur im Staub. War es richtig, alte, schmutzige Geheimnisse ans Licht zu zerren? Machte sie das weniger schmerzhaft?

19 Freya

Bisher war sie Tobias erfolgreich aus dem Weg gegangen, aber nachdem Freya die Tische abgeräumt und alles in die Küche gebracht hatte, war eine Begegnung unausweichlich gewesen.

»Können wir jetzt endlich das Menü für die nächste Woche besprechen, oder willst du den ganzen Tag vor mir wegrennen?«

Sein amüsierter Gesichtsausdruck ärgerte sie. »Ich hatte einfach nur zu tun.«

»Klar.« Er saß auf der Eckbank am Küchentisch und klopfte auf den Platz neben sich. Dabei hielt er mit der anderen Hand einen Zettel in die Luft. Am liebsten hätte sich Freya so weit weg wie möglich von Tobias hingesetzt, denn seine Nähe beschleunigte ihren Puls spürbar. Aber es half nichts, sie mussten die Speisekarte durchgehen. Also rutschte sie neben ihn auf die Bank und zückte ebenfalls Stift und Papier.

»Was hältst du davon, wenn wir ein Surf and Turf einplanen? Auf so was stehen die Gäste immer. Das macht sich sowohl auf dem Teller gut als auch schön präsentiert auf großen Platten.«

Wollte er tatsächlich übers Essen reden? Ließ er sie so leicht davonkommen? Dankbar nahm Freya den Faden auf.

»Gute Idee. Als Turf könnten wir Reh nehmen, als Surf Seeforelle und Langustinen – natürlich nur, wenn du keine moralischen Bedenken hast.« Diese Spitze konnte sie sich nicht verkneifen. Zwar hätte auch Freya die Hummer nicht töten können, aber bei einem Gourmetkoch überraschte sie eine derartige Sensibilität schon. Irgendwie fand sie das süß. Ein Gedanke, den sie augenblicklich wieder verdrängte.

»Machst du dich über mich und Niklas lustig, Freya?«

»Niemals.«

Er grinste schief, sagte dazu aber nichts mehr. Freya merkte erst, dass sie ihn immer noch anstarrte, als er weiterredete und mit dem Finger auf den Menüentwurf tippte.

»Was soll es dazu geben? Pasta ist langweilig. Steinpilzrisotto und Feldsalat?«

»Perfekt.«

»Gut. Dann fahre ich später rüber zum Jäger und hole Rehfilet, auf dem Markt Gemüse und Pilze, und die Langustinen werden gefroren geliefert. Ich habe auch Scholle bestellt, als Abwechslung zu den einheimischen Fischen.«

Konzentriert arbeiteten sie die Speisekarte für die nächsten Tage aus, und auch Freya schrieb eine Einkaufsliste, damit Tobias nicht alles alleine besorgen musste.

»Kommenden Samstag ist übrigens die Eröffnung der *Strandlounge by Hirschberg*, so heißt der Pavillon jetzt offiziell. Ich habe gehört, es kommt ein Schlagersänger aus Österreich mit seiner Frau. Der wird als Freund der Familie und Ehrengast angekündigt.« Tobias legte den Kugelschreiber weg. »In Wirklichkeit kennen die sich überhaupt nicht. Es ist also ein bezahlter PR-Auftritt.«

»Alles immer nur Lug und Trug bei den Hirschbergs«, sinnierte Freya. »Ich vermute, wir haben dann wohl noch keine Reservierungen für Samstag?«

»Im Gegenteil. Einer meiner ehemaligen Stammgäste aus München will seinen Vierzigsten im *Fischerfleck* feiern. Er hat mich vorhin angerufen und gefragt, ob er uns für eine geschlossene Gesellschaft buchen kann. Dreißig Personen. Beim Menü lässt er mir völlig freie Hand. Sein Spitzname ist übrigens Schampus-Sven.« Er hob vielsagend die Augenbrauen. »Und er hat einen Lifestyleblog auf Instagram.« Tobias zückte sein Handy und zeigte Freya den Account.

»Beeindruckende Followerzahl. Ich hoffe, er postet fleißig von seinem Geburtstag in der *Seelounge by Siebert and Wolf*.« Sie kicherte erleichtert. »Mensch, so ein Glück. Ich hatte schon befürchtet …«

»… dass keiner mehr kommt? Nur wegen der Hirschbergs? Warum denkst du, dass wir hinter denen anstehen? Am Walchensee ist Potenzial für jeden, der sich Mühe gibt. Du solltest dir weniger Sorgen machen und ruhig an uns glauben.«

Das meinte er nicht nur in Bezug auf das Restaurant, das merkte sie an dem Ausdruck in seinen Augen.

»Es ist nicht leicht für mich. Aber ich arbeite dran«, sagte sie leise und stand auf. »Wenn wir jetzt hier fertig sind, muss ich los. Ich hab noch was vor.«

Sein Blick war derart intensiv, dass er Freya bis ins Herz traf.

»Irgendwann werden wir darüber reden müssen, was gestern passiert ist.«

»Das war einfach nur der Zauber des Augenblicks, Tobias. Mehr nicht. Zwischen uns kann nichts sein, das wissen wir doch beide.«

Sie schwang sich aufs Fahrrad und fuhr hinüber nach Zwergern, durch den Wald und bis ganz ans Ende, wo die Spitze der Halbinsel auf den See hinausging. Sie hatte das tiefe Bedürfnis, weder den *Fischerfleck*, das Sporthotel noch irgendetwas anderes vom Ort zu sehen, sondern lediglich friedliche, unberührte Natur. Hier am bewaldeten, menschenleeren Ufer konnte sie endlich zur Ruhe kommen. In ihrem Rucksack hatte sie ein paar Fotoalben vom Dachboden mitgebracht und eine weiche Decke, die sie ordentlich ausbreitete. Sie schlüpfte aus Schuhen und T-Shirt und ließ sich, nur in Rock und Bikini-Oberteil, die Füße im kühlen Wasser und das Fotoalbum auf dem Schoß, nieder. Ihr breitkrempiger Strohhut spendete ausreichend Schatten, um die Bilder ohne Sonnenbrille betrachten zu können.

Den Frisuren und der Kleidung nach zu urteilen, stammte das erste Album aus den späten 1980er oder frühen 1990er Jahren. Die Fotos steckten alle einzeln in Plastikhüllentaschen, die zum Blättern hochgeklappt wurden. Wie jung ihre Eltern damals gewesen waren. Auf einem Bild hielt ihr Vater den kleinen Niklas im Arm. Auf einem anderen fütterte ihre Mutter ihn mit Brei und es wirkte so, als wäre er ihr eigener Sohn. Und nicht das Resultat von Johannes' ebenso kurzer wie unerfreulicher Ehe mit einer Frau, die sich eigentlich weder binden noch Mutter werden wollte und nach Niklas' Geburt mit einem anderen Mann durchgebrannt war. Freyas Mutter hatte viel später davon erzählt, wie kompliziert es gewesen war, diese Frau zu finden und das mit der Scheidung zu regeln, damit sie und Papa hatten heiraten können. Ihre Mutter hatte Niklas wie ein eigenes Kind geliebt, da war sich Freya sicher. In Stockholm hatten sie ihn beide schrecklich vermisst. Anfangs. Später nur noch Freya, so schien es jedenfalls, weil ihre Mutter mit jedem Jahr verhärmter geworden war. Freya blätterte weiter durch das Album. Auf einigen Bildern entdeckte sie Paul und Anette Hirschberg. Er, immer breit lächelnd, sonnengebräunt und selbstsicher. Sie, stets schick gekleidet, im Hintergrund. Es gab Aufnahmen aus dem *Fischerfleck*, doch keines der anderen Gesichter kam Freya bekannt vor.

Viele Fotos zeigten die Sieberts bei Familienfesten, Ostern, Weihnachten, beim Schlittenfahren mit Niklas, beim Wandern und im Urlaub.

Freya griff sich das nächste Album. 1995 hatte jemand vorne draufgeschrieben, und dieses Mal waren die Bilder mit Fotoecken ordentlich auf dicke Papierseiten geklebt. Freya selbst war damals drei Jahre alt gewesen und Niklas sechs. Auch hier ließ nichts darauf schließen, dass irgendjemand beziehungsweise irgendetwas die familiäre Idylle getrübt hätte.

Enttäuscht verstaute sie die Alben wieder und nahm sich vor, daheim in den aktuelleren weiterzublättern.

Sie schulterte den Rucksack und schob das Rad entlang des Ufers um den Zwergern Spitz, wo ein einsamer Kiesstrand flach in den See überging, bis zur kleinen Kirche Sankt Margareth. Sonnengelb gestrichen und bekrönt mit einem bauchigen Zwiebelturm, hielt sie seit Jahrhunderten die Stellung auf der Landzunge. Freya lehnte das Rad an die weiße Mauer, die das Kirchengelände umgab und ging hinein. Sie setzte sich in den Innenraum, der in seiner Größe eher an eine Kapelle erinnerte. Entsprechend zierlich fielen Barockaltar, Kanzel und Gestühl aus. Sonnenlicht drang durch die hohen Fenster auf üppigen Stuck und Blattgold. Es war still, und Freya fühlte sich wohl in der friedlichen Umgebung. Aus dem Fenster konnte sie Kühe gleich nebenan auf der Wiese grasen sehen.

Schließlich fuhr sie auf einer schmalen Straße über die Halbinsel zurück, bis sie in den Wald einbog, um vorbei am Campingplatz wieder zum *Fischerfleck* zu gelangen.

»Wo warst du denn?«, begrüßte sie ihr Bruder. »Ich hab schon zweimal bei dir angerufen.«

»Tut mir leid, da hatte ich wohl kein Netz. Ich bin mit dem Rad rumgefahren und hab angefangen, in den alten Alben zu stöbern, aber nichts gefunden.« Sie zupfte eine Spinnwebe aus Niklas' Haar. »Und du hast auf dem Dachboden rumgekramt, wie ich sehe.«

»Schrecklich staubig da oben.« Er wischte sich über die Schulter.

»Warst du wenigstens erfolgreich?«

»Wie mans nimmt. Ich habe noch mehr Fotos gefunden und auch viele Negative. In Umschlägen, du weißt schon, wie man sie früher nach dem Entwickeln bekommen hat. Neben unserer Familie sind hauptsächlich die Hirschbergs drauf – ja, auch der kleine Jonas.« Er schnitt eine Grimasse. »Dann noch Adelheid Bachmann, ein paar Stammgäste …«

Freyas Mut sank. Auch Niklas hatte also nichts gefunden.

»… und des Öfteren eine elegante Dame, an die ich mich sogar vage erinnere. Sie kam immer mit ihrem Mann in den *Fischerfleck*, der hatte eine Glatze und fuhr ein großes rotes Auto, das ich beeindruckend fand. Gewohnt haben sie natürlich im Sporthotel. Das war das Jahr, in dem Rosalie ertrunken ist.« Er griff hinter sich, zog eine Fotografie aus der Tasche seiner Jeans und hielt sie ihr hin.

»Das ist oben am Aussichtspunkt aufgenommen worden. Da, wo man anhalten kann, um den See zu knipsen!«, rief Freya aus.

»Richtig. Rechts steht Papa, links Paul Hirschberg und die Frau in der Mitte, die ihre Arme um die beiden legt, das ist sie.«

Besagte Dame war klein und kurvig, trug ein enges royalblaues Kleid mit Spaghettiträgern, das ihre Bräune betonte. Sie hatte langes, rotbraunes, ganz glattes Haar, dünn gezupfte Augenbrauen und Lippen, die hell geschminkt und mit einem dunklen Konturenstift umrahmt waren. Eine Schönheit, sicher noch keine dreißig Jahre alt. Freya erinnerte sie an italienische Filmdiven. Um den Hals trug sie eine teure goldene Kette mit glitzerndem Anhänger.

»Etwas zu aufgestylt für unsere beschauliche Gegend.«

»Wundern würde es mich nicht, wenn Papa die gut gefunden hätte«, bemerkte Niklas. »Ich meine, schau sie dir an.«

»Nur weil sie hübsch ist, heißt das doch noch lange nicht, dass unser Vater gleich was mit ihr anfangen musste.«

»Hey, du hast behauptet, er hätte ein Verhältnis gehabt. Ich habe mich lediglich auf die Suche nach einem Beweis dafür gemacht.«

Freya schnappte sich das Bild und nahm es eingehender in Augenschein. »Ein Beweis ist das nicht. Sie hätte auch was mit dem Hirschberg haben können. Oder mit keinem von beiden. Wir müssen rausfinden, wer sie war. Und ich weiß genau, wen wir fragen können.« Sie tippte mit dem Finger auf Paul Hirschberg, der mit zu weit aufgeknöpftem Hemd in die Kamera grinste. »Was für ein scheußlicher Schnauzbart. Hat etwa gedacht, er wäre Tom Selleck?«

Niklas lachte, »Könnte man fast meinen. Wenigstens hat er kein Hawaiihemd getragen.« Jetzt wurde er wieder ernst, »Willst du ihn echt auf diese Frau ansprechen?«

»Natürlich. Kommst du mit?«

»Jetzt gleich?«

Freya sah auf die Uhr. »Wir haben noch eine Stunde, bevor wir wieder aufsperren. Warum nicht?« Sie hoffte inständig, dass er mitkam. Niemals würde sie alleine zum Sporthotel fahren und um ein Gespräch mit dem Chef bitten.

»Also schön. Ich hole die Autoschlüssel.«

Paul Hirschberg ließ sie warten. Und zwar direkt vorne an der Rezeption.

»Wahrscheinlich sollen wir mitkriegen, wie der Laden brummt und ständig neue Gäste ankommen«, flüsterte Niklas sarkastisch und machte eine ausladende Geste. Außer ihnen war niemand hier. Die Mitarbeiterin hinter dem Tresen tippte in schnellem Stakkato irgendwas in ihren Computer. Als sie damit aufhörte, war nur noch das Ticken der großen Standuhr zu hören. Irgendwann öffnete sich die Bürotür neben der Rezeption, und der Chef trat heraus.

»Die Geschwister Siebert. Was verschafft mir denn diese Ehre? Wollt ihr euch anschauen, wie man eine schicke Beachlounge richtig aufzieht? Dann kommt mal mit.« Ohne eine Antwort abzuwarten, rauschte er an ihnen vorbei den

Haupteingang hinaus, über den Parkplatz und hinunter zum Seeufer, wo der nagelneue Pavillon thronte. Freya und Niklas blieb nichts anderes übrig, als ihm zu folgen, wenn sie mit ihm sprechen wollten.

Man musste es dem Architekten lassen, das Gebäude mit seinen blau gestrichenen Wänden, dem vielen Glas und der durch Segeltaue abgegrenzten Terrasse zum See hin, sah beeindruckend aus. Ein teures Kupferdach betonte den sechseckigen Grundriss. Obenauf prangte ein bunt bemalter Metallfisch als Wetterfahne.

»Seht ihr das? So muss eine Außenbar ausschauen. Nicht aus Europaletten billig zusammengenagelt. Edelstahl, Glas, hochwertige Hölzer. Nur das Beste für unsere Gäste.« Unter dem Dachüberstand war eine speziell angefertigte Bar in die Wand eingelassen. Auf den Regalen standen bereits sämtliche Alkoholika, die ein Cocktailmixer für seine Arbeit brauchen könnte. Freya entdeckte zudem einen ganzen Stapel Sektkühler. Man war gerüstet für den Ansturm.

Zugegeben, die gepolsterten Barhocker wirkten bequemer als die im *Fischerfleck*. Durch die Scheiben sahen sie Frau Hirschberg im Inneren, wie sie auf die Maler einredete, die letzte Ausbesserungsarbeiten an den Wänden vornahmen. Sie deutete hierhin und dorthin, ihre Gesichtszüge hart und ihr Rücken kerzengerade.

»Sieht alles toll aus. Wir wünschen euch viel Erfolg«, sagte Niklas. »Aber deswegen sind wir nicht hier.«

»Das hab ich mir schon gedacht …«

»Wir sind hier, weil wir dich was fragen wollten, Paul. Wir haben beim Stöbern alte Fotos gefunden und möchten gerne wissen, wer diese Frau ist.«

Ohne weitere Umschweife hatte er das Bild gezückt und hielt es nun Paul Hirschberg unter die Nase. Offenbar wollte Niklas die Sache ebenso schnell hinter sich bringen wie Freya. Das Mienenspiel des Hoteliers zu beobachten war hochinteressant. Sein gönnerhafter Gesichtsausdruck verschwand schlagartig. Hatte er sich beim Anblick der schönen jungen Frau etwa erschrocken?

»Äh«, stammelte er, plötzlich um Worte verlegen. »Das ist, ah, ich weiß nicht …«

»Ich schon. Das ist Loredana Berwinkel.« Unbemerkt war Frau Hirschberg dazugekommen, und ein kurzer Blick auf ein zwanzig Jahre altes Bild hatte ihr genügt, um den Namen parat zu haben. Das hieß schon was.

»Loredana?«, echote Freya.

»Genau. Halbitalienerin. Der Berwinkel war ihr Mann, ein ganzes Stück älter, aber natürlich sehr wohlhabend, sonst hätte sie ihn nicht geheiratet. Sie waren früher regelmäßig zu Gast bei uns im Hotel. Irgendwann sind sie dann allerdings nicht mehr gekommen.« Ihre Stimme klang eisig. »Es wundert mich, dass du dich nicht an sie erinnerst, Paul. Ihr beide wart schließlich sehr innig miteinander. Das kann man ja auch sehen.« Sie tippte mit einem rot lackierten Fingernagel auf das Bild, auf das ihr Gatte noch immer ganz entgeistert starrte.

»Ich mit ihr? Da hast du aber was ganz falsch in Erinnerung. Mit dem Johannes, mit dem hat sie sich blendend verstanden. Der war ja auch viel fescher als der alte Berwinkel.« Sein Lachen war zu laut und täuschte nicht über seine Nervosität hinweg.

»Stimmt«, lenkte Frau Hirschberg ein. »Jetzt weiß ich es

wieder. Sie war hinter dem Johannes her wie der Teufel hinter einer armen Seele, und er war davon mächtig angetan.«

»Was interessiert euch das überhaupt? Habt ihr nix Besseres zu tun, als alte Geschichten aufzuwühlen? Ist wohl nicht genug Arbeit im *Fischerfleck*, dass ihr ausgelastet seid?« Pauls Selbstbewusstsein gewann wieder die Oberhand. »Nun ja, daran dürfte sich in nächster Zeit wohl auch nichts ändern, im Gegenteil.« Erneut lachte er unangenehm laut und wies auf seinen Pavillon.

Bisher hatte Freya nicht bemerkt, dass Jonas sich ebenfalls im Inneren des neuen Gebäudes befand. Er kam nun auch heraus und warf einen Blick auf das Foto, das sein Vater in Händen hielt. Obwohl er nichts sagte, konnte man seine Nervosität deutlich merken, sein Adamsapfel hüpfte beim Schlucken hektisch auf und ab.

»Hier, nimm es wieder.« Paul gab Niklas das Bild zurück. »Wenn sonst nichts mehr ist, wir haben zu tun.«

Höflich bedankten sich die Geschwister Siebert und verabschiedeten sich. Im Weggehen sah Freya aus den Augenwinkeln, wie Paul zurück ins Hotel stürmte und Anette und ihr Sohn die Köpfe zusammensteckten und heftig diskutierten.

Als sie den Parkplatz erreichten, hörten sie Schritte hinter sich.

»Freya!«, rief Jonas.

»Ich setz mich schon mal ins Auto«, brummte Niklas und lief weiter.

Freya wartete, bis Jonas sie erreicht hatte. Unwillkürlich verschränkte sie die Arme vor der Brust. »Was gibt's?«

»Meine Mutter ist außer sich. Was sollte das gerade?«

»Ich weiß nicht, was du meinst. Wir hatten lediglich eine Frage an deinen Vater, von ihr wollten wir ja gar nichts. Wenn sie sich einmischt, ist das ihre Sache.«

»Sie ist fuchsteufelswild. Als ob das Verhältnis zwischen unseren Familien nicht schon angespannt genug wäre.«

Freya lenkte ein. »Tut mir leid. Wir wussten ja nicht, dass dieses alte Foto eine derart heftige Reaktion bei ihr auslösen würde. Ich verstehe die ganze Aufregung nicht.« Sie löste die verschränkten Arme und Jonas schien nach ihrer Hand greifen zu wollen, zuckte aber wieder zurück.

»Ich finde es schade, dass wir uns nicht mehr sehen und dass es zwischen uns ... Also, dass wir beide nicht ...«

»Schon gut«, unterbrach sie ihn. »Ist besser so.«

Er schob seine Hände in die Hosentaschen. »Klar. Hast recht. Es hätte nie und nimmer klappen können. Okay. Dann müssen wir wenigstens nicht mehr so tun, als wären wir Freunde.«

Wie bitte? Was sollte das denn jetzt heißen? »Können wir nicht einfach normal miteinander umgehen?«

Er lachte kurz auf. »Ich denke nicht. Vor allem nicht, nachdem ihr meine Mutter derart vorgeführt habt. Ich sag dir eins, Freya, verscherzt es euch nicht noch mehr mit uns. Das haben viele getan, und keinem ist es gut dabei ergangen.«

»Soll das eine Drohung sein?« Die Situation wurde immer aberwitziger. Waren die Hirschbergs komplett verrückt?

»Kannst du verstehen, wie du willst.«

Er ließ sie stehen, und eine fassungslose Freya stieg zu ihrem Bruder ins Auto. Sie atmete tief ein, hielt die Luft an, überlegte, wie sie anfangen sollte und stieß die Luft dann hörbar aus.

»Ich hab alles gehört«, sagte Niklas mit dumpfer Stimme und machte den Motor an. Jetzt mussten sie sich beeilen, wenn sie nicht zu spät zur Arbeit kommen wollten.

»Verstehst du das, Niklas?«

»Nö. Aber ich zerbreche mir darüber auch nicht mehr den Kopf, denn das sind die Hirschbergs nicht wert. Wir haben den Namen der Frau, jetzt können wir nach ihr suchen. Wir gucken, was draus wird, aber vergiss diese Bagage einfach.«

20

Freya

Freya ging noch mal zu Adelheid Bachmann. Es regnete, und das düstere Wetter entsprach exakt ihrer Stimmung. Zuerst empfing die alte Dame sie in der Küche, ein Blick aus dem Fenster hinaus in den Dunst, der den See verbarg, veranlasste sie jedoch, Freya hinüber ins Wohnzimmer zu bitten.

»Bei diesem Wetter meine ich immer, der See will mich verschlucken«, sagte sie.

Tatsächlich war es angenehmer, auf der anderen Seite hinaus auf die Hauptstraße zu blicken, weil dort die Welt noch zu sehen war. Menschen mit Regenschirmen liefen vorbei, und die Straße war wie immer stark befahren.

»Man sieht von hier aus ja bis rüber zum Dorfcafé«, stellte Freya fest. Sie hatte den Vorhang ein wenig beiseitegezogen. Der Regen prasselte gegen die Scheibe. »Jetzt ist natürlich niemand an den Tischen draußen, aber ich vermute, Sie haben immer gut im Blick, wer da rumsitzt und wer sich mit wem trifft. Stimmt's, Frau Bachmann?«

»Da kannst du sicher sein. Unter uns gesagt, wer sehr gut miteinander kann, sind Antonia, die Besitzerin, und Anette Hirschberg. Fast jeden Tag kommt die Frau Hoteliersgattin auf einen Espresso vorbei, und dann rauchen die zwei am Stehtisch vor der Tür eine Zigarette und stecken die

Köpfe zusammen. Da würde ich gern mal Mäuschen spielen.«

»Wäre praktisch, wenn Sie Lippen lesen könnten.«

Frau Bachmann lachte. »Was für ein Gedanke. Stimmt, dann wäre ich wirklich bestens informiert.«

»Es ist nie zu spät, was Neues zu lernen.« Mit einem nonchalanten Schulterzucken trat Freya vom Fenster zurück und setzte sich.

Frau Bachmann bot ihr Tee und eine Biskuitroulade mit Marmeladenfüllung an. Freya lehnte dankend ab und wartete, bis ihre Gastgeberin ihr Stück aufgegessen hatte. Um zu essen, war sie selbst viel zu nervös. Die Couchgarnitur des Wohnzimmers war mit moosgrünem Brokat bezogen. Eine farblich passende Quastenbordüre lief um den unteren Rand und schloss exakt mit dem Boden ab. In einer Vase auf dem Tisch standen künstliche Blumen – mit bunten Seidenstrümpfen überzogene Drahtschlaufen –, die wohl aussehen sollten wie die Blüten und Blätter von Orchideen. So was hatte Freya lange nicht mehr gesehen.

»Loredana Berwinkel«, sagte Frau Bachmann schließlich und betonte dabei jede Silbe. »Natürlich erinnere ich mich an diesen Namen, exotisch genug ist er ja. Von deiner Mutter habe ich ihn oft gehört. Und ein paarmal hat mich die schöne Loredana sogar im Laden beehrt und Zeitschriften gekauft. Kirsten konnte sie nicht ausstehen. Sie war der Meinung, die Gute hätte ihren Gatten nur geheiratet, um ein bequemes Leben zu haben, und wäre im Nachhinein frustriert, Tag für Tag neben ihm aufwachen zu müssen. Weißt du, der Berwinkel war viel älter als sie und sah wirklich nicht gut aus.«

»Dachte Mama, dass sie hinter Papa her wäre?«

Frau Bachmann schnaubte. »Sicher. Und damit lag sie richtig. Die Berwinkel lechzte nach männlicher Bewunderung und war hinter jedem her, der jünger und hübscher war, als ihr alter Ehemann.«

»Hatten die beiden eine Affäre?«

»Kirsten war sich sicher, obwohl Johannes es immer abgestritten hat. Einer der Gründe, warum ihre Ehe in die Brüche ging.«

Es war niederschmetternd, das so unverhohlen zu hören. Aber Freya würde lernen müssen, mit der Wahrheit umzugehen. Sie war nicht hier, um irgendjemanden zu verurteilen, sondern im Gegenteil, um dem falschen Urteil über sie ein Ende zu setzen. Sie riss sich zusammen, fuhr nach Hause und erstattete Niklas Bericht. Der erste Schritt war getan. Der zweite würde sein herauszufinden, ob diese Loredana Berwinkel an jenem schicksalhaften Tag mit ihnen am Ufer des Walchensees gewesen war. Aber darum wollte sie sich erst kümmern, wenn die Eröffnung der Hirschberg'schen Strandlounge über die Bühne gegangen war. Freya hatte das Gefühl, wenn die überstanden war, würde zumindest ihr berufliches Leben endlich zu einer Routine finden, die ihr Halt geben würde. Und danach sehnte sie sich. Über das, was sie privat bewegte, abgesehen von den Nachforschungen zur Tragödie ihrer Kindheit, wollte sie nicht nachdenken. Jedenfalls nicht jetzt. Mit aller Macht versuchte sie die Gedanken an Tobias Wolf und seinen Kuss aus ihrem Kopf zu verbannen. Es gelang ihr nur schwer. War es wirklich möglich, dass er sie derart aufwühlte? Dieser eine gestohlene Kuss?

Am folgenden Tag besserte sich das Wetter, blieb aber unbeständig, und Freya fuhr auf den Wochenmarkt. Sie verstaute ihre Einkäufe in einem großen Weidenkorb, und weil sie auf dem Heimweg noch Zeit hatte, beschloss sie, einen Abstecher ins Dorfcafé zu machen. Wieso nicht? Ihr Bruder war mit dem Besitzer befreundet – Charly hieß er, soweit sie sich erinnerte. Als sie eintraf, war der allerdings nicht anwesend. Aber seine Frau, und die behandelte Freya derart unhöflich, dass sie ihren Kaffee lieber to go nahm. Nur weil sie im Team Hirschberg war, musste sie Freya doch nicht gleich so kratzbürstig angehen. Diese Antonia war wirklich kleingeistig und kindisch. Am besten würde sie sich so oft wie möglich im Dorfcafé einen Kaffee holen – einfach so. Freya musste grinsen! So schnell würde sie sich nicht abwimmeln lassen. Ihr Trotz war geweckt. Jetzt musste sie sich aber beeilen, es war Samstag, und die geschlossene Gesellschaft stand an. Dafür musste alles perfekt vorbereitet werden.

Im Gegensatz zur Konkurrenz, in deren Pavillon die Gäste auch bei kühleren Temperaturen hinter Glas geschützt speisen konnten, gab es für die Lounge am *Fischerfleck* lediglich eine Markise, Decken und Heizpilze. Weil Regen angesagt war, deckte Freya nach Rücksprache mit ihrem Gast die Geburtstagstafel drinnen in der Restaurantstube ein und richtete draußen einen Tisch für Raucher und Frischluftschnapper ein. Obwohl erst September, fand Freya, dass die Luft nach Herbst roch. Erdiger als sonst. Und abends kühlte es schon merklich ab. Die Kraft des Sommers ließ nach, und ihre erste Saison als Wirtin am Walchensee war fast geschafft. Bald würde sie mit Niklas und Tobias planen, wie sie auch in der Nebensaison den *Fischerfleck* erfolgreich weiterführen konnten. Neue Herausforderungen warteten auf sie.

Weil ein frischer Wind wehte, trug Freya für die Arbeit einen Strickjanker zu Bluse und Rock, ihre Füße steckten in weißen Sneakers und das Haar hatte sie in einer lockeren Flechtfrisur hochgesteckt. Draußen, auf einem Tisch unter dem vorgezogenen Dach, bereitete sie die Deko vor, weil in der Stube bereits eingedeckt war. Sie verteilte auf dem Markt gekaufte Gerbera und Dahlien auf verschiedene Vasen. Als sie dabei war, die Stängel zu kürzen und überzählige Blätter abzuzupfen, bemerkte sie Tobias, der mit locker verschränkten Armen im Türrahmen lehnte und sie beobachtete.

»Brauchst du was, Tobias? Soll ich dir in der Küche helfen?«

»Nein, alles gut. Ich bin so weit durch mit den Vorbereitungen.« Er stieß sich mit Schulter vom Rahmen ab und kam auf sie zu.

»Dann könntest du vielleicht ein paar Vasen mit reintragen?«

»Klar.« Er langte an Freya vorbei und griff sich mehrere. Sie schob die übrigen zusammen und hob sie in einem hoch. Ganz nah standen Freya und Tobias beieinander, beide mit vollen Händen, und sahen sich in die Augen. Sie erwiderte sein Lächeln und wünschte sich, mit ihm ganz allein zu sein. Weit weg von allen Verpflichtungen.

»Es fängt wieder an zu regnen«, sagte Tobias mit seiner dunklen, warmen Stimme, der sie stundenlang lauschen könnte. »Lass uns reingehen.«

Er folgte ihr in den Gastraum. »Wohin mit den Blumen?«
Freya zeigte mit ihrem Kinn nach links. »Eine Vase auf jeden Tisch, bitte. Ich übernehme diese Seite hier.«

»Schön hast du das dekoriert. Tatsächlich ist es das erste Mal, dass wir eine Veranstaltung drinnen machen. Bisher hat eigentlich alles draußen stattgefunden. Ich freu mich schon richtig, wenn es im Winter schneit und wir hier gemütlich unsere Gäste bewirten. Die Stube ist nach der Renovierung echt ein richtiges Schmuckstück geworden.«

Das fand Freya auch. Die Mühe, die alten Bodendielen abzuschleifen, hatte sich gelohnt. Bei einer Handdruckerei am Tegernsee hatte sie Stoffe für Polster, Kissen und Vorhänge mit traditionellen bayerischen Mustern im Siebdruck bestellt, die dem Raum mit seiner niedrigen Holzdecke ein geschmackvolles und gleichzeitig heimeliges Ambiente verliehen.

»Ja. Ich denke, wir können wirklich zufrieden sein.«

»So, jetzt muss ich aber wieder in die Küche.« Im Hinausgehen fuhr Tobias wie beiläufig mit seiner Hand über die von Freya.

Der Jubilar, ein Unternehmer aus München, scheute keine Kosten für seine Party. Er hatte sich »irgendwas Besonderes mit Kaviar« gewünscht. Weshalb Tobias aus einer großen Menge israelischen Imperialkaviars ein Abbild des Walchensees geformt hatte. Freya hatte es beim Anblick des phantastischen Kunstwerks fast die Sprache verschlagen. Darüber hinaus gab es freilich noch andere Köstlichkeiten, angefangen von Sushikreationen bis hin zu bretonischem Steinbutt, Trüffelpasta und Dessertvariationen. Dazu flossen reichlich Champagner und Wein. Dem Dresscode des Abends entsprechend hatten sich die Gäste in bayerische Tracht geworfen. Freya staunte über die teilweise exotisch anmutenden Dirndl, die meisten, wie sie erfuhr, von einer bekannten Münchner Designerin entworfen. Viele der Damen hatten zudem ausladende Push-up-Dekolletees, und es grenzte an ein Wunder, dass kein Busen-Blitzer passierte. Die Gesellschaft feierte ausgelassen, und Niklas, Freya und Lena umsorgten sie gutgelaunt.

Er hat sich zu einem fabelhaften Gastgeber entwickelt, dachte Freya, als ihr Bruder mit einer großen Flasche Champagner lachend für ein Foto posierte. Irgendwie kam Niklas mit allen zurecht. Seine anfänglichen Befürchtungen, mit der neuen Art von Klientel nicht umgehen zu können, hatten sich nicht mal im Ansatz bewahrheitet. Im Gegenteil. Er war charmant, hatte für jeden ein nettes Wort und gerade seine unverstellte Art kam hervorragend an.

Zu fortgeschrittener Stunden gingen sie mit den Gästen hinaus, um das Feuerwerk anzusehen, das das Sporthotel weiter vorne am Ufer veranstaltete. In der regnerischen und wolkenverhangenen Nacht wirkten die bunten Lichter geradezu magisch.

Zum Abschied bedankte sich Tobias' Bekannter und sagte: »Wenn ihr hier noch ein paar Gästezimmer hättet, würdet ihr uns nie wieder loswerden.«

Lena sah ihm nachdenklich hinterher, wie er, zusammen mit zwei Freunden, als Letzter in ein Taxi stieg. »Weißt du, das hab ich jetzt schon öfter gehört. Anscheinend würden sich viele wünschen, am *Fischerfleck* zu übernachten.«

Freya legte Lena mit einem müden Lächeln einen Arm

um die Schultern. »Dann müssten wir uns aber klonen, um das auch noch zu stemmen. Und vorher erst mal im Lotto gewinnen. Ein Hotel *Fischerfleck* sehe ich noch nicht mal in den Sternen stehen. Apropos Sterne, ich bin so müde, ich glaube, vor meinen Augen tanzen welche.«

»Geh ins Bett, Cousinchen.« Lena tätschelte Freyas Rücken. »Wir sehen uns morgen. Keine Pause den Aufstrebenden – ich hab gesehen, dass wir mittags ausreserviert sind. Na dann gute Nacht.«

Seit Monaten bestand Freyas Leben eigentlich nur aus Arbeit. Dafür war sie einerseits natürlich dankbar, denn eine Flaute hätte verheerende Auswirkungen und ihre Sorgen wegen der Hirschbergs nur verstärkt. Aber wie Tobias es vorhergesagt hatte, war Platz für alle am Walchensee, und der neue Pavillon hatte keine spürbaren Auswirkungen auf das Geschäft am *Fischerfleck*. Doch andererseits sehnte sich Freya nach einer Auszeit. Die Wochen vergingen, und der Bergherbst hielt endgültig Einzug.

Das Sporthotel verstärkte seine Werbemaßnahmen. Überall in weitem Umkreis standen Reklametafeln für die *Strandlounge by Hirschberg*, in allen Läden lagen Flyer aus und im Regionalfernsehen lief sogar ein Werbespot, in dem Jonas eine Champagnerflasche mit einem Säbel köpfte. Darüber konnte man jetzt denken, was man wollte, Freya fand es jedenfalls peinlich neureich.

Weil die Sieberts bei ihrem Händler fleißig Champagner bezogen, den sie nicht köpften, sondern stets stilvoll öffneten, bekamen sie ein überraschendes Präsent. An einem sonnigen Nachmittag wurde ihnen ein großer Holzbottich, auf dessen Außenseite der Name der Champagnermarke stand, geliefert.

Sprachlos standen Niklas, Freya und Tobias da, als der Kübel abgeladen und etwas abseits der Tische zwischen Gastgarten und Seeufer auf dem Gras platziert wurde.

»Äh, was ist das?«, fragte Niklas.

Tobias unterschrieb den Lieferschein und steckte den beiden Fahrern ein Trinkgeld fürs Schleppen zu. »Davon hatte ich euch doch erzählt. Eine PR-Aktion vom Händler. Wenn man über ein bestimmtes Kontingent an Schampus hinauskommt, kriegt man so was. Die Geburtstagsgesellschaft neulich hat die Marke geknackt. Die haben so viel weggetrunken, dass ich sogar noch mal nachbestellen musste.«

»Und was sollen wir mit dem Ding machen?«, hakte Niklas noch mal nach.

Tobias kratzte sich am Kopf. »Ja, Niklas, eigentlich dachte ich, wenn wir es hier nicht brauchen können, könntest du es fürs Bruthaus verwenden.«

»Der Bottich hat fast zwei Meter Durchmesser, den krieg ich nicht mal durch die Tür. Abgesehen davon, dass im Bruthaus sowieso kein Platz dafür wäre. Aber gut sieht er aus.« Prüfend klopfte Niklas gegen die dicke Holzwand. »Wenn du einen Lkw voller Eiswürfel organisierst, könnten wir ihn als gigantischen Flaschenkühler verwenden, Tobias.«

»Sehr witzig.«

Auch Freya besah sich jetzt das durchaus dekorative Teil genauer. »In Schweden benutzt man so was als Badezuber. Als Hot Tub, also für draußen. Mit einem Ofen, den man ungefähr hier einbauen müsste«, sie deutete auf eine Stelle auf halber Höhe des Bottichs, »könnte man das ganze Jahr über im Freien baden. Auch wenn Schnee liegt.«

»Das ist ja eine tolle Idee!«, Niklas pfiff begeistert. »Kann ja nicht so schwer sein, das zu einem Hot Tub umzubauen, das krieg ich hin.«

»Außergewöhnliche Nutzung«, meinte Tobias. »Aber cool wäre es in jedem Fall. Ich sehe mich schon drinsitzen, mit einem Glas Schampus in der Hand und …« Er brach ab und warf Freya einen Blick zu, bei dem es in ihrem Bauch sofort anfing zu kribbeln.

Langweilig wurde es gewiss nicht am *Fischerfleck*.

In ihrer knapp bemessenen Freizeit versuchte Freya mehr über Loredana Berwinkel herauszufinden. Aber zunächst leider ohne Erfolg. Obwohl der Name doch recht außergewöhnlich war, gab das Internet nichts her. Vermutlich war sie längst wieder verheiratet und hatte einen neuen Namen angenommen. Mittlerweile musste sie über fünfzig sein. Auch Adelheid Bachmann hatte keine Idee, wo sie nach ihr suchen könnten.

Schließlich ließ der Zufall Freya mitten im Wald auf Anette Hirschberg treffen. Freya lief gedankenversunken mit einem Korb in der Hand durch raschelnde Blätter. Ein Gast hatte ihr eine Stelle genannt, an der er viele Steinpilze entdeckt hatte, und falls sie reichlich finden würde, konnte Tobias sie als besonderes Tagesgericht auf die Karte setzen. Frau Hirschberg schien einen Spaziergang zu machen, offensichtlich ganz allein. Ihre Augen sahen verquollen aus.

Weil Freya abseits des Weges ging, wollte sie sich erst

nicht zu erkennen geben, aber das Rascheln ihrer Schritte im Laub hatte sie bereits verraten.

»Warum schleichst du durchs Unterholz?«, sprach Anette Hirschberg sie grußlos an.

»Ich suche Pilze.«

»Hier wirst du keine finden.«

Der Weg verlief oberhalb der Böschung, an deren Fuß sich Freya befand. Frau Hirschberg blieb nicht stehen, sondern lief immer weiter. Freya beeilte sich hinterherzukommen. »Darf ich Sie kurz was fragen, bitte?«, rief Freya ihr nach. »Wissen Sie zufällig noch, wo Loredana Berwinkel gewohnt hat?«

Der Kopf der älteren Frau fuhr heftig herum. »Fängst du schon wieder damit an? Du kannst es einfach nicht lassen, was?« Wütend reckte sie eine Faust in Freyas Richtung, achtete dabei für einen Moment nicht auf den Weg und kam aus dem Tritt. Mit einem Aufschrei stürzte sie hin, rutschte die Böschung hinab und landete direkt vor Freyas Füßen.

Erschrocken wollte Freya Frau Hirschberg aufhelfen.

»Fass mich bloß nicht an!«

»Ich will Ihnen doch nur helfen.«

»Helfen? Du bist schuld, dass ich hingefallen bin!«

»Das stimmt doch nicht.«

Frau Hirschberg rappelte sich hoch. Als sie versuchte aufzutreten, verzog sie schmerzlich das Gesicht.

»Sie haben sich den Knöchel verstaucht. Stützen Sie sich auf mich, und hören Sie auf zu protestieren. Außerdem haben Sie einen Kratzer auf der Wange. Hier.« Freya kramte nach einem sauberen Taschentuch und gab es Frau Hirschberg, die sich damit das Blut abtupfte. Widerstrebend nahm die Hoteliersgattin den dargebotenen Arm und hakte sich unter. So gestützt, humpelte sie zurück auf den Weg und dann weiter.

»Wo steht Ihr Wagen?«

»Unten auf dem Parkplatz neben der Straße.«

»Das ist ja nicht mehr weit, das schaffen wir schon.«

Vermutlich hatte Frau Hirschberg starke Schmerzen, so, wie sie sich an Freyas Arm klammerte. Aber sie gab keinen Mucks von sich.

»Was machen Sie eigentlich hier im Wald? In diesen Schuhen?« Die eleganten Loafer mit den profillosen Ledersohlen waren wirklich nicht geeignet für einen Spaziergang im Gelände.

»Ich musste einfach kurz raus, wollte allein sein und den Kopf freikriegen.«

»Das kenne ich.«

Anette Hirschberg warf Freya kurz einen irritierten Blick zu.

»Schauen Sie, dahinten ist schon der Parkplatz. Ich kann Ihren Wagen hinter den Bäumen schon sehen. Soll ich Sie heimbringen?«

»Himmel, nein!«, entfuhr es Frau Hirschberg, als wäre dieser Vorschlag eine absolute Zumutung. »Das schaffe ich schon allein.« Sie öffnete die Autotür, und Freya half beim Einsteigen.

»Wenn Sie meinen.«

Als sie saß, atmete Anette Hirschberg tief durch. Schweißperlen standen auf ihrer Stirn. Ja, ganz eindeutig, die Frau hatte Schmerzen.

»Danke«, sagte sie und startete den Motor. »Es geht

schon wieder.« Sie schlug die Tür zu und wendete, dann ließ sie die Fensterscheibe herunter.

»Köln. Die Berwinkels waren aus Köln.«

Nachdenklich blickte Freya dem davonfahrenden Sportwagen hinterher. Was sollte sie von dieser Begegnung halten? Und was hatte Frau Hirschberg mitten am Tag derart aus dem Gleichgewicht gebracht, dass sie in den Wald geflüchtet war?

Zwei Tage später hatte Freya die Sache schon fast wieder vergessen.

Rainer Limbach und seine Golfertruppe waren zurück am Walchensee und aßen bei den Sieberts zu Mittag.

»Der alte Hirschberg hat uns gedrängt, dass wir uns in seinen neuen Touristenkäfig setzen«, polterte er. »Aber da kann er reden, wie er will. Wir kommen lieber hierher, nicht wahr, Jungs?«

Freya mochte den patenten Geschäftsmann. Sie konnte sich gut vorstellen, dass er in seinem Job knallhart war. Aber hier, in der Freizeit, gab er sich entspannt und zeigte seine warmherzige Seite. In einer dunkelblauen Steppjacke, mit Karoschal um den Hals, das grau melierte Haar aus dem Gesicht gekämmt, saß er unter einem Heizpilz und paffte die obligatorische Zigarre, seine Freunde neben ihm ebenfalls. Sie waren nicht die Einzigen, die es vorzogen, sogar bei kühler Witterung draußen zu essen. Am Vorabend hatten Freya und Lena den Gastgarten umgestellt, die Tische entlang der Hauswand aufgereiht. Sie standen jetzt auch um die Ecke herum und reichten bis an die Barlounge. So waren die Gäste besser vor Wind und Wetter geschützt, besonders wenn auch noch die Markisen ausgefahren waren. Wegen der nun freien Gartenfläche fiel der neue Champagnerbottich stärker ins Auge, und viele fragten schon, wann der geplante Hot Tub denn eingeweiht werden könnte.

Kurz nachdem sie den Mittagsansturm bewältigt hatten, sah Freya aus dem Küchenfenster ein Polizeifahrzeug auf den Parkplatz biegen und zwei uniformierte Beamte aussteigen.

»Den einen kenne ich, das ist Frank Weiß, der wohnt drüben in der Jachenau, nicht weit von Onkel Georg. Wir haben früher zusammen Fußball gespielt. Was will der denn hier?«

Ein komisches Gefühl breitete sich in Freyas Magengrube aus, als sie zusah, wie Niklas die beiden draußen in Empfang nahm und unter den neugierigen Blicken der Gäste hereinführte.

Um möglichst wenig Aufsehen zu erregen, bat er sie vorbei an Küche und Gaststube in einen kleinen Raum im Erdgeschoss, der als Büro genutzt wurde.

»Was kann ich für dich tun, Frank? Ihr kommt ja sicher nicht, um zu essen?«

Der Angesprochene, ein durchschnittlich großer, aber breitschultriger Mann, machte einen etwas verlegenen Eindruck, fand Freya, als sie mit Lena dazukam. Als er sie beide sah, nahm er die Kopfbedeckung ab. Sein Kollege hingegen behielt die seine auf und postierte sich neben der Tür. Hatte er Angst, sie wollten türmen? Wieso? Was war da los? Schließlich kam auch Tobias dazu, und damit war das kleine Büro voll.

»Es duftet sehr verlockend aus der Küche, Niklas, aber ich fürchte, wir sind tatsächlich rein dienstlich hier.«

»Aha. Und warum?«

Frank Weiß visierte Freya an. »Frau Siebert, Sie werden der Körperverletzung beschuldigt. Sie sollen Frau Anette Hirschberg vor zwei Tagen im Wald am Rißbachstollen tätlich angegriffen und dabei verletzt haben.«

21

Freya

»Das ist eine Lüge!« Entsetzt schnappte Freya nach Luft.

»Dann waren Sie vorgestern nicht im Wald und haben dabei Frau Hirschberg getroffen?«

»Doch, aber ich habe ihr nichts getan. Das müssen Sie mir glauben! Wir sind einander zufällig begegnet. Ich wollte Pilze suchen, und sie hat wohl einen Spaziergang gemacht. Mit völlig ungeeigneten Schuhen, möchte ich anmerken. Wir haben kurz miteinander gesprochen, dann ist sie ausgerutscht und hingefallen. Dabei hat sie sich den Fuß verstaucht, glaube ich.«

Der Gesichtsausdruck der beiden Polizisten war absolut undurchsichtig, daher redete Freya schnell weiter.

»Ich habe ihr aufgeholfen und sie zu ihrem geparkten Auto gebracht. Und ihr angeboten, sie nach Hause zu fahren, aber das wollte sie nicht. Sie hat sich sogar bei mir bedankt. Warum sie nun etwas derart Abstruses behauptet, ist mir schleierhaft.«

»Es war nicht Frau Hirschberg, die Sie beschuldigt hat, sondern ihr Mann.« Das war das Erste, was der zweite Polizist von sich gab.

»Paul? Wie kommt er denn dazu?« Niklas sah so blass aus, wie Freya sich gerade fühlte. Ihr war richtig schlecht. Die Küchenhilfe steckte den Kopf zur Tür herein.

»Draußen wollen welche zahlen.«

»Danke, Frau Stephani«, sagte Lena. »Ich komme schon.« Im Hinausgehen warf sie Freya einen aufmunternden Blick zu.

»Frank, meine Schwester spricht die Wahrheit. Es kann nicht angehen, dass der alte Hirschberg solche Lügen in die Welt setzt.«

»Der hat noch viel mehr behauptet. Dass Freya Siebert geistesgestört wäre und bereits als Kind verhaltensauffällig gewesen sei. Er hat sogar die alte Sache mit dem ertrunkenen Mädchen von vor zwanzig Jahren wieder aufs Tapet gebracht.«

Die Übelkeit drohte Freya zu überwältigen. Sie merkte, wie sich ihr Atem ungut beschleunigte. Tobias anscheinend auch, denn er stellte sich neben sie und nahm ihre Hand. Allein diese Geste half ihr dabei, wieder ruhiger zu werden.

»Erfundene Anschuldigungen sind keine Grundlage für eine Strafverfolgung«, konstatierte Tobias mit strenger Stimme. Es war keine Frage, sondern eine sachliche Feststellung. »Vor allem nicht, wenn sie von einem Dritten stammen, der nicht mal dabei war. Oder hat sich die Rechtslage dahingehend geändert?«

»Gehst du bitte schon mal raus zum Wagen?«, forderte Frank Weiß seinen Kollegen auf und wartete, bis dieser gegangen war, ehe er weitersprach. »Natürlich nicht. Uns ist klar, dass Herr Hirschberg keinerlei rechtliche Handhabe gegen Frau Siebert hat.«

»Weil gelogen ist, was er behauptet!«

»Vor allem, weil seine Frau kurz nach ihm aufs Präsidium gekommen ist und seine Darstellung widerlegt hat. Sie hat die Sache ganz genauso geschildert wie Sie, Frau Siebert. Also wird es selbstverständlich keine Anzeige wegen Körperverletzung geben, auch wenn Herr Hirschberg darauf gedrängt hat. Frau Hirschberg meinte, wir sollten uns ja nicht unterstehen, auf die wahnwitzigen Beschuldigungen ihres Gatten zu hören. Aber ich dachte, es ist besser, wir schauen mal vorbei und reden darüber, damit ihr wisst, was los ist.«

Mit plötzlich weichen Knien lehnte sich Freya gegen Tobias. Er führte sie zum Schreibtischstuhl, und sie setzte sich.

»Habt ihr eine Idee, was Paul Hirschberg geritten haben könnte, derartige Anschuldigungen zu verbreiten?«, fragte der Beamte.

Na klar!, wollte Freya rufen, biss sich aber auf die Zunge. *Er lässt die Säbel rasseln, die Muskeln spielen, demonstriert, dass er am längeren Hebel sitzt und tun kann, was er will!*

»Keine Ahnung. Vielleicht wird er langsam ein wenig seltsam im Kopf?«, mutmaßte Niklas nur mühsam beherrscht. Auf seinen Wangen waren rote Flecken zu sehen, die keinen Zweifel daran ließen, dass er kurz davorstand, richtig wütend zu werden.

Frank Weiß warf ihm einen prüfenden Blick zu und zuckte die Schultern. »Also schön. Nix für ungut. Dann machen wir uns mal wieder auf den Weg.«

»Moment. Du gehst nicht einfach so in Uniform und ohne alles an den Gästen vorbei wieder raus. Wie sieht das denn aus? Ich geb dir wenigstens ein paar Fische mit, dann hat sich euer Besuch auch gelohnt und lässt die Leute nicht auf dumme Gedanken kommen.«

»Ich darf nix annehmen.«

»Du ermittelst ja nicht gegen uns. Also gebe ich dir als Freund zwei Räucherforellen mit.« Er schob den Polizisten hinaus und in Richtung Küche.

Tobias schloss die Tür hinter den beiden. »Du bist ja ganz blass, Freya. Willst du einen Schnaps?«

»Nein. Aber das war ein Schock! Für einen Moment habe ich echt gedacht, die legen mir Handschellen an und führen mich ab. Stell dir das mal vor! Wir wären erledigt gewesen.« Zorn kochte in ihr hoch. »Was erlaubt sich der Hirschberg eigentlich? Damit ist er eindeutig zu weit gegangen.«

Niklas und Lena kamen zurück.

»Sie sind weg. Wenigstens warst du so geistesgegenwärtig, ihnen was zu essen mitzugeben, Niklas. Ich hab gehört, wie eine Dame am Tisch neben der Tür gesagt hat, ›Schau mal, sogar die Polizei holt sich hier ihr Mittagessen.‹ Trotzdem! Ich bin fassungslos. Wollen wir uns so was bieten lassen vom alten Paul?« Mit gerunzelten Brauen sah Lena die anderen fragend an.

Langsam erhob sich Freya vom Bürostuhl. Es ging ihr wieder besser. »Ich wüsste nicht, was wir dagegen unternehmen könnten. Niklas hat zwar Schadensbegrenzung betrieben, aber mundtot hat er damit keinen gemacht.«

Leider behielt Freya recht. In Windeseile erzählte man sich allenthalben, dass die Polizei im *Fischerfleck* einmarschiert war.

Jessica Freitag, die inzwischen mehrmals mit Niklas aus gewesen war, rief am Abend an. »Die Gerüchteküche brodelt«, erzählte sie. »Zwei Hundebesitzer und eine Katzenhalterin haben heute im Wartezimmer meiner Praxis behauptet, dass deine Schwester Frau Hirschberg im Wald attackiert hat.«

Es war eine fiese Schmutzkampagne, und die Geschwister Siebert wussten, dass es dabei in erster Linie um Geld ging. Wenn die Strandlounge der Seelounge schon nicht den Rang ablaufen konnte, sollten sie wenigstens auf diese Weise mattgesetzt werden.

Paul Hirschberg schreckte selbst nicht vor Verleumdung zurück, wenn irgendjemand seine Position als Nummer eins am Walchensee gefährden sollte. Was tun? In Freyas Kopf drehte sich alles. Später konnte sie sich nicht mehr daran erinnern, wie sie den restlichen Tag hinter sich gebracht hatte, aber sobald das Restaurant geschlossen war, verkroch sie sich in ihr Bett und wollte nichts mehr hören oder sehen.

Das würde sie nicht noch mal durchstehen. Durch den Ort zu laufen, in der Gewissheit, dass die Leute hinter ihrem Rücken über sie redeten. Schlecht redeten. Es tat unfassbar weh, sich das vorzustellen. Weshalb sollte sie sich von anderen so dermaßen demütigen lassen? Ungerechtfertigterweise und wieder von denselben Menschen, am selben Ort.

Sie wollte nur weg, weg aus Walchensee. Wahrscheinlich hätte sie gar nicht erst wiederkommen sollen. Aber sie hatte es ja unbedingt versuchen müssen. Und jetzt? Jetzt hatten sie und ihr Bruder wieder zusammengefunden. Waren sogar weitergekommen aufzuklären, was damals geschehen war. Hatten einen erfolgreichen Geschäftsstart hingelegt. Und die Arbeit machte dazu noch Spaß. Klar war der *Fischer-*

fleck eine Herausforderung. Aber zum ersten Mal in ihrem Leben hatte Freya das Gefühl, angekommen zu sein, dort, wo sie hingehörte.

An ihre wachsenden Gefühle für Tobias durfte sie gar nicht erst denken, sonst würde sie die komplette Nacht durchheulen. Ganz kurz war sie davor gewesen, ihr Herz zu verschenken, und dieses Mal fühlte es sich richtig und unfassbar gut an. Sie kroch aus dem Bett und schaltete ihren Laptop ein. Wann ging der nächste Flug nach Stockholm?

22 Niklas

Als alle weg waren, zog Niklas sich ins Bruthaus zurück. Voller Wut kickte er einen leeren Futtereimer mit dem Fuß gegen die Wand, so dass dieser in gleich mehrere Teile zersprang. Er stellte sich dabei Paul Hirschbergs Gesicht vor, aber das half auch nichts. Der Mann war die Pest. Was hatte er nicht schon alles kaputt gemacht, und immer war er damit durchgekommen.

Niklas hatte es Freya nie erzählt, weil es ihm widerstrebte, seiner Erinnerung Raum zu geben und seiner Schwester damit denselben Schmerz zuzufügen, den er selbst spürte. Als Kind hatte er einmal beobachtet, wie Paul Hirschberg versucht hatte, ihre Mutter zu küssen. Die Frau seines besten Freundes! Bei einer Grillparty im Garten. Eigentlich hätte Niklas längst schlafen sollen, aber er hatte sich auf den Balkon geschlichen, weil von unten Musik und die ausgelassenen Stimmen der Gäste zu ihm hinaufdrangen und ihn wach hielten. Da hatte er die beiden gesehen. Kirsten hatte eine Wanne voll mit schmutzigem Geschirr getragen und Paul hatte sie einfach im Vorbeigehen gepackt und geküsst. So manche Frau hätte in der Situation das Geschirr zu Boden fallen lassen, aber nicht seine Mutter. Mit dem Absatz ihres Schuhs hatte sie mit voller Wucht auf Pauls Fuß gestampft, bis dieser aufjaulend von ihr abgelassen

hatte. Dann hatte sie die Wanne abgestellt und ihm eine ge-
knallt. In diesem Moment war seine Stiefmutter für Niklas
zur coolsten Frau der Welt geworden.

Aber Paul Hirschberg hatte sie nur ausgelacht.

»Wenn du es ihm sagst, streite ich alles ab. Und be-
haupte, du hättest dich an mich rangeschmissen. Ich kenne
Johannes, seitdem wir auf der Welt sind. Wem denkst du,
wird er eher glauben?«

»Mir natürlich«, hatte sie geantwortet. »Weil er weiß,
was für ein Scheißkerl du bist.«

Aber sein Vater hatte anders reagiert. Niklas erinnerte
sich an einen fürchterlichen Streit in der Nacht, den er
bruchstückhaft durch geschlossene Türen mit angehört hatte. Für Johannes war es schlichtweg unvorstellbar gewesen,
dass sein bester Freund ihn hintergehen würde. Er unterstellte seiner Frau, eifersüchtig auf die enge Männerfreundschaft zu sein und sie auseinanderbringen zu wollen.

Und so war Paul Hirschberg immer und immer wieder
davongekommen. Aber zur Polizei zu gehen und einen
Haufen Lügen über Freya zu erzählen, das ging endgültig
zu weit. Ihre Existenz stand auf dem Spiel. Das würde Niklas nicht hinnehmen.

Aber irgendwie hatte er das Gefühl, etwas zu übersehen.
Einen wichtigen Punkt, nur kam er nicht drauf, was es war,
zu sehr wütete der Zorn in ihm. Er stieß einen Fluch aus
und holte den Autoschlüssel.

»Weißt du eigentlich, wie spät es ist?«, fragte Jessica Freitag, als sie ihm die Tür öffnete.

»Keine Ahnung. Soll ich besser wieder gehen?« Er hatte

sie noch nie in ihrer Wohnung besucht. Wortlos trat sie beiseite, um ihn einzulassen.

»Ich bin so sauer«, sagte er, »und fühle mich gleichzeitig
absolut machtlos.«

Sie holte zwei Flaschen Pils aus dem Kühlschrank, öffnete
sie und trug sie ins Wohnzimmer. Niklas hatte sie bisher für
eine typische Weintrinkerin gehalten. Dass sie Bier daheim
hatte, fand er gut. Offensichtlich hatte sie schon geschlafen,
denn ihr Haar war zerzaust und sie trug ein zerknittertes
T-Shirt und ebensolche Shorts. Kein Spitzennachthemd.
Kein Seidenmorgenmantel. War das Bild, das er sich von
ihr gemacht hatte, ganz falsch?

»Setz dich doch.« Sie drückte ihm eine Flasche in die
Hand und deutete auf die Couch, ehe sie ebenfalls Platz
nahm.

»Es geht um die Sache mit der Polizei, oder? Unfassbar,
wie wichtig ihr in diesem Kaff euren Klatsch nehmt. Ich
glaube, das werde ich nie verstehen.«

»Wie bitte?«

»Mal daran gedacht, dass es scheißegal ist, was die Leute
reden? Dass sie so oder so tratschen. Und dass es dir auch,
gelinde gesagt, am Popo vorbeigehen könnte?«

»Freya und ich sind auf unseren guten Ruf angewiesen.«

»Blödsinn. Ihr seid kein Mädchenpensionat, sondern ein
Szenetreff. Mein Gott, dann war halt mal die Polizei da.
Und dann werden eben irgendwelche Gerüchte rumerzählt.
Wahr oder falsch, wen interessiert's? Das macht dieser
Hirschberg doch nur, weil er vor Neid fast platzt. So was
muss man erst mal hinkriegen. Außerdem – es gibt keine
schlechte Publicity. Heißt es doch immer, oder? Jede PR ist

gute PR. Ich habe von niemandem gehört, der deswegen nicht mehr in den *Fischerfleck* gehen würde. Im Gegenteil. Plötzlich seid ihr doch noch interessanter.« Sie nahm einen großen Schluck Bier, und Niklas nutzte die Redepause, um nachzudenken.

Hatte er sich in etwas verrannt? War in Jessicas Worten womöglich ein Körnchen Wahrheit? Auch er trank aus seiner Flasche, und als das kühle Bier seine Kehle hinunterlief, war es, als würde ein Teil seiner Wut fortgespült.

»Abgesehen davon scheint dieser Herr Hirschberg natürlich ein inakzeptabler Mistkerl zu sein«, sagte Jessica leise.

»Was würdest du an meiner Stelle machen?«

Sie seufzte. »Ehrlich? Dafür kenne ich dich noch zu wenig, Niklas. Aber vermutlich trifft es einen Typen wie Hirschberg am härtesten, wenn er mit Nichtbeachtung gestraft wird.«

Niklas stellte die Flasche auf den Couchtisch und fuhr sich durchs Haar. »Du meinst, wir sollen also einfach nicht auf die Gerüchte reagieren und so tun, als ginge uns das alles nichts an? Wie soll man das denn aushalten?«

»Hm. Das glaubst du jetzt wahrscheinlich nicht – aber es gibt Schlimmeres. Irgendwann erzähle ich dir vielleicht mal, weshalb ich meine Heimat in Wirklichkeit so schnell verlassen habe und ans andere Ende der Republik gezogen bin.«

»Warum nicht jetzt?«

Sie gähnte. »Weil ich müde bin und schlafen muss.« Sie stand auf, beugte sich zu ihm und küsste ihn auf den Mund. »Gute Nacht, Niklas.«

Er erhob sich ebenfalls und zog Jessica zu sich heran. Sein

Kuss war fordernder als der ihre und ließ keinen Zweifel an seinen Absichten. Als er sie fragend ansah, meinte sie: »Du kannst gerne bei mir übernachten, Niklas Siebert. Wenn du wegen mir hier bist. Aber nicht, wenn du stinksauer auf irgendwelche Leute hier aufgetaucht bist, um Dampf abzulassen. Dann geh joggen. Oder mach Liegestütze.«

Verdutzt fand er sich wenig später draußen in seinem Wagen wieder. Was war mit der aufreizenden Jessica vom Musikfestival passiert? Mit der, die sich ihm am liebsten sofort an den Hals geworfen hätte? Niklas hätte schwören können, dass sie es darauf angelegt hatte, ihn ins Bett zu bekommen, und bisher war er es doch gewesen, der nicht ganz so überzeugt war.

Dieser kurze und beeindruckende Besuch veränderte das Bild, das Niklas sich von Jessica Freitag gemacht hatte. Und was hatte sie angedeutet? Warum war sie nach Walchensee gekommen? Was war in ihrem Leben vorgefallen?

Verärgert über sich selbst schüttelte er den Kopf. Wenn er so dachte, war er auch nicht besser als all die anderen, die sich ihre Mäuler zerrissen.

Und noch etwas, das sie gesagt hatte, stimmte ihn nachdenklich. Es gab wahrhaftig Schlimmeres. Niklas musste nachdenken. Er wollte allein sein und grübeln. Also fuhr er eine Weile ziellos durch die Gegend, bis er sich vollkommen beruhigt hatte. Aber so sehr er sich auch bemühte und in sich hineinhorchte, fand er nicht die Nachsicht, diese Verleumdung auf sich beruhen zu lassen. Zumal es um seine Schwester ging, was ihn noch mehr aufbrachte, als wenn er selbst angefeindet worden wäre. Damit durfte Hirschberg nicht davonkommen. Dieses Mal nicht. Kurz vor Sonnenaufgang kam Niklas zurück an den *Fischerfleck*. Er schlich sich leise in sein Schlafzimmer, um Freya nicht zu wecken. Todmüde fiel er in einen tiefen, traumlosen Schlaf. Erst durch Tobias' Stimme wurde er wieder geweckt.

»Niklas. Niklas! Wach auf!«

Verwirrt öffnete er die Augen und blinzelte gegen helles Sonnenlicht an.

»Was ist los?«

Tobias kam ins Zimmer und riss das Fenster auf. Augenblicklich strömte frische Morgenluft herein, klar und köstlich, wie es sie nur in den Bergen gab. »Es ist kurz nach zehn.«

»Mist.« Niklas setzte sich auf und schwang die Beine aus dem Bett. »Ich hab verschlafen.«

»Fast ein Wunder nach dem Wirbel gestern. Ehrlich gesagt, habe ich kaum ein Auge zugetan, weil ich mich nicht beruhigen konnte.«

»Ich war die ganze Nacht unterwegs, aber jetzt muss ich mich beeilen und die Fische ausliefern. Lass uns später zusammensetzen und ein Krisengespräch machen. Nur wir drei, ja?«

Tobias nickte. »Gut. Aber ich glaube, Freya ist bereits unterwegs mit den Räucherfischen.«

»Ist sie nicht hier?«

»Nein, ich hab sie noch nicht gesehen.«

Niklas' Blick fiel auf seinen Autoschlüssel, der auf dem Nachttisch lag, wo er ihn gestern Nacht achtlos hingeworfen hatte.

»Aber ohne Wagen kann sie die Auslieferung nicht machen.«

Hastig schlüpfte Niklas in seine Jeans und warf sich einen Pullover über.

»Dann ist sie vielleicht mit dem Fahrrad zum Einkaufen gefahren. Oder sonst irgendwo unterwegs. Kein Grund zur Beunruhigung«, sagte Tobias, weil er Niklas seine augenblickliche Unruhe anmerkte.

Es sah zu, wie sein Freund zur Tür hinausstürzte und, ohne anzuklopfen, ins Zimmer seiner Schwester lief.

»Sie ist weg!«, rief Niklas. »Schau! Ihr Schrank ist leer, der Koffer fehlt. Freya ist fort!«

Er hätte sie gestern nicht mehr alleine lassen dürfen. Warum hatte er auch unbedingt zu Jessica fahren müssen? Und sich dann auch noch die halbe Nacht rumtreiben? Seine Schwester konnte seit Stunden fort sein.

»Hey!« Mit strenger Stimme stellte sich ihm Tobias in den Weg. »Hör auf rumzurennen. Denk nach. Was hat sie gestern noch gemacht?«

»Sich verkrochen. Sie wollte niemanden sehen und mit niemandem reden. Freya war schon immer der Typ, der sich zurückzieht, wenn ihr alles über den Kopf wächst. Daher habe ich auch gar nicht erst versucht, ihr ein Gespräch aufzudrängen.«

»Okay. Anscheinend hat sie sich irgendwann entschlossen, zu packen und abzuhauen. Wohin könnte sie gegangen sein?«

»Nirgendwohin. Außer vielleicht zu Onkel Georg und Tante Erika, aber dafür bräuchte sie keinen Koffer.«

»Dann befürchte ich …« Mit besorgtem Gesichtsausdruck zückte Tobias sein Smartphone und tippte darauf herum.

»Heute geht um halb eins ein Flug von München nach Stockholm.«

Niklas rannte die Treppe hinunter. »Schick mir die Daten«, rief er seinem Freund zu. »Das schaffe ich noch. Ich hole sie zurück!«

»Ich komme mit!«

»Nein, bleib du hier und halt die Stellung. Ich melde mich von unterwegs.«

Ungeduscht und in denselben Sachen wie am Vortag startete Niklas in Richtung München. Er fühlte sich schrecklich, hatte aber keinen Zweifel daran, dass er seine Schwester dort, am Flughafen, suchen musste. Sie war dabei, wieder davonzulaufen. Letztendlich nur wegen ein paar ungerechtfertigten Gerüchten. Aber für sie musste es sich absolut vernichtend und hoffnungslos anfühlen. Genau vor diesen Anfeindungen hatte sie schon einmal kapituliert. Auch damals waren die Hirschbergs die Wortführer gewesen, als es darum gegangen war, Mutmaßungen über Rosalies Tod anzustellen.

Die Fahrt über Wolfratshausen, Starnberg und durch ganz München hindurch, bis er endlich den Franz-Josef-Strauß-Flughafen erreichte, schien ewig zu dauern und strengte ihn an. Von unterwegs rief Niklas Tobias an, um nach dem richtigen Terminal zu fragen. Aber wie sollte er Freya finden? Ihr Handy hatte sie ausgeschaltet. Immer wieder landete er auf ihrer Mailbox. Falls sie schon durch die Sicherheitskontrolle war, bestand keine Hoffnung mehr, sie zu stoppen. Klar, er konnte sie ausrufen lassen. Aber wer sein Telefon abstellte, würde auch auf eine Lautsprecherdurchsage nicht reagieren. Insbesondere nicht seine Schwester. Wenn Freya sich etwas in den Kopf gesetzt hatte … Fluchend drehte er eine Extrarunde auf dem vollen Kurzzeitparkplatz und musste dann doch ins Parkhaus fahren. Das dauerte alles viel zu lange! Niklas sprang aus dem Wagen, rannte ins Flughafengebäude hinein, warf einen schnellen Blick auf die Abflugtafel, lief weiter, vorbei an den Check-in-Schaltern und Shops bis hin zur Sicherheitskontrolle – dort war Schluss.

Hektisch beäugte er die Wartenden in der Schlange, einen nach dem anderen, aber seine Schwester befand sich nicht unter ihnen.

»Mist!«, stieß Niklas laut aus und drehte sich einmal um die eigene Achse.

Da sah er sie. Freya saß alleine auf einer Bank, der Koffer stand neben ihr. Sie hielt den Kopf gesenkt und wirkte in einem Maße am Boden zerstört, dass er sofort voller Mitgefühl zu ihr eilte.

»Freya!« Erleichtert zog Niklas seine Schwester in die Arme und drückte sie. Er hatte sie gefunden. Sie war nicht weg. Auf keinen Fall würde er sie gehen lassen. »Du darfst nicht abhauen. Bleib bei mir.«

Er spürte, wie sie die Arme um ihn schlang und seine Umarmung erwiderte.

»Warum?«, schluchzte sie.

»Weil ich dich lieb habe, du Dummkopf. Und dich brauche. Wir beide sind ein super Team, eine Familie. Wir gehören zusammen. Das lassen wir uns von niemandem kaputt machen.«

»Wenn es wegen des Erbes ist …«

»Quatsch«, unterbrach er sie. »Dass du so was überhaupt denken magst. Mir geht es schon lang nicht mehr um irgendeine Testamentsklausel. Seitdem du wieder da bist, ist das Leben in den *Fischerfleck* zurückgekehrt, Freya. Weißt du das nicht? Du hast mich aus meiner Junggesellenlethargie geholt, mir macht sogar das Fischen mehr Spaß, wenn du mitkommst. Oben in der Wohnung riecht alles nach dem Waschmittel, auf das du so stehst, das Bad ist voll mit tausend Fläschchen und Tuben. Auf der Couch liegen deine Kuschelsocken. Und das Buch, in dem du seit einem halben Jahr liest, aber nie umblätterst, weil du gleich einschläfst, sobald du es aufschlägst. Selbst wenn wir das Lokal nicht hätten, würde ich dich nie und nimmer zurück nach Schweden lassen. Der Walchensee ist dein Zuhause.«

»Aber alle hassen mich!«

»Blödsinn. Das stimmt nicht.« Er schob Freya auf Armlänge von sich. Ein bisschen Selbstmitleid wollte er ihr zugestehen. »Eigentlich ist es nur Paul Hirschberg. Und der hasst mich ebenso wie dich. Und jeden anderen, den er als Bedrohung empfindet. Bisweilen sogar den eigenen Sohn, fürchte ich. Der einzige Mensch, den er gut findet, ist er selber. Das, was der sagt, darfst du echt nicht persönlich nehmen.«

Sie stieß ein wütendes Schnauben aus. »Am liebsten würde ich ihm den Hals umdrehen!«

»Ah! Lass das nur keinen hören.«

»Ist doch wahr.«

Sie erinnerte ihn in ihrem Trotz an das kleine Mädchen von früher, und Niklas' Herz war erfüllt von geschwisterlicher Liebe. Und Erleichterung. »Komm. Wir fahren heim.«

Er nahm Freyas Koffer und rollte ihn neben sich her, den anderen Arm hatte er um ihre Schultern gelegt und führte sie in Richtung Parkhaus.

»Hat irgendjemand mitbekommen, dass ich weg bin?«

»Nur Tobias.«

»Das ist mir peinlich.«

Niklas blieb stehen. »Du musst aufhören, dir ständig einen Kopf darüber zu machen, was andere über dich denken. Erstens ist hier überhaupt nichts peinlich, Tobias hat sich auch große Sorgen um dich gemacht, und ich werde ihn gleich aus dem Auto anrufen, um ihn zu beruhigen. Und zweitens, selbst falls hier irgendwas peinlich wäre, dann ginge es nur dich was an und sonst niemanden. Verstehst du mich?«

Sie nickte. »Bist du über Nacht weise geworden, Niklas?«

»Vielleicht ein bisschen.«

Mit einem schiefen Grinsen öffnete er ihr die Autotür.

Tobias hatte bereits die Räucherfische ausgeliefert, als sie daheim ankamen. Und irgendwie hatte er den Mitarbeitern auch plausibel machen können, weshalb sie das Mittagsgeschäft, vollkommen unterbesetzt, ohne die Geschwister Siebert stemmen mussten. Jetzt saß auf der Bank neben der Haustür und wartete auf Freya und Niklas.

Als Freya ihn sah, breitete sich ein derart glückseliges Lächeln auf ihren Lippen aus, dass ihr Bruder sich zum ersten Mal fragte, ob womöglich etwas zwischen den beiden lief, von dem er nichts mitbekommen hatte.

Allerdings ließ ihn Tobias' mürrisches Gesicht diese Idee augenblicklich wieder verwerfen.

»Dann stimmt es also. Du wolltest dich tatsächlich verdrücken und uns im Stich lassen«, sagte er, stand auf und schüttelte traurig den Kopf.

Freyas Lächeln gefror. »Ich habe keinen anderen Ausweg gesehen.«

Weil Niklas den Koffer nicht über den Kiesweg schieben konnte, hob er ihn hoch und trug ihn zum Haus. Zwischen den beiden herrschte eine verdammt angespannte Stimmung. Besser, er begab sich aus der Schusslinie.

Tobias blieb vor Freya stehen und starrte sie an. »Irgendjemand, der für dich völlig unwichtig ist, wenn wir mal ehrlich sind ... also irgendein irrelevanter Idiot ärgert dich – und du packst deinen Koffer, buchst einen Flug und willst das Land verlassen? Ohne ein Wort?«

»Ich habe keinen anderen Ausweg gesehen«, sagte Freya noch einmal erschöpft und nur mühsam beherrscht zugleich. Ein schlechtes Zeichen, wusste Niklas. Er hielt sich weiterhin raus und stellte den Koffer im Eingang neben der Garderobe ab. Hinter sich konnte er sie weiterhin reden hören.

»Wie konnte ich mich nur so in dir täuschen.« Tobias' Schritte entfernten sich, eine Autotür wurde geöffnet und wieder geschlossen, ein Motor heulte auf. Offenbar fuhr er davon. Freya stürmte herein und die Treppe hinauf. »Sag nichts!«, schluchzte sie.

Müdigkeit überfiel Niklas. Mit einem Mal spürte er den mangelnden Schlaf in jeder Faser seines Körpers. Und die Arbeit der vergangenen Monate. Sie hatten alle drei viel geleistet. Ihre Nerven waren angespannt, möglicherweise sogar überstrapaziert.

Eine Pause würde ihnen guttun. Doch die war ihnen nicht vergönnt. Den Gast interessierten die persönlichen Befindlichkeiten seines Wirts nicht. Er wollte eine schöne Zeit haben, umsorgt werden, gut essen und trinken und sich wichtig fühlen. Und Niklas gedachte genau diese Wünsche zu erfüllen. Dafür musste er auf seine Schwester und seinen Geschäftspartner zählen können.

23 Freya

An Allerheiligen fand der Gottesdienst in Sankt Jakob statt. Schon Tage vorher hatten die Einwohner von Walchensee die Gräber von alten Blättern, Zweigen und welken Sommerblumen gesäubert und anschließend frische Gestecke abgelegt. Neue Kerzen brannten überall. Der Gottesacker sah ordentlich aus, so wie es sich gehörte. Es galt als gesellschaftlicher Fauxpas, an Allerheiligen nicht »aufs Grab« zu gehen, daher war die Kirche bis auf den letzten Platz besetzt. Und hinterher, draußen auf dem Friedhof, als der Pfarrer seine Segnung vornahm, achtete jeder ganz genau darauf, wer erschienen war und an welchem Grab keiner stand.

Freya hielt den Kopf gesenkt und starrte auf die dunkelbraune Erde zu ihren Füßen. Sie überlegte, die Urne ihrer Mutter hierher überführen zu lassen. Warum sollte sie allein in Stockholm liegen? Die örtliche Floristin, eine fröhliche Frau namens Babsi, eigentlich Barbara, hatte für Freya ein herzförmiges Gesteck aus Zapfen, Moos und lila Heidekraut gefertigt, das sich gut neben dem Rosenstrauch machte, den Niklas im Frühherbst gepflanzt hatte. Freya betrachtete jedes einzelne Blatt, jede einzelne Blüte eingehend, die Rede des Pfarrers wollte kein Ende nehmen. Sie unterdrückte ein Seufzen, hob den Blick und begegnete dem von Tobias, der zwei Reihen entfernt stand. Rasch sah er wieder weg. Seit ihrer Rückkehr vom Flughafen war er wie ausgewechselt. Keine sanften Berührungen mehr im Vorbeigehen. Kein Lächeln. Und Gespräche privater Natur vermied er ganz. Na schön, wenn er es so wollte! Wenigstens bekamen sie es hin zusammenzuarbeiten.

Freya ließ ihren Blick in die Richtung der kleinen Aussegnungshalle schweifen. Familie Hirschberg war geschlossen erschienen. Natürlich. Paul in einem dunkelgrauen Lodenmantel, Jonas trug statt Jeans und Sweatshirt einen Anzug. Anette Hirschberg sah aus wie ein Schatten ihrer selbst. Sie schien innerhalb kurzer Zeit deutlich an Gewicht verloren zu haben. Zwar stand sie aufrecht wie immer, aber Freya fielen die angespannten Schultern deutlich auf.

»Was ist mit Frau Hirschberg los?«, flüsterte sie Niklas zu.

»Antonia vom Dorfcafé sagt, sie und Paul haben mal wieder Probleme. Dieses Mal betrügt er sie zwar nicht mit einer anderen, aber er fährt bei jeder Gelegenheit aus der Haut und terrorisiert sie und Jonas. Antonia meint, scheiden lässt sich Anette in ihrem Alter auch nicht mehr, egal was kommt, weil sie sonst nicht weiter die Frau Hoteldirektorin wär und auch nicht wüsste, wohin.«

»Ich dachte, Antonia und Anette wären befreundet?«

Ihr Bruder hob die Augenbrauen. »Sind sie doch auch«, flüsterte er zurück.

»Na dann.«

Eine ältere Dame warf ihnen einen missbilligenden Blick zu. Besser, sie hielten den Mund.

Als endlich das Totengedenken und die Gräbersegnung

vorüber war, leerte sich der Friedhof schnell. Nur Anette Hirschberg blieb, um mit Pfarrer Talhofer zu sprechen. Zuerst tuschelten sie leise, dann entwickelte sich eine hitzige Diskussion. Freya bemühte sich gar nicht erst, diskret zu tun, sondern starrte unverhohlen zu den beiden hinüber und wünschte sich, ihre Worte zu verstehen. Als die beiden merkten, dass sie beobachtet wurden, verstummte der Pfarrer und führte Frau Hirschberg hinüber zum Kirchenportal. Dabei kamen sie an den Geschwistern Siebert vorbei.

»Es wird Zeit, dass wie vier uns einmal zusammensetzen und uns unterhalten«, sagte Niklas da vernehmlich. »Aber erst einmal wünsche ich einen schönen Tag.«

Frau Hirschbergs Reaktion auf diese unerwartete und eigenartige Ansage war heftig. Sie presste sich ein Taschentuch vor den Mund, als müsste sie ein Schluchzen unterdrücken, und eilte davon.

Pfarrer Talhofer rügte: »Musste das sein?«

»Ich denke schon. Oder etwa nicht? Verraten Sie es mir.« Woraufhin auch der Geistliche sich schnell entfernte, und Niklas ihm hinterherrief: »Das hab ich nicht anders erwartet.«

»Jetzt kannst du mir doch mal sagen, was das bitte auf dem Friedhof sollte?«, fragte Freya. Die Geschwister waren auf den Herzogstand gefahren, gleich nachdem die ihre Feiertagspflicht erfüllt hatten. Schweigend hatten sie nebeneinander in der Kabine gestanden und nach draußen geschaut. Die Bahn würde bald wegen saisonaler Wartungsarbeiten geschlossen werden, und den Sommer über hatten sie kaum Gelegenheit gehabt, ihren heimischen Berg zu genießen. Daher steuerten Freya und Niklas nicht sofort das Gasthaus an, sondern den leicht zu begehenden Panorama-Naturlehrpfad. Obwohl das Wetter trocken und sonnig war, herrschten hier oben deutlich frischere Temperaturen als unten im Ort und es waren kaum Wanderer unterwegs.

»Das will ich gerne machen. Genau wie dir ist auch mir aufgefallen, dass mit Frau Hirschberg irgendwas nicht stimmt. Sie hatte sich doch bei eurer Begegnung im Wald den Knöchel verstaucht und musste ein paar Wochen lang eine Schiene tragen. In der Zeit konnte sie nicht voll im Hotel arbeiten und hat wohl viel mit Pfarrer Talhofer unternommen.«

Auf Freyas fragenden Blick sagte er lakonisch: »Siehst du, das ganze Gerede im Dorf ist nicht immer nur schlecht, man kann auch bis zu einem gewissen Grad Informationen daraus ziehen.«

Freya lachte auf. »Besonders seitdem du dich oft mit Jessica Freitag triffst. Ihr Wartezimmer stellt jede Klatschzeitung in den Schatten.«

»Dafür kann sie nichts. Aber sie hält die Ohren offen. Jedenfalls bin ich der Meinung, dass Anette Hirschbergs Gewichtsverlust und ihre schlechte psychische Verfassung mit Pauls Versuch, dir eine Straftat anzulasten, zusammenhängen. Es scheint mir, als ob das bei seiner Gattin, die bisher jahrzehntelang alles brav geschluckt hat, das Fass zum Überlaufen gebracht hat.«

»Puh. Vermutungen, Vermutungen.«

»Nicht ganz.«

Der Weg führte steil bergauf zur Fahrenberg-Kapelle. Freya schnaufte heftig.

»Anette Hirschberg hat zu dir gesagt, die Berwinkels wären aus Köln gewesen. Ich habe herausgefunden, dass Loredana sich vor etwa fünfzehn Jahren hat scheiden lassen. Sie wohnt jetzt in der Oberpfalz auf dem Land, mit ihrem zweiten Mann und drei Kindern.«

»Du hast sie gefunden!« Atemlos blieb Freya stehen. »Warum hast du nichts gesagt?«

»Weil eh alles drunter und drüber ging, und ich dich nicht noch mehr aufregen wollte. Außerdem wusste ich nicht, ob überhaupt etwas Interessantes dabei rumkommen würde.«

»Und? Herrgott, Niklas, lass dir doch nicht jedes Wort aus der Nase ziehen!« Sie hatten nach dem Friedhof ihre Mäntel gegen Funktionsjacken getauscht und einen Rucksack mitgenommen. Als ihr Bruder jetzt umständlich nach der Wasserflasche kramte, verlor Freya fast die Geduld.

»Ich habe mit Loredana telefoniert. Und obwohl sie erst sehr reserviert war, hat sie mir, nachdem ich ihr die Hintergründe erklärt hatte, Auskunft gegeben. Und es war anders, als wir gedacht haben. Sie hatte keine Affäre mit Papa, sondern mit Paul Hirschberg. Überraschung! Damit dessen Frau keinen Verdacht schöpfte, musste Papa oft als Alibi herhalten und die beiden bei diversen Ausflügen begleiten. Gutmütig, wie er war, konnte er seinem Freund diesen Gefallen nicht abschlagen. Und so kam es, dass die Leute ihm ein Verhältnis mit Loredana andichteten. Genährt wurden solche Gerüchte natürlich von Paul, der seinen eigenen Vorteil daraus zog.«

»Und Mama kam das Gerede zu Ohren, sie wurde eifersüchtig und die beiden hatten eine Ehekrise.«

»Ja, so war es wahrscheinlich.«

»Aber dann kann Loredana nicht die Frau gewesen sein, mit der Papa sich am See getroffen hat. Wenn er sich überhaupt mit jemandem getroffen hat.«

Mittlerweile waren sie an der Kapelle am Fahrenbergkopf angekommen, einem altertümlich anmutenden kleinen Gebäude aus Bruchsteinen.

Der Blick hinunter auf den See entschädigte wie immer für den Aufstieg. Sattes Sommergrün war Orange- und Brauntönen gewichen, die einen starken Kontrast zum türkisenen Wasser boten. Ein malerischer Anblick! Die Bergspitzen in der Ferne waren bereits weiß überzuckert, und auch auf dem Herzogstand würde der erste Schnee nicht mehr lange auf sich warten lassen. Alles veränderte sich.

»Und was hat das nun mit deiner provokanten Bemerkung auf dem Friedhof zu tun?«

Niklas blickte nachdenklich in die Ferne, der Wind zerzauste sein Haar. »Ja weißt du, ich glaube nicht, dass sich Anette Hirschberg hat täuschen lassen. Sie ist eine intelligente Frau mit einer enormen Selbstbeherrschung. Sonst wäre sie bei den ständigen Eskapaden ihres Mannes längst ausgeflippt. Außerdem ist sie zutiefst religiös. Sie lässt sich vermutlich auch deshalb nicht von Paul scheiden, weil das in der katholischen Kirche verboten ist. Aber ich bin der Meinung, sie weiß mehr, als sie zugibt. Und nach all den Jahren drückt sie das Gewissen.«

»Warum bist du dir da so sicher?«

»Mir ist wieder etwas eingefallen. Ich hatte die ganze Zeit das Gefühl, irgendwas übersehen zu haben. Wenn Pfarrer Talhofer dir sagt, dass du mit Rosalie gestritten hast, und das stimmt, dann kann er das nur von der Person wissen, die es beobachtet hat. Und das wiederum kann nur Anette Hirschberg gewesen sein, die seit zwanzig Jahren jede Woche zur Beichte rennt, als hätte sie ein Schwerverbrechen begangen.«

Im kalten Wind fröstelte Freya plötzlich, und sie zog den Reißverschluss ihrer Jacke hoch bis unters Kinn. Diesen Verdacht hatte auch sie schon gehabt. Und das würde zumindest erklären, weshalb sich Frau Hirschberg ihr gegenüber derart seltsam verhielt. Die Geschwister machten sich auf den Rückweg und kehrten im Berggasthaus ein. Um sich aufzuwärmen, setzten sie sich in die Nähe des Kachelofens, der nun mollig beheizt war. Freya dachte an ihren Besuch mit Tobias im Sommer und daran, wie entspannt die Stimmung damals zwischen ihnen gewesen war. Von Anfang an hatte sie ihn gut gefunden, und jetzt fiel es ihr leicht, sich das einzugestehen. Denn der Zauber war verflogen. Nein, das stimmte nicht. Freya hatte ihn mutwillig zerstört. Was hatte sie auch erwartet, wenn sie einfach davonlief? Sicher nicht die Art von Verständnis, die Niklas in seiner brüderlichen Zuneigung und Sorge aufbrachte. Tobias hatte sich im Stich gelassen gefühlt. Weil sie nicht nachgedacht und in ihrer Verletztheit einfach impulsiv gehandelt hatte, glaubte er nun, ihr läge nichts an ihm. Dabei war sie ja nicht mal ins Flugzeug gestiegen! Ihr Flug war schon längst aufgerufen worden, als Niklas sie gefunden hatte. Sie war ohnehin bereits zur Vernunft gekommen. Aber das konnte Tobias nicht sehen. Er betrachtete die Sache nur von seinem eigenen Standpunkt. Und es war nicht Freyas Aufgabe, ihm schönzutun.

»Einen Obstler, bitte«, sagte sie nachdrücklich, als der Wirt zum Bestellen kam. »Und einen Kaffee, einen Apfel-

strudel und vorher eine Leberknödelsuppe mit einem kleinen Bier.«

»Alles klar, da hat jemand Appetit. Muss an der frischen
Luft liegen.« Niklas zwinkerte Karl Hauner zu.

»Darin seid ihr euch ähnlich. Du langst auch immer ordentlich zu, wenn du hier oben bist. Was darf ich dir bringen, Niklas?«

»Ich nehme ebenfalls ein Bier, aber ein normales, kein
kleines. Und falls noch was vom Schweinebraten da ist,
der draußen auf der Tafel steht, dazu würde ich nicht nein
sagen.«

Der Wirt lachte. »Alles klar. Schweinsbraten mit Knödeln
und Kraut für den Herrn und Suppe und Strudel für die
Dame. Kommt sofort.«

»Der ist immer gut drauf, oder?«, fragte Freya.

»Karl? Klar. Weil er hier oben tun und lassen kann, was
er will. Sagt er selber. Sein Sohn ist übrigens der Besitzer
vom Dorfcafé, Karl junior. Also der Charly.«

»Echt? Das nette Muskelpaket mit der patzigen Gattin?
Wusste ich gar nicht.«

»Auch mit ein Grund, warum er so selten runterfährt. Er
ist von seiner Schwiegertochter nicht begeistert, und hier im
Berggasthof sieht er sie kaum.«

In vielen Familien war der Wurm drin.

Eigentlich hatten sie vorgehabt, nach dem Essen noch ein
Stück zu gehen, aber mit vollen Bäuchen beschlossen die
Geschwister, sich stattdessen einfach mal daheim auf die
Couch zu legen und gar nichts zu machen. Das Wetter gab
ihnen recht. Auf dem Parkplatz der Bergbahn schafften sie
es gerade noch ins Auto, schon setzte Regen ein.

»Glück gehabt.« Niklas schaltete den Scheibenwischer an. »Siehst du, sie haben die Bahn abgestellt wegen des Windes. Da fährt heute keine Gondel mehr.«

24 Freya

Die folgenden Wochen bescherten einen außergewöhnlich frühen Kälteeinbruch und es sah nicht so aus, als ob der Winter sich noch einmal trollen würde. Nach dem Temperatursturz fing es an zu schneien. Eine weiße Decke legte sich über das Land und zwang alle zum Innehalten. Zeitiger als sonst verebbte der Zustrom der Wandertouristen. Der Walchensee und seine Anwohner atmeten auf.

In den warmen Monaten bestimmten Fremde das Leben der Einheimischen. Fast alle arbeiteten in irgendeiner Form in der Tourismusbranche. Mit dem stoischen Mantra, man muss Heu machen, wenn die Sonne scheint, wurden persönliche Befindlichkeiten dem Fremdenverkehrswesen hintangestellt. Es wurde gearbeitet, solange die Gäste kamen. Kaum einer gönnte sich einen Sommerurlaub. Die Einnahmen der Hochsaison sicherten das Auskommen während der ruhigeren Monate. Erst der Winter schenkte den Walchenseern ein wenig mehr Zeit für sich selbst.

Bis zum ersten Februar musste die Berufsfischerei eingestellt werden. Wegen des Kraftwerks sank der Wasserspiegel im Winter bis zu sechs Meter und in der Zwergerner Bucht tauchten geheimnisvolle Holzpfeiler aus dem Wasser auf, die Freya bereits als Kind alljährlich fasziniert hatten. Ordentlich in Reih und Glied zeigten sie sich nur bei Niedrigwasser. Die Mönche des Klösterls hatten sie vor über fünfhundert Jahren in den Boden getrieben, sie dienten damals der Begrenzung von großen Fischbecken.

Zuletzt hatte Freya sie als Mädchen gesehen, und während sie nun am Ufer stand, trieb ihr der vertraute Anblick ein Schaudern über den Rücken. Die Vergangenheit war nicht verschwunden, lediglich vor den Augen der Menschen verborgen. Und bisweilen zeigte sie sich.

Schnee bedeckte den Kiesstrand bis direkt ans Wasser, das die dunklen, krustigen Pfeiler umspülte und in wilden weißen Wellen an Land schwappte.

Eine andere alte Geschichte kam Freya in den Sinn, die Niklas als Kind gern erzählt hatte. Als Junge hatte er eine ausgeprägte Vorliebe für morbide Legenden gehabt.

Vor langer Zeit habe ein Fischer das Ende einer schweren Kette im See entdeckt. Natürlich sei sie silbern oder golden gewesen und nicht einfach nur aus Eisen. Mit vereinten Kräften hätten die Männer der Gegend daran gezogen und gezerrt, in der Hoffnung, etwas Wertvolles aus dem Wasser zu holen. Und tatsächlich sei am anderen Ende der Kette eine altertümliche, prächtig verzierte Kutsche aus den Fluten aufgetaucht. Keiner habe gewusst, von wem sie stammte und gedacht, sie sei das Gefährt des Wassermanns, mit dem er auf dem Grund des Sees herumfuhr. Aber dann sei eine alte Frau dazugekommen und habe die Fischer aufgeklärt. Deren eigene Großmutter oder Urgroßmutter – irgendwer, der lange schon tot war –, habe ihr als Kind erzählt, dass reiche Leute mit diesem Gefährt auf der Seestraße vorbeigebraust seien. Der Kutscher habe die Kontrolle über die Pferde verloren und Menschen, Tiere und Wagen seien in den See gestürzt und sofort versunken. Dieser Vorfall sei in Vergessenheit geraten, bis der See das Gefährt wieder freigegeben habe. Für Niklas und Freya war dennoch die Erklärung mit dem Wassermann viel wahrscheinlicher gewesen, und sie hatte seitdem immer die Augen offen gehalten, wenn sie am Ufer entlangspaziert war.

Mit ihrem Smartphone machte Freya jetzt ein paar Aufnahmen von den mittelalterlichen Fischbecken. Die hatten zwar nichts Märchenhaftes, waren aber dennoch faszinierend.

In der Ferne, von der Eisfläche über dem Campingplatz, hörte sie die Eisstöcke der Stockschützen gegeneinanderknallen. Versonnen streckte sie ihre Nase in den Wind und atmete die kalte Luft ein. Sobald früher das Krachen der Eisstöcke zu hören gewesen war, hatten sich Papa und Niklas warm angezogen und waren hinübergelaufen. Auf der Eisfläche herrschte im Winter immer ein buntes Treiben. Die Leute trafen sich ganz zwanglos, es wurde geredet, geschossen und sich an heißem Tee gewärmt, den sicher der ein oder andere mit Hochprozentigem verstärkt hatte. Johannes Sieberts Punsch hatte dabei hoch im Kurs gestanden. Freya wusste sogar noch, wie die Isolierkanne ausgesehen hatte. Ein großes Ding in Weiß mit blauen Ranken darauf und einem Tragegriff. Niklas wollte immer für alle den Punsch in Becher pumpen. Seltsam, an welche Nebensächlichkeiten sie sich erinnerte. Und manches, das so wichtig wäre, war aus ihrem Kopf einfach verschwunden.

Freya war nicht gerne mit zum Eisstockschießen gegangen, sie bekam schnell kalte Füße. Damals wie heute. Außerdem fuhr sie, wie ihre Mutter, lieber Ski. Unbeschwerte Wintertage waren das gewesen. Draußen an der frischen Luft im Schnee, mit halb gefrorener Schokolade als Stärkung oder Salamibroten, bei denen die Butter in der Kälte hart geworden war. Nichts schmeckte köstlicher. Das lange nicht gehörte und doch durch und durch vertraute Geräusch der Eisstöcke weckte wehmütige Erinnerungen in Freya.

Der *Fischerfleck* machte seinen ersten Betriebsurlaub unter neuer Leitung. Tobias flog in den Urlaub. Verabschiedet hatte er sich nur von Niklas, was Freya verletzte, aber vielleicht hatte sie es nicht anders verdient.

Sie hätten vorher miteinander reden und endlich klären sollen, was zwischen ihnen stand. Bayerischer Dickschädeligkeit war es geschuldet, dass sie Gelegenheiten ungenutzt ließen – und nun musste Freya warten, bis er wiederkam.

Vielleicht war es gut so. Eins nach dem anderen, sagte sie sich und stapfte durch den Schnee vom Seeufer zurück zum *Fischerfleck*. Es war Zeit, mit der Vergangenheit abzuschließen.

»Vielen Dank, dass Sie gekommen sind«, sagte Freya zu Frau Hirschberg. »Und danke, dass wir uns hier bei Ihnen treffen dürfen, Frau Bachmann.«

»Neutrales Gebiet.« Die alte Dame schmunzelte. »Ich bin quasi die Schweiz. Macht es euch in der Stube bequem, dort ist es wärmer als im Wohnzimmer.«

Unter keinen Umständen wollte Anette Hirschberg von Freya im Sporthotel aufgesucht werden, und einen Besuch im *Fischerfleck* schloss sie ebenfalls kategorisch aus. Überhaupt hatte sie sich nur zu einem Gespräch bereit erklärt, wenn gewährleistet war, dass niemand etwas mitbekam. Was wäre dafür also besser geeignet, als der Souvenirladen, wo sich Alt und Jung Zeitungen, Bonbons und Schokoriegel holten und das ganze Dorf ein und aus ging? Hier konnte sie unbemerkt vorbeikommen, ohne dass jemand Verdacht schöpfte.

Sie mussten miteinander reden – Freya würde keine Ruhe mehr finden, wenn nicht endlich geklärt wäre, was damals mit Rosalie geschehen war. Sie hatte es aufgeschoben, verdrängt, vertagt und versucht zu vergessen. Aber sie vermochte sich nicht aus der Umklammerung ihrer Vergangenheit zu lösen.

Adelheid Bachmann servierte Kaffee und selbst gebackene Kekse. In ihrer Küche duftete es nach Vanillezucker.

Freya saß unter dem Herrgottswinkel und Frau Hirschberg auf einem Stuhl ihr gegenüber. Erst als ihre Gastgeberin den Raum verlassen und die Tür geschlossen hatte, erhob sie das Wort.

»Ich hätte längst mit dir reden müssen.« Blass und dünn rührte sie mit dem Löffel in ihrer Kaffeetasse und hielt den Blick gesenkt. Endlich sah sie auf. »Aber weißt du, irgendwann ist es zu spät gewesen. Ihr seid weggezogen, was hätte es noch gebracht?«

Freya biss sich auf die Zunge. Schreien hätte sie mögen. Dass vielleicht alles, einfach alles, ihr gesamtes Leben anders verlaufen wäre, wenn Anette Hirschberg den Mund aufgemacht hätte.

»Sie waren an dem Tag, als Rosalie ertrunken ist, am See«, sagte ihr Freya auf den Kopf zu und legte dabei mehr

Überzeugung in ihre Worte, als sie eigentlich besaß. Sie wollte eine Antwort provozieren, und die bekam sie.

»Aber du hast mich doch nicht gesehen, oder?« Unsicherheit flackerte im Blick der älteren Frau. »Ja, ich war da. Aber damit du verstehst, warum, muss ich weiter ausholen. Mein Mann hat es damals mit der Treue nicht sehr genau genommen. Alle wussten das. Manche seiner Freunde bewunderten ihn deswegen sogar, stell dir vor.« Sie gab ein verbittertes Aufschnaufen von sich. »Jedenfalls hatte er sich in jenem Sommer mal wieder eine Neue aufgerissen. Diese Loredana Berwinkel, die sowieso überall Selbstbestätigung suchte. Angelogen hat mich der Paul, mir hoch und heilig geschworen, dass nichts zwischen ihnen liefe. Anfangs habe ich ihm geglaubt, wie immer, ich dumme Kuh. Bis mir deine Mutter eines Tages den Kopf gewaschen hat. Wie lang ich mir das noch bieten lassen würde, hat sie gefragt, dass mein Mann mich derartig demütigt. Und dann hat sie behauptet, er hätte es sogar bei ihr schon probiert, und sie würde ihn anzeigen, falls er sie noch mal anfasst.«

Es fiel ihr sichtlich schwer, das zu erzählen. Freya drängte sie nicht, sondern wartete geduldig, bis Frau Hirschberg weitersprach.

»Ich bin dann zu Johannes gegangen und habe ihn angefleht, mir die Wahrheit zu sagen. Ob das stimmen würde, mit dem Paul und der Berwinkel. Nein, hat er gemeint, das wäre alles ganz harmlos. In dem Moment habe ich das Mitleid und die Gewissensbisse in seinen Augen erkannt und endlich kapiert, dass er für seinen besten Freund log. Und das nicht zum ersten Mal. Wahrscheinlich dachten die beiden, ich wäre blöd genug und würde es niemals merken.

Da habe ich beschlossen, den Spieß umzudrehen. Was war wohl die größtmögliche Demütigung für den stolzen Paul Hirschberg?«

Ein flaues Gefühl breitete sich in Freyas Magengrube aus. Sie fürchtete sich vor der Antwort.

»Wenn seine Frau ihm mit seinem allerbesten Freund Hörner aufsetzt.«

Das konnte nicht sein. Papa hatte sicher nie ein Verhältnis mit Anette Hirschberg gehabt. Er hatte Mama geliebt. Freya schluckte. Sie merkte, wie ihre Hände anfingen zu zittern.

»Ich habe mir wirklich Mühe gegeben, habe mit Johannes geflirtet, seine Nähe gesucht, ihm unmissverständlich gezeigt, was ich von ihm wollte. Auch an diesem schrecklichen Tag am See. Er und deine Mutter hatten mal wieder gestritten, Kirsten war abgerauscht und Johannes blieb wie immer die Aufgabe, auf dich und deine kleine Freundin aufzupassen, die ständig bei euch war. ›Die Kinder wollen allein an den See‹, hat er gesagt, ›das geht natürlich nicht. Aber sie sollen lernen, selbständiger zu sein. Ich gebe vor, es ihnen zu erlauben, und gehe ihnen heimlich nach. Das hab ich bei Freyas Schulweg am Anfang auch so gemacht.‹« Mit Wehmut im Gesicht straffte Frau Hirschberg ihre Schultern. »Ich kenne keinen Mann, der sich liebevoller um seine Kinder gekümmert hat als dein Vater. Ihr wart sein ein und alles. Manchmal hatte ich den Eindruck, er sei sogar fürsorglicher als Kirsten gewesen. Jedenfalls war ich enttäuscht, weil er mich nicht sehen wollte. Deswegen bin ich wiederum ihm bis zur Bucht nachgeschlichen. Ja, ich weiß, das ist armselig.«

Freyas Herz schlug ihr jetzt bis zum Hals.

»Du und Rosalie habt am Wasser gestanden und mich nicht gesehen. Johannes aber schon. Ich habe ihn zu mir gewunken. Erst wollte er nicht, aber ich habe ihn beruhigt, dass wir euch hören würden und dass nichts passieren könnte.« Tränen füllten Frau Hirschbergs Augen und sie blinzelte heftig.

»Ähm. Ich hatte ein tief ausgeschnittenes Sommerkleid an. Und wollte einen letzten Versuch bei deinem Vater starten. Er blieb höflich, aber bestimmt und hat mich nicht angefasst. Ich habe gesehen, wie Rosalie angefangen hat, Steine ins Wasser zu werfen. Sie hat dir gezeigt, wie man sie über die Wasseroberfläche hüpfen lässt. Das wolltest du nicht, du bist richtig wütend geworden.«

Auch Freyas Augen füllten sich mit Tränen. »Niemand darf Steine in den Walchensee schmeißen. Sonst wacht der Riesenwaller auf«, flüsterte sie.

»Dein Vater wollte zu euch gehen und den Streit schlichten. Aber ich habe ihn abgehalten. ›Die Kinder beruhigen sich wieder‹, habe ich gesagt. ›Misch dich nicht ein, die brauchen dich nicht.‹ Rosalie hat nicht aufgehört. Sie ist ein Stück ins Wasser gegangen und hat weiter Steine geworfen. Und ich habe mich deinem Vater an den Hals geworfen. Unfassbar peinlich. Er musste mich richtiggehend abwehren und wurde ungehalten. Wir bekamen ebenfalls Streit. Plötzlich fiel uns auf, wie still es geworden war. Es waren sicher nur ein paar Minuten vergangen, mehr nicht. Wir rannten zu euch. Du hast bewusstlos auf den Steinen gelegen, hattest noch eine Sandale an, die andere war ausgezogen. Und du hast am Kopf geblutet. Rosalies Schuhe standen daneben, aber sie war weg. Wahrscheinlich wolltest du deiner Freundin helfen, bist ausgerutscht und mit dem Kopf gegen einen Felsen am Ufer geschlagen.«

Frau Hirschberg atmete tief durch. Tränen liefen über ihre Wangen. »Wusstest du, dass Kinder leise ertrinken? Die schreien nicht rum, die gehen einfach unter. Rosalie ist einfach untergegangen. Sie war keine gute Schwimmerin. Johannes hatte euch beiden ausdrücklich verboten, ins Wasser zu gehen. Es war ein Unfall. Dein Vater hat sofort nach ihr gesucht. Und er war natürlich sehr in Sorge um dich, du warst ja ohne Bewusstsein.«

»Was haben Sie gemacht?«

Sie stutzte. »Wie meinst du das?«

»Haben Sie geholfen?«

»Ich konnte nichts tun. Johannes rief den Krankenwagen und die Wasserwacht. Es durfte auch niemand wissen, dass ich da gewesen war. Deswegen bin ich sofort heimgefahren. Paul hat mir angemerkt, dass irgendwas nicht stimmte, aber er fragte nicht nach.«

»Sie haben sich einfach verdrückt?«

Beschämt senkte Frau Hirschberg den Blick.

»Und später haben Sie nichts unternommen, als behauptet wurde, Papa hätte uns allein an den See gelassen? Im Gegenteil. Sie und Ihre Familie haben das Gerücht noch geschürt, ich hätte irgendwas mit Rosalies Tod zu tun.«

»Ich konnte nichts machen.«

»Sagen Sie das doch nicht immer!« Wütend schlug Freya mit der flachen Hand auf den Tisch.

»Wenn mein Mann rausgefunden hätte, dass ich dabei war! Dass ich den Johannes abgelenkt habe und dass das

Kind wegen mir ertrunken ist! Was denkst du, wäre dann losgewesen? Dieser Skandal. Das Geschäft im Hotel wäre eingebrochen, das ist doch Pauls Lebenswerk.«

»Praktisch, dass Sie alles auf meine Familie abwälzen konnten. Warum hat Papa nie was gesagt?«

»Weil er sich geschämt hat. Immerhin hat auch er nicht auf euch geachtet. Er war ein gebrochener Mann nach dem Unfall, und Kirsten hat ihm die Hölle heißgemacht – jeden einzelnen Tag. Sie hat gespürt, dass er irgendwas verheimlichte. Bis sie endlich gegangen ist. Das war die beste Lösung, sie hätte nie Ruhe gegeben.«

»Die beste Lösung, um Ihre Schuld zu vertuschen!« Freya wurde übel. Wie bequem, sich selbst ein Leben lang als Opfer zu sehen. Solche Leute waren die schlimmsten. Schönjammern hatte es Mama genannt, wenn jemand nicht für seine Fehler einstand, sondern die Schuld nur bei anderen suchte. »Wir sind hier keine Schönjammerer«, hatte sie ihr und Niklas gepredigt, »wenn wir Mist bauen, geben wir es zu und machen es wieder gut. Merkt euch das.«

Was für eine armselige Kreatur diese Frau Hirschberg doch war! Nach außen hin die große Dame, dabei war sie ein Feigling und eine Lügnerin. Ihren Mann hatte sie verdient.

Freyas Gedanken schraubten sich in einen Kreisel aus Wut und Frustration. Sie musste sofort hier raus.

Im Aufstehen stieß sie ihre Tasse um und rannte aus der Stube vorbei an Adelheid Bachmann, deren schockierter Gesichtsausdruck keinerlei Zweifel daran ließ, dass sie heimlich alles mitgehört hatte.

»Mich beruhigt dieses gleichmäßige Geräusch der Pumpe immer«, sagte Niklas leise.

»Mich nicht.« Freya stand bei ihm im Bruthaus und hatte die Hände auf den Rand eines Beckens gestützt.

»Vielleicht wenn du dich einfach mal drauf einlässt? Sei für ein paar Minuten still und versuch runterzukommen.«

Er hatte ja recht. Ihr Zustand war jämmerlich. Sie war direkt vom Souvenirladen hierher geeilt und hatte ihm schluchzend, zitternd und fluchend von ihren neuen Erkenntnissen berichtet. Aber nun musste sie sich wieder in den Griff bekommen.

Sie erlaubte dem monoton klopfenden, gedämpften Motorengeräusch der Wasserpumpe, bis in ihren Kopf vorzudringen. Dazu blickte Freya auf den kreisförmigen Wasserfluss im Rundstrombecken.

»Geht's wieder?«

Sie nickte. »Glaub schon. Aber eigentlich will ich mich überhaupt nicht beruhigen, weil ich finde, ich habe jedes Recht, in Rage zu sein.«

»Dann tritt hier gegen. Bei mir hat's geholfen.« Niklas stellte einen kaputten Plastikeimer vor Freya auf den Boden. Die Hälfte davon fehlte. Ein müdes Lächeln stahl sich auf ihre Lippen. »Das brauch ich nicht.«

Er gab ihr eine Pipette. »Saug die toten Eier ab, das beruhigt auch.«

»Du bist ein richtiger Psychotherapeut.«

»Ich geb mir Mühe.«

Konzentriert und vorsichtig entfernte Freya die milchig trüben Eier aus der Brutrinne, die glasigen, transluzenten ließ sie liegen. Niklas hatte die Laichfische kürzlich aus dem

See geholt. Amtlich genehmigter Laichfischfang nannte sich das, wenn die Berufsfischer auch außerhalb der Saison Seeforellen aus dem Walchensee entnehmen durften. Kaum vorstellbar, dass in diesen kleinen Kügelchen Fischbabys heranwuchsen. Und dass Niklas sie anschließend so weit hochpäppelte, dass er sie als Jungfische in den See entlassen konnte. Viele Monate würde das dauern, die Seeforellen wurden erst im Oktober eingesetzt. Im Gegensatz zu den kleinen Renken, wie er Freya erklärt hatte, die durften schon im Mai oder Juni hinaus in die Freiheit.

Sich auf die Arbeit im Bruthaus zu konzentrieren, wie kalt und fischig es auch sein mochte, ließ Freya in der Tat ruhig werden. Als sie schließlich mit Niklas zurück ins Haus ging und die beiden sich in der urlaubsbedingt verwaisten Großküche etwas zu Essen machten, war sie wie erschlagen.

»Ich hatte erwartet, mich anders zu fühlen, wenn ich endlich die Wahrheit kenne. Befreit, verstehst du? Aber das ist nicht so. Im Gegenteil, ich fühle mich ganz leer, irgendwie taub.« Freya strich Butter auf eine Scheibe vom frischen Sauerteigbrot, legte eine Scheibe Bergkäse darauf und schob sie Niklas hin. Dann bereitete sie eine zweite für sich selbst zu. »Warum hat Papa nicht wenigstens mir gegenüber in späteren Jahren zugegeben, dass er da war? Er wusste, wie ich darunter gelitten habe, mich nicht erinnern zu können.«

»Aus Scham? Ich weiß es nicht. Ehrlich gesagt, glaube ich, dass uns Kinder damals sowieso keiner ernst genommen hat. Diese ganze Tragödie ist das Resultat von streitenden, untreuen und egoistischen Erwachsenen, die wirklich richtige Fehler gemacht haben. Nicht mehr und nicht weniger. Papa hat Mama die Anmache von Paul Hirschberg nicht abgenommen. Mama wiederum glaubte Papa nicht, dass er keine Affäre hatte. Rosalies Tod war ein Unfall, aber sie haben sich gegenseitig deswegen zerfleischt, einander die Schuld zugeschoben, und irgendwann hat sich alles verselbständigt, und es entstanden wilde Gerüchte.«

»Und unsere Familie ist daran kaputtgegangen.«

Niklas streichelte über Freyas Wange. »Nein, das stimmt nicht. Unsere Eltern haben sich nicht wegen des Unglücks getrennt, sondern weil ihre Beziehung am Ende war und sie nicht mehr zusammenbleiben wollten. Mit Rosalie oder dir hatte das nichts zu tun.« Niklas küsste Freya auf die Stirn.

»Meinst du.«

»Ich bin mir absolut sicher.«

»Einfach so?«

Traurig trug er sein Essen zum Tisch und setzte sich. »Einfach so. Weil die damals viel zu viel mit sich selbst beschäftigt waren und nicht aufgepasst haben ...« Er wies auf den Teller. »Das hat es bei Mama auch immer gegeben. Käsebrot und dazu einen Tee.«

»Stimmt. Dafür, dass sie einen Gasthof geleitet hat, war Mama eine wahnsinnig schlechte Köchin.« Freya hatte keinen Appetit. »Was jetzt?«

»Wie meinst du das?«

»Irgendwie habe ich mir immer vorgestellt, wie anders alles sein würde, sobald ich herausgefunden hätte, was damals geschehen ist. Ich würde durch den Ort laufen und die Wahrheit herausschreien, damit jeder wüsste, dass ich nichts mit dem Unfall zu tun hätte.«

»Kannst du ja machen.« Niklas grinste.

Freya ebenfalls. »Ich glaub nicht. Es reicht mir, dass ich es weiß. Die anderen sind mir egal.«

»Wow. Und das aus deinem Mund.«

»Vielleicht werde ich auch ein wenig weise.«

Nun bekam sie doch Hunger. Das frische Brot mit der knusprigen Kruste schmeckte tröstlich.

25

Freya

Die Sonne ließ den Schnee in der Jachenau glitzern wie ein riesiges Meer von Diamanten. Über Freya, Niklas und Lena spannte sich ein königsblauer Himmel. Wie gut, dass sie dunkel getönte Sportbrillen trugen, sonst wären sie vermutlich schon geblendet.

Links und rechts der Langlaufloipe, wo im Sommer Wiesen blühten, erstreckte sich weißes Zauberland. Freya liebte Langlaufen, auch in Schweden, aber nirgendwo so sehr wie hier in ihren heimischen Bergen. Mit routinierten Bewegungen glitten die drei durch den Schnee, vorbei an prächtigen Höfen, entlang der Bäche und über kleine Brücken.

»Mein Gott, ist das herrlich!«, rief Freya nach vorne.

Lena drehte sich zu ihr um. »Wahnsinn, ich weiß. Immer wieder unfassbar schön.«

Dankbarkeit erfüllte Freya, dafür, dass sie ihre Chance ergriffen und zurück in die Heimat gefunden hatte.

Aber sogar in der märchenhaften Winterlandschaft der Jachenau gab es Schattenseiten – wortwörtlich. Umkränzt von hohen Bergkämmen, verwöhnte die Sonne lediglich ein Teil des Tals. Der andere Teil musste von November bis Ende Januar ohne sie auskommen, und auch danach zeigte sie sich erst mal nur minutenweise. Schattenhöfe wurden die Bauernhäuser genannt, denen der Wilfertsberg im Winter das Licht raubte. Es musste schrecklich sein, nicht nur in sibirischer Kälte, sondern gänzlich ohne Sonnenlicht auszuharren, bis die Tage endlich wieder länger wurden und die Sonne es über den Berg schaffte. Freya fröstelte bei diesem Gedanken und konzentrierte sich lieber auf die funkelnde Landschaft. Mit Cousine und Bruder Sport zu machen, sich fröhlich auszupowern und gleichzeitig dabei Kraft zu tanken – vor einem Jahr noch eine undenkbare Vorstellung. Mittlerweile empfand sie in ihrem Herzen aufrichtige Dankbarkeit für ihren Vater. Das half Freya in ihrem Bemühen um Nachsicht für die Fehler, die ihre Eltern damals gemacht hatten. Bei allem hatten sie Niklas und Freya geliebt und das war es, was zählte, daran wollte sie festhalten.

Freya hatte einen Neuanfang gemacht und sich ihre Familie zurückerobert. Mit der Hilfe ihres Bruders und ja – durch das Testament von Johannes Siebert.

Lächelnd stieß sie die Stöcke in den Schnee, schob sich vorwärts und ließ die Skier gleiten.

Ihr Ziel lag vor ihnen, der Hof von Kilian Reiter, ein Bekannter von Lena.

Üppige Lüftlmalereien schmückten die Fassade des großen Haupthauses, daneben gab es einen Stall für Milchvieh und einen Misthaufen, der in der kalten Winterluft dampfte.

Sie schnallten die Skier ab.

»Hab euch schon gesehen!« Ein blonder Mann, etwa in ihrem Alter, trat aus der Tür. Er hatte die Ärmel seines karierten Hemds hochgekrempelt und begrüßte sie mit einem festen Handschlag, nachdem Lena sie einander vorgestellt hatte. »Kommt rein und sucht euch was zu essen aus. Wenn ihr wollt, setzen wir uns dann draußen in die Sonne, es ist ja wirklich klasse heut.«

Sie folgten ihm ins Bauernhaus mit seinem traditionellen breiten, gefliesten Flur, von dem beiderseits Türen zu verschiedenen Räumen abgingen. Kilian lotste sie gleich durch die erste links in eine gemütliche Stube mit quadratischen Holztischen, einer Theke und einem Ausschank. Hier bewirtete er seine Feriengäste ebenso wie Wanderer und Wintersportler, die auf eine Stärkung vorbeikamen. Helles Licht fiel durch die Sprossenfenster herein.

»Wollt ihr eine Brotzeit? Dann richte ich euch ein großes Brett mit Käse und Geselchtem. Frisches Brot hab ich auch. Dazu Bier?« Kilian betrieb neben dem Gastgewerbe eine Käserei auf seinem Hof. Das Handwerk hatte er sich selbst angelernt, und mittlerweile stellte er verschiedene Käsesorten her. Er ließ sie von allen probieren, und Freya, Niklas und Lena wählten jeweils ihren Favoriten. Den Käse verkaufte er nicht nur an seine Gäste, sondern auch auf dem Viktualienmarkt in München. Das war neben dem Tourismus sein zweites Standbein.

»Schön, dass ihr mich besucht«, meinte er später, als sie in der Sonne an der Hauswand saßen. Auf der Bank lagen Schaffelle, damit es von unten nicht kalt wurde, und er hatte ihnen zusätzlich noch Decken gebracht. Aber es war windgeschützt und so warm, dass sie darauf verzichten konnten. Freya musterte ihren Gastgeber. An seiner Hand glänzte ein Ehering, und von Lena wusste sie, dass Kilian verheiratet und Vater einer kleinen Tochter war. Seine Familie lebte schon ewig hier, und im vergangenen Jahr waren Kilians

Eltern ins Austragshaus nebenan gezogen und hatten den Hof offiziell übergeben. Er hatte noch zwei jüngere Brüder, die arbeiteten beide in München. Natürlich.

»Wie läuft das Geschäft?«, fragte Niklas.

»Ganz gut. Heute ist allerdings Ruhetag. Im Winter ist eh weniger los als im Sommer. Das wird im *Fischerfleck* bestimmt auch nicht anders sein. Ich beschwer mich nicht, wir brauchen ein paar entspanntere Monate, sonst würden wir wahrscheinlich durchdrehen. Wobei ich mich allen Ernstes frage, wie es langfristig zur Hochsaison hier weitergehen soll. Ich habe das Gefühl, es kommen immer mehr Menschen an den Walchensee und in die Jachenau, und den meisten ist es wurscht, wo sie ihr Auto abstellen und welche Regeln hier gelten.«

»Ich weiß, was du meinst«, sagte Freya. »Beim Spazierengehen im Sommer habe ich viele wilde Feuerstellen gesehen. Vom Müll ganz zu schweigen. Und ich glaube, wenn es ginge, würden manche sogar gleich am See parken, nur damit sie nicht weit laufen müssen.«

Sie lamentierten eine Weile über diese Zustände, die tatsächlich von Jahr zu Jahr dramatischer wurden, dem Walchensee seinen Zauber raubten und ihn zeitweise in einen vollgestopften Münchner Großparkplatz verwandelten. Dagegen unternehmen konnten sie als Einzelpersonen freilich nichts. Und auch für die Behörden war es ein schmaler Grat. Man war angewiesen auf die Touristen, durfte sich aber gleichzeitig von ihnen die Natur nicht kaputt machen lassen, derentwegen sie schließlich alle kamen. Das Thema wurde derzeit allenthalben an Stammtischen diskutiert und überall sonst, wo die Einheimischen zusammenkamen. Vor zwanzig Jahren, als Freya Walchensee verlassen hatte, waren die Sommer deutlich weniger überlaufen gewesen.

Niklas lobte den Käse. Auch seine Schwester und Lena ließen ihn sich schmecken. Doch nicht ohne Hintergedanken hatten sie Kilian aufgesucht und um eine Brotzeit gebeten.

»Wir wollten dich was fragen«, begann Niklas schließlich. »Wie du weißt, haben wir im *Fischerfleck* ziemlich viel umstrukturiert.«

»Eigentlich alles«, warf Lena trocken ein.

»Jedenfalls sammeln wir gerade Ideen und wollten dich fragen, ob du an einer Zusammenarbeit interessiert wärst.«

»Meint ihr, was meinen Käse angeht?«

Niklas führte das Ganze näher aus. »Genau. Besonders in den Monaten, in denen die Berufsfischerei ruht und ich keinen Nachschub an Seefischen habe, sei es für das Restaurant oder zum Räuchern, wollen wir andere Spezialitäten auf die Karte bringen. Wenn unser Geschäftspartner Tobias morgen aus dem Urlaub zurück ist, wird er bei seinem Lieferanten Meeresfische bestellen. Als Kontrast dazu würden wir gern etwas richtig Heimatliches, Bodenständiges von hervorragender Qualität anbieten. Und dabei dachten wir an deinen Käse.«

»Das ehrt mich. Also falls ihr einen *Fischerfleck*-Heumilchkäse oder so was in der Art wollt, den mache ich euch gern.«

Freya horchte auf. »*Fischerfleck*-Heumilchkäse? Eine Spezialproduktion? Mensch, das klingt toll! Da lass ich mir eine schöne Werbung für unsere Webseite einfallen, mit Link zu deinem Hof, Kilian.«

Eine lebhafte Diskussion brach los. Alle warfen Ideen ein, und sie tüftelten und planten. Kilian machte einen patenten Eindruck, war auf jeden Fall begeisterungsfähig, und am Ende vereinbarten sie ein nächstes Treffen im *Fischerfleck*, sobald sie sich mit Tobias besprochen hätten. Dann würden Nägel mit Köpfen gemacht.

»Na, was hab ich euch gesagt? Ist Kilian nicht super?«, fragte Lena auf dem Rückweg. Noch immer schien die Sonne, und Freyas Haut im Gesicht spannte schon ordentlich. Bestimmt hatte sie sich einen Sonnenbrand geholt.

»Ja, er ist sehr nett. Aber wichtiger ist, dass sein Käse spitzenmäßig ist. Und er scheint interessiert, was Neues zu wagen.«

»Seine Frau ist wieder schwanger, und neben seiner Familie hier gibt es noch die beiden Brüder in München, die er auszahlen muss, weil er den Hof gekriegt hat. Das mit der Käserei läuft gut. Meistens fährt seine Frau auf den Viktualienmarkt, aber wenn das neue Baby da ist, müssen sie sich da was anderes überlegen. Ein zweiter Absatzmarkt hier vor Ort käme ihm sicher gelegen.«

Während Niklas sportlich vorausfuhr, glitten sie und Lena gemütlich in der Loipe und unterhielten sich.

»Dieses Kalkulierende – das liegt bei uns in der Familie, oder?«

»Ich weiß nicht, was du meinst!« Lena lachte auf. »Es gibt einige Käsereien hier in der Gegend. Nicht alle werden von jemandem geleitet, der so offen und ehrgeizig ist. Wie gut, dass ich Kilian kenne, bei dem sind wir gleich an der richtigen Adresse. Freust du dich, wenn der Tobias morgen heimkommt?« Das war ein abrupter Themawechsel. Freya kam aus dem Tritt und wäre beinahe gestürzt, fing sich aber im letzten Moment.

»Äh, ja, klar, es gibt viel zu besprechen, bevor wir wieder aufsperren.«

Lena warf ihr einen amüsierten Blick zu. »Das habe ich nicht gemeint.«

»Er ist sicher gut erholt nach zwei Wochen Costa Rica.«

»Auch das meine ich nicht. Habt ihr eure Unstimmigkeiten beigelegt?«

Freya wurde langsamer, um die Distanz zu Niklas zu vergrößern, der weiterhin voller Elan vorneweg fuhr. Sie senkte die Stimme. »Nein. Und ich sehe nicht ein, dass immer alles von mir ausgehen muss. Tobias wusste, wie wahnsinnig mich diese üble Nachrede von Paul Hirschberg belastet hat. Ich konnte damit nicht umgehen. Meine Güte, da handelt man halt mal überstürzt! Niklas hat verstanden, warum ich abhauen wollte und hat kein großes Ding draus gemacht. Tobias hingegen tut so, als hätte ich ihn verraten und verkauft. Seitdem ist er beleidigt.«

»Ich würde eher sagen, er ist enttäuscht.«

»Kann ich nicht ändern.«

»Weißt du, Freya, in unserer Familie gibt's nicht nur ausgefuchstes Kalkül, sondern auch verdammt hartnäckige Borniertheit.«

»Lena! Wie kannst du so was sagen?« Halb entsetzt, halb lachend wäre Freya beinahe ein zweites Mal gestürzt.

»Was ist bei euch dahinten los? Alber nicht rum, Freya, du hast es fast bis zum Auto geschafft, ohne hinzufallen. Mit nasser Hose lass ich dich nicht einsteigen.«

Niklas wartete, damit sie zu ihm aufschlossen.

»Gott bewahre«, flüstere Lena. »In seinem gepflegten Wagen sind nur Fischernetze und Futtersäcke erlaubt.«

Die wohlverdienten und ebenso dringend notwendigen Ferien taten Freya gut. Sie schlief besser. Und die Wintersonne streichelte ihr Gemüt. Gelegentlich überfiel sie die alte Schwermut, wenn sie an ihre Eltern dachte, oder an Anette Hirschberg. Freya ging bewusst unter Leute, insbesondere ins Dorfcafé, trank dort eine heiße Schokolade und aß ein Stück Kuchen dazu. Jedes Mal verwickelte sie die Besitzerin in einen Plausch, gegen den diese sich anfangs sträubte. Aber Freya betrachtete es als ihre persönliche Herausforderung, die harte Nuss zu knacken.

Als sie an diesem Tag das Café betrat, war auch Anette Hirschberg da. Seit ihrem Gespräch bei Frau Bachmann hatten sie sich nicht mehr gesehen.

Freya grüßte höflich, setzte sich an einen Tisch in der Nähe der Tür, und bestellte einen Cappuccino. Der Ort Walchensee zog sich entlang des Sees und hatte keinen eigentlichen Ortskern. Fast schon eine Tragödie für ein bayerisches Dorf, wo sich das Leben doch zumeist zwischen Kirchplatz und Kirchenwirt abspielte. Oben neben der Grundschule sollte deshalb das neue HdB, das Haus der Begegnung, Abhilfe schaffen und den Walchenseern eine Art Zentrum schenken. Alt und Jung konnten sich dort treffen, und der Großteil der Bevölkerung nahm es auch dankbar an. Aber einen natürlich gewachsenen Dorfplatz konnte das nicht ersetzen, den würde es nie geben. Allerdings gab es die etwas breitere Kreuzung, an der das Café und der Dorfladen standen und wo die Ortsansässigen gerne mal vorbeikamen. Von ihrem Platz aus hatte Freya die Gäste an den anderen Tischen im Blick und konnte gleichzeitig sehen, was draußen auf der Straße los war.

Zum Beispiel, dass Paul Hirschberg mit seinem Wagen vorfuhr, nicht ausstieg, sondern hupte. Woraufhin sich seine Gattin von Antonia verabschiedete, aber im Hinauseilen an Freyas Tisch abrupt innehielt. Es war nicht klar, ob das Hupen ihres Gatten sie erschreckt hatte oder Freyas Anblick. »Wie geht es dir?«, fragte sie jetzt leise.

Ernsthaft? Freyas Augenbrauen hoben sich erstaunt und bevor sie antworten konnte, beugte sich Anette Hirschberg zu ihr hinunter. »Tut mir leid. Wir müssen keinen Smalltalk machen. Was ich eigentlich sagen möchte, ist danke.«

»Wofür?«

»Du hättest es mir mit gleicher Münze heimzahlen und die Gerüchteküche anheizen können.«

»Zuerst wollte ich das auch«, gab Freya unumwunden zu. »Aber dann wusste ich, Sie sind es nicht wert, dass ich mich auch nur noch ein einziges Mal über Sie aufrege.«

Als hätte sie einen Stromschlag bekommen, zuckte Frau Hirschberg zurück. Sie presste die Lippen aufeinander, nickte kurz und verließ das Café.

Antonia hatte die Szene beobachtet. Sie kam mit dem Cappuccino herüber und stellte ihn vor Freya auf den Tisch. »Ihr redet miteinander?«

»Warum nicht? Es ist dumm, endlos auf der Vergangenheit herumzukauen wie auf einem alten Kaugummi. Dadurch wird es doch nur immer geschmackloser.«

Zum ersten Mal, seit sie sich kannten, sah Freya Antonia herzhaft lachen. »Alle Achtung«, sagte sie. »Da sagst du was. Du bist vielleicht doch nicht so ganz ohne, Freya Siebert.«

Das ließ Freya am besten einfach mal so stehen. Als sie ging, nahm sie noch ein Stück Apfelstrudel mit und brachte ihn rüber zu Frau Bachmann.

»Wie nett! Gerade heute habe ich nichts zum Kaffee, da freue ich mich aber. Man mag ja über diese Kratzbürste vom Dorfcafé sagen, was man will, aber Apfelstrudel gibt es in ganz Walchensee keinen besseren – den kann sie.«

Ein neuer Gedanke keimte in Freya auf. Sie zückte ihr Handy und machte sich rasch eine Notiz, darüber wollte sie gleich mit Niklas sprechen.

Adelheid Bachmann wies einladend auf die Eckbank in ihrer Küche.

»Leider kann ich heute nicht bleiben«, sagte Freya. »Ich wollte Ihnen nur den Kuchen bringen und mich dafür bedanken, dass Sie nichts von dem Gespräch mit Frau Hirschberg rumerzählt haben.«

»Über die ist eh schon viel zu viel geredet worden«, brummte die alte Dame.

Freya gab ihr einen Kuss auf die Wange. »Sie sind schwer in Ordnung, Frau Bachmann.«

»Herrgott, lass doch endlich das Gesieze. Deine Mutter hat mich immer Heidi genannt.«

»Dann mache ich das auch gern. Bis bald, Heidi.«

Freya fuhr zurück zum *Fischerfleck*. Vom Parkplatz aus bemerkte sie, dass hinter dem Haus Rauch aufstieg. Hoffentlich war das nicht die nächste Katastrophe!

Alarmiert rannte Freya durch den verschneiten Gastgarten, bog um die Ecke – und blieb wie angewurzelt stehen.

Es brannte nicht, der Rauch kam aus dem Rohr des neuen Badezubers. Jemand hatte ihn angeheizt.

»Tobias!«, rief sie laut und kam sich sofort blöd vor. Deshalb setzte sie, kaum intelligenter, nach: »Du bist wieder da.« Offensichtlich. Braungebrannt und mit einem Glas Weißbier in der Hand saß er neben Niklas in der dampfenden Wanne.

»Hallo, Freya.« Er prostete ihr zu.

Als sie stumm blieb, sagte Niklas: »Tobias hat den Hot Tub ja noch nicht ausprobiert. Daher dachten wir, anheizen und reinspringen. Dafür haben wir ihn schließlich, stimmt's? Kommst du auch?«

Sie merkte, wie ihre Wangen heiß und vermutlich rot wurden. »Nein. Wenn ihr später fertig seid, können wir ja ein paar Punkte besprechen.«

»Lass uns das sofort machen. Gib mir bitte das Handtuch«, sagte Tobias und stand auf. Freya reagierte nicht gleich, sie konnte nicht anders, als ihn anzustarren. Er trug zwar eine Badehose, aber die klebte eng an seinen gut trainierten Oberschenkeln und überließ nicht viel der Phantasie. Sein restlicher Körper war wie sein Gesicht sanft gebräunt und ebenso hübsch anzusehen. Nur widerwillig riss Freya sich von seinem Anblick los und warf ihm das Handtuch zu. Niklas bekam ebenfalls eins, auch wenn er sich beschwerte, dass er noch nicht mal sein Bier ausgetrunken hätte.

»Dann nimm es halt mit«, murmelte Freya. »Ich gehe schon mal rein.«

Warum reagierte sie nur so derart heftig auf Tobias? Auch wenn sie die Antwort kannte – es durfte nicht sein. Außerdem hatte er ja sowieso kein Interesse mehr an ihr.

Bis Niklas und Tobias hereinkamen, hatte sich Freya wieder im Griff. Statt in die Küche setzten sie sich oben im Wohnbereich auf die Couch. Durch die großen Balkontüren hatten sie einen perfekten Blick über den See und die Berge.

Niklas berichtete von ihrem Treffen mit Kilian Reiter und Tobias zeigte sich angetan. Sofort überlegte er, was er alles mit Käse kreieren könnte.

»Gerade im Winter kommt das sicher gut an, Comfort Food, kräftiger Käse, vielleicht kombiniert mit was Neuem, Spannendem ... Da fällt mir was ein.« Er hielt einen Daumen hoch.

»Mir kam heute noch eine Idee, als ich im Dorfcafé Apfelstrudel gekauft habe«, sagte Freya. »Was haltet ihr davon, wenn wir wochenweise Kooperationen machen, jeweils mit einem anderen Betrieb aus der Gegend? Wir könnten mit Kilian starten, weil wir den Käse ja dauerhaft auf die Karte nehmen wollen. Und danach zum Beispiel eine Woche lang Dessert-Specials aus dem Dorfcafé. Antonia und Charly sind doch bekannt für ihren Apfelstrudel. Dann denke ich an Brotspezialitäten von einem Bäcker oder besondere Wurst von einem Bio-Metzger. Wir könnten auch eine Wildbretwoche mit dem Forstbetrieb Bad Tölz machen. Und dann gibt's ja noch die Bauern mit den Hofläden. Wir könnten Menüfolgen planen, bei denen wir ihre Produkte einbringen. Natürlich immer im *Fischerfleck*-Stil, und unsere beliebten Gerichte bleiben natürlich im Repertoire. Was denkt ihr?«

»Wir sollen für andere Werbung machen?« Niklas klang skeptisch.

Aber Tobias verstand mal wieder sofort: »Das liefe in beide Richtungen. Die würden auch für uns werben, indem sie Flyer auslegen, Plakate aufhängen und uns Gäste schicken.«

Freya nickte zustimmend. »Genau. Über die Weihnachtsferien werden wieder mehr Urlauber hier sein, die würden wir mit so was garantiert ansprechen, die stehen sowieso auf regional und saisonal und so. Vermutlich würden auch noch mehr Einheimische kommen, wenn wir Produkte von Leuten anbieten, die sie kennen. Und sollte sich das Konzept bewähren, könnten wir es während der Saison wiederholen. Es würde uns mit den anderen Betrieben näher zusammenbringen.«

»Aber es gibt viele, die uns zu exklusiv finden und darüber die Nase rümpfen. Hör ich leider immer wieder.«

»Niklas, was glaubst du, wie schnell sich das ändert, wenn sie kapieren, dass wir ihre Produkte wertschätzen und auf eine Stufe mit Kaviar und Champagner stellen?«

Er kratzte sich am Kinn. »Hm. Vielleicht hast du recht.«

Freya fuhr fort. »Wisst ihr, ich habe während des Urlaubs viel über unsere Situation nachgedacht. Auch über die Abneigung, die uns die Hirschbergs entgegenbringen. Mit denen werden wir nie befreundet sein, das ist schon klar, doch warum sollten wir nicht versuchen, mit den anderen Betrieben hier an einem Strang zu ziehen?«

»Dann müssen wir uns aber ranhalten. Es ist nicht mehr lang hin bis Weihnachten. Ich würde zunächst das Menü für eine Käsewoche aufsetzen, und wenn Kilian vorbeikommt, sprechen wir das mit ihm ab.«

»In Ordnung, Tobias. So machen wir's.« Niklas sah auf

die Uhr. »Leute, letzter Urlaubstag, ich hab noch was anderes vor, als mit euch hier rumzuhängen. Bis später.« Er winkte ihnen grinsend zu und verschwand.

»Ist Jessica nach wie vor im Rennen?«, fragte Tobias.

Er trug nun einen dunkelblauen Wollpullover, aber Freya wusste, wie sein Oberkörper darunter aussah. Sie starrte ihn unverwandt an.

»Das ist nicht leicht zu beantworten. Ich habe ehrlich gesagt keine Ahnung, wie nahe sich die beiden stehen. Entweder ist mein Bruder der unromantischste Mensch auf Erden, oder er lässt keine Frau wirklich an sich ran.«

»Vielleicht will er nicht verletzt werden? Wie hieß das Mädchen noch, das ihm damals das Herz gebrochen hat?«

Freya zuckte mit den Schultern. Auch Tobias fiel der Name nicht ein. Er stand auf.

»Na ja, wenigstens freut es mich, dass ich mit meiner Einschätzung danebenlag und Jessica sich länger an Niklas' Seite hält als viele andere vorher.« Er machte einen Schritt in Richtung Tür. »Ach übrigens, morgen früh kommt die Fischlieferung mit dem Kühllaster.«

»Alles klar.«

»Und dann geht's wieder los. Servus.« Er hob die Hand zu einem beiläufigen Gruß.

Freya zögerte kurz. »Tobias, warte.« Er war schon auf der Treppe, sie lief ihm hinterher.

»Was ist?«

»Als du in Costa Rica warst, habe ich rausgefunden, was damals wirklich passiert ist, als Rosalie ertrunken ist.«

»Ich weiß, Niklas hat es mir erzählt. Und auch, dass du gut damit zurechtkommst. Das freut mich für dich.«

Freya nahm innerlich Anlauf und sprang über ihren Schatten. Einer von ihnen beiden musste den ersten Schritt ja tun. »Hättest du vielleicht Lust, dass wir …«

Doch Tobias hinderte sie am Weiterreden. »Warte. Nicht dass zwischen uns Missverständnisse entstehen. Ich wünsche dir wirklich von Herzen, dass du deinen Frieden mit der Vergangenheit machst. Aber was uns beide angeht – ich denke, ich hatte dir meine Gefühle deutlich genug gezeigt. Zuerst hast du halbherzig mit Jonas Hirschberg rumgemacht, und als dir die Dinge über den Kopf gewachsen sind, wolltest du davonrennen. Du hättest zu mir kommen können. Wenigstens nur, um dich zu verabschieden. Aber ein ums andere Mal hast du mir gezeigt, dass ich dir nichts bedeute und wir beide nur Geschäftspartner sind. Das respektiere ich. Verschone mich also mit weiteren Dramen, okay?«

Seine Worte trafen sie hart. »Oh. Natürlich, ich verstehe.«

»Außerdem habe ich in Costa Rica jemanden kennengelernt.«

Freya rang um Fassung. Damit hatte sie nicht gerechnet. Er wandte sich zum Gehen.

»Wir sehen uns also morgen. Bis dann, Freya.«

Als er weg war, blieb sie wie paralysiert stehen und starrte ihm hinterher. Schließlich sank sie langsam auf die unterste Treppenstufe und stützte den Kopf in die Hände. *Halbherzig mit Jonas Hirschberg rumgemacht.* Das klang, als wäre sie ein unentschlossener Teenager. Andererseits – besonders erwachsen hatte sie sich wirklich nicht verhalten. Wenn sie ehrlich mit sich selbst gewesen wäre, hätte sie sich viel früher eingestehen müssen, dass sie nicht das Geringste für Jonas empfand. *Du hättest zu mir kommen können.* Aber sie hatte nicht gewollt, dass Tobias merkte, wie verzweifelt und schwach sie war. Na ja, das hatte er dann ja sowieso mit ihrer kindischen Weglaufaktion. Aber hatte er ihr seine Gefühle wirklich deutlich genug gezeigt? *Ja!*, schrie alles in Freya, das hatte er. Wie konnte sie nur solchen Mist bauen? Tobias wollte sie nicht mehr, daran trug allein sie die Schuld. Und nun hatte er im Urlaub eine andere Frau kennengelernt. Freya konnte nicht mal heulen, so absolut miserabel fühlte sie sich. Warum hatte sie Tobias vor seiner Abreise nicht gesagt, wie leid es ihr tat? Dass sie einfach nicht nachgedacht und einen Fehler gemacht hatte. Natürlich hätte sie ihm dann auch ihre Gefühle gestehen müssen – etwas, das viel schwerer war, als einen Koffer zu packen und sich davonzustehlen.

»Fehler, Freya Siebert! Dummer, dummer Fehler!«, sagte sie laut.

26

Niklas

Niklas war zwar der Meinung, nicht alles verstehen zu müssen, aber was da zwischen seiner Schwester und Tobias lief – wer sollte da bitte noch mitkommen? Im Vergleich zur Eiszeit, die bei den beiden herrschte, war das trübe Winterwetter geradezu kuschelig.

Als die Fischlieferung am folgenden Tag eintraf, half er Tobias beim Verräumen, weil Freya sich dazu nicht in der Lage fühlte.

»Was haben wir denn da Schönes?«, fragte er betont gut gelaunt, um Tobias' missmutiger Stimmung etwas entgegenzusetzen.

»Das Übliche.« Sein Freund wühlte im Eis der Kühlboxen. »Frischen Thunfisch für Sushi, Seeteufel, Wolfsbarsch, Loup de Mer, Langusten und wieder einen ziemlich großen Steinbutt, weil der beim letzten Mal schnell weg war. Und hier sind die Aale, die du zum Räuchern haben wolltest. Meinst du, so was kommt an?«

Niklas beugte sich über die Box mit den schlangenartigen Fischen. »Klar. Lecker angerichtet mit Geselchtem, Käse, frisch geriebenem Kren und deinem guten selbst gebackenen Brot ist das ein ehrlicher, überzeugender Imbiss. Du wirst sehen. Dazu einen feinen Wein …« Er machte ein schmatzendes Geräusch.

Gemeinsam hoben sie den Deckel der letzten Kiste an.

»Ach du Schande! Was zur Hölle ist das?« Niklas fuhr zurück.

Auch Tobias wirkte im ersten Moment überrascht. »Äh, Kamtschatkakrabben.«

»Die schauen aus wie Monster.«

»Die werden tatsächlich auch manchmal Monsterkrabben genannt.« Tobias hob eines der gigantischen, spinnenartig aussehenden Krebstiere mit beiden Händen hoch und beäugte es von allen Seiten.

»Ich hoffe, du weißt, wie man die zubereitet«, Niklas guckte zweifelnd.

»Das Wie ist nicht das Problem. Nur das Worin ist mir gerade nicht ganz klar. Wenn man sie so vor sich sieht, wirken sie echt unnatürlich riesig.« Skeptisch ging Tobias seine Töpfe und Pfannen durch. »In erster Linie brauchen wir das Fleisch aus den Beinen, das ist am besten. Aber wir verwerten natürlich alles, auch das im Körper.«

»Herr Limbach und seine Truppe sind über die Feiertage am See und werden uns gleich mehrfach beehren. Mal mittags, mal abends. Vermutlich werden die einen Gutteil der neuen Lieferung verputzen. Und begeistert sein von deinen Kamtschatkadingern.«

»Ja, ich hab schon gesehen, dass sie reserviert haben. Herr Limbach wird sich freuen. Als er zuletzt bei uns war, haben wir sogar über diese Königskrabben, so werden sie auch noch genannt, gesprochen. Er steht ja auf alles, was irgendwie besonders ist. Aber diese Tiere sind nicht ohne. Die Russen haben sie vor einigen Jahrzehnten in der Barentssee ausgesetzt, und von dort aus haben sie sich bis an die norwegische Küste verbreitet. Die Norweger bezeichnen sie als Stalinkrabben und mögen sie nicht, weil sie befürchten, dass sie sich zu schnell und zu stark ausbreiten und das Ökosystem gefährden. Das ist nicht ganz unberechtigt.«

»Wir servieren also ein Politikum?«

Endlich lachte Tobias. »Nein, eine Delikatesse mit Ambitionen.«

Niklas wollte rüber ins Bruthaus, verharrte jedoch unschlüssig in der Küche. Sollte er seinen Freund auf Freya ansprechen? Eigentlich ging es ihn nichts an, und eine Einmischung könnte für noch mehr Unruhe sorgen. Seine Schwester wollte jedenfalls nicht darüber reden, und wenn er sich Tobi anschaute, würde es bei ihm sicher nicht anders sein.

»Ist klar. Also, ich kümmere mich mal eben um die Brut«, sagte er, »und anschließend dann um die Aale.«

Sobald die Fische im Rauch hingen, zog sich Niklas Sportsachen an und ging eine Runde laufen. Lediglich eine halbe Stunde durfte er sich gönnen, da rentierte es sich nicht, die Langlaufskier rauszuholen. Obwohl ihm das Skating viel mehr Spaß machte als das Joggen. Er fühlte sich fit, gesund und freute sich, mit dem Restaurant wieder durchzustarten.

Tags darauf kam Kilian Reiter, und sie einigten sich auf eine Käsekooperation. Er würde tatsächlich einen eigenen *Fischerfleck*-Käse herstellen, der dauerhaft auf der Karte stehen sollte.

Während diese erste Zusammenarbeit gut anlief, tüftelten sie schon an der nächsten, und Freya ließ es sich nicht nehmen, Niklas ins Dorfcafé zu begleiten, um dort ihren Vorschlag zu präsentieren.

»Ihr wollt unsere Sachen bei euch servieren?«, fragte Charly ungläubig. »Wieso das denn?«

»Weil wir der Meinung sind, dass keiner einen besseren Apfelstrudel macht als Antonia. Und weil unsere beiden Unternehmen von einer Zusammenarbeit profitieren können.«

»Eure Schickimicki-Münchner stehen aber nicht auf einfache Mehlspeisen. Die wollen Kaviar und Austern.« Klar, dass Antonia erst mal meckern musste. Sie und ihr Mann standen hinter der Theke, breitbeinig und die Arme verschränkt wie zwei Türsteher vor einem Szeneclub. Dass es nicht einfach werden würde, sie zu überzeugen, damit hatten die Sieberts gerechnet. Eigentlich bescheuert, wenn man jemandem zu seinem Glück zwingen musste. Anstatt zu merken, was das für eine einmalige Chance für das kleine Café war, zierten sie sich.

Freya setzte ihr breitestes Lächeln auf. »Klar, stimmt. Das werden sie auch weiterhin kriegen. Und zum Fair-Trade-Organic-Latte-Macchiato anschließend Antonias handgemachtes Strudelglück.«

Charly gluckste. »Das klingt fast unanständig.« Seine Frau verdrehte genervt die Augen.

»Wir dachten an die vierte Adventswoche. Dann sind die Weihnachtstouristen schon hier. Werbung machen wir natürlich auch. Wer weiß, vielleicht wird das der Renner. Was sagt ihr?«

Die beiden sahen sich an. In Antonias Gesicht arbeitete es. Offensichtlich, dass es an ihr war, die Entscheidung zu treffen.

»Deswegen warst du also dauernd hier?«, sagte sie zu Freya. »Um uns zu testen?«

»Nein, ich war hier, weil ich dich kennenlernen wollte. Die Idee für eine Zusammenarbeit hatte ich erst später.«

»Hm. Weißt du, ich kann nicht nur Apfelstrudel. In der Weihnachtszeit backe ich auch ziemlich gute Plätzchen. Die gehen weg wie warme Semmeln.«

»Und wir stellen gerade eine Punschhütte am *Fischerfleck* auf. Wenn es dir nicht zu viel wird, würden wir auch gerne eine Großbestellung für Weihnachtsgebäck aufgeben, das wir dort dazu anbieten würden.«

»Ich denke, ich habe noch Kapazitäten frei.« Antonia streckte eine Hand über den Tresen. Sie hielt sie Freya hin, nicht Niklas. Und die beiden Frauen schlugen ein.

Als sie wieder draußen und außer Sichtweite des Cafés waren, klatschten sich Niklas und Freya ab.

»Super gelaufen. Du und die Antonia, ihr werdet noch beste Freundinnen, wirst sehen.«

»Das glaube ich wiederum nicht, aber zumindest sind wir geschäftlich schon mal auf einer Augenhöhe. Das war ja auch nicht unbedingt zu erwarten, gell?«

Sie einigten sich darauf, dass Niklas zusammen mit Tobias die Aktion mit dem Wildbretanbieter und der Metzgerei regeln würde, weil Freya fand, dafür wären die beiden viel besser geeignet als sie.

Die Vorweihnachtszeit verstrich mit reichlich Arbeit und mittlerweile liebgewonnenen Stammgästen. Besonders der Punschstand entwickelte sich zu einem beliebten Anlaufort, nicht nur für Münchner und Touristen, sondern auch viele Einheimische kamen vorbei. Niklas hatte das Punschrezept seines Vaters wieder ausgegraben, und der ein oder andere alte Walchenseer erkannte es wieder.

Am vierten Advent gaben sich sogar Antonia und Charly die Ehre.

»Aber nur auf einen Glühwein, zum Essen bleiben wir nicht, das ist uns viel zu teuer«, stellte Antonia gleich klar.

Darauf reagierte Niklas gutmütig. Er schob ihnen zwei heiße Becher zu. »Geht aufs Haus.«

»Wie läuft es mit den Plätzchen?«

Er stand in der Punschhütte und wies hinter sich auf das Regal. »Das sind die letzten.«

»Dann ist alles ausverkauft? Ich dachte erst, Freya macht Scherze, als ich ihre Bestellung bekommen hab. Daran essen die bis Ostern, hab ich zu Charly gesagt. Aber wenn das die letzten Tüten sind, Respekt.«

»Die Gäste stehen total drauf. Die meisten kommen etwas früher, um vor dem Essen hier draußen noch was zu trinken. Und fast alle kaufen Gebäck dazu. Entweder essen sie's gleich hier oder nehmen es mit für zu Hause. Die Resonanz ist großartig. Und wie begehrt euer Strudel ist, muss ich euch ja nicht erzählen. Das kriegst du ja selber mit, weil du ständig nachproduzieren musst.«

Geschmeichelt sah sich Antonia um. »Ich würde sagen, unsere Zusammenarbeit ist ein voller Erfolg. Und ihr habt es eigentlich ganz nett hier. Wirklich schön dekoriert.«

»Entschuldigen Sie bitte, aber ich habe eben mitgehört. Sind Sie die Dame, die diese köstlichen Weihnachtskekse gebacken hat?« Rainer Limbach, elegant wie immer, stellte sich Antonia vor. Nach ein paar weiteren Komplimenten lud er sie und ihren Mann auf ein Glas Champagner ein, und Charly akzeptierte sogar die angebotene Zigarre. Eine halbe Stunde später waren die drei noch immer in ein angeregtes Gespräch vertieft, und Niklas dachte, dass Antonia, dafür dass sie andauernd gegen die Großkopferten wetterte, sich erstaunlich gut unterhielt.

Überhaupt war es spaßig zu beobachten, was sich für Konstellationen ergaben, nun da sich einheimisches und auswärtiges Publikum mischte. Eine Influencerin aus München, die auf Instagram eine beeindruckend hohe Zahl an Followern hatte, stieß gerade mit dem Hauptmann der Freiwilligen Feuerwehr Walchensee an. Dann machte sie ein Selfie mit ihm. Und wer war die gutaussehende junge Dame, mit der Tobias sich unterhielt? Niklas hatte sie vorher noch nie gesehen.

Aus der Punschhütte konnte er sehen, wie Freya mit frisch gespülten Tassen aus dem Haus kam. Sie schlüpfte zu ihm herein und stellte das Tablett ab.

»Soll ich dich ablösen?«

»Nein, geht schon.«

»Wer ist das?« Auch sie hatte Tobias und die Unbekannte entdeckt. Ihr Gesicht erstarrte.

»Keine Ahnung. Aber Tobias muss sowieso gleich rein zum Kochen. Sicher nur irgendein Gast.«

Die junge Frau legte eine Hand auf die von Tobias, flüsterte ihm etwas zu und sah ihm dabei tief in die Augen. Sie trug eine hippe Mütze, einen cremefarbenen Oversized-Mantel und angesagte Stiefel.

»Ganz bestimmt.« Freyas Stimme troff vor Sarkasmus, und sie sah aus, als würde sie am liebsten eine schöne Tasse Punsch über den hellen Mantel kippen.

»Reiß dich zusammen«, flüsterte Niklas. »Tobias schaut zu uns rüber, und man merkt dir aus einem Kilometer Entfernung an, wie sauer du bist.«

»Sauer ist nicht das richtige Wort, Bruderherz. Todunglücklich trifft es besser.«

»Tut mir leid Freya, wirklich. Aber das können wir uns gerade nicht erlauben. Falls es dir entgangen ist, wir stecken bis zum Hals in Arbeit.«

»Keine Sorge, ich blamiere uns nicht. Ich weiß: *The show must go on.*« Sie nahm die schmutzigen Tassen mit und ging zurück ins Haus. Dabei sah sie in der Tat derart traurig aus, dass Niklas sie am liebsten in den Arm genommen hätte. Immerhin war sie seine kleine Schwester, und er hasste es, wenn sie unglücklich war.

Auch Tobias war Freyas Gemütszustand nicht verborgen geblieben. Er verabschiedete sich von seiner Bekannten und ging ebenfalls hinein.

Bitte jetzt bloß kein Drama, dachte Niklas.

27

Freya

Beinahe hätte sie die schmutzigen Tassen fallen lassen, weil die plötzlich aufsteigenden Tränen ihr die Sicht nahmen und sie gegen den Türrahmen gestoßen war.

»Mist!«, fluchte Freya. Sie knallte das Tablett auf die Arbeitsfläche und öffnete die Spülmaschine.

»Soll ich das machen?«, fragte Frau Stephani.

»Nein, schon gut, ich räume das Geschirr eben ein.«

»In Ordnung. Dann hole ich rasch was aus dem Keller.«

Froh, allein zu sein, stellte Freya eine Tasse nach der anderen in die Maschine.

»Was ist los mit dir?«

Erschrocken hielt sie inne. Sie hatte Tobias nicht hereinkommen hören. Er würde sie nicht in diesem armseligen Zustand erleben. Langsam atmete Freya durch die Nase ein und zählte dabei bis vier. Dann richtete sie sich mit dem Ausatmen auf.

»Ich weiß nicht, was du meinst. Es ist alles in Ordnung.«

Er kam näher. Unter der Intensität seines Blicks verspürte sie den Impuls zurückzuweichen, blieb aber tapfer stehen.

Wenigstens schuf der herausgezogene Geschirrkorb eine Barriere zwischen ihnen.

»Du siehst aber nicht so aus.«

Gemeiner Kerl, dachte Freya, sagte aber stattdessen:

»War das die Person, die du in Costa Rica kennengelernt hast?«

Sein amüsiertes Lächeln machte sie wütend.

»Habe ich was Witziges gesagt?«

Beschwichtigend hob er die Hände. »Ja, diese Person, wie du es ausdrückst, habe ich im Urlaub kennengelernt.«

Als sein Grinsen breiter wurde, reichte es Freya. Mit Schwung schloss sie die Spülmaschinenklappe, dass das Geschirr klirrte.

»Schön«, stieß sie zwischen zusammengebissenen Zähnen hervor und marschierte zur Tür.

»Möchtest du mir vielleicht was sagen?«

»Nein. Ich habe zu arbeiten.«

Obwohl sie seit Jahren nicht mehr rauchte, ließ sich Freya von Herrn Limbach eine Zigarette geben und stellte sich damit hinters Haus, fernab der Gäste. Sie musste ihre Nerven beruhigen. Der Mond am Sternenhimmel verlieh dem pulverigen Neuschnee ein opalartiges Schimmern. Wunderschön sah das aus. Freya wischte eine Träne weg. Wenigstens würden ihre Augen wegen der kalten Nachtluft nicht verquollen aussehen.

Sie hatte keine Zeit für Selbstmitleid.

Besser war es, jeglichen Kontakt mit Tobias auf ein Minimum zu reduzieren. Schon komisch. Sie hatte sich gegen ihre Gefühle für ihn gewehrt, aus Angst, eine Liebesbeziehung könnte ihr Arbeitsverhältnis gefährden. Nun hatten sie nicht mal richtig was miteinander gehabt – und doch konnte ihr Verhältnis nicht schlechter sein. Wenn das keine Ironie des Schicksals war. Machte sie eigentlich alles falsch, was mit Gefühlen zu tun hatte?

»Warte halt einfach ein wenig ab, ohne bei jeder Gelegenheit hochzugehen wie eine Neujahrsrakete«, riet ihr Heidi Bachmann, als Freya sich ihr anvertraut hatte.

»Aber bald ist Weihnachten.«

»Was hat das mit Tobias zu tun?«

Freya legte den Kopf in den Nacken und stieß ein Seufzen aus. »Keine Ahnung. Vielleicht will ich, dass an Weihnachten alles perfekt ist.«

»Ha! Wer will das nicht. Komm, Kindchen, das wird schon wieder. Schau mal, ich habe etwas, das dich bestimmt aufheitert.« Sie saßen wie immer in der Küche und Heidi griff neben sich auf die Bank, wo eine Zeitschrift lag. Ein bekanntes Feinschmeckermagazin.

»Hab ich von unten aus dem Laden mit raufgenommen, ist heute neu gekommen. Da ist ein Artikel über den *Fischerfleck* drin, und ihr werdet mächtig gelobt.« Sie blätterte, fand, was sie suchte, und schob Freya den Beitrag hin.

»Gaumenfreuden und Winterzauber. Weihnachtlicher Genuss auf Gourmetniveau im *Fischerfleck* am Walchensee«, las sie die fett gedruckte Überschrift laut vor. Zahlreiche Bilder vom Punschstand, der dekorierten Stube und den Gästen schmückten den Artikel. Sie selbst war auch auf einem, zusammen mit Niklas, zu sehen. Freya erinnerte sich an den Mann, der sie fotografiert hatte. Ihr war nicht klar gewesen, dass er das für einen Zeitungsbeitrag gemacht hatte. Im Artikel wurde Tobias' Kochkunst tatsächlich in den höchsten Tönen gelobt, auch von der Gastfreundschaft der Geschwister Siebert und von ihrem einzigartigen Lokal nur geschwärmt. Was für eine unfassbare PR! Wem hatten sie die zu verdanken? Freya erstarrte, als sie die Information in einem Kasten unter dem Artikel entdeckte. Foodbloggerin Viviane Kruger und ihr Ehemann Julian Kruger, ein bekannter Fotograf – natürlich ebenfalls beide mit Bild. Das war also die Frau, die Tobias im Urlaub kennengelernt hatte.

Bei der Erkenntnis stöhnte Freya auf, senkte den Kopf und kippte vorneüber, bis ihre Stirn auf dem Wachstischtuch zu liegen kam. »Ich dumme, dumme Kuh.« Das klang dumpf.

Ohne aufzusehen, tippte sie mit dem Finger auf die Zeitung.

»Das ist die Frau, von der ich dachte, sie hätte was mit Tobias.«

»Aber die ist verheiratet. Und eine Bloggerin.«

»Eben.«

Als Freya wieder zu Hause war, fiel ihr gleich der Stapel Feinschmeckerzeitschriften direkt am Durchgang zur Restaurantstube auf. Dort hatte sie einen hübsch dekorierten Tisch platziert, auf dem die Weinempfehlungen zur Ansicht standen und Visitenkarten vom *Fischerfleck* auslagen. Jemand hatte eine der Zeitschriften aufgeschlagen auf einem hölzernen Buchständer ausgestellt, damit der Artikel jedem, der das Restaurant betrat, gleich ins Auge fiel.

Sie hörte die Schritte ihres Bruders, er kam die Treppe herunter. »Toll, oder? Unbezahlbar, so eine Werbung. Ich fasse noch immer nicht, dass Tobias das hingekriegt hat.«

Jetzt kam auch er dazu. »Reiner Zufall, ehrlich. Die Krugers waren in Costa Rica im selben Hotel wie ich, und Viviane kannte mich aus Münchner Zeiten. So sind wir ins Gespräch gekommen.«

Wie vor einem Gemälde im Museum standen die drei andächtig vor dem ausgestellten Artikel. Niklas in der Mitte legte einen Arm um seine Schwester, den anderen um seinen Freund. »Mensch, das wird unseren Bekanntheitsgrad deutschlandweit in die Höhe schnellen lassen!« Er war völlig überwältigt.

»Ich habe ihr natürlich im Urlaub vom *Fischerfleck* vorgeschwärmt, in der Hoffnung, dass sie als professionelle Foodbloggerin anbeißen würde. Und als sie sich dann vor kurzem gemeldet und gemeint hat, sie würde einen Gastbeitrag für eine bekannte Zeitschrift machen und gerne mit ihrem Mann bei uns vorbeischauen, da habe ich gehofft, dass es so enden wird.« Tobias deutete mit dem Finger auf das Magazin.

»Du hast mich angelogen«, sagte Freya dunkel.

»Das stimmt nicht. Ich habe nur gesagt, dass ich im Urlaub jemanden kennengelernt habe.«

Ihr Kopf fuhr herum. »Ich erinnere mich genau daran, wie du das gesagt hast – und was du damit andeuten wolltest.«

Sie spürte den warnenden Druck von Niklas' Fingern an ihrer Schulter. Wütend schüttelte sie seine Hand ab und machte einen Schritt zu Seite, weg aus seiner Umarmung, die sie auch mit Tobias verband.

»Hast du dich gut amüsiert über mich? Ist ja toll, dass deine Täuschung so prima funktioniert und mich in eine elende Heulsuse verwandelt hat. Da konntest du ja herzlich lachen, stimmt's? Gratuliere, Tobias, wenn du es darauf angelegt hattest, dass ich mich richtig schlecht fühle, dann lass dir versichert sein, es hat geklappt.« Sie zwängte sich an den beiden vorbei. Und nun? Wohin? Hoch in ihr

Zimmer wie ein schmollender Teenager? Raus in die Kälte? Freya schnappte sich ihren Mantel von der Garderobe und entschied sich für die zweite Möglichkeit. Wütend stapfte sie durch den Schnee hinunter an den See und immer weiter am Ufer entlang. Sie kickte einen Stein ins Wasser, um Dampf abzulassen. Dann noch einen. Nichts geschah. Kein Riesenwaller tauchte aus den Fluten auf und zerstörte Freyas Welt. Alles nur ein Märchen. Glatt wie ein Spiegel lag er da, der Walchensee. In seiner kalten Winterschönheit, mit der er die Menschen von sich fernhielt. Zumindest ein paar Monate lang, jedes Jahr.

Tobias rannte Freya hinterher. Kurz war sie versucht wegzulaufen, aber das wäre wirklich zu kindisch gewesen. Was wollte er noch? Es war alles gesagt. Sie wusste nun, wo sie bei ihm stand. Unmissverständlich.

»Warte! Bitte!«, rief er ihr nach. In der Eile hatte er wohl seine Jacke vergessen, trug nur einen dicken schwarzen Wollpullover und Jeans.

Sie blieb stehen, mit Blick aufs Wasser, bis er sie erreicht hatte.

»Es tut mir leid, Freya. Mir war nicht klar, dass es dich derart verletzen würde. Aber ich musste was tun, um dich aus der Reserve zu locken, irgendwas, damit du mal aus deinem Panzer herauskriechst und sagst, was du fühlst. Ich war mir ja nicht mal sicher, ob es dir überhaupt was ausmachen würde, wenn du erfahren würdest, dass ich eine andere hätte.«

»Du wolltest mich nur provozieren?« In den Taschen ihres Mantels ballte sie die Hände zu Fäusten. Konnte das Ganze tatsächlich noch demütigender werden?

»Ja. Nein. Ich war wütend auf dich. Sieh mich an, Freya.«
Das konnte er haben. »Ach. Wütend. Das bin ich auch.«
Sie machte einen Schritt auf ihn zu. »Du hast mich abgeschmettert, als ich mich bei dir entschuldigen wollte. Warum also diese Provokation?«

Ein Ausdruck trat in seine Augen, der Freyas Herz wild
pochen ließ. Seine Lippen teilten sich zu einem Lächeln und
sie hätte ihn erwürgen mögen.

»Damit du mich genauso ansiehst wie jetzt. Kein lauwar-
mer Blick mit angezogener Bremse, sondern einer voller
Leidenschaft. Einer, in dem ich lesen kann, dass du mich
liebst.«

Trotz flammte in ihr auf, loderte hoch und verschlang
ihre Beherrschung. Falls er dachte, sie manipulieren zu können, täuschte er sich.

»Du irrst dich!«, stieß sie hervor. »Lass mich in Ruhe.«
Sie wendete sich ab.

»Wenn du jetzt weggehst, kriegen wir das nicht mehr hin,
Freya.«

»Ich verstehe dich nicht.« Sie machte einen Schritt weg
von ihm.

»Ich meine uns! Himmel, ist es so schwer, uns eine Chance zu geben? Ich habe keine Angst davor, dir zu sagen, dass
ich dich liebe. Ich schreie es sogar über den See, wenn du
willst.« Er legte die Hände wie einen Trichter um seinen
Mund und brüllte aus Leibeskräften: »Ich liebe Freya Siebert.« Das hatten sicher die Eisstockschützen drüben auf
Zwergern ebenso gehört wie die Leute im Ort. Wahrscheinlich hatte es sogar bis vor nach Urfeld geschallt.

»Noch mal?« Er setzte erneut an.

»Nein, das reicht.« Sie stürzte auf ihn zu, um weiteres Schreien zu verhindern, und er zog sie sofort in seine Arme und hielt sie fest.

»Stoß mich nicht weg«, flüsterte er.

»Mach ich nicht mehr.« Sie streichelte über seine kalte Wange und küsste ihn mit all der Liebe, die sie für ihn fühlte. Und das schon seit langem.

Als ihre Lippen sich voneinander lösten, lächelte er wieder sein Zauberlächeln, und Freyas Herz hüpfte bei dem Gedanken, dass er sie von nun an öfter auf diese Weise ansehen würde.

»Wenn du mich so küsst, wird mir zwar sehr schnell sehr heiß, aber können wir vielleicht trotzdem wieder reingehen?«, fragte er.

Sie lachte. »Natürlich. Es ist wirklich lausig kalt. Komm!« Hand in Hand rannten sie zurück zum *Fischerfleck*.

Niklas stand, warm eingemummelt in einen Daunenanorak, vor der Tür. Gespielt theatralisch verdrehte er die Augen gen Himmel. »Was für ein Spektakel. Sogar aus der Ferne hat das ausgesehen wie ganz großes Kino. War das wirklich so schwierig, Leute?« Er trat beiseite und hielt ihnen die Tür auf, um sie einzulassen. »Na, dann würde ich sagen, wir gönnen uns heute selber mal eine Flasche Champagner. Die Überwindung eurer beider Dickschädel muss gefeiert werden. Immer wieder was Neues am *Fischerfleck*.«

28

Freya

Noch nie hatte es eine Zeit gegeben, in der sich Freya derart unbeschwert gefühlt hatte wie in diesem Winter.

Nichts lastete auf ihrer Seele, keine Ängste, die ihr den Schlaf raubten, keine Probleme, die sie bedrückten. Natürlich lag das an der Liebe. Nicht nur an der zu Tobias, die sicherlich die überwältigendste war. Sondern auch an der zu ihrem Bruder, ihrer Familie und zu ihrer Heimat. Wie Zahnräder griffen die einzelnen Aspekte ihres Lebens endlich ineinander und liefen reibungslos. Weil Freya sich dafür entschieden hatte, glücklich zu sein.

Sie war mit Tobias Ski fahren am Brauneck. Daheim auf dem Herzogstand gab es auch ein paar Lifte, aber hier, gleich bei Lenggries, lockten zahlreiche Pistenkilometer, breite Abfahrten und ideale Schneeverhältnisse.

»Besser kann's kaum werden«, meinte sie mit einem glücklichen Rundumblick, der am Ende auf Tobias zu ruhen kam. Sie rutschte nach vorne, bis ihre Skier zwischen denen seinen steckten und sie nahe genug an ihn heranreichte, um ihn zu umarmen.

»Bist du zufrieden, ja?« Er nahm seine Sonnenbrille ab und küsste Freya.

»Wunschlos glücklich.«

»Hm. Dann wird es eine ziemliche Herausforderung

werden, dir zu deinem Geburtstag eine Freude zu machen.«

»Der ist ja noch ewig hin«, wiegelte sie ab. »Bis dahin fällt euch sicher was ein.«

Tobias lachte. »Ende Februar? Ewig hin? Eher so in zwei Wochen, kann das sein? Die dreißig naht unaufhaltsam, auch wenn du es nicht wahrhaben willst.«

»Aber noch bin ich jung und knackig.« Sie schob sich wieder weg von ihm, um die Skier freizubekommen. »Wer zuerst an der Hütte ist.«

Obwohl Freya den Sommer und die Wärme liebte, musste sie zugeben, dass das Glücksgefühl einer rasanten Abfahrt auf einer beinahe menschenleeren Piste mit nichts zu vergleichen war. Fast wie fliegen fühlte es sich an. Besonders da sie diese Freude mit Tobias teilen durfte, der ein mindestens ebenso begeisterter Skifahrer war wie sie selbst.

Zwar hatte er damals, vor seinem Einstieg im *Fischerfleck*, gesagt, er wäre für das Stadtleben nicht geeignet und würde sich nach den Bergen sehnen. Aber bevor sie sich nähergekommen waren, hatte Freya eigentlich keine Idee davon gehabt, was er in seiner Freizeit gern machte. Denn bis dahin hatten sie einander hauptsächlich bei der Arbeit gesehen, beziehungsweise versucht, sich dort aus dem Weg zu gehen. Nun konnte sie darüber lachen, wie zickig sie gewesen war. Täglich entdeckten sie neue Gemeinsamkeiten. Am allermeisten schätzte sie jedoch seine entspannte Weltsicht.

Freya wünschte sich, ihren Geburtstag nicht groß zu feiern. Nur im engsten Kreis, also mit Tobias, Niklas und Lena.

Überraschenderweise wollte ihr Bruder auch Jessica dabei-
haben. Das waren ja ganz neue Anwandlungen. Und die
schrien förmlich nach einer festen Beziehung.

»Schmarrn.« Immer die gleiche Entgegnung, wenn sie
ihn darauf ansprach. »Wir verstehen uns einfach nur gut.«

»Also von mir aus ist sie herzlich eingeladen. Du weißt
ja, ich wünsche mir ein gemütliches Käsefondue mit Kilians
Käse. Und an diesem Tag und am darauffolgenden einen
Ruhetag, um der Schwere des Anlasses gebührend zu begegnen.«

Niklas zwinkerte ihr schelmisch zu. »Wie kapriziös. Das
ist beinahe geschäftsschädigend. Aber ich versteh dich.
Auf diese Weise können wir gemeinsam feiern und uns am
nächsten Tag davon erholen. Du merkst eben auch schon,
dass man das Partymachen nicht mehr so leicht wegsteckt
wie früher, stimmt's?«

An ihrem Geburtstagsmorgen weckte Niklas seine Schwester um vier Uhr in der Frühe auf. Er legte ihr eine gefütter-
te Neoprenhose, Mütze, Stiefel und Anorak hin – alles in
knalligem Neonorange.

»Herzlichen Glückwunsch zum Geburtstag, Schwesterchen. Das hier ist ein Teil deines Geburtstagsgeschenks. In
den Sachen sieht man dich auch bei schlechtem Wetter.«
Er drückte und herzte sie, und weil er dabei schon seine
eigenen Fischsachen trug, umfing Freya gleich das wohlbekannte Walchensee-Aroma, wie sie es nannte.

»Danke.« Schlaftrunken rieb sie sich die Augen. »Warum
weckst du mich? Ich wollte doch ausschlafen.«

»Damit du mit mir zu den Netzen rausfährst.«

»Heute?«

»Gerade heute. Komm, zieh dich an. Ich hab schon alles vorbereitet, das wird super.«

»Du spinnst.«

Dennoch rollte sie sich folgsam aus dem Bett und stakste wenig später, wie ein Astronaut im Raumanzug, in der steifen Neoprenhose über den Steg und hinein ins Boot.

Sie gähnte. »Du hast nur keine Lust, allein zum Fischen zu fahren, deshalb muss ich mit.«

»Nein. Ich wollte der Erste sein, der dir gratuliert und hochwertige Familienzeit mit dir verbringen, bevor ich dich mit den anderen teilen muss. Und ich hab dich gern auf dem Boot dabei. Du bist viel geschickter als Greta und Leon.«

Das waren die zwei Lehrlinge, die im September ihre Ausbildung bei Niklas begonnen hatten. Und von denen Freya wusste, dass sie mit Feuer und Flamme bei der Sache waren und sicher schon viel mehr konnten als sie. Aber zurzeit waren beide in der Berufsschule.

Der kalte Fahrtwind vertrieb den letzten Rest Bettschwere aus Freyas Körper.

»Stehen dir toll, die neuen Sachen«, schmeichelte Niklas.

»Wenn du meinst, ich fahre ab jetzt immer mit, weil ich ein professionelles Fischeroutfit besitze, dann irrst du dich. Dafür schlafe ich einfach zu gern.«

»Wir werden ja sehen.« Er reichte ihr ein dickes Paar ebenfalls gefütterter Neoprenhandschuhe. »Schau, da ist das erste Netz. Kommst du dran?«

»Mann, ist das kalt!« Tapfer griff Freya ins eisige Wasser. Fischen im Winter war schon noch mal eine andere Sache als an lauen Sommermorgen. Vor allem blieb es die ganze Zeit über stockfinster.

Trotzdem bestand Niklas nach einer Weile auf einer Kaffeepause, und dafür war sie ihm dankbar.

»Augen zu«, sagte er. Er hantierte auf dem wackligen Boot herum, dass Freya sich links und rechts an der Sitzbank festhielt, weil sie befürchtete, sonst ins Wasser zu kippen. »Fertig. Jetzt kannst du sie wieder öffnen.«

»Niklas!« Tränen der Rührung stiegen in ihr auf. Auf der zweiten Bank hatte ihr Bruder ein Spitzendeckchen ausgebreitet, auf dem ein Teller mit einem kleinen Schokoladenkuchen und einer brennenden Kerze darauf stand. Und daneben eine zierliche Vase mit einer weißen Rose darin, die es hier draußen nicht lange aushalten würde. Aber er hatte sie extra besorgt und mitgebracht. Zwei Teller hatte er auch dabei. Und statt der üblichen Emaillebecher richtige Tassen mit Untertassen, in die er nun dampfenden Kaffee eingoss und aus einem Flachmann einen Schuss Schnaps dazugab. Morgens um sechs. Aber Freya protestierte nicht gegen den Alkohol. Himmel, man wurde nur einmal dreißig. Außerdem würde der verstärkte Kaffee sicher besser wärmen.

»Das ist so schön!«, stieß sie gerührt hervor.

»Blas die Kerze aus, bevor der Wind es tut. Und wünsch dir was. Dann essen wir den Kuchen. Tobias hat ihn gestern extra noch in einer kleinen Form gebacken, damit er in den Rucksack passt.«

Er schmeckte köstlich. Daher blieb auch nichts davon übrig, als die Geschwister schließlich das Geschirr wieder wegräumten. Niklas setzte sich neben Freya, legte einen

Arm um ihre Schultern, und sie kuschelten sich aneinander.

»Ich bin unserem Papa dankbar für diese zweite Chance, die er uns aufgezwungen hat. Das wollte ich dir schon lange sagen.«

»Mir geht es genauso, Niklas.«

»Wollen wir zurückfahren? Es ist echt fürchterlich kalt.« Freya lachte. »Bitte.«

Er stellte den Motor an. »Und weil du Geburtstag hast, musst du mir nicht beim Fischeausnehmen helfen, sondern darfst dich noch mal ins Bett legen, wenn du willst.«

»Könnte durchaus sein, dass ich das mache.«

Allerdings wurde nichts daraus, weil Tobias zum Frühstück vorbeikam und Freya ihn nicht nach Fisch stinkend empfangen wollte.

Frisch geduscht und gut gelaunt erwartete sie ihn am hübsch gedeckten Tisch in der Küche.

Sie hörte sein Auto vorfahren. Und dann noch ein zweites, dann Türenknallen.

»Freya!«, hörte sie jetzt Tobias rufen. »Kannst du mal eben vor die Tür kommen?«

»Warum denn?« Sie zündete das Teelicht im Stövchen an und stellte die Kanne darauf.

»Damit ich dir dein Geschenk geben kann.«

Niklas sah zur Tür herein. »Komm schon, ich hab dir doch gesagt, dass ein Teil deiner Überraschung erst später kommt. Jetzt ist sie da.«

»Krieg ich ein eigenes Fischernetz? Passend zu den Klamotten in Orange?«

»Sehr witzig, Freya. Mach schon, sie warten.«

»Sie?«

Neugierig folgte sie ihrem Bruder vors Haus und stellte fest, dass das andere Auto Jessica gehörte.

Tobias kam auf Freya zu, schloss sie in seine Arme, hob sie hoch und küsste sie.

»Alles Liebe, mein Schatz«, raunte er ihr mit seiner tiefen Stimme ins Ohr, die ihr einen wohligen Schauer bescherte.

»Ich hoffe wirklich, du freust dich.« Er wies auf Jessica, die die Beifahrertür ihres Wagens öffnete, hineingriff, etwas heraushob und auf den Boden setzte. Dann trat sie beiseite.

»Ein Hund?« Freyas Stimme war eher ein Quietschen.

Leicht verunsichert meinte Tobias: »Du redest doch seit dem Sommer davon, wie gern du einen hättest.«

»Mein Gott, ist der süß!« Sie ging in die Knie und wartete, bis der Welpe zu ihr hintapste. Er war dunkelbraun, fast schwarz, mit Schlappohren und einem weißen Fleck auf der Brust. Vorsichtig schnupperte er an Freyas Fingern und ließ sich dann streicheln. Bestimmt war es ihm auf dem Schnee zu kalt. Als sie nach ihm griff, hielt er still und kuschelte sich sofort in Freyas Arm. Das war exakt der Moment, in dem sie das Fellbündel in ihr Herz schloss.

»Dann magst du ihn?«, fragte Tobias.

Weiterhin den kleinen Hund streichelnd, nickte sie selig und ging ins Haus, wo er es wärmer hatte. Die anderen folgten ihr.

»Es ist eine ungeplante Dackel-Labrador-Mischung«, erklärte Jessica. »Ein Rüde.«

»Wie heißt er denn?« Freya blickte zwischen Jessica und Tobias hin und her.

»Er hat noch keinen Namen. Wir dachten, du willst ihm einen geben.«

Sie setzte sich mit dem Hund auf dem Schoß an den Tisch.

»Der darf aber nicht in die Küche«, protestierte Niklas.

Sofort widersprach seine Schwester. »Klar, er ist schließlich noch ein Baby.«

Und Jessica meinte lakonisch zu Tobias: »Wir wissen beide, dass dein Geschenk sicherlich für Diskussionen sorgen wird, nicht wahr?«

Bisher hatte sich Niklas nämlich stets gegen einen Hund ausgesprochen. Zu viel Arbeit, zu viel Aufmerksamkeit, nicht praktikabel mit dem Gasthaus, wohin mit ihm den ganzen Tag über, und fischen konnte er auch nicht – unendlich viele Argumente fand er gegen ein Haustier. Aber anscheinend hatte er sich erweichen lassen, Tobias hätte das niemals über seinen Kopf hinweg entschieden. Freya jedenfalls war glücklich.

Der kleine Hund rollte sich auf ihrem Schoß zusammen und schlief ein.

»Danke«, Freya küsste Tobias, der neben ihr saß. »Das ist die allergrößte Freude für mich. Ich hab ihn jetzt schon lieb.«

Sie frühstückten gemeinsam, dann musste Jessica in die Praxis, weil sie Sprechstunde hatte.

»Ich bringe dir später ein Geschirr und eine Leine mit, das habe ich vorhin in der Eile vergessen. Aber du kannst ihn ruhig einfach so zum Pipi machen rauslassen. Der rennt nicht weg. Stubenrein ist er übrigens noch nicht, ich sag's nur …«

Alle drei begleiteten Jessica zu ihrem Wagen. »Dann bis

nachher. Ich freue mich schon auf heute Abend.« Sie öffnete
die Autotür.

Niklas küsste sie und flüsterte ihr etwas ins Ohr, das sie
zum Kichern brachte. Aus ihrem Bruder würde noch ein
Romantiker werden, dachte Freya, wenn er sich endlich
mal gestattete, sich voll und ganz auf Jessica einzulassen.

»Ach wie schön. Ein Familientreffen. Ich hoffe, ich störe
nicht.«

Eine weibliche Stimme ließ alle herumfahren. Nie würde
Freya den Wandel vergessen, der sich in Niklas' Gesicht
vollzog. Sein Lächeln gefror sprichwörtlich und wurde ersetzt durch einen Ausdruck höchsten Entsetzens.

Vor ihnen stand, wie aus dem Boden gewachsen, eine
junge Frau mit schwarzem Haar, blasser Haut und großen
grauen Augen. Sie trug einen eisblauen Mantel mit farblich
passendem Schal. An ihren Ohren funkelten Diamantohr-
ringe. Eine elegante Erscheinung, ein wenig wie eine Eis-
prinzessin, kam es Freya in den Sinn. Weil niemand etwas
sagte, ergriff sie das Wort.

»Aber nein, Sie stören nicht. Allerdings ist der *Fischerfleck* heute und morgen geschlossen. Falls Sie also zum Essen gekommen wären …«

»O nein, ich bin nicht wegen des Essens hier.« Ihr Blick
wanderte langsam von Freya über Tobias zu Jessica und
verharrte dann auf Niklas. Der stand nach wie vor wie erstarrt.

»Ich wollte nur kurz guten Tag sagen. Ich bin Pia Kaufmann. Niklas und ich waren mal verlobt.«

Anhang

ANTONIAS APFELSTRUDEL schmeckt wahrscheinlich deshalb so gut, weil sie dafür Äpfel aus dem eigenen Garten verwendet. Wenn gerade keine Apfelzeit ist, kauft sie die Früchte im Hofladen eines Obsthofs in der Nachbarschaft.

Mehlspeisen haben eine lange Tradition in Bayern und der Alpenregion. Besonders an Freitagen war es früher oft üblich, dass Strudel, Rohrnudeln mit und ohne Obstfüllung, Ausgezogene oder Dampfnudeln auf den Tisch kamen. Dazu gab es Milch.

AUSTRAGSHAUS: In den ländlichen Gegenden Bayerns ist es auch heute noch üblich, dass der Altbauer und seine Frau aus dem großen Bauernhaus ausziehen, wenn der Hof an den Sohn übergeben wird. Meist übersiedeln sie dann in das sogenannte Austragshaus, ein kleines Gebäude auf dem Hofgrundstück.

KILIANS KÄSE kommt nicht nur bei den Gästen des *Fischerfleck*s prima an. Kilian ist inspiriert von einem Hofkäser, der tatsächlich in der Jachenau wohnt und dessen Käse auf dem Viktualienmarkt in München ebenso begehrt ist wie am Walchensee. Zum einzigartigen Geschmack des Käses tragen die vielen Kräuter und Blumen bei, die in der guten Luft auf den Wiesen der Jachenau wachsen und von den Kühen genussvoll gefressen werden. Die übrigens kleinstrukturiert gehalten werden, nicht in großen Ställen, und viel draußen sind. Die Käser sind stolz darauf, ein Produkt herzustellen, das nach Heimat schmeckt.

LÜFTLMALEREI: So bezeichnet man die kunstvoll bemalten Hausfassaden, die Heiligenmotive, Szenen aus dem bäuerlichen Alltag oder verschnörkelte Verzierungen zeigen. Dabei werden die Farben mittels Freskotechnik auf den frischen Putz aufgetragen. Die Lüftlmalerei ist typisch für die ländlichen oberbayerischen Häuser. Fährt man von Niederbayern nach Oberbayern, kann man exakt den Übergang von dem einen Regierungsbezirk zu dem anderen erkennen – nämlich dann, wenn schmucklose Dörfer und Höfe plötzlich Farbe bekommen und in beeindruckender Zierde erstrahlen, was Teil der lokalen Kultur ist.

NIKLAS' RÄUCHERFISCHE leisten sich in einem großen Räucherofen gegenseitig Gesellschaft. Bei ihm passen gleich neunzig bis hundert Stück auf einmal hinein. Während der Hochsaison gibt es bei ihm täglich frisch über Buchen- oder Erlenholz geräucherten Fisch.

Vorher nehmen die Renken, Saiblinge, Seeforellen oder Aale ein Bad in einer Lake mit Salz, Pfeffer und Knoblauch. Darin bleiben sie etwa vierundzwanzig Stunden und werden gelegentlich gewendet.

Der Räucherofen wird zunächst hochgeheizt, um die Fische zu garen, danach die Temperatur wieder gesenkt, so dass die verwendeten Buchen- oder Erlenspäne lediglich glimmen, nicht brennen und den Rauch verströmen, der dem Räucherfisch sein charakteristisches Aroma verleiht. Dieser Vorgang dauert einige Stunden.

Wer zu Hause mal selbst geräucherten Fisch genießen möchte, kann das mit Hilfe eines Kalträucherofens machen. Kleine Tischgeräte aus Edelstahl fassen etwa acht Fischfilets. Statt einer Lake kann man hier eine Beize aus Salz, Pfeffer, Zitrone und Dill herstellen und die Filets zwei Tage darin einlegen. Anschließend werden die gewaschenen und getrockneten Fischstücke auf das Gitter des Kalträucherofens gelegt (vorher kann man mit einer Pinzette noch alle Gräten herauszupfen). In einem separaten Fach glimmen sodann Buchenspäne für zwei bis drei Stunden, dann sind die heimgeräucherten Fischfilets genussfertig.

Danksagung

Wer mich kennt, weiß, wie sehr ich meine bayerische Heimat mit ihren Bergen und Seen liebe. »Das Haus am Walchensee« zu schreiben hat mir deshalb Seite für Seite ganz besondere Freude bereitet.

Ich bin sehr glücklich darüber, dass dieser Roman im S. Fischer Verlag das perfekte Zuhause gefunden hat.

Möglich gemacht haben dies meine fabelhafte Agentin Eva Semitzidou von der Literarischen Agentur Michael Gaeb und Tanja Seelbach vom S. Fischer Verlag, denen ich beiden von Herzen danke.

Ein ganz großer Dank geht auch an Silke Reutler für ihr liebevolles Lektorat und die sehr angenehme Zusammenarbeit.

Ich weiß es sehr zu schätzen, mit Tanja Seelbach und Silke Reutler zwei erfahrene Lektorinnen an meiner Seite zu haben, die immer ein offenes Ohr für mich haben und mir mit Rat und Tat zur Seite stehen.

Ebenso danke ich dem kreativen Grafik-Team für das stimmungsvolle Cover, das perfekt zum Roman passt.

Vielen Dank an alle, die zur Entstehung dieses Buches bei-
getragen haben, den lieben KollegInnen vom Korrektorat,
Buchsatz, Buchdruck und Marketing.

Und natürlich auch meiner Familie, ohne deren Unterstützung keines meiner Bücher möglich wäre.

Gerade für »Das Haus am Walchensee« hat mich sogar meine erweiterte Großfamilie immer wieder gern an
die Romanlocations begleitet und vollen Einsatz bei der
Recherche gezeigt. Es war nicht schwierig, begeisterte Begleiter zu finden, und ich danke euch allen sehr für eure
Unterstützung.

Und ein herzliches Dankeschön geht auch an die Buch-
händlerInnen und LeserInnen. Ich hoffe, Ihnen mit diesem
Roman unterhaltsame und glückliche Lesestunden zu bereiten.

Und so geht es weiter im

Haus am Walchensee

Exklusive Leseprobe

Niklas

Walchensee, diesen Winter

»Ach, Sie waren mal mit Niklas verlobt?«, fragte Jessica
Freitag die elegante Frau, die soeben einem teuren Wagen
entstiegen war und sich als Pia Kaufmann vorgestellt hatte.
»Das muss aber schon eine ganze Weile her sein. Als ich ihn
kennengelernt habe, war er nämlich ein richtiger Einsiedler.
Aber das hat sich ja glücklicherweise geändert.« Sie wendete sich Niklas Siebert zu und küsste ihn hingebungsvoll auf
den Mund. »Dann sehen wir uns also heute Abend«, sagte
sie dann zu ihm, stieg ins Auto und fuhr davon. Der Schnee
knirschte unter den Reifen ihres SUVs, als sie vom Parkplatz hinaus auf die Straße bog. Niklas war beeindruckt.
Er wusste nicht, wie er sich verhalten hätte, wenn plötzlich
aus dem Nichts ein Kerl aufgetaucht wäre, der behauptet
hätte, früher mal mit Jessica verlobt gewesen zu sein. Das
überraschende Erscheinen seiner ersten großen Liebe Pia
Kaufmann brachte ihn völlig aus dem Konzept. Er sollte
souverän reagieren und nicht wie versteinert dastehen.

Gerade eben hatten sie noch den dreißigsten Geburtstag
seiner Schwester Freya gefeiert, und plötzlich jetzt diese
eigenartige Wendung.

Am frühen Morgen war Niklas zusammen mit Freya
auf den See hinaus zum Einholen der Fischernetze gefah-

ren, und als die Sonne aufgegangen war, hatte er sie mit einer kleinen Torte samt Kerze überrascht. Später beim gemütlichen Frühstück hatte Freya von Tobias das niedliche Hundebaby geschenkt bekommen. Jessica Freitag hatte es vorbeigebracht. Sie war Tierärztin in Walchensee und seit einiger Zeit mit Niklas verbandelt. Er scheute sich davor, ihrer Beziehung nach Jahren eingefleischten Jungessellendaseins einen Namen zu geben – etwas, woran Pia Kaufmann nicht unschuldig war.

Und nun stand Pia vor ihm im Schnee, in einem eisblauen Mantel, zurechtgemacht wie eine feine Dame. Einfach so, ohne Vorwarnung. Niklas schluckte.

»Wir beide gehen wieder hinein, ehe wir uns hier draußen eine Erkältung holen.« Freya Siebert stupste ihren Freund Tobias Wolf an, der ebenso erstarrt war wie Niklas. Sie hielt ihren kleinen Hund auf dem Arm, als sie zurück in das schöne alte Holzhaus ging, in dem die Geschwister Siebert nicht nur wohnten, sondern auch ihr Lokal, den *Fischerfleck,* betrieben.

Zurück auf dem Parkplatz blieben Niklas, groß, blond und wegen seines Dreitagebarts etwas verwegen aussehend, und Pia, zierlich, dunkelhaarig und blass wie Schneewittchen.

»Was willst du hier?«, fragte er und bemühte sich um einen möglichst beherrschten Tonfall.

»Nach dir sehen. Aber vielleicht gehen wir auch lieber hinein, nicht dass du dich ohne Jacke noch verkühlst.«

Die eisigen Temperaturen waren momentan nicht Niklas' Hauptproblem. »Mach dir meinetwegen keine Sorgen. Das hast du früher auch nicht getan. Also, raus mit der Sprache, was soll dieser Überraschungsbesuch?«

»War das da eben deine Lebensgefährtin?«

Dazu sagte Niklas nichts, sondern sah Pia einfach nur abwartend an, bis sie schließlich zurückruderte: »Also schön, dann eben kein Smalltalk bei einer Tasse Tee. Ich wollte sowieso nur kurz vorbeischauen, um dir zu sagen, dass ich wieder zurückgekehrt bin.«

»Was meinst du mit ›wieder zurückgekehrt‹?«

»Mein Verlobter und ich suchen gerade nach einem Haus. Zunächst zur Miete, später wollen wir kaufen. Wir planen, uns hier am See geschäftlich niederzulassen.«

»Lass mich raten – und erst mal seid ihr im Sporthotel Hirschberg abgestiegen?«

Schlagartig bröckelte Pias selbstsichere Fassade. Ihr Lächeln flackerte, aber schnell hatte sie sich wieder unter Kontrolle. »Nein, wir wohnen vorne in Urfeld, im Hotel gegenüber des Tretbootverleihs.« Sie biss sich auf die Unterlippe, als hätte sie zu viel preisgegeben. »Wir werden uns ab jetzt sicher öfter über den Weg laufen, Niklas. Ich hoffe, das ist kein Problem für dich. Ich will kein Drama.«

Er zwang sich zu einem breiten Lächeln. »Auf keinen Fall, was denkst du? Das ist überhaupt kein Problem, im Gegenteil, es ist mir völlig egal.«

»Also gut«, murmelte sie und machte dabei einen betroffenen Eindruck, den er sich nicht erklären konnte. Dann setzte sie sich in ihr Auto und fuhr davon.

Unliebsame Erinnerungen kamen in ihm auf, an den Duft, den Pia trug, das Grübchen auf ihrer Wange, wenn sie lachte, und an das, was sie mit seinem Herzen angestellt hatte, wann immer sie nur in seiner Nähe war. Nie war er so verliebt gewesen. Aber das dachten bestimmt die meisten in

Bezug auf ihre Jugendliebe. Gefühle waren intensiver, wenn man jung war – zweifellos. Heutzutage warf Niklas nichts und niemand mehr um, er war seit langem erwachsen, und seine frühe Reife verdankte er auch Pia.

Erst jetzt bemerkte Niklas, wie eiskalt seine Finger und Füße waren. Er stand zitternd in der Kälte, inmitten eines verschneiten Winterpanoramas mit Bergen und See, das er momentan nicht einmal wahrnahm. Eilig lief er jetzt zurück ins Warme. Freya, Tobias und der kleine Hund warteten auf der Kaminbank des Kachelofens in der Gaststube auf ihn. Schnell setzte sich Niklas dazu, um sich den Rücken an den beheizten Kacheln zu wärmen.

»Also, das ist sie? Die geheimnisvolle Pia, die dir vor zehn Jahren das Herz gebrochen hat?«, fragte ihn seine Schwester und stieß bedeutungsvoll die Luft aus.

»Elfeinhalb«, brummte er. Seine erste und einzige große Liebe. Niklas und Pia waren nach dem Abitur gemeinsam nach München an die Uni gegangen, hatten in einer WG gewohnt, und er hatte geglaubt, das Leben wäre perfekt. Bis sie ihm gegen Ende des dritten Semesters den Laufpass gegeben hatte. Dabei hatten sie sich erst kurz zuvor verlobt. Pia hatte München verlassen, Gott weiß wohin, und er hatte nie wieder von ihr gehört. Damals war Niklas' Welt zusammengebrochen. Pias Verrat war die letztendliche Bestätigung dessen gewesen, was er seit seiner Kindheit befürchtet hatte – geliebte Menschen verließen einen zwangsläufig und der, der zurückblieb, litt wie ein Hund.

Obwohl es sich damals so angefühlt hatte, als müsste er sterben, war es erstaunlicherweise nicht das Ende von allem gewesen. Das Leben war weitergegangen, und mit der Zeit hatte es ihm immer weniger weh getan, an Pia zu denken, bis er irgendwann überhaupt keinen Schmerz mehr empfunden hatte. Und das sollte auch so bleiben.

»Was will sie hier?«, fragte Tobias. »Hast du gewusst, dass sie in Walchensee ist?«

Niklas schüttelte den Kopf. »Nein. Für mich war dieser Auftritt ebenso überraschend wie für euch. Unangenehm vor Jessica. Was muss sie sich denken? Nur gut, dass sie so cool reagiert hat. Sie ist wirklich eine tolle Frau. Jessica, meine ich.« Er atmete durch. »Pia hat gesagt, sie und ihr Verlobter wollen sich geschäftlich hier niederlassen. Aber was sie genau vorhat, das hat sie nicht erklärt.«

»Ach, sie ist verlobt? Das ist wohl ein Zustand, mit dem sie sich auskennt, was? Wir werden schon noch erfahren, welchen Plan sie verfolgen«, sagte Freya. »Ich schaue nachher mal bei Antonia im Dorfcafé vorbei. Falls die Gerüchteküche schon brodelt, weiß sie sicher als Erste davon.«

Die Besitzerin des Dorfcafés war eine berüchtigte Klatschtante. Davon konnte auch Freya ein Lied singen. Aber seitdem der *Fischerfleck* mit dem Café gelegentlich gastronomisch kooperierte, richteten sich Antonias Anfeindungen nicht mehr gegen Niklas' Schwester, im Gegenteil, Freya schien in Antonias Achtung deutlich gestiegen zu sein.

Wahrscheinlich lag es an voreingenommener Borniertheit, andere zuerst immer negativ zu beurteilen, ehe man sich die Mühe machte, sie besser kennenzulernen, dachte Niklas. Deswegen gab er nie etwas auf den Dorftratsch, sondern war darauf bedacht, sich immer seine eigene Meinung zu bilden. Und aus demselben Grund fand er Jessica

Freitag auch so erfrischend anders, denn sie sah die Welt ganz entspannt und war offen für fast alles.

»Ach, warum befassen wir uns überhaupt mit Pia? Damit tun wir wahrscheinlich genau das, was sie mit ihrem theatralischen Auftritt bezwecken wollte.«

»Du hast recht, Niklas. Eigentlich eine Unverschämtheit, nach all der Zeit und allem, was zwischen euch war, hier so unvermittelt aufzutauchen«, stimmte Tobias zu.

»Was ist denn damals eigentlich genau passiert?«, hakte Freya nach. »Wieso hat es zwischen euch nicht geklappt?«

Niklas stand auf. Ihm war mit einem Mal warm genug. »Pia hat sich einfach für einen anderen Weg entschieden.« Er hatte keine Lust, das vergangene Drama wieder aufleben zu lassen. Pia Kaufmann war vor langer Zeit aus seinem Leben verschwunden. Sie interessierte ihn nicht mehr, und er würde weder mit ihr, ihrem Verlobten, noch dem, was sie »geschäftlich« nannte, etwas zu tun haben. Niklas Siebert war endlich dabei, seinen Seelenfrieden zu finden. Lang genug hatte das gedauert. Nach dem Tod des Vaters und der Aufregung um Freyas Kindheitstrauma war erst seit Kurzem ein wenig Frieden in die Familie eingekehrt. Und eine lang ersehnte Routine. Auch was den *Fischerfleck* betraf, der mittlerweile so viel mehr war als nur ein Gasthof am See: ein Hotspot, wo sich nicht nur die Schönen und Reichen aus München trafen, die hier Urlaub machten, sondern ebenso die Einheimischen. Niklas, Freya und Tobias hatten hart gearbeitet, um das zu erreichen. Nach wie vor brauchten sie all ihre Energie für den *Fischerfleck* – und Niklas obendrein für die Berufsfischerei auf dem Walchensee. Es verlangte ihn schlichtweg nicht nach noch mehr Aufregung.

»Wisst ihr, man muss nicht alles wissen und sich auch nicht in alles einmischen. Deshalb wäre ich euch dankbar, wenn wir dieses unerfreuliche Wiedersehen einfach abhaken könnten.«

»Klar, kein Problem. Für dich hoffentlich auch nicht, Bruderherz.«

Niklas ging nach oben in sein Zimmer und kramte eine Schuhschachtel aus den Tiefen seines Kleiderschranks hervor. Darin lagen alte Fotos von ihm und Pia. Warum er sie all die Jahre aufbewahrt hatte, wusste er selber nicht. Sentimentalität? Masochismus? Gelegentlich hatte er sie hervorgeholt, sie sich angesehen und war in selbstmitleidigen Herzschmerz verfallen. Damit war nun endgültig Schluss. Niklas entschied, dass Pias Anblick keinerlei Gefühlsregung in ihm ausgelöst hatte. Daher fiel es ihm auch nicht schwer, die Schachtel samt Inhalt draußen in die Altpapiertonne zu werfen – ganz im Gegenteil, es fühlte sich wie eine Befreiung an.

Und jetzt brauchte er Bewegung. Er holte seine Langlaufskier aus dem Schuppen, lud sie in sein Auto und fuhr hinüber in die Jachenau.

An der Loipe traf er sich mit Kilian Reiter, ursprünglich ein Bekannter von Niklas' Cousine Lena, der auf seinem Hof hervorragenden Biokäse herstellte. Der Käse war auch im *Fischerfleck* auf der Speisekarte zu finden und Kilian, wie Niklas Anfang dreißig, heimatverbunden und sportlich, war inzwischen zu einem Freund geworden. Niklas hatte ihn von unterwegs angerufen, und es war nicht schwer gewesen, ihn zu einer gemeinsamen Langlaufrunde zu überreden.

»Na, du hast dich aber nicht lang bitten lassen«, rief

Niklas ihm entgegen. Kilian stand bereits in voller Montur neben der Loipe.

»Jetzt, so kurz vor der Geburt, ist meine Frau echt leicht reizbar. Ich nehme jede Möglichkeit wahr, um rauszukommen. Wenn das neue Baby da ist, wird es erst mal richtig stressig. Das weiß ich noch von Kind Nummer eins. Die schlaflosen Nächte sind noch nicht lange her.«

Niklas verzog das Gesicht. »Übernächtigt zu sein und trotzdem voll arbeiten zu müssen stelle ich mir extrem hart vor. Das wäre nichts für mich.«

»Das wünscht sich wohl keiner. Geht aber nicht anders. Wirst du auch noch merken, wenn ein paar kleine Sieberts im *Fischerfleck* herumwuseln.«

Nun, das war etwas, das Niklas sich beim besten Willen nicht vorstellen konnte. Der Gedanke an eigene Kinder weckte keinerlei Sehnsucht in ihm. Für ihn war klar – es mussten nicht alle Nachwuchs haben.

»Nein, das steht bei mir erst mal nicht an.«

»Weiß das deine schöne Tierärztin? Ich habe gehört, zwischen euch wird es langsam ernst.«

»Tatsächlich? Das wäre mir neu.«

»Sie war neulich wegen einer meiner Kühe hier und hat sich prima mit Hanna verstanden. Meine Frau hat ihr natürlich vorgeschwärmt, wie toll das Trappeln kleiner Füßchen ist, und deine Freundin hat sich nicht abgeneigt gezeigt.«

Niklas winkte ab. »Ach, das war bestimmt nur aus Höflichkeit. Bei mir hat sie das Thema Kinder noch nie angeschnitten. Aber wir sind ja auch nicht richtig fest zusammen.«

Kilian riss überrascht die Augen auf, als hätte er bisher einen vollkommen anderen Eindruck gehabt, aber er schwieg diplomatisch, und die beiden stiegen in die Loipe ein. Niklas fragte sich, ob er irgendwelche Signale von Jessica falsch gedeutet hatte. Oder besser gesagt, dass es keine Signale gab. Noch nie hatten sie über eine gemeinsame Zukunft gesprochen. Wenn sie zusammen waren, fühlte es sich entspannt an. Gerade diese Ungezwungenheit schätzte er, und bisher war Niklas der Meinung gewesen, Jessica ginge es ebenso. Wie plötzlich das Thema Kinder aufgekommen war, konnte er sich nicht erklären. Er hätte doch sicher gemerkt, wenn Jessica einen drängenden Kinderwunsch gehabt hätte. Sie wohnten ja nicht mal zusammen, und er plante auch nicht, an diesem Zustand etwas zu ändern. Alles war gut so, wie es war.

Der Himmel war wolkenverhangen und anfangs war es fast schmerzhaft, die kalte Luft einzuatmen, aber mit der Zeit gewöhnte sich Niklas daran. Schon wieder zwang sich ihm Pias Bild auf. Ihr überraschender Anblick hatte ihm einen Stich versetzt, das musste er zugegeben. Was hatte sie dazu bewegt, nach all der Zeit zurückzukommen? Ganz offenbar hatte sie ihn mit ihrem unangekündigten Auftauchen schockieren wollen. Aber weshalb? Er versuchte, sich auf seine Atmung zu konzentrieren – er wollte nicht über sie nachdenken. Mit großen, dynamischen Skatingschritten fuhren Niklas und Kilian auf der gut präparierten Loipe. Es war wirklich ein Privileg, in einer Gegend zu leben, in der man sich zu jeder Jahreszeit an der Natur erfreuen konnte. Niemals würde Niklas in einer Stadt wohnen wollen, nicht einmal in München. Er war im Zwei-Seen-Land zu

Hause und vollkommen zufrieden. Nach einer Weile gleichmäßigen Dahingleitens ließ Niklas seine Gedanken ziehen, zuletzt den an Pia, und schließlich gelang es ihm, die entspannende Monotonie des Sports zu genießen. Das verstand er unter »den Kopf freikriegen«, sich draußen in der herrlichen Natur zu bewegen, den Herzschlag bis hinauf zum Hals zu spüren und einfach an nichts zu denken. In der Ferne erspähte er das Dorf Jachenau und weiter dahinter den Staffel, der es weit überragte. Nicht steinig karg wie die Hochalpenberge, sondern typisch für das bayerische Voralpenland, war der Staffel bis obenhin bewaldet und derzeit dick verschneit. Ebenso wie der Kirchturm von Jachenau, auf dem eine fluffige weiße Mütze saß.

Später, zurück am *Fischerfleck*, ging Niklas gar nicht erst ins Haus, sondern zog sich gleich im Garten splitternackt aus und stieg in den Hot Tub, den er vor dem Losfahren angeheizt hatte.

Eine Champagnerfirma hatte ihnen den großen Holzbottich als Werbegeschenk überlassen, und die Sieberts hatten ihn zu einer heißen Wanne umfunktioniert. Freya, die nach der Trennung der Eltern bei ihrer Mutter in Schweden aufgewachsen war, kannte sich mit solchen Dingen bestens aus. Ihrer Meinung nach war es unbedingt notwendig, auch noch eine Außensauna ans Ufer zu bauen. Im Winter wäre das total gesund, vor allem, wenn man anschließend ins kalte Wasser hüpfen würde. Mittlerweile hatte sie ihn überzeugt. Sobald die Zeit es zuließ, würden er und Tobias sich an die Arbeit machen. Das konnte doch nicht so schwierig sein.

Niklas genoss die Wärme des Hot Tubs und entspannte

sich mit Blick auf den winterlichen Walchensee, der vor ihm lag wie ein Gemälde. Es gab keinen schöneren Ort auf der Welt, als seine Heimat, und Niklas hatte sich immer gefragt, was Leute wohl veranlasste, von hier wegzugehen. Er für seinen Teil war rundum glücklich und erachtete das als Leistung. Nicht jeder bekam es in seinem Leben hin, echte Zufriedenheit zu finden. Dass es bei ihm so war, hatte maßgeblich mit seiner Schwester zu tun. Seitdem sie aus Schweden in ihre bayerische Heimat zurückgekehrt war und die beiden ihre persönlichen Konflikte miteinander und mit der Vergangenheit hinter sich gelassen hatten, hatte sich eine vollkommen neue Balance bei Niklas eingestellt. Er streckte die Arme aus und legte sie auf den Rand des Holzbottichs, lehnte den Kopf zurück und atmete tief durch, dabei spielte ein kleines Lächeln um seine Mundwinkel.

Egal wie hektisch der Arbeitstag wurde oder was auch immer er zu erledigen hatte, nichts löste mehr jenes nagende Unbehagen in ihm aus, das er von früher kannte. Er war angekommen, ohne jemals weg gewesen zu sein.

Und daran durfte auch eine Pia Kaufmann nicht rühren.

Sophie Oliver
Das Haus am Walchensee
Glück ist Familiensache
ISBN 978-3-596-70788-1
erscheint am 06.12.2023
© 2023 S. Fischer Verlag GmbH,
Hedderichstr. 114, 60596 Frankfurt am Main

Isabell Sommer
Sitz, Platz, Kuss
Hundeglück-Roman

Wenn das Glück dir einen Stups gibt
Größer könnten die Gegensätze kaum sein: Mila hat einen
Brautmodenladen und verkauft Träume aus Tüll. Robin ist
Scheidungsanwalt und lässt diese Träume wieder platzen.
Mila hat nach einer herben Enttäuschung Angst vor der
Liebe, während Robin sich von Date zu Date hangelt, um
kein Single mehr zu sein. Immer, wenn sie ihre beiden
Hunde Balou und Alice in die Hundetagesstätte *Zum Pfo-
tentreff* bringen, laufen sich Mila und Robin über den Weg
und merken: sie können sich nicht ausstehen. Oder viel-
leicht doch?
Der erste Band der Hundeglück-Reihe von Isabell Sommer

304 Seiten, broschiert

Weitere Informationen finden Sie auf
www.fischerverlage.de